小説は書き直される

創作のバックヤード

日本近代文学館 編

秀明大学出版会

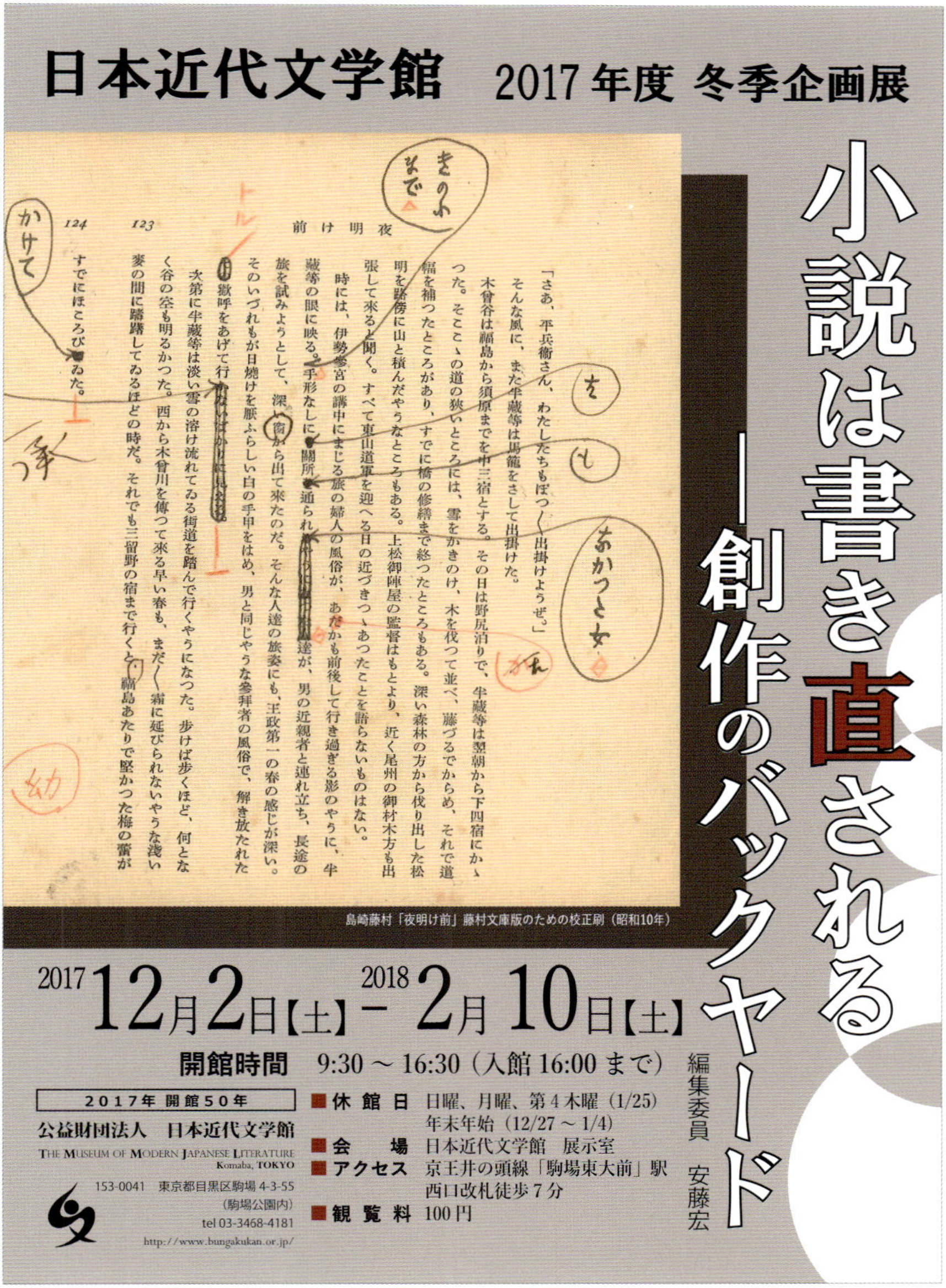

日本近代文学館 2017 年度冬季企画展
「小説は書き直される―創作のバックヤード」のチラシ

順路

第四章
読み継がれていく中で

目次

装幀＝真田幸治

はじめに　小説は変貌する

日本近代文学館理事（展示企画担当）
安藤　宏

本書は日本近代文学館の二〇一七年度冬季企画展「小説は書き直される―創作のバックヤード」を書籍化したものです。

企画の目的は、われわれが日頃、当たり前のように慣れ親しんでいる名作が、そもそもどのようなプロセスを経て書かれ、活字化されたものなのか、あるいは読者に読み継がれる中でどのようにその姿を変えていったのかという、その時間の歩みを追いかけていくことにありました。われわれが普段手にしている一冊の文庫本の「名作」も、実はこうした長い時間の系のうちにある一つの「顔」にすぎません。その背後には創造にまつわるさまざまな試行錯誤があり、また、読者との対話の中で訂正が繰り返されてきた歴史があります。さらに今後どのような「顔」を後世に残していくかは、現代に生きるわれわれの大きな課題でもあるわけです。

一編の小説があたかも生き物のように姿を変えていくという事実は、研究者や専門家の中では共有されていても、実はその具体が一般読者にわかりやすく説明される機会はあまり多くありません。企画展の目的は、近代小説の中から特に親しみ深い名作を選び、その具体的な変貌の姿をたどってみることにありました。おかげさまで反響は大きく、展示だけではなく、あらためて書籍の形でじっくりプロセスをたどり直してみたい、というご要望をいただき、本書の刊行に至ったわけです。こうした経緯から、編集に際しては一部の省略を除いて展示の内容をほぼそのまま生かすことを心がけ、キャプションや章の解説もできるかぎり展示の内容に従っています。また、オールカラーを実現することができたので、原稿の書き込みをはじめ、実物の資料を目の当たりにするようなリアリティを味わうことが可能になりました。会場の様子も写真で示されていますので、臨場感のある、「手に持ち歩ける文学展」になっているのではないかと思います。

構成は全五章です。まず序章「「夜明け前」の誕生」で、全体の導入、あるいは見取り図を示しました。島崎藤村の「夜明け前」を例に、「名作」が誕生し、育っていくまでの歴史が示されています。藤村が自家のルーツをさぐるために史料を博捜し、構想を練り、これを原稿化していくプロセスが示されています。中でも校正刷（20〜23頁）はなかなか後世に残らない貴重なもので、一度原稿が仕上がったあと、大きく書き換えられていたことがわかります。

第一章「構想」は、〝小説が書き始められるまで〟です。作者は、一般に考えられているよりもはるかに多くの時間と労力を費やして関連する資料を探索し、調査しています。たとえば井上靖の「氷壁」（39頁）、松本清張の「小説帝銀事件」（60頁）、三島由紀夫の「金閣寺」（61頁）などは、いずれも実際に起こった社会的事件に取材したものです。さすがに新聞記者の経歴を持つだけあって、井上靖の「氷壁」の詳細な取材メモ（40〜41頁）に、おそらく読者は圧倒されることでしょう。遠藤周作の「沈黙」（48〜49頁）や先の藤村の「夜明け前」のように、歴史の史料を典拠にしている例、太宰治の「女生徒」のように愛読者の「日記」を利用している例など、用いられる素材は実にさまざまです。若き日の芥川龍之介が見聞した怪異譚をノートにメモしていた（33頁）ことからもわかるように、小説家は、作品の素材に出会うために、一年三六五日、あらゆる努力を惜しみません。その意味でも、小説は先行するテクストとの無数の見えざる「対話」から成り立っているわけです。

　原稿用紙に書き始める前の構想メモも、さまざまな形で残されています。夏目漱石の「それから」の構想メモ（43〜47頁）や樋口一葉の「たけくらべ」の未定稿（52〜57頁）は全集にも収録されていますが、あらためて〝実物〟の醸し出すオーラと共に、創造の現場の息吹を感じていただければ、と思います。これに関連して強調しておきたいのが出版関係者の果たす役割で、「中央公論」の名編集者として知られる滝田樗陰と谷崎精二が交わしていた書簡（29〜30頁）も興味深いものです。枚数の相談をしていますが、もしこの時、滝田樗陰が申し出をことわっていたら一体どうなっていたのだろう、などと考えたりもします。余談ですが、室生犀星の名作、「性に眼覚める頃」の当初の題名は「発生時代」というもので、これではインパクトがない、という滝田の助言で改められたと言われています。その意味でも、小説の構想は、編集者との絶えざる対話のもとに成り立つ共同作業でもあったわけです。

　第二章「原稿用紙の世界」は、原稿用紙を舞台に書斎で繰り広げられる書き換えのドラマです。すでにワードプロセッサーが一般化し、原稿用紙の使われる機会も減ってきてしまいましたので、近代の百数十年は後代から見た時、人間が直接手で紙に文章を書き込み、行間を利用して書き換えまでしていた奇妙な時代、ということになるのかもしれません。書き換え跡が残っている、というのはたいへんありがたいことで、そのおかげでわれわれは、表現がさまざまに変貌していく貴重な創造の現場に立ち会うことができるわけです。二葉亭の「平凡」（66〜74頁）、鏡花の「義血侠血」（76〜85頁）の二編の原稿から、小説が完成稿に至るまで、何度も書き直されていく苦闘の跡を確認しておきたいと思います。小説に描かれている時間と、それが出来上がるまでのもう一つの時間と、小説が、この二つの〝時間〟から成り立っている事情が浮き彫りにされてくるのではないでしょうか。

　たとえば泉鏡花の「義血侠血」は、「瀧の白糸」の名前で戯曲化され、広く親しまれている名作でもありますが、第一稿の成ったあと、師匠の尾崎紅葉によって、原形を留めぬぐらい手が入れられています。前近代的な徒弟制度の名残と見ることもできますが、明治大正期の小説が今日の著作権の概念とは異なる、ある種の共同性に裏打ちされていた事実も見逃してはなりません。たとえば夏目漱石の「坊つちやん」の松山方言をめぐって、漱石が高浜虚子に手入れを依頼した原稿も残っています（88～89頁）。ちなみに芥川龍之介の「蜘蛛の糸」は彼が初めて書いた童話ですが、「赤い鳥」に掲載されるにあたり、兄弟子の鈴木三重吉が文章にかなり手を入れた痕跡が残っています（91～94頁）。少なくとも明治大正期の小説を読むにあたっては、すべて一人で書かれたもの、という先入観を持たない方がよいのかもしれません。先輩作家、編集者、挿絵画家など、さまざまな人間の〝共働〟の成果でもあったわけです。

第三章「活字化以後の変貌」から後半に入ります。実は前半と後半との間には大きな違いがあり、両者を決定的に隔てているのが「活字」なのです。手書きの文字が活字に変貌するその瞬間は、まさに小説が密室から社会に羽ばたいていく決定的な事件であると言ってもよいでしょう。もちろん活字自体は中世からありましたし、江戸時代も版本を中心とする独自の出版文化が栄えていました。けれども明治に金属活字が出現し、出版部数が数千から数万へ、ヒトケタ変わる出版革命が起こったことにより――読者が不特定多数に匿名化したことにより――小説の書き方にも当然変化が起こったものと考えねばなりません。やがて昭和の後半にコンピューター写植となり、さらにデジタル化、ネット化の時代を迎え、すでに活字も歴史的な存在になりつつあります。その意味でも、原稿用紙と同じように、後代から見た時、近代文学は、作者の手書き原稿を片手に、専門工が一字一字活字を拾って版下を作り、印刷していた奇妙な時代、ということになるのかもしれません。活字による製版とはどのようなものか、今ではなかなかそのイメージがつかみにくくなっていますので、そのサンプルをぜひ本書で確認しておいていただきたいと思います（134～135頁）。

原稿用紙の書き換えのプロセスは結局は関係者だけの密室の世界ですが、小説は活字化によって初めて一定の読者を持ち、社会化された「作品」になります。社会的な享受こそが「作品」の前提になるわけで、その意味では、「未発表作品」という概念は存在しないと思うのです。作者の没後に筐底から発見された原稿をそのように呼ぶこともありますが、正確に言えばその場合も内容が社会的に共有され、複数の「読者」が誕生して初めて「作品」として認知されるわけです。

なぜこのことにこだわるかと言いますと、小説は活字化によって社会の評価にさらされ、作者がこれとどう対話していくかという、いわば〝第二ラウンド〟が始まることになるからです。具体的に言うと、小説は多くの場合、まず新聞、雑誌に掲載され（掲載誌は「初出紙誌」と呼ばれます）、その反響なども踏まえながら単行本収録（初収刊本と呼ばれます）の折に修正が加えられ、さらに時間を経て刊行される（再録本と呼ばれます）時にも手が入れられます。極端に言えば、雑誌連載の段階ではまだ第一次稿で、連載を振り返りながら長編小説に〝成長〟していく例すらあるわけです。たとえば川端康成の「雪国」（163〜165頁）は、最初に発表された短編「夕景色の鏡」が昭和一〇年一月の「文芸春秋」に発表された段階では、冒頭は、「国境の長いトンネルを抜けると……」というあの著名な書き出しとは全く異なるものでした。七編の短編が異なる雑誌に分載され、それらが初めて「雪国」の総題の下に、昭和一二年六月に創元社から刊行されたのです。当然、この時に内容にも大幅な手入れがなされているわけですが、しかし、この時点でも、実は今日われわれの知る「雪国」の内容とは大きく違うものでした。結末七分の一ぐらいがまだ発表されておらず、川端は世間の反響、戦中、戦後という時代の変化を慎重に見極めながら続編を雑誌に発表していったわけです。今日に近い形の「雪国」が刊行されたのは一一年後の昭和二三年一二月（創元社）になってからのことで、作者はさらにその後も本文の修正を繰り返し、亡くなる直前の昭和四六年まで、実に三六年間にわたって改訂を続けていたのです。

志賀直哉の長編、「暗夜行路」（194頁）も発表に長い時間を費やしました。大正八年に一部が雑誌に発表されてから昭和一二年に完結するまで、二〇年近くを要しています。実は大正一一年の段階で四分の三ぐらいまで発表されていたのですが、そのあと中絶し、生前の『志賀直哉全集』の刊行に合わせて結末が執筆されたのです。これだけ時間を経れば当然作者の考えも変わるし、社会の価値観も変わってくることでしょう。統一的な一編として読み通すのも一つの読み方ですが、本文の異同を検討しながら、こうしたジグザグの軌跡をたどってみる読み方があってもよいのではないでしょうか。一編の小説がまるで生き物のように成長し、変貌していくプロセスが浮き彫りにされてくるわけで、その意味でも小説は作者と読者の「対話」によって成長を続けていく、一個の生命体でもあるわけです。

活字化のプロセス、という点で言えば、検閲も大きなテーマです。大きく戦前の内務省の検閲と、戦後一時期の占領軍（GHQ）の検閲との二つに分けて考えることができますが、かつては〝闇〟であったその実態も、近年さまざまな史料が公開、閲覧可能となったことによって、次第にその興味深い内容が明らかになってきました。たとえば小林多喜二の「蟹工船」の雑誌掲載の本文はあまりに伏字が多く、痛ましいまでの惨状を呈しています（173頁）。坂口安吾の「戦争と一人の女」も占領軍から大幅な削除が命じられ、実はもとの形が活字になったのは、平成一二年に『坂口安吾全集』（筑摩書房、第一六巻）が刊行された時のことでした（180頁）。「活字化」は「社会化」をめぐる戦いの第二ラウンドである、ということの意味をあらためてご理解いただけるのではないかと思います。

第四章「読み継がれていく中で」は、書き手である作者が亡くなったあと、われわれ読者が「本文」をどのように後世に伝えていくか、という問題を扱っています。たとえば前章で取り上げた井伏鱒二「山椒魚」は、昭和四年に発表された小説ですが（ここに至るまでにも改稿を経ています）、半世紀以上たった昭和六〇年の『井伏鱒二自選全集』（新潮社、第一巻）刊行の折、大幅に内容が書き換えられています（153〜155頁）。改稿では結末の「今でもべつにお前のことをおこつてはゐないんだ。」という山椒魚と蛙との会話が削除され、和解や救済の可能性が絶たれてしまっているわけです。すでに長年にわたって高校の国語教科書に取り上げられ、親しまれていた小説でもあるのですが、今後われわれがこの小説を扱うとき、どのテキストを採用すべきなのかという、大きな問題をこの改訂は投げかけています。たとえばフランスでは個人全集を出すとき、作者生前の最後の本文を採用する、という原則がありますが、日本の近代文学の場合、事態は決して単純ではありません。初出→初刊→再録、という流れの中で、何を「定本」として後世に残すかを決めるのは、われわれ読者に課せられた大きな任務なのです。

たとえば夏目漱石の没後、弟子の小宮豊隆、森田草平たちが数度にわたる改訂を経て、岩波書店『漱石全集』の本文を作っていきました。原稿を読みやすい表記に改める原則を決め、それが長い時間をかけて踏襲されてきたわけです。その後、これをあらためて原稿の表記に戻す試みもなされましたが、これも「本文」は唯一絶対のものではなく、その時代の指針をいかに作っていくか、という重い課題をわれわれに投げかけています（198～202頁）。

「名作」をさまざまな形で伝えていくこと、すなわち〝伝承〟は、それ自体が文化の本質です。活字に限らず、小説は戯曲、映画などに繰り返し取り上げられ、漫画、アニメなど、その享受の形態は広い奥行きを持っています。本書ではその一例として、漱石の「坊つちやん」を取り上げ、さまざまなメディアによって国民的な存在に育っていくプロセスをたどってみました。

〝伝承〟という点で言えば、翻訳の問題も重要でしょう。他言語に移し替えられることによって小説は「世界文学」としてあらたな息吹を与えられ、再発見されていくことになるからです。これらはいずれも作者の当初の意図や同時代の享受を離れた問題で、ある一つのすぐれた小説をどのように文化資産として育み、育てていくか、というのは、まさにグローバルな課題でもあるわけです。

以上、簡単に全体の構成を振り返ってみました。本書によって、小説が時間と共に自在に変貌していく〝生き物〟であるということ、その背後の多くの人々の〝伝承〟への熱い想いに支えられていることへの理解が進めば、これに過ぎる幸いはありません。文学を愛する全ての方、さらには高校の「国語」の副読本、大学の講義のテキストとして、本書を広くご活用いただければ幸いです。

末筆になりましたが、今回、刊行の労をお取り下さり、貴重な御助言をいただいた秀明大学の川島幸希氏、日本近代文学館で企画を担当した土井雅也、宮西郁実両氏、および編集担当の秀明大学出版会、山本恭平、戸田香織両氏に心より御礼申し上げます。

序章　「夜明け前」の誕生

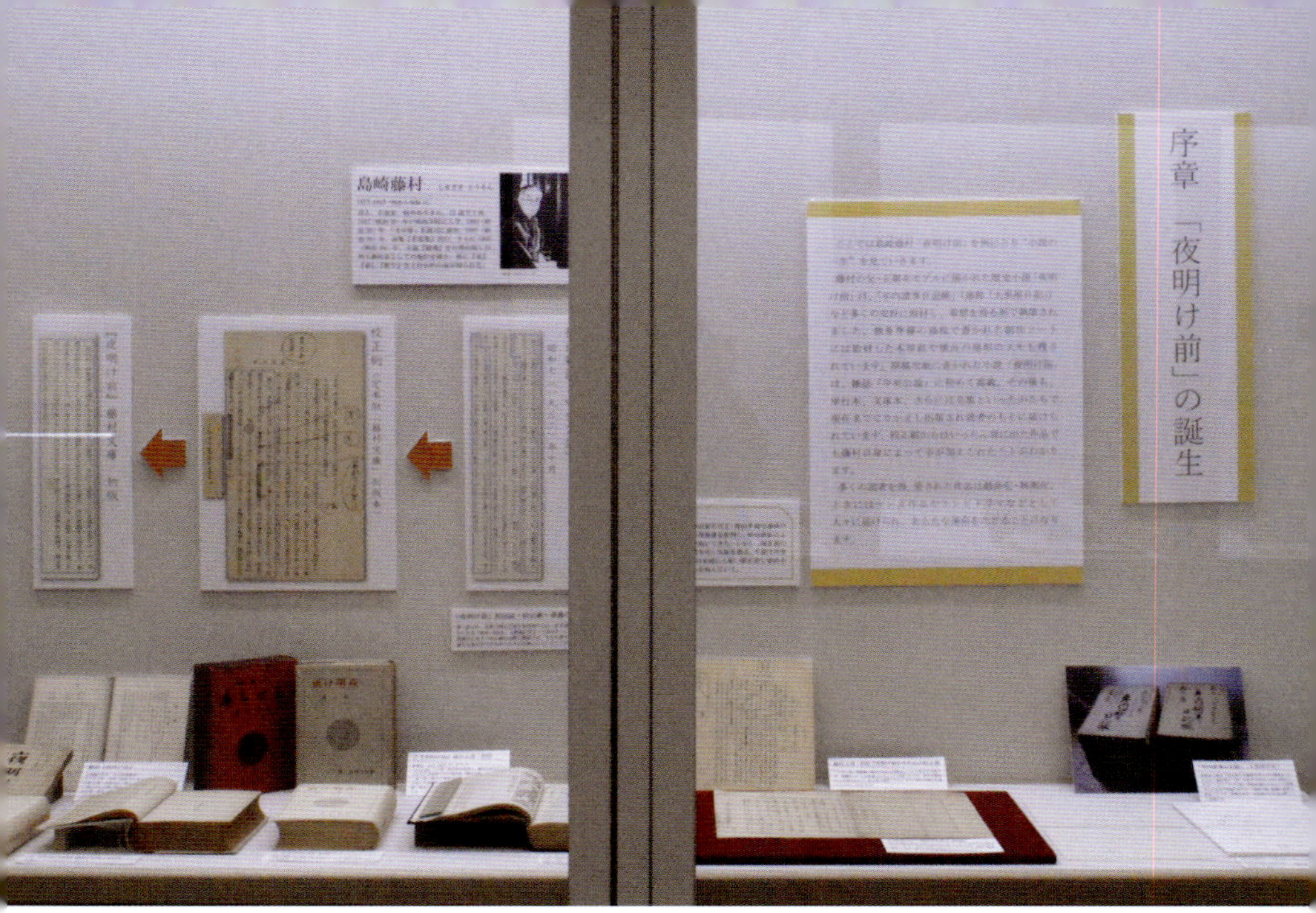

序章「夜明け前」の誕生

ここでは島崎藤村「夜明け前」を例にとり〝小説の一生〟を見ていく。

藤村の父・正樹をモデルに描かれた歴史小説「夜明け前」は、「年内諸事日記帳」（通称「大黒屋日記」）など多くの史料に取材し、着想を得る形で執筆された。執筆準備の過程で書かれた創作ノートには取材した木曽路や横浜の地形のメモも残されている。原稿用紙に書かれた小説「夜明け前」は、雑誌「中央公論」に初めて掲載。その後も、単行本、文庫本、さらには全集といったかたちで現在まで繰り返し出版され読者のもとに届けられている。校正刷からはいったん世に出た作品でも藤村自身によって手が加えられたことがわかる。

多くの読者を得、愛された作品は戯曲化・映画化、ときにはマンガ作品やテレビドラマなどとして人々に届けられ、あらたな運命をたどることになる。

島崎藤村（しまざき とうそん）

1872-1943（明治５-昭和18）

詩人、小説家。筑摩県馬籠村（現・岐阜県中津川市）生まれ。９歳で上京、1887（明治20）年に明治学院に入学。1893（明治26）年、「文学界」の創刊に参加。1897（明治30）年、詩集『若菜集』刊行。さらに1906（明治39）年、小説『破戒』を自費出版し自然主義作家としての地位を確立。他に『家』『春』『新生』など自伝的小説が知られる。

1932（昭和７）年

「夜明け前」の概要

中山道の木曽路を舞台に、近代の夜明けを生きた青山半蔵の生涯を藤村の父をモデルに描く。木曽路は皇女和宮の降嫁の列や水戸天狗党の浪士たちなど時代の当事者たちが通過し、また大政奉還や江戸無血開城の噂も伝えられる。江戸時代の秩序が次第に壊される中、若いころ国学に没頭した半蔵は東京での奉職を経て神社宮司となるが、真の復古の実現しないいらだちを天皇の馬車に直訴し、罰金刑を受ける。やがて青山家の衰落とともに半蔵の言動は次第に常軌を逸し、寺への放火未遂をきっかけに座敷牢に入り生涯を閉じる。

「年内諸事日記帳」（大黒屋日記）

「夜明け前」作中の伏見屋金兵衛のモデルとなった大脇兵右衛門信興が1826（文政9）年から1870（明治3）年にかけてつづった日記全31冊。大脇家は島崎家の隣家で酒造業や金融業を営んだ。藤村はこの日記をもとに「大黒屋日記抄」9冊を作成、「夜明け前」執筆の重要な資料とした。

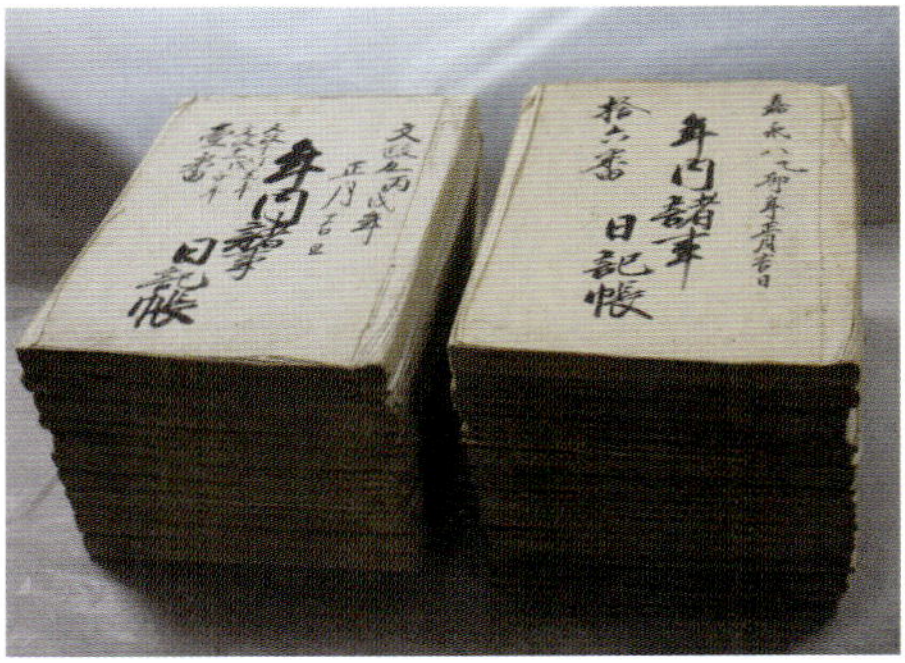

藤村記念館蔵

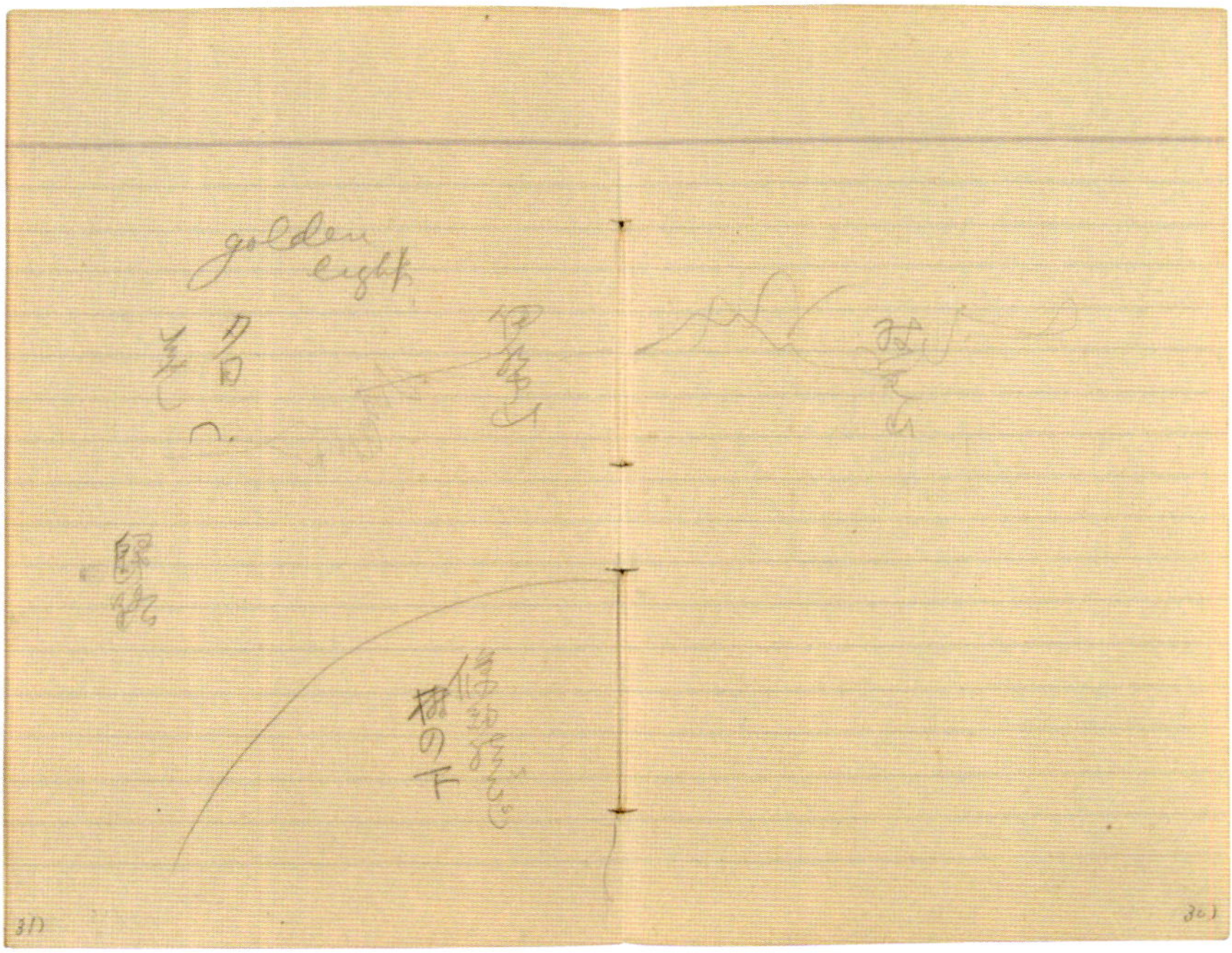

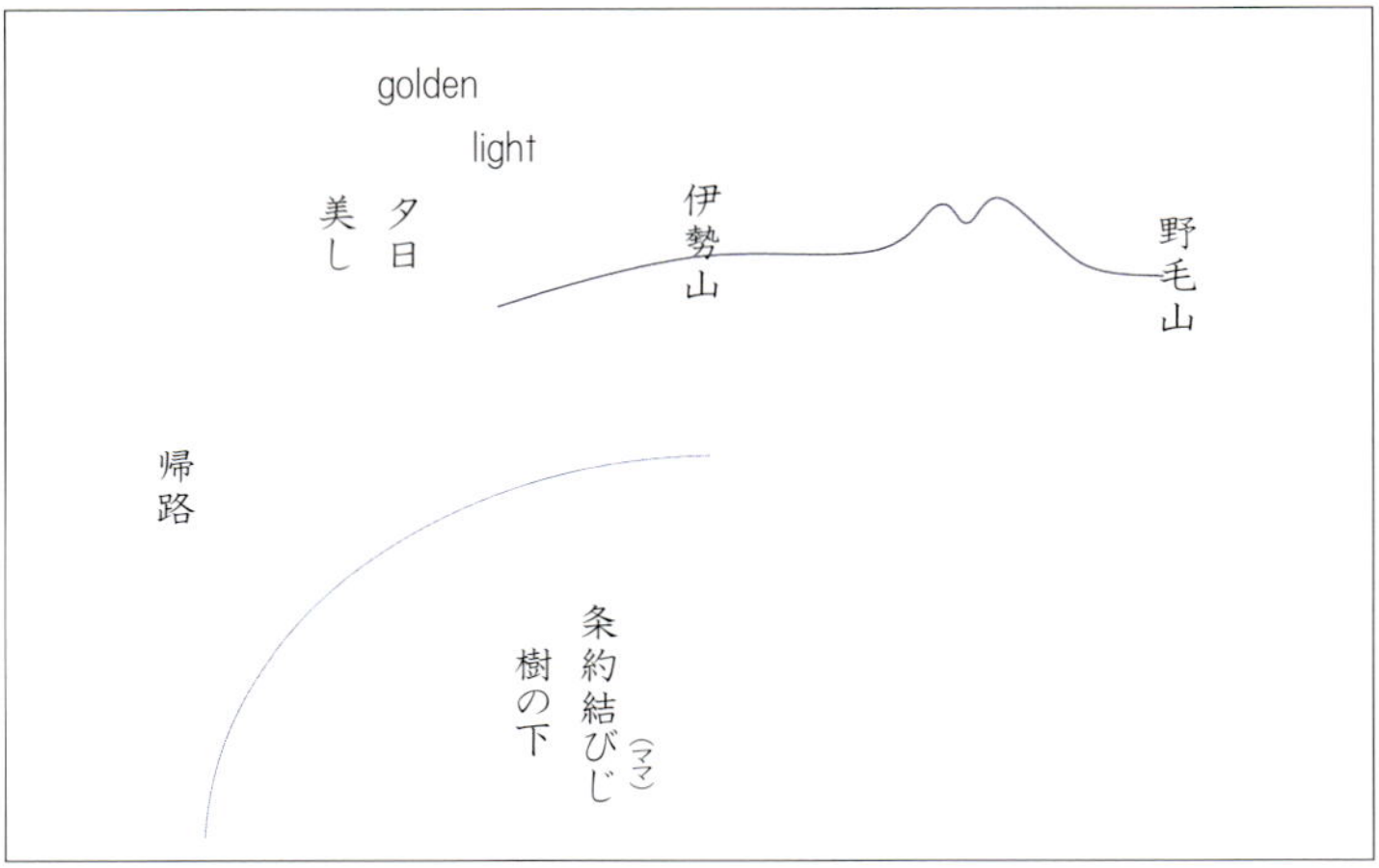
golden
light
夕日
美し
伊勢山
野毛山
帰路
条約結びじ（ママ）
樹の下

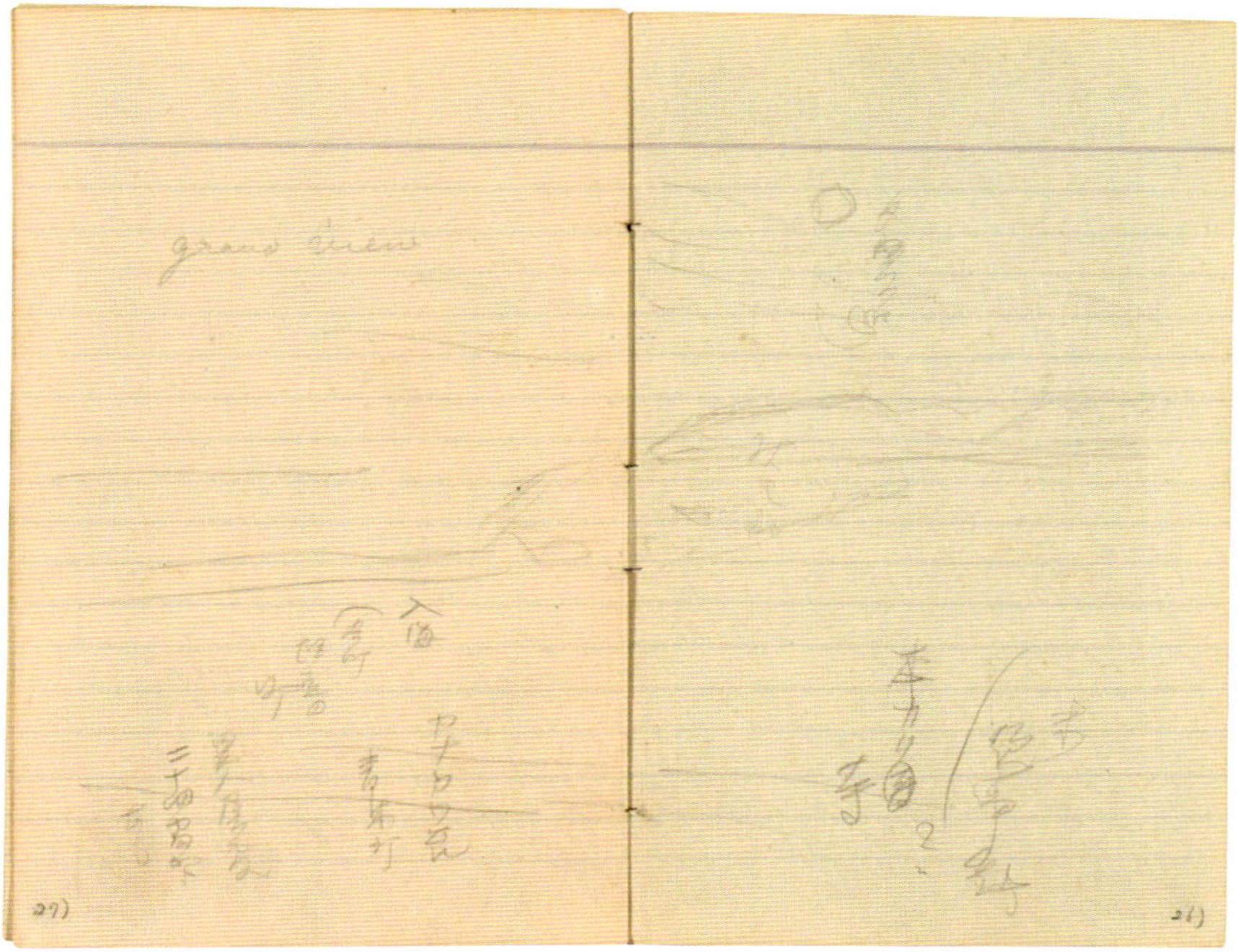

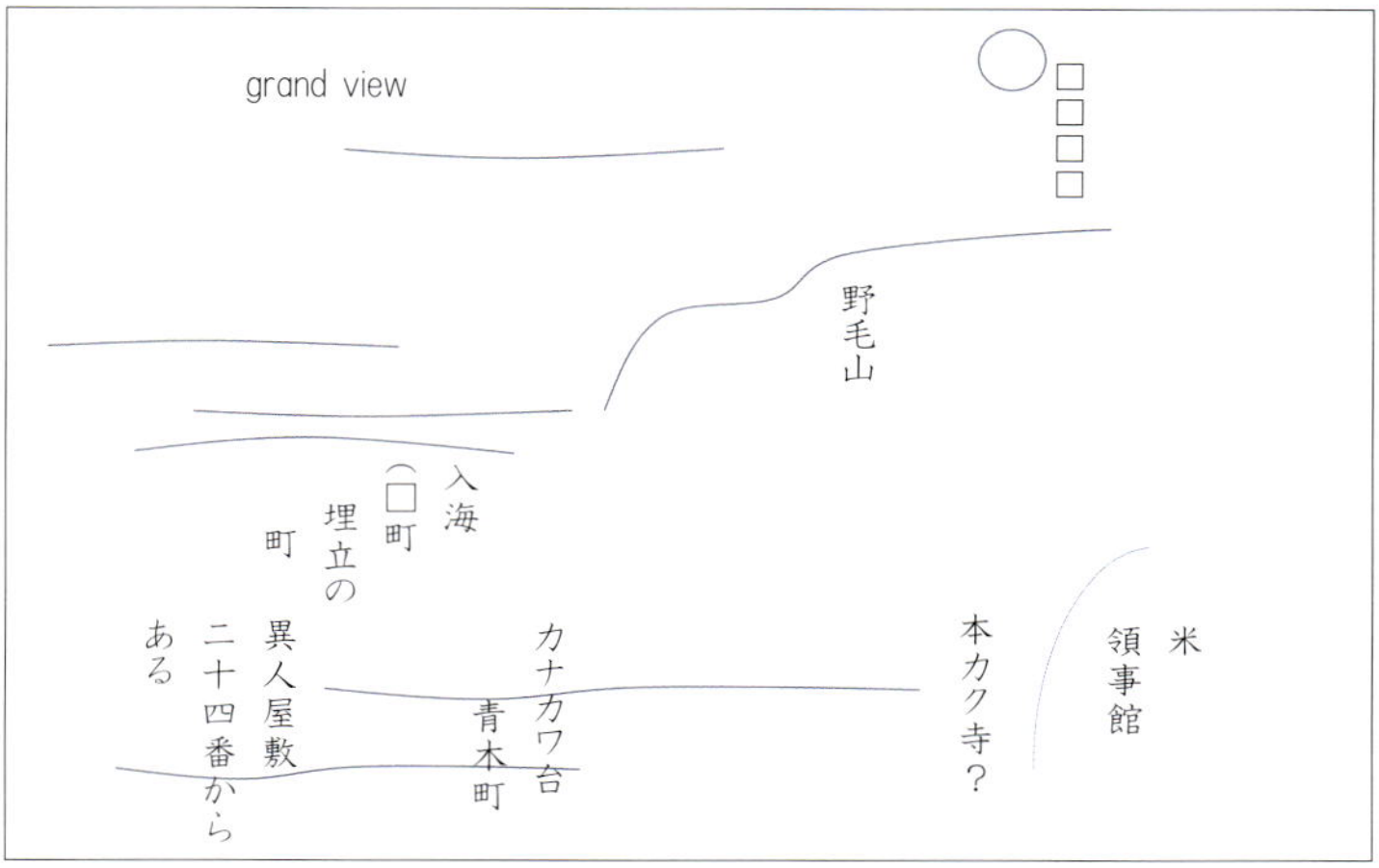

島崎藤村「夜明け前」創作ノート 1926（大正15）年

「夜明け前」執筆に際し、藤村は木曽路や横浜の実地調査を行い、ノートに書きとめている。画像は横浜を訪れた際のもの。

島崎藤村「夜明け前」原稿

四〇〇字詰め原稿用紙約二七六〇枚に及ぶ大作の冒頭の一枚。実際に読者のもとに届けられた「中央公論」誌面と比べることで「風雪を凌ぐための石を…」の一節の削除など、作者の試行錯誤の跡を追うことができる。編集者による「カット」の指示の部分には木曽路をイメージさせるヒノキ科の葉の意匠が加えられた。（二四ページ参照）

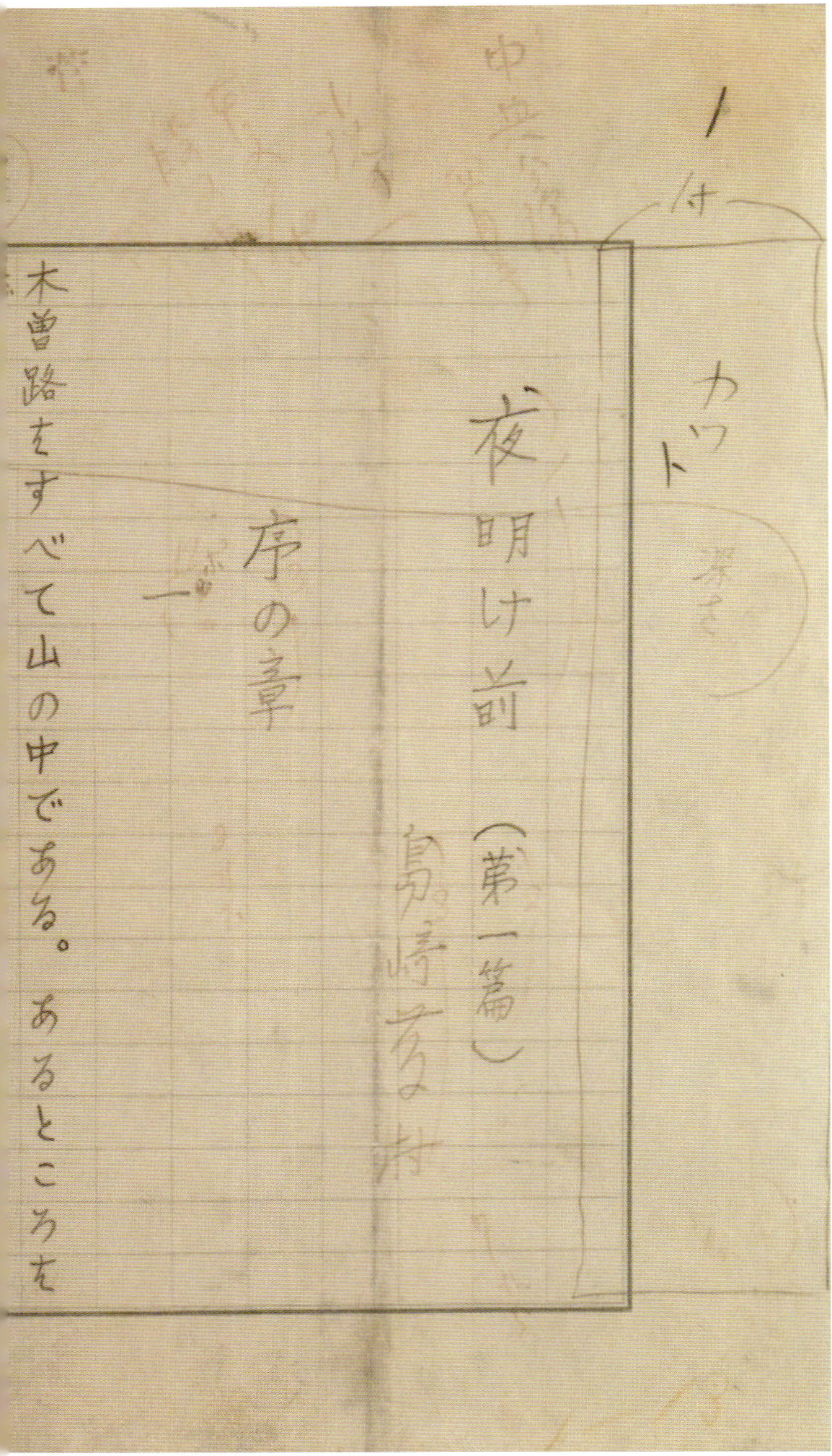

日本近代文学館編「複製近代文学手稿100選」より　原本・藤村記念館蔵

ところを山の尾をめぐる谷の入口である。一筋の街道をこの深い森林地帯を貫いてゐて、風雪を凌ぐための石を載せた板屋根がところどころに見られる。ゐる。

東ざかひの櫻澤から、西の十曲峠まで、木曽十一宿はこの街道に添うて、二十二里餘に亘る長い谿谷の間に散在してゐた。道路の位置も幾度か改まつたもので、古道をいつの間にか深い山間に埋れた。名高い棧《かけはし》も、蔦のかづらを頼みにしたやうな危い場處ではなくなつて、德川時代の末には既に渡ることの出來る橋であつた

島崎藏

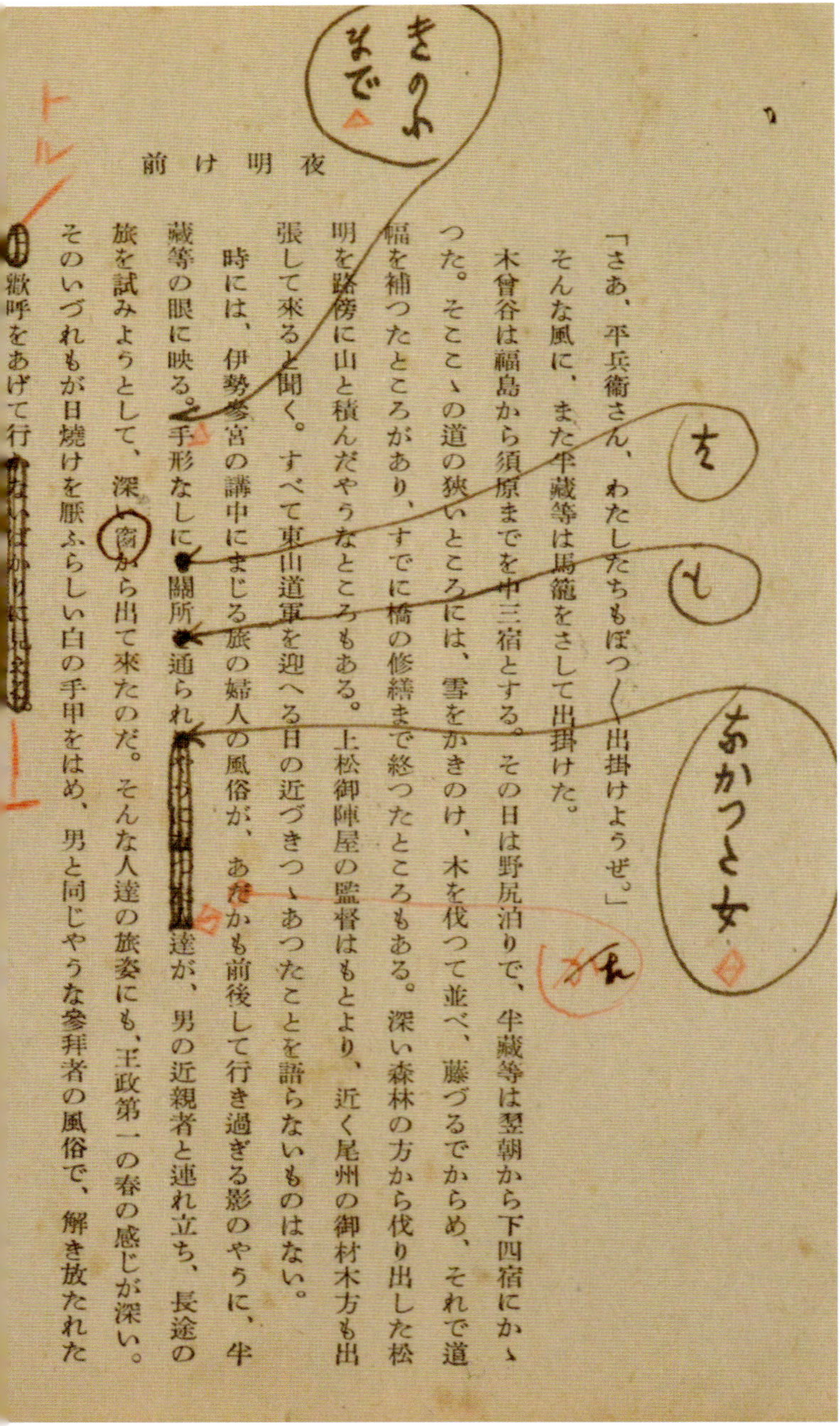

夜明け前

「さあ、平兵衛さん、わたしたちもぼつ〳〵出掛けようぜ。」

そんな風に、また半藏等は馬籠をさして出掛けた。

木曾谷は福島から須原までを中三宿とする。その日は野尻泊りで、半藏等は翌朝から下四宿にかゝつた。そこゝの道の狹いところには、雪をかきのけ、木を伐つて並べ、藤づるでからめ、それで道幅を補つたところがあり、すでに橋の修繕まで終つたところもある。深い森林の方から伐り出した松明を路傍に山と積んだやうなところもある。上松御陣屋の監督はもとより、近く尾州の御材木方も出張して來ると聞く。すべて東山道軍を迎へる日の近づきつゝあつたことを語らないものはない。

時には、伊勢參宮の講中にまじる旅の婦人の風俗が、あたかも前後して行き過ぎる影のやうに、半藏等の眼に映る。手形なしに關所通られ[illegible]達が、男の近親者と連れ立ち、長途の旅を試みようとして、深い窗から出て來たのだ。そんな人達の旅姿にも、王政第一の春の感じが深い。そのいづれもが日燒けを厭ふらしい白の手甲をはめ、男と同じやうな參拜者の風俗で、解き放たれた歡呼をあげて行[illegible]

藤村文庫・初版『夜明け前』のための校正刷

「中央公論」連載稿に藤村が加えた書籍化のための修正を反映させ、書籍のページの体裁になるように印刷したもの。黒字が藤村による書き込みで、校正刷の段階でさらに細かな修正を施していることがわかる。

すでにほころび[redacted]ゐた。

午後に、半蔵等は大火の後を受けてまだ間もない妻籠の宿に入つた。妻籠本陣の壽平次をはじめ、その妻のお里、めつきり年とつたおばあさん、半蔵のところから養子に貰はれて來てゐる稚い正己——皆、無事。でも壽平次方では僅かに類焼をまぬかれたばかりで、火は本陣の會所まで迫つたといふ。脇本陣の得右衛門方は、と見ると、これは大火のために會所の門を失つた。半蔵が福島の方から引き返して、地方御役所で叱られて來たありのまゝを壽平次に告げに寄つたのは、この混雑の中であつた。尤も、半蔵は往きにもこの妻籠を通つて壽平次の家族を見に寄つたが、僅かの日數を間に置いただけでも、板圍ひのなかつたところにそれが出來、足場のなかつたところにそれが掛つてゐた。そこにもこゝにも假小屋の工事が始まつて、總督の到着するまでにはどうにか宿場らしくしたいといふそのさかんな復興の氣象は周圍に滿ちあふれてゐた。

壽平次は言つた。

「半蔵さん、今度といふ今度はわたしも弱つた。東山道軍が見えるにしたところで、君の方はまだいゝ。晝休みの通行で濟むからいゝ。妻籠を見たまへ、この大火の後で、しかも總督の御泊りと來てませう。」

「夜明け前」初出誌・校正刷・書籍の比較

第二部より。青枠で囲んだ部分を比較すると、まず初出誌には見られた「従来、『出女、入り鉄砲』など〻言はれ…」の一節が書籍化に先立つ校正刷の段階で削除され、さらに書き込まれた細かな修正が出来上がった本に反映されていることがわかる。

初出雑誌「中央公論」一九三二（昭和七）年一〇月

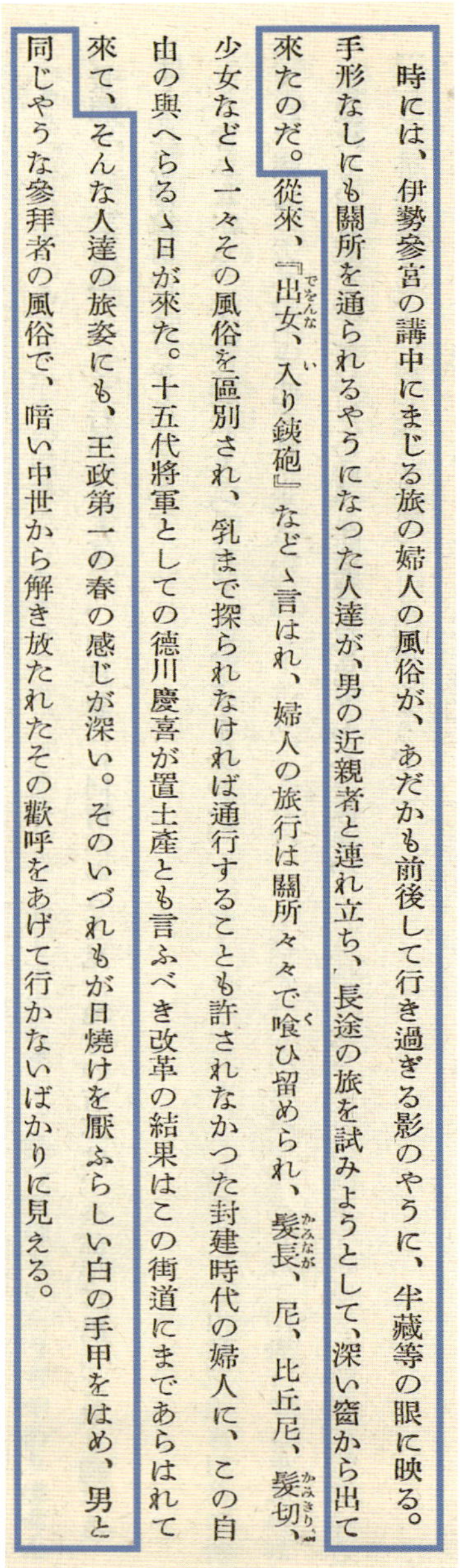

時には、伊勢參宮の講中にまじる旅の婦人の風俗が、あだかも前後して行き過ぎる影のやうに、半藏等の眼に映る。手形なしにも關所を通られるやうになつた人達が、男の近親者と連れ立ち、長途の旅を試みようとして、深い窗から出て來たのだ。從來、『出女《でをんな》、入《い》り銕砲』など〻言はれ、婦人の旅行は關所々々で喰《く》ひ留められ、髪長《かみなが》、尼、比丘尼、髪切《かみきり》、少女など〻一々その風俗を區別され、乳まで探られなければ通行することも許されなかつた封建時代の婦人に、この自由の與へらる〻日が來た。十五代將軍としての德川慶喜が置土産とも言ふべき改革の結果はこの街道にまであらはれて來て、そんな人達の旅姿にも、王政第一の春の感じが深い。そのいづれもが日燒けを厭ふらしい白の手甲をはめ、男と同じやうな參拜者の風俗で、暗い中世から解き放たれたその歡呼をあげて行かないばかりに見える。

校正刷

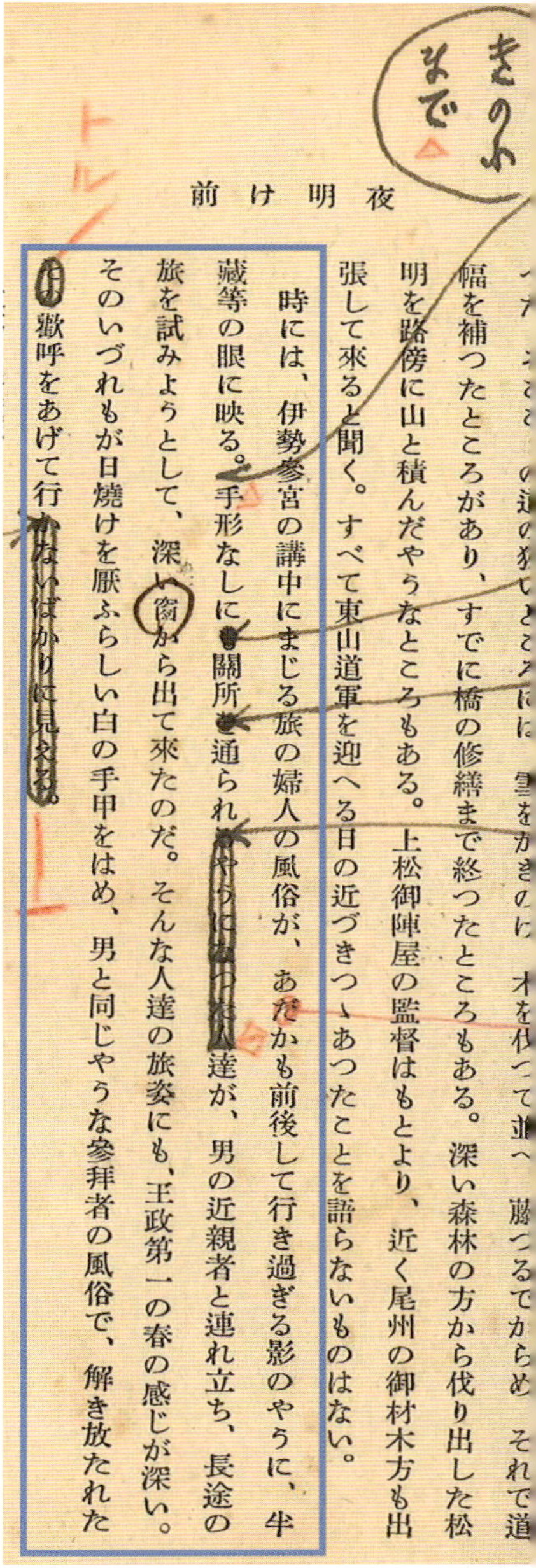
夜明け前

幅を補つたところがあり、すでに橋の修繕まで終つたところもある。深い森林の方から伐り出した松明を路傍に山と積んだやうなところもある。上松御陣屋の監督はもとより、近く尾州の御材木方も出張して來ると聞く。すべて東山道軍を迎へる日の近づきつゝあつたことを語らないものはない。

時には、伊勢參宮の講中にまじる旅の婦人の風俗が、あたかも前後して行き過ぎる影のやうに、半藏等の眼に映る。手形なしに關所も通られるやうになつた人達が、男の近親者と連れ立ち、長途の旅を試みようとして、深い窗から出て來たのだ。そんな人達の旅姿にも、王政第一の春の感じが深い。そのいづれもが日燒けを厭ふらしい白の手甲をはめ、男と同じやうな參拜者の風俗で、解き放たれた歡呼をあげて行かないばかりに見える。

『夜明け前』藤村文庫・初版（新潮社・一九三二年一月）

時には、伊勢參宮の講中にまじる旅の婦人の風俗が、あたかも前後して行き過ぎる影のやうに、半藏等の眼に映る。きのふまで手形なしには關所も通られなかつた女達が、男の近親者と連れ立ち、長途の旅を試みようとして、深い窗から出て來たのだ。そんな人達の旅姿にも、王政第一の春の感じが深い。そのいづれもが日燒けを厭ふらしい白の手甲をはめ、男と同じやうな參拜者の風俗で、解き放たれた歡呼をあげて行くかにも見えてゐた。

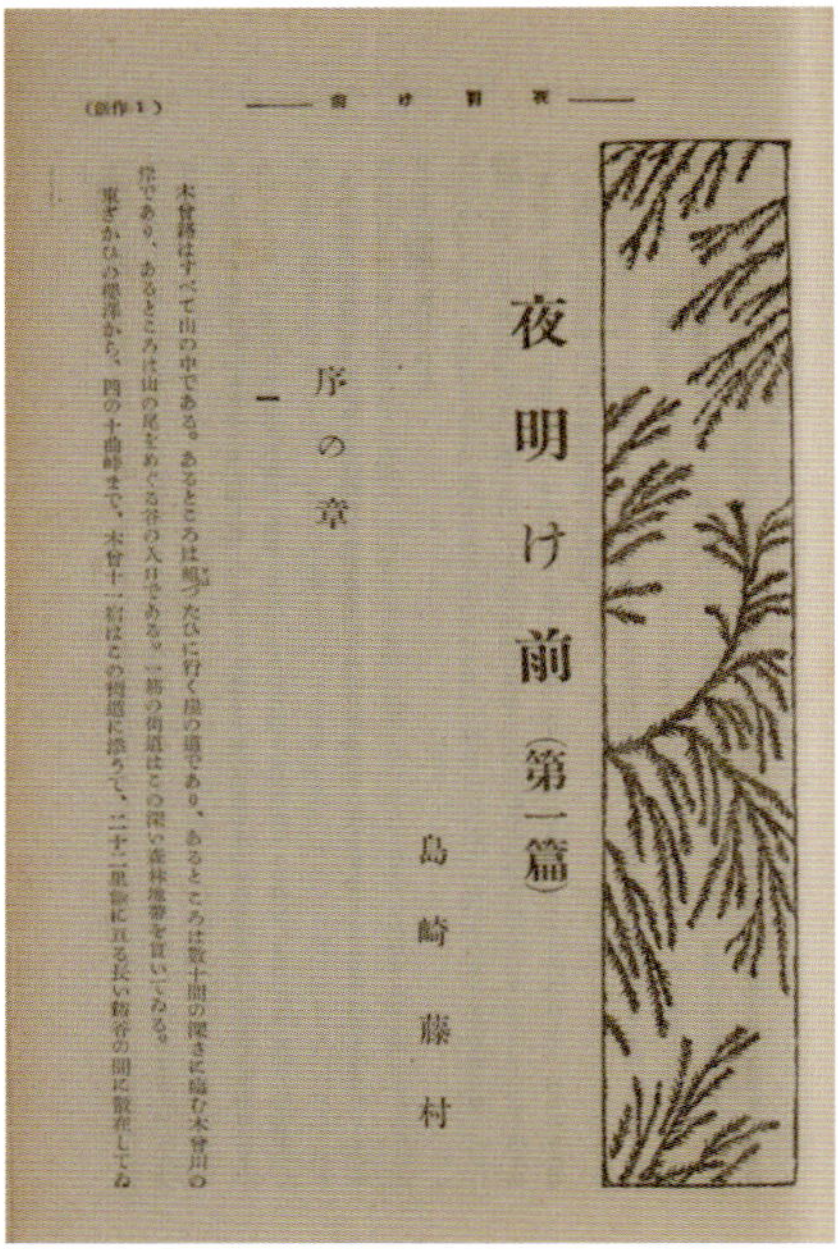

夜明け前 （創作1）

夜明け前（第一篇）

島崎藤村

序の章

一

木曾路はすべて山の中である。あるところは岨づたひに行く崖の道であり、あるところは数十間の深さに臨む木曾川の岸であり、あるところは山の尾をめぐる谷の入口である。一筋の街道はこの深い森林地帯を貫いてゐる。東ざかひの桜沢から、西の十曲峠まで、木曾十一宿はこの街道に添うて、二十二里余に亘る長い谿谷の間に散在してゐ

「中央公論」第44年春季特別号

1929（昭和4）年4月

「夜明け前」はこの号から1935（昭和10）年10月まで、原則年4回ずつ、あしかけ7年にわたり連載された。

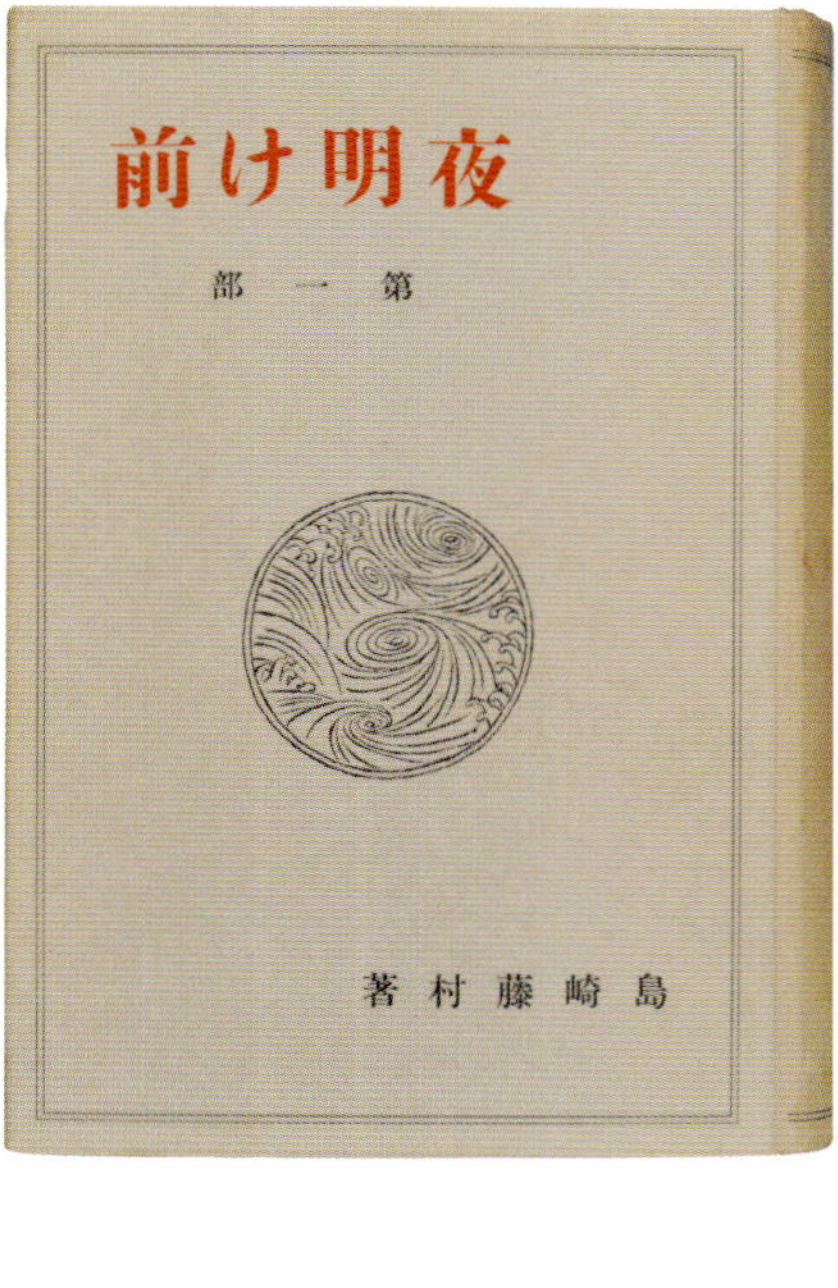

①『夜明け前』初版

新潮社　1932（昭和7）年1月

「中央公論」での第一部完結をもって、修正を加えたうえで書籍化したもの。

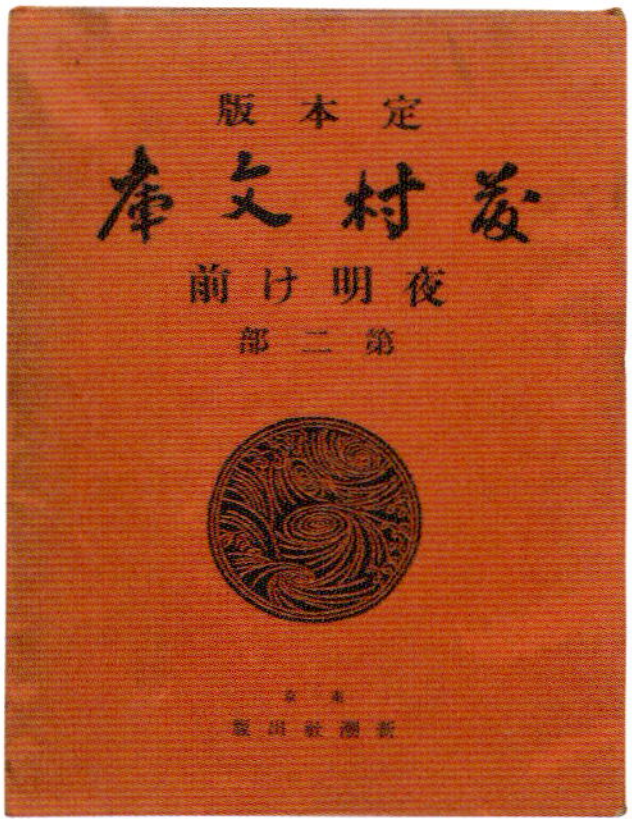

②『夜明け前』藤村文庫・初版　新潮社　1935（昭和10）年11月

「中央公論」での第二部完結を記念し、自選全集「藤村文庫」として、第一部・第二部の２冊組で出版。第一部は①『夜明け前』初版に象眼による修正をし、初めての書籍化である第二部は「中央公論」連載稿に大きく修正を加えている。

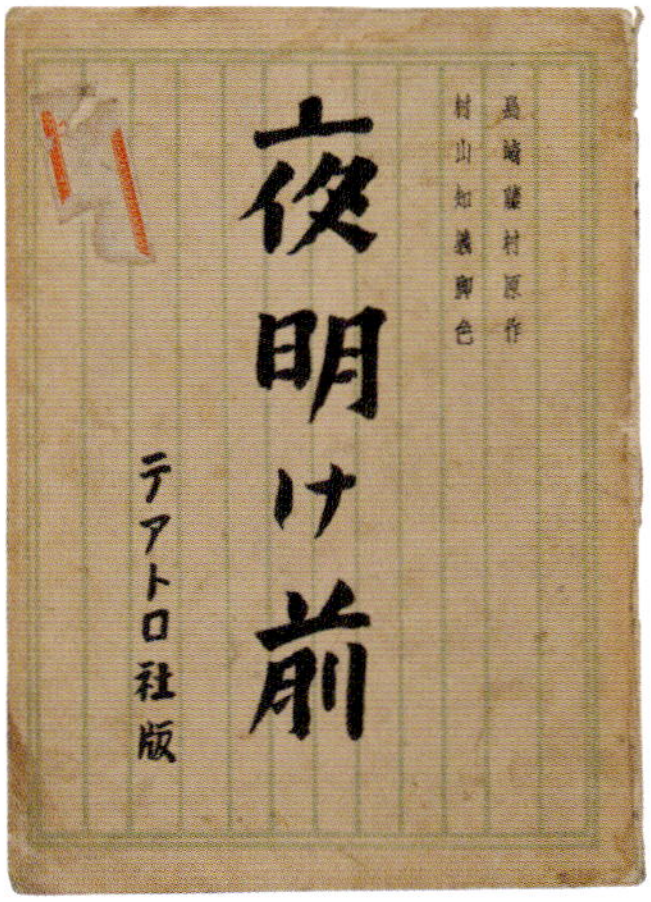

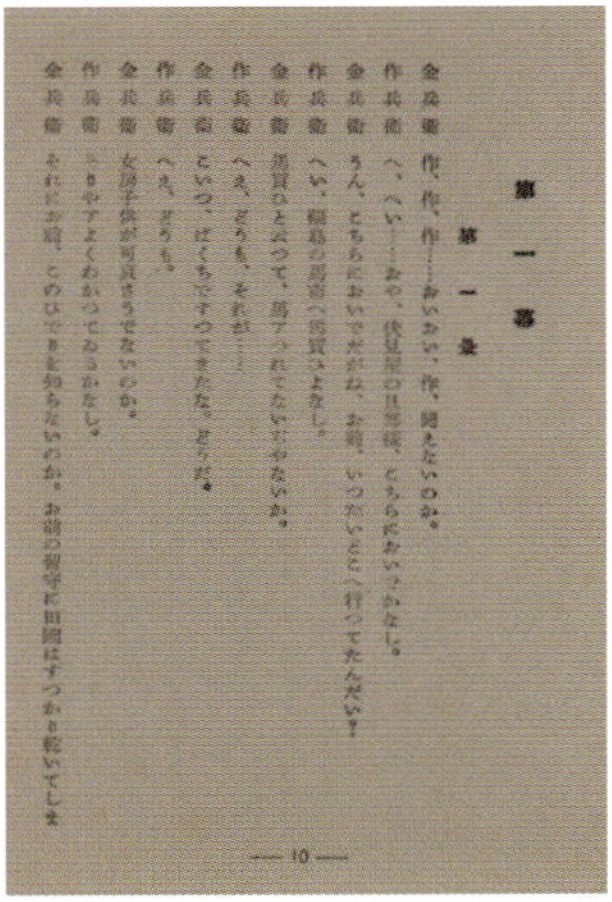

戯曲『夜明け前』　村山知義脚色　テアトロ社　1938（昭和13）年12月

3幕10場（本書では「景」）の第一部、5幕10場の第二部にわたる舞台脚本。久保栄の演出により、新協劇団が第一部を1934（昭和9）年11月、第二部を1936（昭和11）年にそれぞれ築地小劇場で初上演した。その後大阪・名古屋・京都・静岡でも上演された。

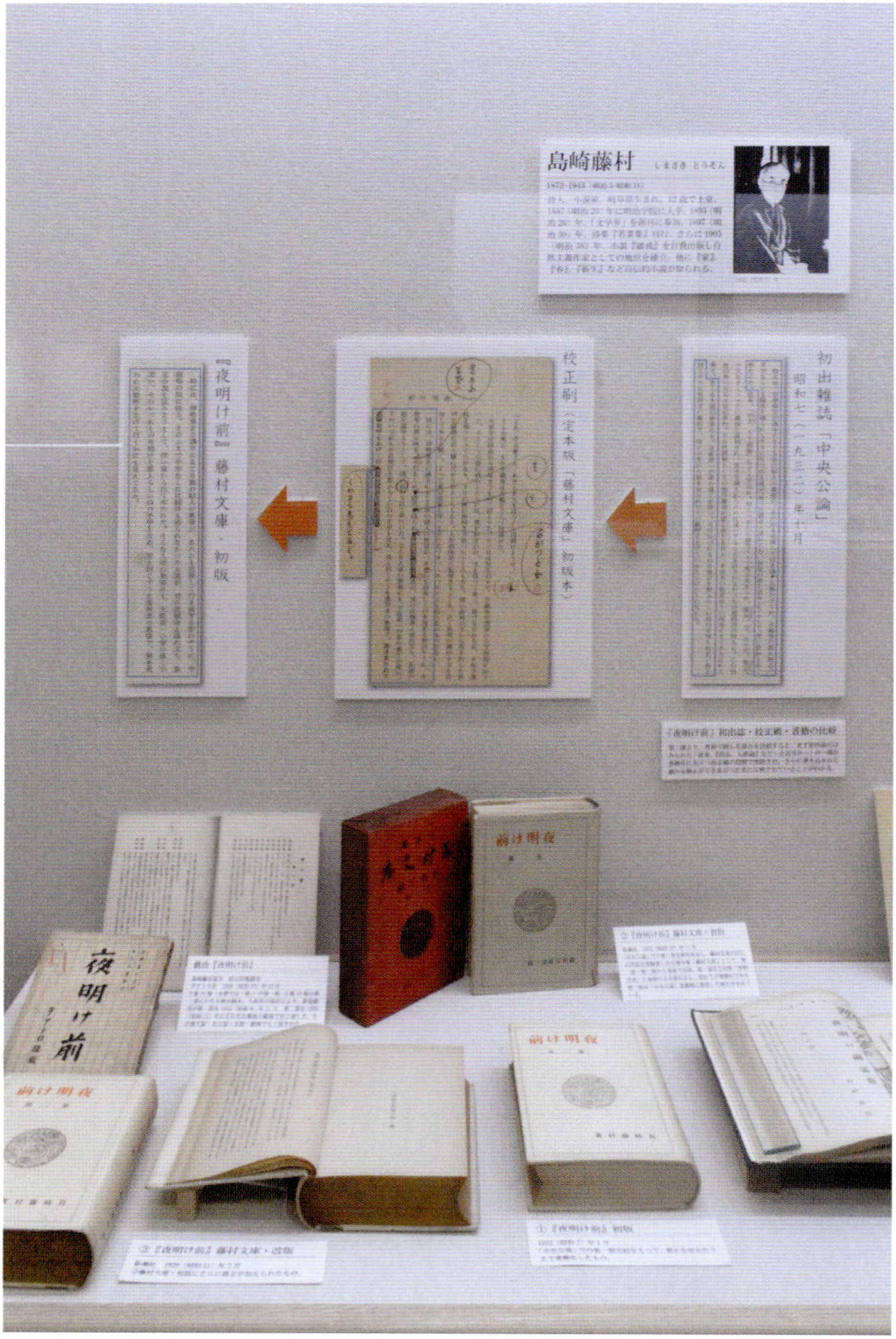
島崎藤村
しまざき とうそん
校正刷（定本版「藤村文庫」初版本）
『夜明け前』藤村文庫・初版
初出雑誌「中央公論」
昭和七（一九三二）年十月
『夜明け前』藤村文庫・改版
『夜明け前』初版

展示風景

第一章　構想

第一章　構想

小説は、作者自身の身の回りの出来事、社会的な関心を集めた事件、あるいは歴史的事実など実にさまざまな事柄から着想される。多くの場合、はじめから原稿用紙に小説のかたちで書かれるのではなく、取材や構想に時間がかけられる。その後次第に小説のかたちに近づき、一般に「草稿」とよばれる下書き段階の原稿にまとめられていく。

第一章は一九五五（昭和三〇）年に北アルプスの前穂高岳で実際に起きたナイロンザイルの切断による転落死亡事故をモデルとする井上靖「氷壁」の現地での取材メモや、遠藤周作「沈黙」執筆の際に参照した「きりしたんころび書物之事」写本、また、ノートや日記帳に書きとめられた芥川龍之介「椒図志異」や夏目漱石「それから」の構想などを紹介する。作者の思考過程は紙片やノートなどさまざまなものに書きとめられ、一瞬のひらめきを逃すまいとする意志や気概までもが臨場感豊かに伝わってくる。

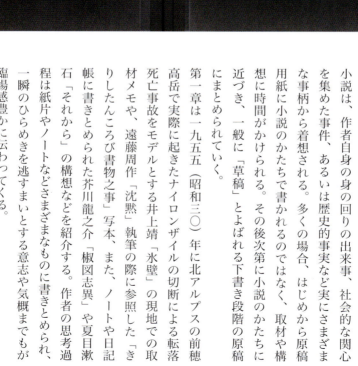

谷崎精二 (たにざき せいじ)

1890-1971 (明治23-昭和46)

1915(大正4)年頃

小説家、英文学者。東京日本橋蛎殻町生まれ。谷崎潤一郎は兄。広津和郎、葛西善蔵らの「奇跡」に参加。代表作に「離合」「地に頬をつけて」などがあるほか、ポーの翻訳でも知られる。

滝田樗陰 (たきた ちょいん)

1882-1925 (明治15-大正14)

編集者。秋田市出身。「中央公論」に編集者として入社後、文芸欄の拡充を提案。以後多くの作家が誌面に登用され、明治末から大正期にかけて活躍した作家の大部分は樗陰によって育てられたとまで言われる。

谷崎精二 滝田樗陰宛書簡

1917 (大正6) 年4月8日

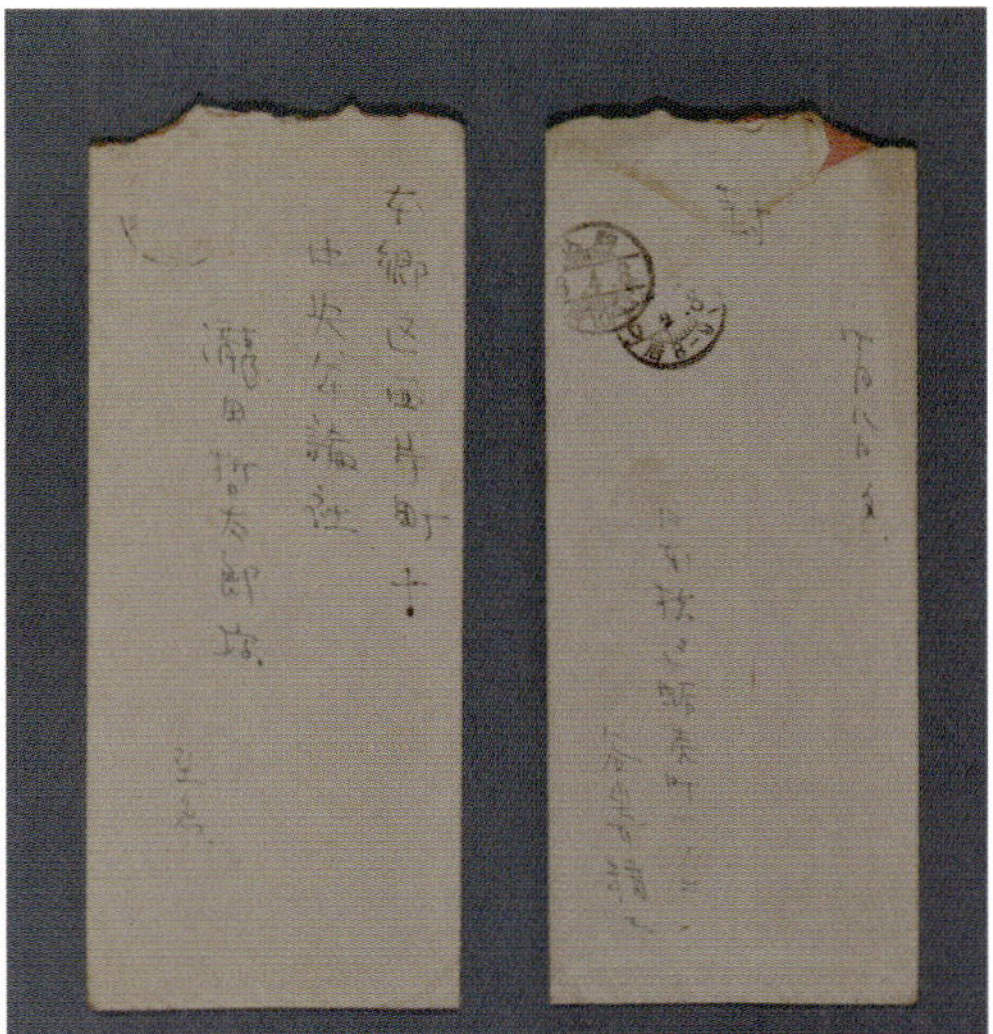

作家があたためていた構想は、編集者からの依頼などをきっかけにしてはじめて作品化される場合もある。樗陰からの20〜30枚程度の作品の発注があったのに対して、精二は書簡中で50枚程度にできないかと交渉している。こうして書かれたのが「侮蔑」で、精二の希望通りの中編小説として掲載された。

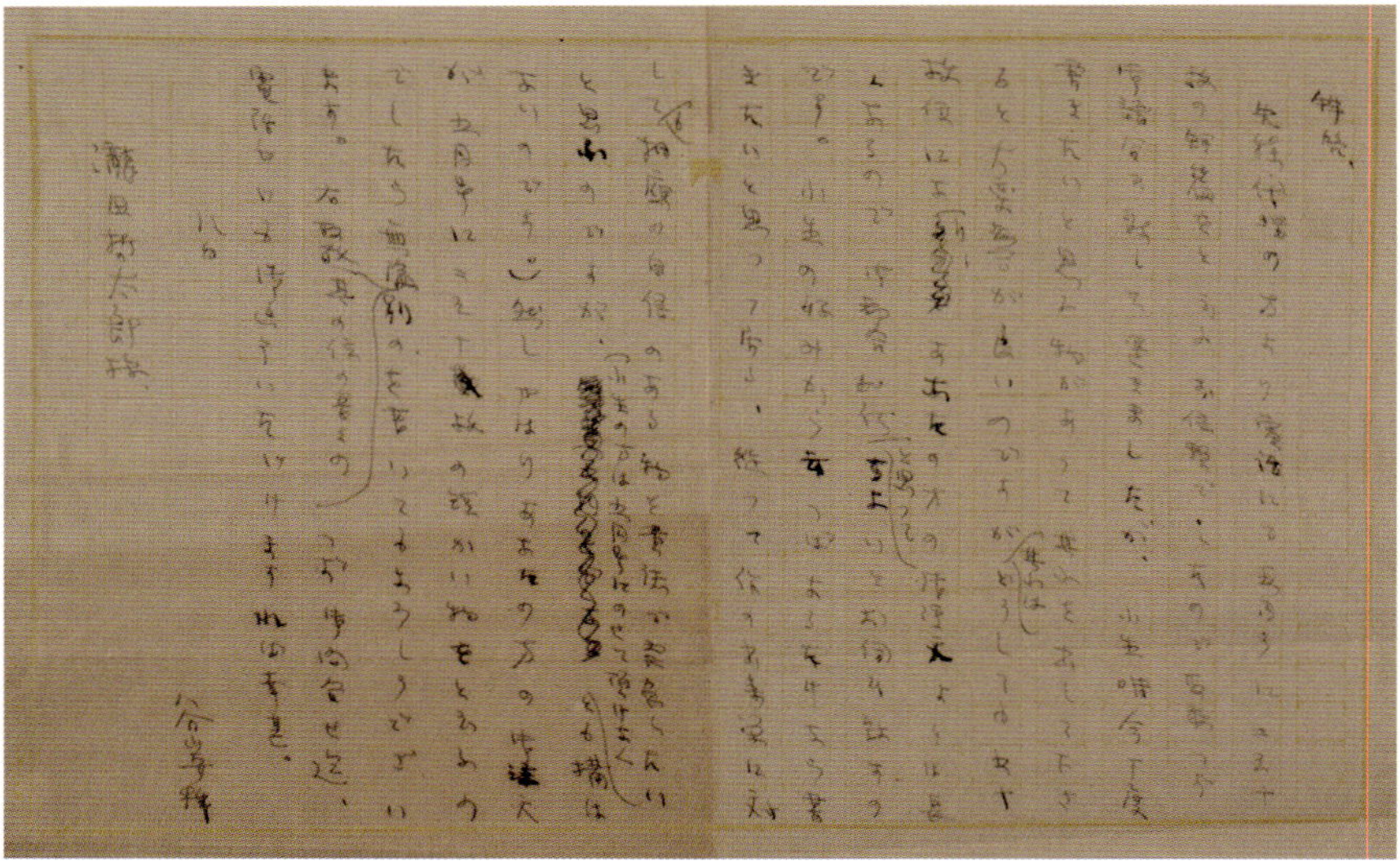

■ 谷崎精二 滝田樗陰宛書簡

拝啓、
　先程代理の方より電話にて五月号に二三十枚の短篇をと云ふお依頼でしたので取敢へず御請合ひ致して置きましたが、小生唯今丁度書きたいと思ふ物があつて其れを出して下さると大変都合が良いのですが其れはどうしても五十枚位になり、あなたの方の御注文よりは長くなるので御都合如何と思つてちよいとお伺ひ致すのです。小生の好みから云へばなるたけなら書きたいと思つて居る、従つて作の出来栄に対しても相応の自信のある物を貴誌で発表したいと思ふのですが、（小生の方は五月号にのせて頂けなくとも構はないのです。）然しやはりあなたの方の御注文が五月号に二三十枚の短かい物をと云ふのでしたら無論其の位の長さの別のを書いてもよろしうございます。右取敢へず御問合せ迄、電話でゞも御返事いたゞけますれば幸甚。

谷崎拝

八日

瀧田哲太郎様

谷崎精二「侮蔑」

「中央公論」
1917（大正6）年5月

新聞社の経済部長を務める主人公・殿村は20歳以上年下の編集助手・のぶ子を妾にしようと画策する。

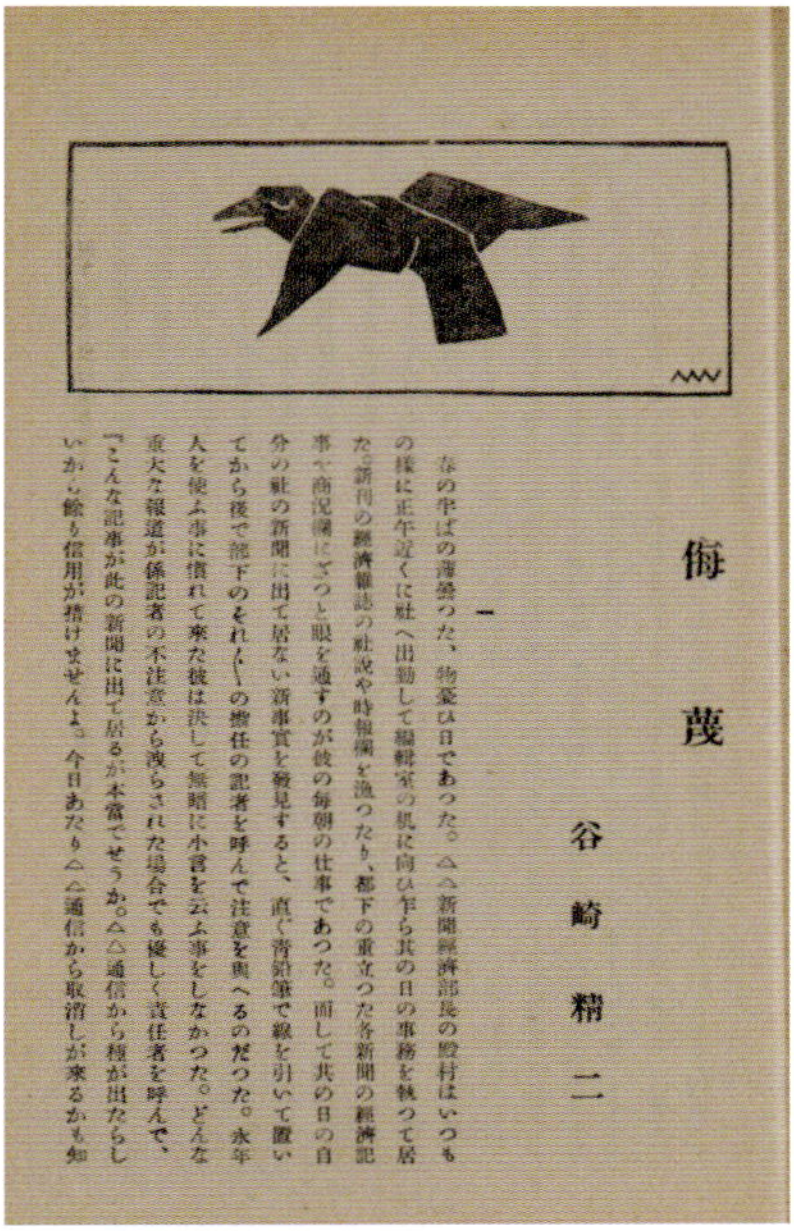

侮蔑

谷崎精二

一

春の半ばの薄曇つた、物憂ひ日であつた。△△新聞経済部長の殿村はいつもの様に正午近くに社へ出勤して編輯室の机に向ひ乍ら其の日の事務を執つて居た。新刊の経済雑誌の社説や時報欄を漁つたり、都下の重立つた各新聞の経済記事や商況欄にざつと眼を通すのが彼の毎朝の仕事であつた。而して其の日の自分の社の新聞に出て居ない新事實を發見すると、直ぐ青鉛筆で線を引いて置いてから後で部下のそれ〴〵の擔任の記者を呼んで注意を與へるのだつた。永年人を使ふ事に慣れて來た彼は決して無暗に小言を云ふ事をしなかつた。どんな重大な報道が係記者の不注意から洩らされた場合でも優しく責任者を呼んで、『こんな記事が此の新聞に出て居るが本當でせうか。△△通信から種が出たらしいから餘り信用が措けませんよ。今日あたり△△通信から取消しが來るかも知

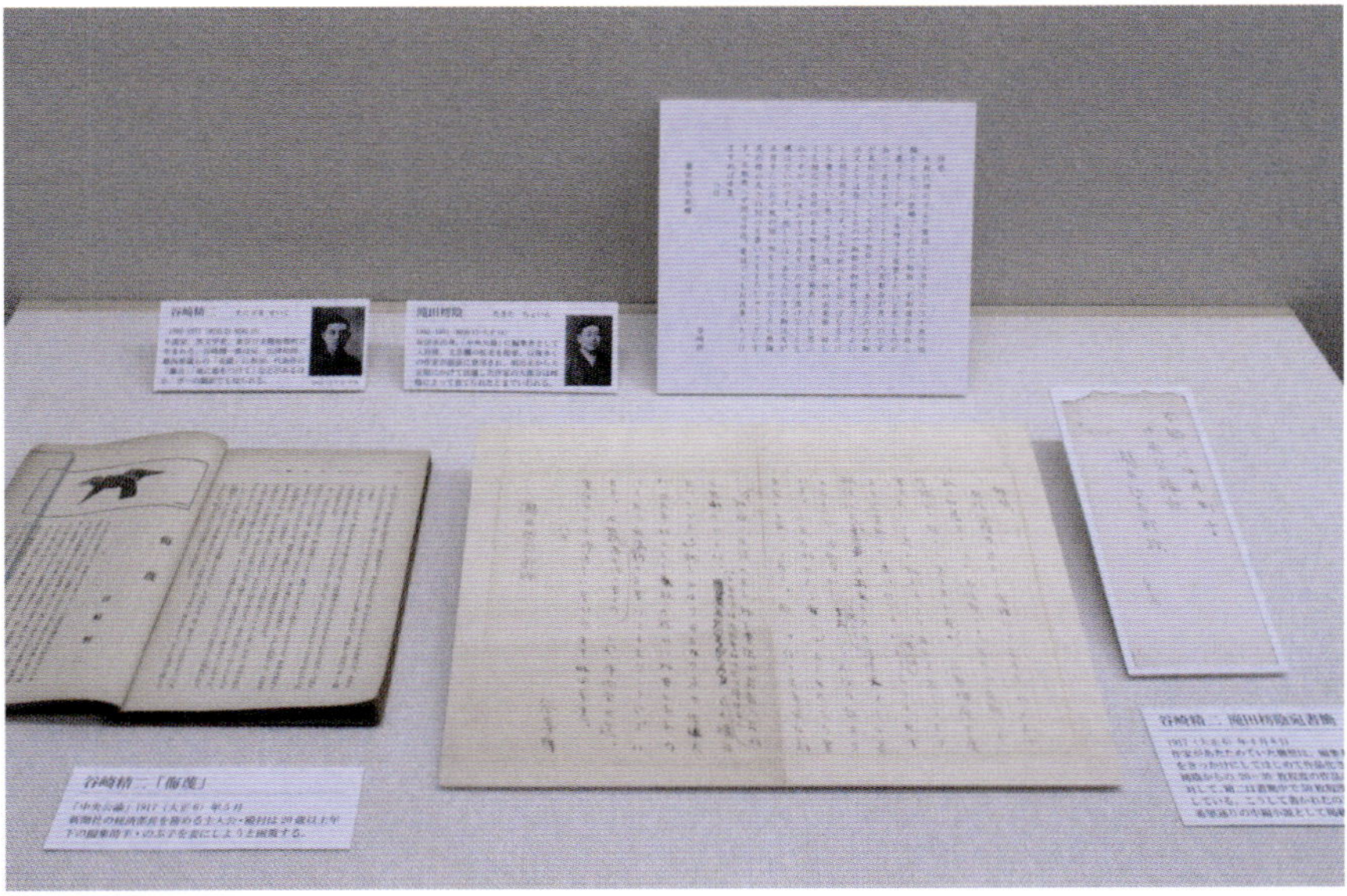

展示風景

芥川龍之介 (あくたがわ りゅうのすけ)

1892-1927 (明治25-昭和2)

小説家。東京市京橋区生まれ。1916 (大正5) 年、東京帝国大学在学中に第四次「新思潮」創刊号に発表した「鼻」が夏目漱石に評価され、文壇に登場。卒業後、海軍機関学校で英語を教えながら「芋粥」「奉教人の死」「羅生門」などを次々と発表。1918 (大正7) 年に大阪毎日新聞社社員となり文筆活動に専念する。さまざまなトラブルもあり心身を病み、1927 (昭和2) 年に自死する。

第一高等学校時代

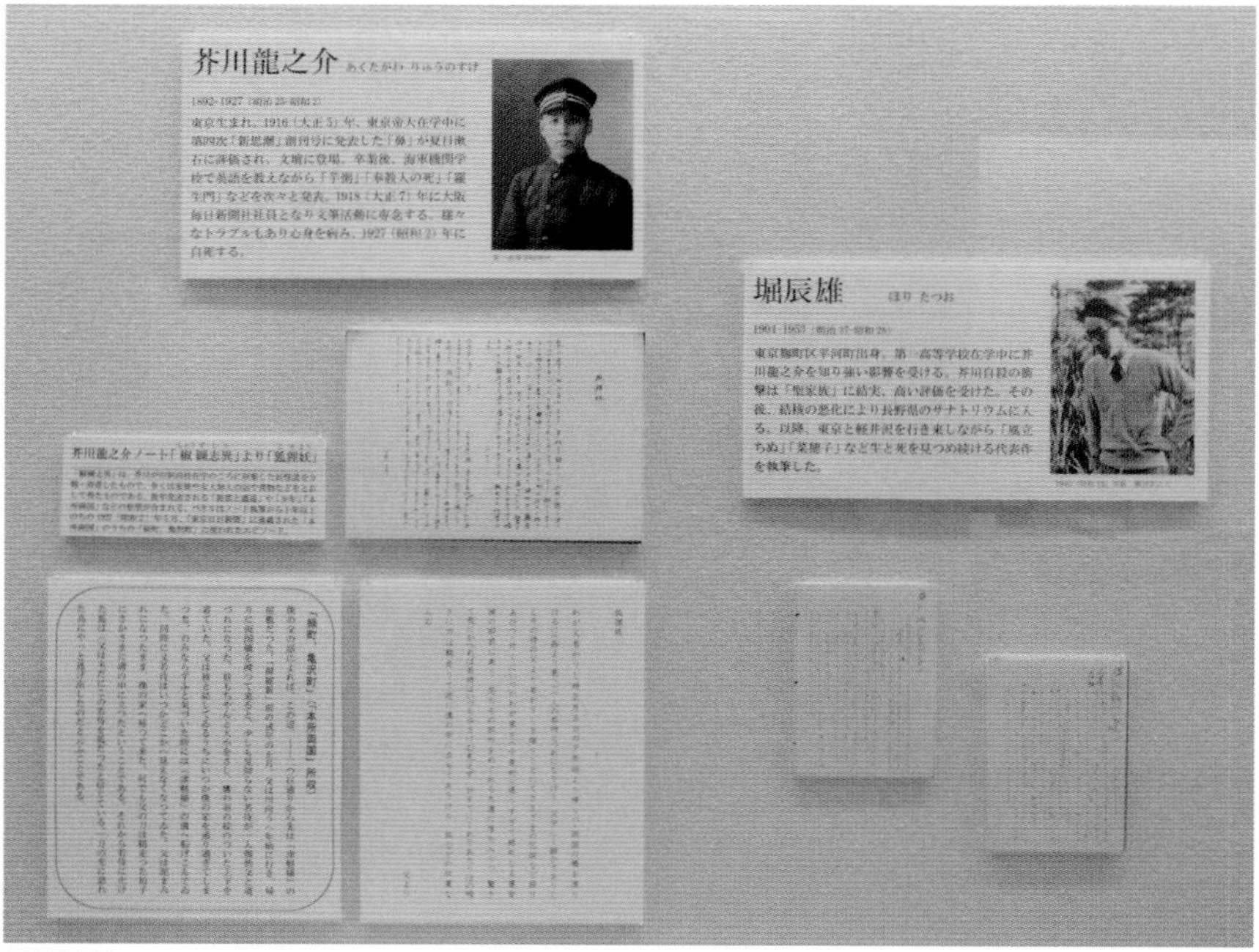

展示風景

芥川龍之介ノート「椒図志異《しょうずしい》」より「狐狸妖《こりよう》」

「椒図志異」は、芥川が旧制高校在学のころに収集した妖怪談を分類・清書したもので、多くは家族や友人知人の話や書物などをとおして得たものである。後年発表される「袈裟と盛遠」や「少年」「本所両国」などの原型が含まれる。

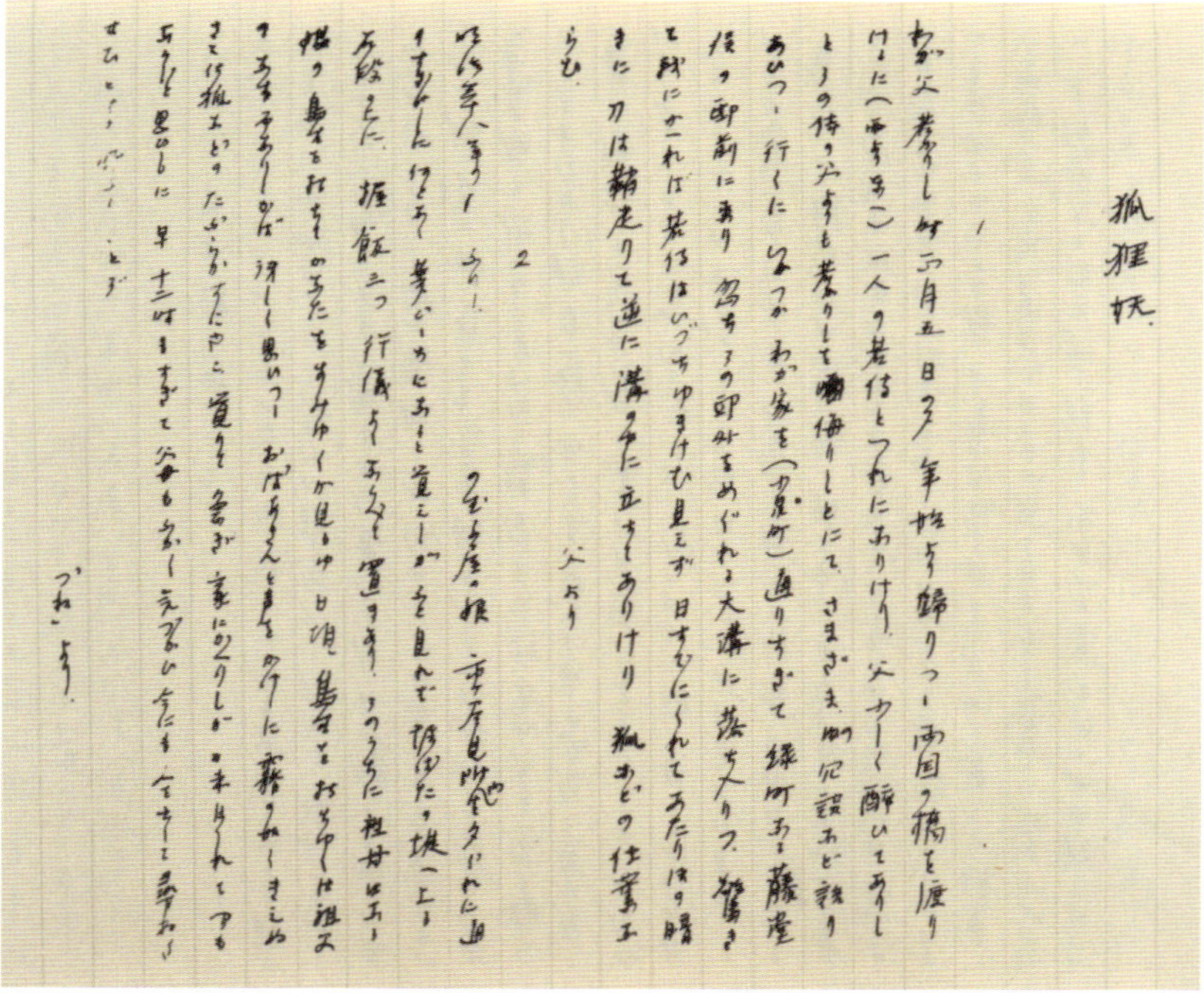

『椒図志異』（ひまわり社 昭和三〇年六月）より

■「狐狸妖」の翻刻

わが父若かりし時正月五日の夕年始より帰りつゝ両国の橋を渡りけるに（西より東へ）一人の若侍とつれになりけり　父少しく酔ひてありしとその侍の父よりも若かりしを侮りしとにてさまざまの冗談など語りあひつゝ行くにいつかわが家を（小泉町）通りすぎて緑町なる藤堂侯の邸前に来り忽ちその邸外をめぐれる大溝に落ち入りつ驚きて我にかへれば若侍はいづちゆきけむ見えず　日すでにくれてあたりほの暗きに刀は鞘走りて逆に溝の中に立ちてありけり　狐などの仕業ならむ
父より

■「緑町、亀沢町」引用　（「本所両国」所収）

「狐狸妖」のエピソードはノート執筆から10年以上のちの1927（昭和2）年5月、「東京日日新聞」に連載された「本所両国」のうちの「緑町、亀沢町」に使われた。

僕の父の話によれば、この辺、――二つ目通りから先は「津軽様」の屋敷だつた。「御維新」前の或年の正月、父は川向うへ年始に行き、帰りに両国橋を渡つて来ると、少しも見知らない若侍が一人偶然父と道づれになつた。彼もちやんと大小をさし、鷹の羽の紋のついた上下を着ていた。父は彼と話してゐるうちにいつか僕の家を通り過ぎてしまつた。のみならずふと気づいた時には「津軽様」の溝へ転げこんでゐた。同時に又若侍はいつかどこかへ見えなくなつてゐた。父は泥まみれになつたまま、僕の家へ帰つて来た。何でも父の刀は鞘走つた拍子にさかさまに溝の中に立つたということである。それから若侍に化けた狐は（父は未だにこの若侍を狐だつたと信じている。）刀の光に恐れた為にやっと逃げ出したのだと云ふことである。

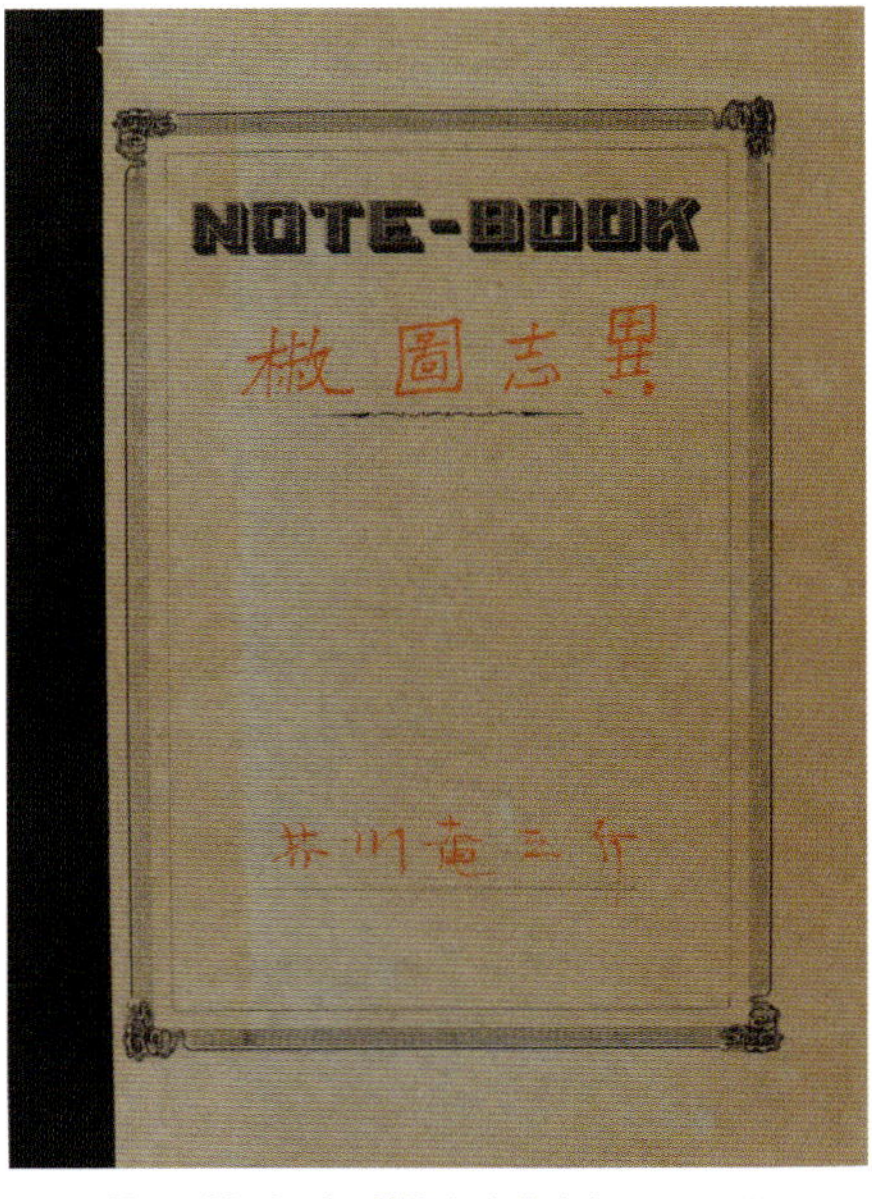

芥川龍之介「椒図志異」ノート

堀 辰雄 (ほり たつお)

1904-1953 (明治37-昭和28)

小説家。東京市平河町出身。第一高等学校在学中に芥川龍之介を知り強い影響を受ける。芥川自殺の衝撃は「聖家族」に結実、高い評価を受けた。その後、結核の悪化により長野県のサナトリウムに入る。以降、東京と軽井沢を行き来しながら「風立ちぬ」「菜穂子」など生と死を見つめ続ける代表作を執筆した。

1940 (昭和15) 年秋 軽井沢にて

堀辰雄「菜穂子」創作ノート

紙片を折りたたんでノート状にしたものに書きとめられた「菜穂子」および登場人物を共有する「楡の家」「ふるさとびと」の構想。1940年ごろに書かれたものと考えられる。全体がI～IIIの番号で区切られており、この物語が当初三部構成で構想されていたことがうかがい知れる。

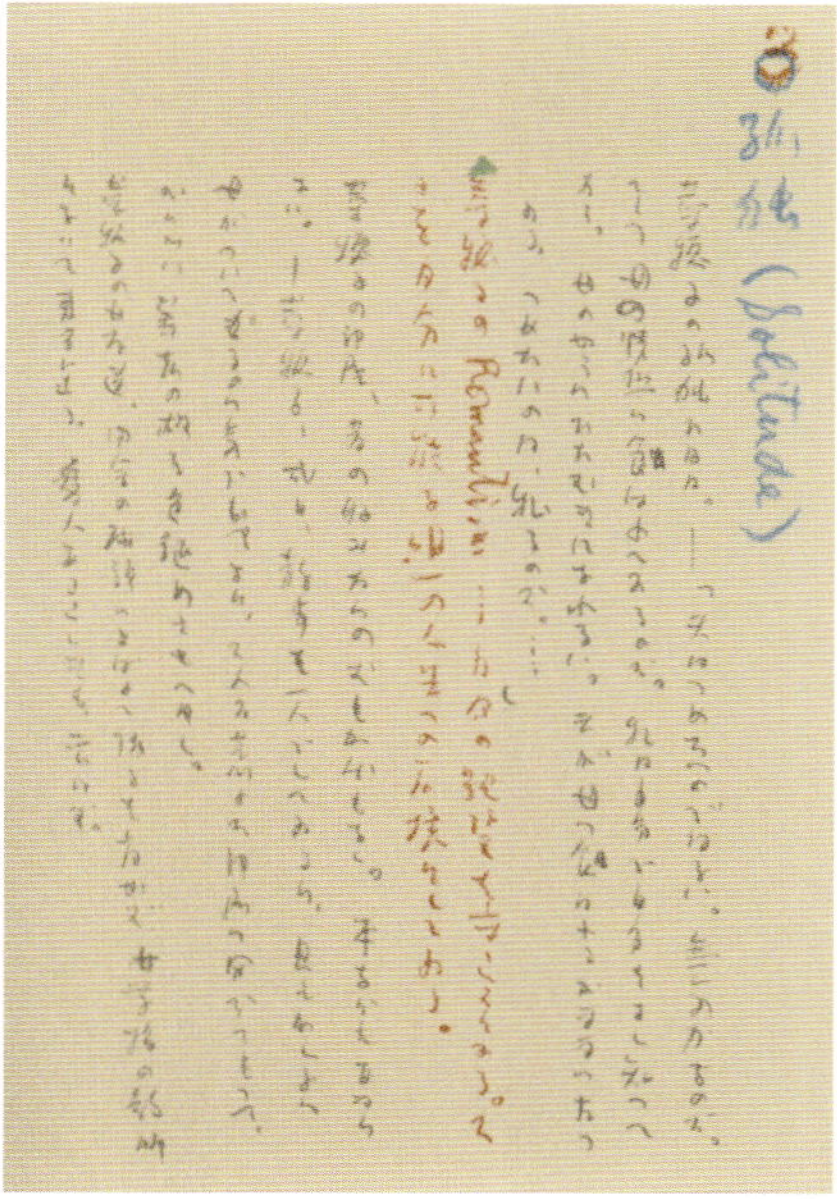

孤独 (Solitude)

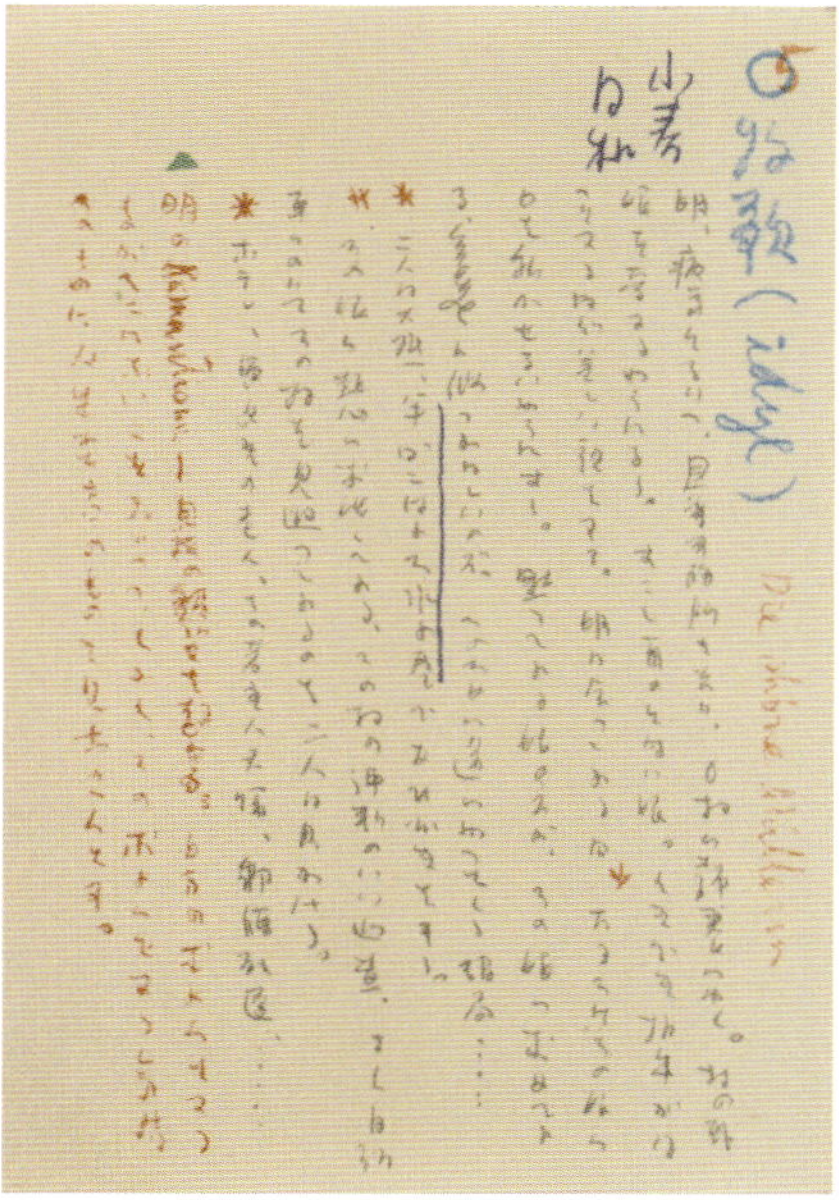

(idyl)

『「菜穂子」創作ノオト及び覚書』(麦書房 1978年8月) より

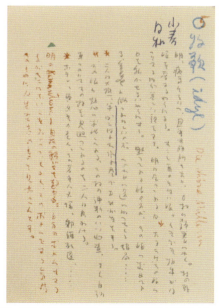

○彼と彼女（elle et lui）

前のようなる彼女と、昔のようなる彼が、自主の陰の
ここで遊ばれるまことある。

普段ない結婚あり。気分がいくつとなく重ねられる。普段は、古風の
人~~[illegible]~~を訪って、日おいて返する。彼等を見ていると、恋愛月〜
内結婚。（あまりかわらぬ情愛（性交渉す））
夫からの手紙。一、お前は結婚がこはいのか。人は自由なるのか、いつかつ
かば、あれは自分自身なりうるのか、真の結婚生活―即ち、再生する
生活の中にあるのだ。如何に生活してへ入るのか、彼自身、限しかし古方に新張し、
告白しあう。）（Geneviève）、日本への主張、一普段のドラマ
の完成してしまひに行き着くところの強いメカニズムの一つ。
母の立場、一娘（は）拒し、いつでも彼を自由にさせようとする。
一種の好意ある純化、主観。それが彼のドラマを完全にせしめる。

■「彼と彼女」の翻刻

○彼と彼女 (Elle et lui)

覚めようとする彼女と、夢みようとする彼とが、見えつ隠れつしつつ追ひかけあつてゐる。

菜穂子に縁談あり。兄等よりうるさく責めらる。菜穂子、友達の一人(ピアニスト)を誘つて、O村に逃げる。現実を元にしての、恋愛及び結婚観。(前よりはずつと暗雲低迷す、)

兄からの手紙、―「お前は鎖がこはいのか。人間が自由になるのは、いひかへれば、真に自分自身たりうるのは、実に結婚生活―即ち、平和な生活の中なのだ。奴隷生活をしてゐるのは独身者だ。彼らは常に動揺し、危惧してゐる。」(Genevieve)、兄の立場、―菜穂子のドラマを完成せしむに役立つところの冷たいメカニズムの一つ。

母の立場、―娘を信頼し、どこまでも娘を自由にさせようとする。

一種の好意ある放任主義。それが娘のドラマを完全にせしめる。

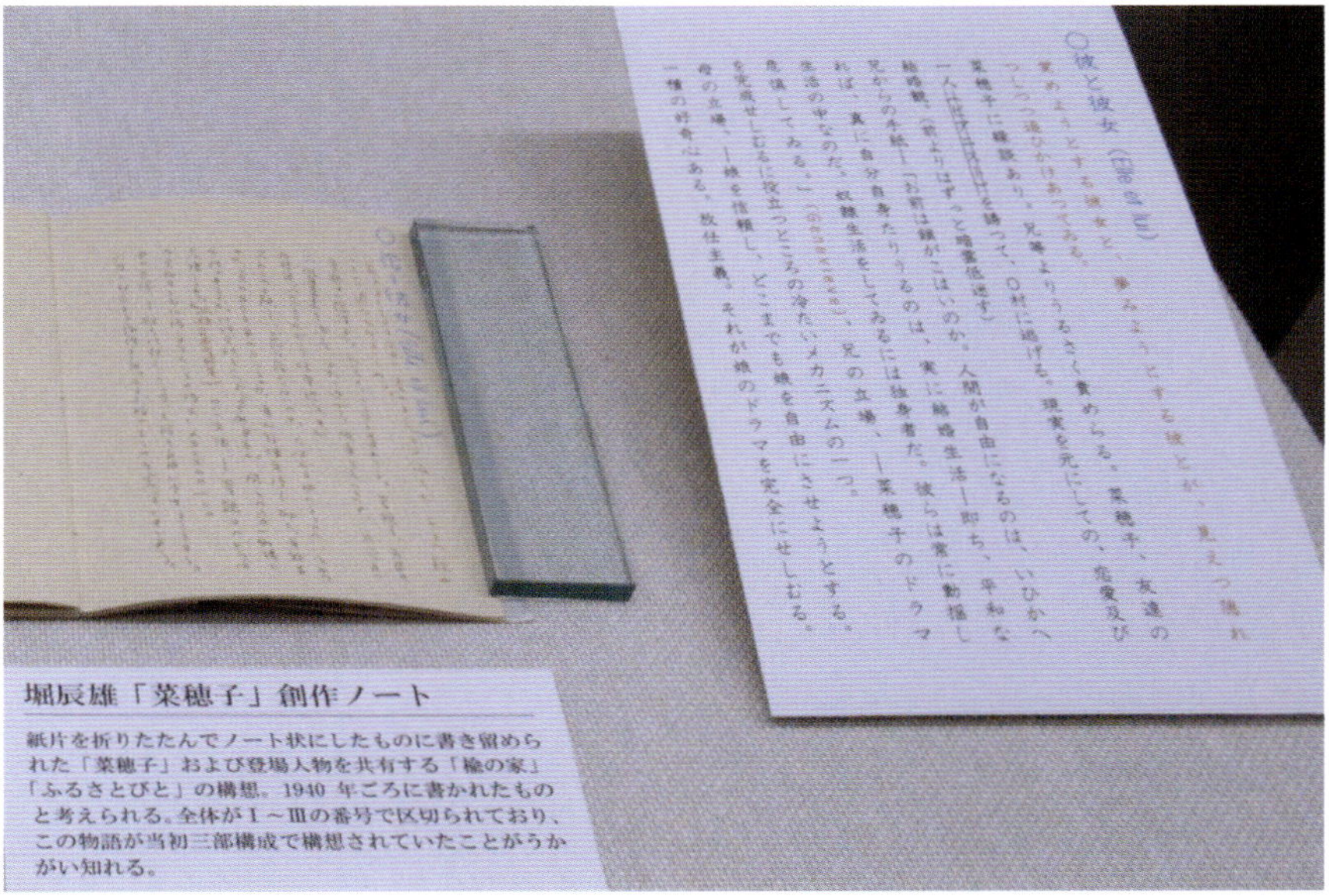
堀辰雄「菜穂子」創作ノート
紙片を折りたたんでノート状にしたものに書き留められた「菜穂子」および登場人物を共有する「楡の家」「ふるさとびと」の構想。1940 年ごろに書かれたものと考えられる。全体がⅠ～Ⅲの番号で区切られており、この物語が当初三部構成で構想されていたことがうかがい知れる。

展示風景

井上靖（いのうえ やすし）

1907-1991（明治40-平成3）

1967（昭和42）年11月

小説家。北海道旭川生まれ。京都帝国大学在学中に同人誌「日本海詩人」に詩を投稿、また各種懸賞小説に入選を繰り返した。1936（昭和11）年、毎日新聞に入社するが、翌9月には日中戦争に従軍、翌年には病気のため除隊され、新聞社に復帰。1950（昭和25）年、「闘牛」で芥川賞受賞。退職後には新聞小説作家として活躍、「天平の甍」「氷壁」「しろばんば」等を発表した。

「氷壁」とナイロンザイル事件

1955（昭和30）年1月、大学生の登山グループが北アルプスの前穂高岳を登攀《とうはん》中、当時最新のナイロン製ザイル（ロープ）が切断、1人が墜死する事故が起きた。その後、登山界やザイルメーカーの間でナイロンザイルの強度をめぐる論争が起きる（ナイロンザイル事件）。遺族による運動をきっかけにこの問題を知った井上靖は現地を克明に取材、「氷壁」構想につながった。

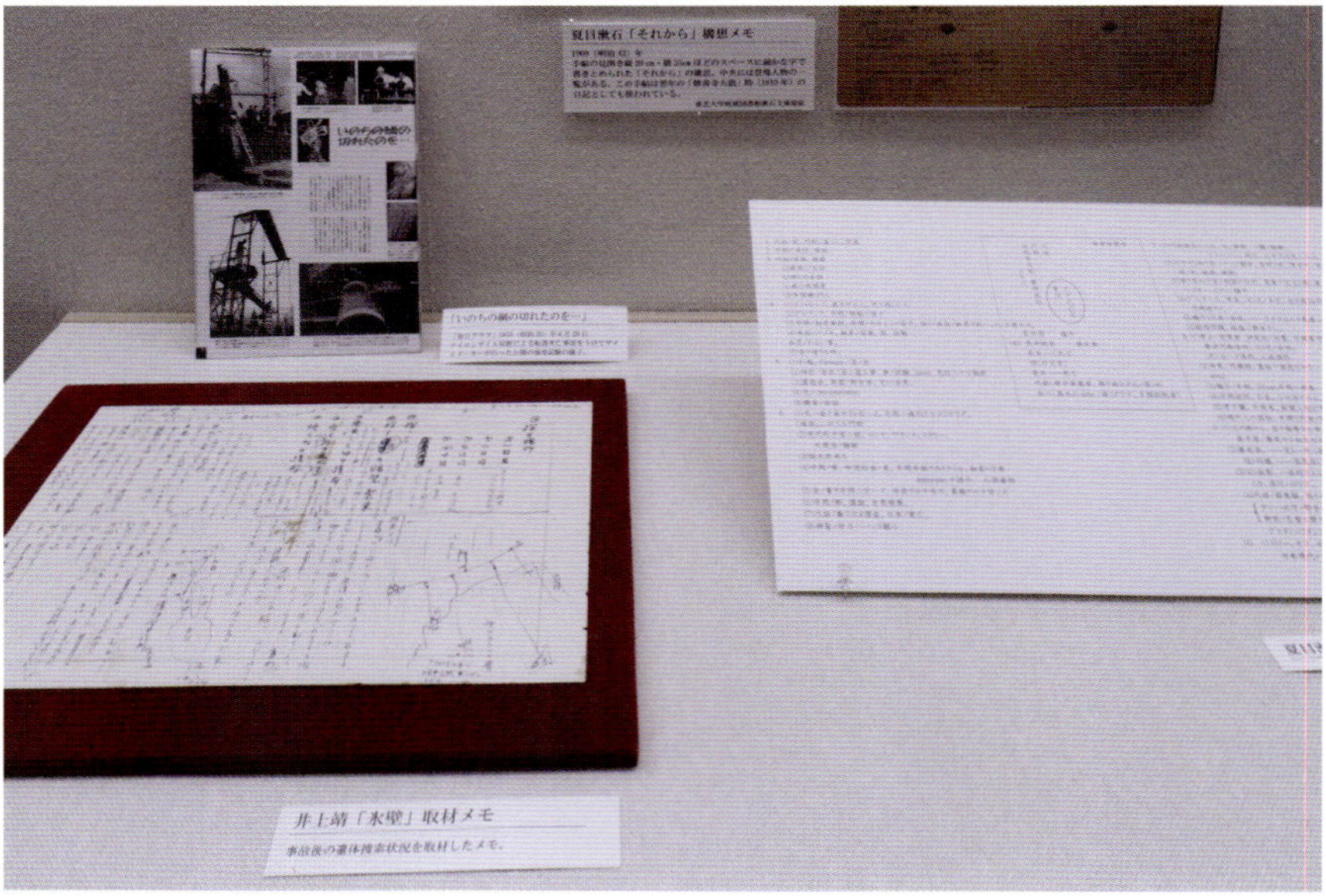

展示風景

Japan-made nylon rope, noted for its durability, has created a controversy because many tragic accidents occurred among mountain climbers recently. To solve the problem, nylon rope manufacturers staged public tests.

落下抗張力試験　ナイロン・ザイルはマニラ麻にくらべ　約3倍の強さがあった

高速写真を撮る阪大工学部篠田教授（右）と川辺助手

いのちの綱の切れたのを…

11ミリナイロンの切れ口

強くて切れぬといわれたナイロン・ザイルが、今冬、穂高・北尾根周辺で三度も切れて犠牲を出したので、いま、夏山シーズンを迎えた登山界では、その性能再検討が問題となっている。すでに製造元T社では発売を中止して製品を回収、愛知県蒲郡の工場に10メートルのザイル衝撃試験用の鉄骨ヤグラをつくり、公開試験を行った。

ナイロン・ロープは、麻に代る新ザイルとしてマナスル、アンナプルナ遠征をはじめ、南氷洋捕鯨にも使われ、X線による原糸検討では分子構造も完全で、また、衝撃、結節強度、抗張力、耐久試験では、マニラ麻よりはるかに優秀で、米国製ハイキング・ナイロン・ザイルとくらべても劣らなかったが、鋭い岩角で横に衝撃し、衝撃を加えた場合、非常に切れやすいことが確認された。このためマナスルで使われ、穂高で切れた8ミリのナイロン・ザイルを登山用命綱として使用することは中止すべきで、新製品に対する過信が事故を生んだものと関係者はみている。

岩角による衝撃で切れた11ミリナイロンザイルを顕微鏡でみると激しい瞬間的な摩擦のため一部が融着している（上）普通の切断部（下）

ナイロン・ザイルを80度傾斜から56キロ分銅を落下させた瞬間　ナイロンの強度はマニラ麻の半分の直径ですむことがわかった

穂高で切れた問題の8ミリナイロン・ザイルを2メートルから56キロの落下荷重の衝撃を加えたが切れなかった　シャープ・エッジの切れない限界は　マニラ麻20キロに対して65キロだった

11ミリのナイロン・ザイルを45度のナイフ石にひっかけ56キロ分銅を3メートル落下させてみたが　切れなかった　しかし20キロの分銅を下げて三角ヤスリにかけて往復摩擦させたら　マニラ麻は110回もったのにナイロンはわずか10回で切れてしまった

13

「いのちの綱の切れたのを…」　「毎日グラフ」1955（昭和30）年6月29日

ナイロンザイル切断による転落死亡事故をうけてザイルメーカーが行った公開の強度試験の様子。

「氷壁」取材メモ

事故後の遺体捜索状況を取材したメモ。

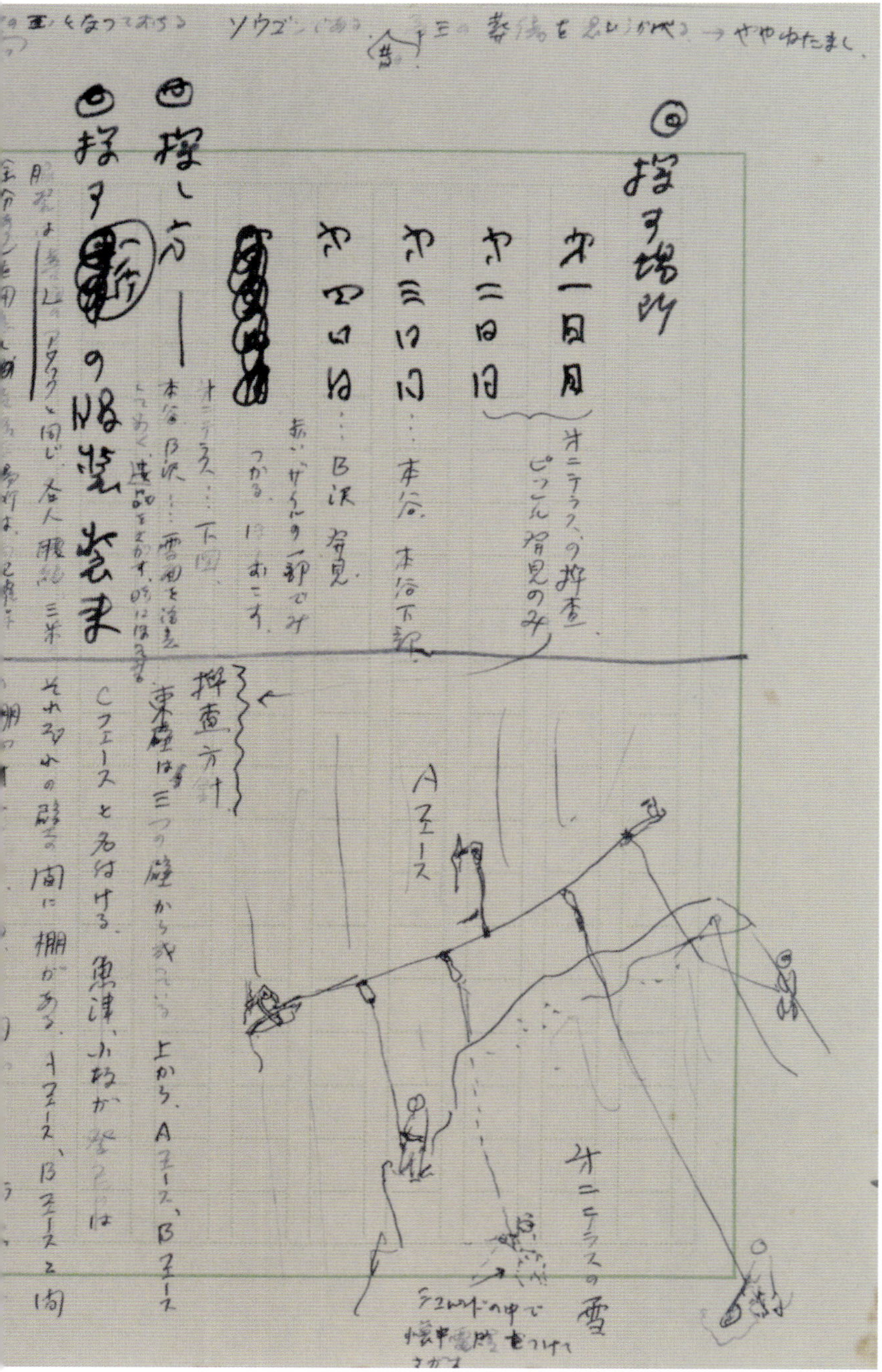

県立神奈川近代文学館 井上靖文庫蔵

下弦の月で、…さしこんでいた
…し、焼香し、…ダンクンとかとなへ
火をつける。天をこがす…ホノホ。遠すからは、ホノホの中で山がおち

◎ 遭難の捜索

遭難ブロビール スコール エアーウェーク… ダン…

その夕食はないくう いつものがつめをやる

大きなビニールの袋でつつみ、寝袋に入れ、テントのグランド

シートでつつみ、ノーボートに入れた。ハイーホー

トは、一見 岩 をあたえ、ゆれてしまいそう

には…る。力…帯中に流がれ

荼毘 係員は立ても… 大木 30~50cm

の許可をえ(許可証)

九本を切る。大森林の中に穴が出来れ

◎ 検死の警察 ◎ 医者 現決

草木大な山を刈りる

発見と同時に遺体の流

体を…ハーケン、ザイルで確保し、遺体

に打つ。一方準備をすすめる。

遺族はもっぱら、線香をつとる。宿に主…

に出来る。酒 生菓子、花 たくさん…

ダビは十二時から朝6時迄、およろけ

熱のさめるをまえ十時迄…る。

A エースで落ちれば オニテラス か オ一テラス か 更に

C エースを落ちて B 沢にくるか

更に本谷が その下の滝をおちて 本谷下部か であろう

三十年九月 A エースで 一ヶかぬけて

墜死した平沢氏は オ一テラスでとまる。

松高の四名おちて二名死ん 又は 本谷までおちた。

・・

今回の捜索予定は、もっとも可能性の大きいところか (やる丈けであるが)

① オニテラス

② 本谷。

③ B沢

④ 本谷下部

である、オニテラスは雪がもりあがる A エースと両に

大きなシュルンドが出来ている。まづこれをさがす。ピッケル、鉄棒

スコップ 掘りシュルンドの中に入る 中電灯 さがす

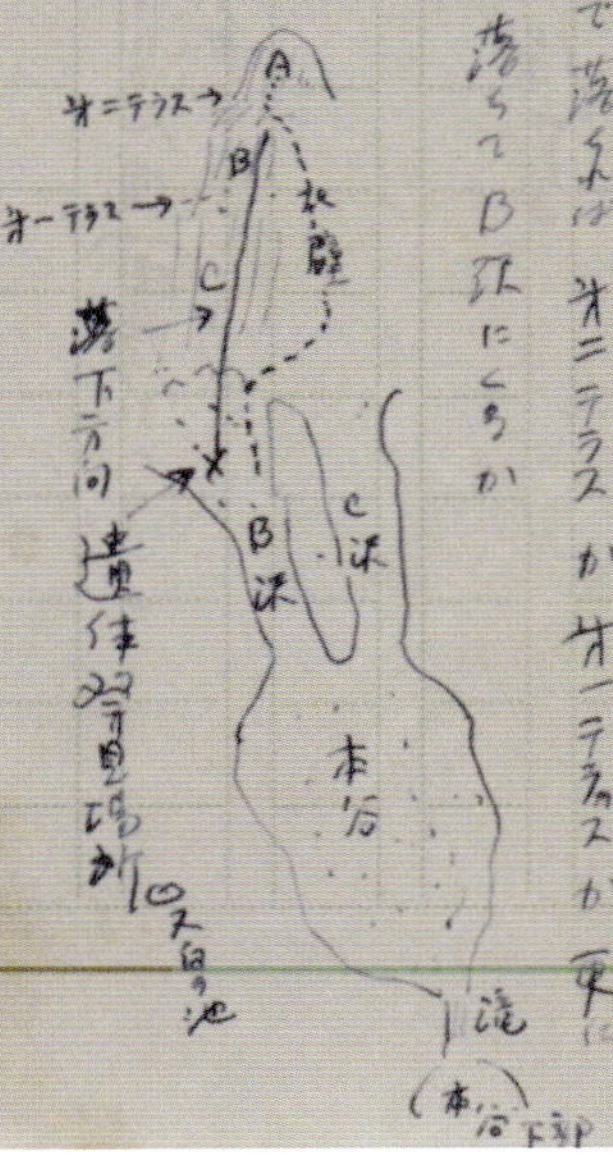

夏目漱石 (なつめ そうせき)

1867-1916(慶応3-大正5)

小説家。江戸牛込馬場下横町 (現・新宿区喜久井町) 出身。東京帝国大学英文科卒業後、愛媛県尋常中学や熊本の第五高等学校で教える。イギリス留学を経て、東京帝大講師を務めていた1905 (明治38) 年から「吾輩は猫である」「坊っちゃん」などを発表、好評を博す。1907 (明治40) 年、朝日新聞に入社すると、「虞美人草」「三四郎」「こゝろ」「道草」などを連載。

1910 (明治43) 年4月

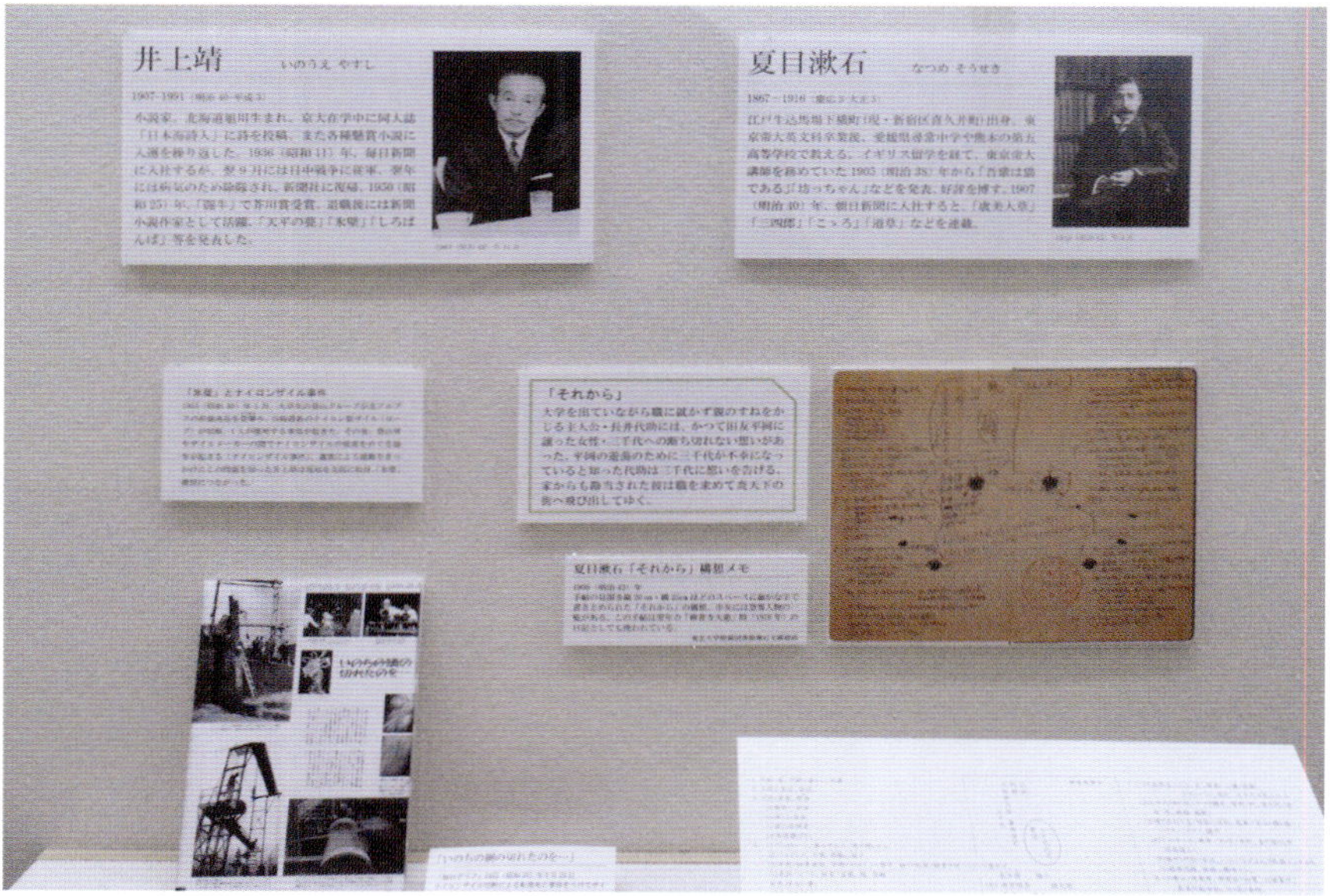

展示風景

「それから」の概要

大学を出ていながら職に就かず親のすねをかじる主人公・長井代助には、かつて旧友平岡に譲った女性・三千代への断ち切れない想いがあった。平岡の遊蕩のために三千代が不幸になっていると知った代助は三千代に想いを告げる。家からも勘当された彼は職を求めて炎天下の街へ飛び出してゆく。

夏目漱石「それから」構想メモ　1909（明治42）年

手帖の見開き縦20cm・横25cmほどのスペースに細かな字で書きとめられた「それから」の構想。中央には登場人物の一覧がある。この手帖は翌年の「修善寺大患」時（1910年）の日記としても使われている。

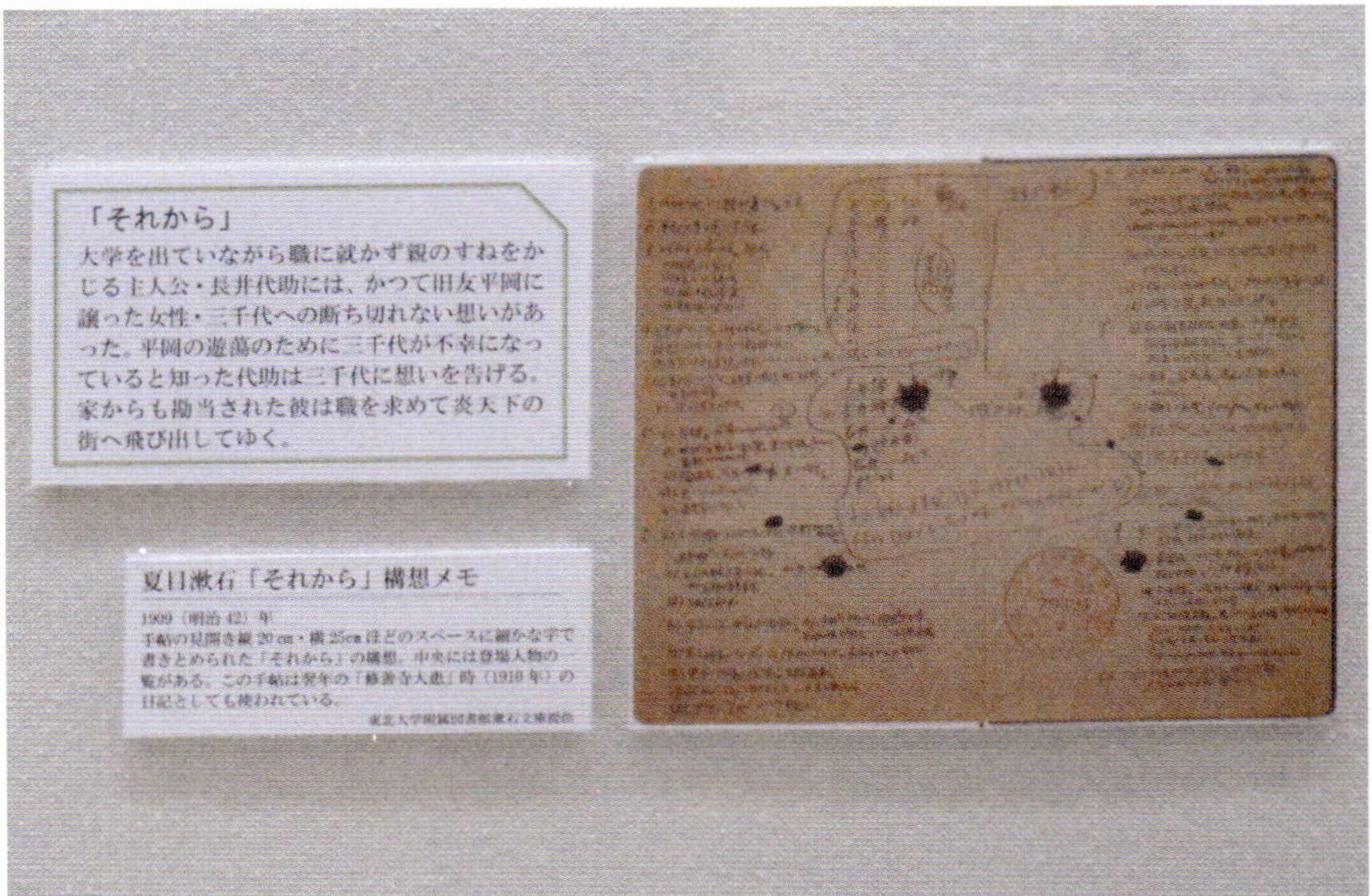

展示風景

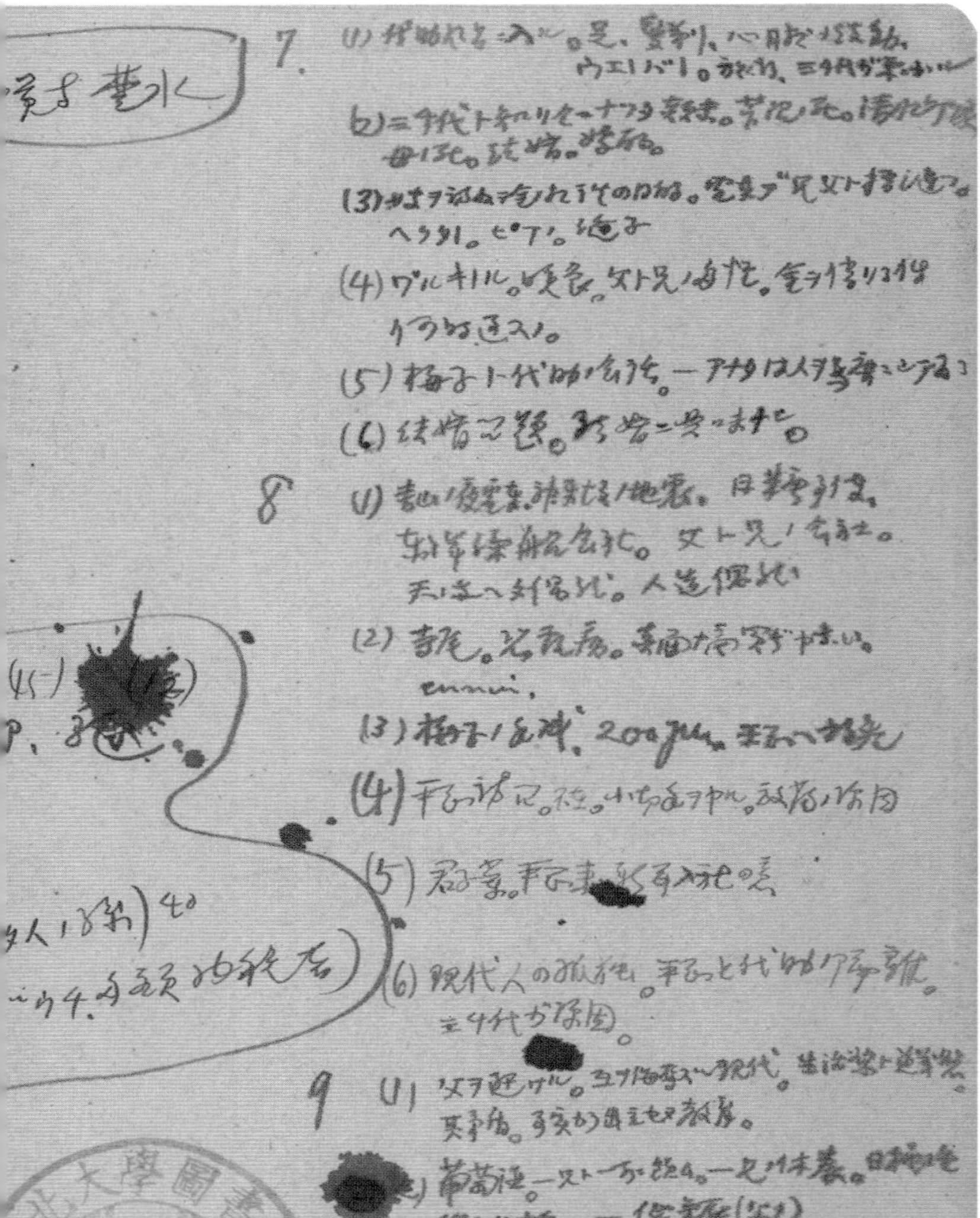

7.
(1) 代助湯ニ入ル。足。鑿烈ノ心臓ノ鼓動。ウエーバー。[illegible]。三千代ガ来ル
(2) 三千代ト知リ合ニナツタ来歴。[illegible]ノ死。[illegible]
母ノ死。結婚。[illegible]。
(3) 代助ヲ[illegible]その日記。電車デ兄父ト行違フ。
ヘクタ[illegible]。ピアノ。縫子
(4) ワルキイル。嫂。父ト兄ノ多忙。金ヲ借リニ行ク
何ヲ話シ遂ズ。
(5) 梅子ト代助ノ会話。— アナタは人ヲ馬鹿ニしてゐる
(6) 結婚問題。結婚ニ[illegible]。

8
(1) [illegible]。神経[illegible]ノ地震。日糖事件。
東洋汽船会社。父ト兄ノ会社。
天ノ道ヘ対スル。人造保護
(2) 寺尾。翻訳[illegible]。[illegible]。
ennui.
(3) 梅子ノ承諾。200円。平岡ヘ[illegible]
(4) 平岡訪問。不在。小切手ヲヤル。[illegible]
(5) 翌日。平岡[illegible]
(6) 現代人の孤独。平岡と代助ノ[illegible]。
三千代ガ[illegible]。

9
(1) 父ヲ避ケル。[illegible]現代。生活難ト道義心。
[illegible]。[illegible]教育。
(2) 葡萄酒。— 父ト一所ニ飲ム。— 兄ノ体裁。日糖[illegible]
[illegible]ト日糖。— 佐川令嬢(父ノ)
(3) 父ト面談。一体何ウスル気ダ。[illegible]
[illegible]。[illegible]ドウダ。
(4) 代助ノ結婚観。[illegible]
{[illegible]
{[illegible]
アナタハ(何ヲ)[illegible]

10
(1) リリオフ、ザ、ヴアレー。[illegible]。
日本現代ノ不安ニ襲ハレル。

(45-)

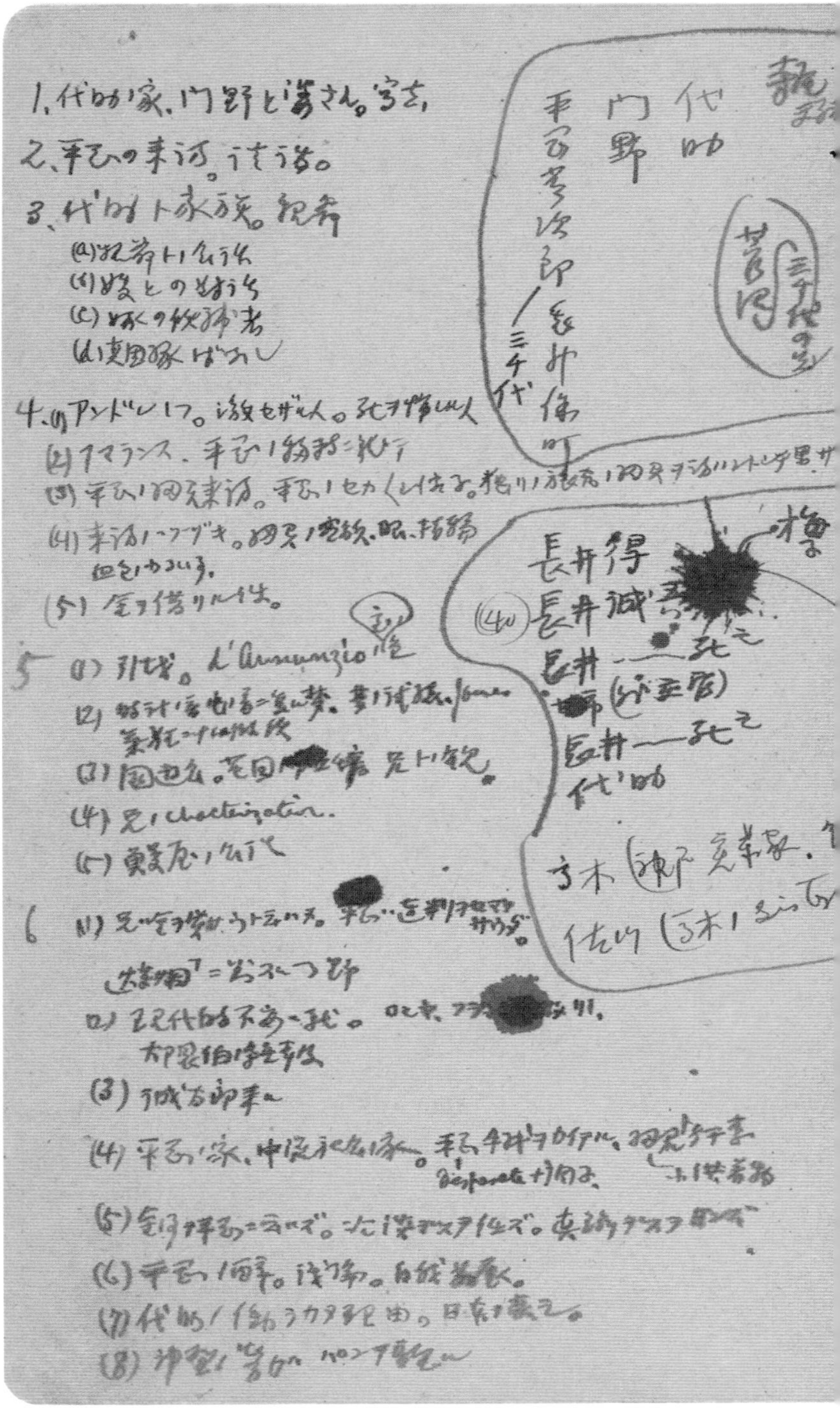

1、代助ノ家、門野と婆さん。写真

2、平岡の来訪。其話。

3、代助ト家族。縁談

(a) 縁談ト父ノ話

(b) 嫂との話

(c) [illegible]

(d) [illegible]

4、(1) アンドレーフ。激セザル人。死ヲ憚レル人

(2) アマランス、平岡ノ[illegible]ニ就テ

(3) 平岡ノ細君来訪。平岡ノセカくしい生活。[illegible]

(4) 来訪ノ[illegible]。細君ノ容貌、眼、指輪

[illegible]

(5) 金ヲ借リル件。

5 (1) 引越。d'Annunzio [illegible]

(2) [illegible]

(3) 園遊会。[illegible] 兄ト父。

(4) 兄ノ characterization.

(5) [illegible]

6 (1) [illegible]

(2) 現代的不安ニ就テ。[illegible]

(3) 誠吾来ル

(4) 平岡ノ家、中流社会ノ家。[illegible] desperate [illegible]

(5) [illegible]

(6) 平岡ノ[illegible]

(7) 代助ノ働カヌ理由。日本ノ[illegible]

(8) [illegible]

代助

門野

平岡常次郎

三千代

長井得

長井誠吾

長井

代助

[illegible]

東北大学附属図書館 漱石文庫蔵

等覚寺楚水
尾
学者
郎(15)、縫(12)
ヲ助ケタ人ノ孫)40
イダウチ、多額納税者)

7.(1)代助風呂ニ入ル。足、髪剃、心臓ノ鼓動、
ウエーバー。旅行、三千代ガ気ニカヽル
(2)三千代ト知リ合ニナツタ顛末。菅沼ノ死。清水町ノ家
母ノ死。結婚。媒酌。
(3)嫂ヲ訪ねテ金ノ相談の目的。電車デ兄父ト摺レ違フ。
ヘクター。ピアノ。縫子
(4)ヴルキール。晩食。父ト兄ノ多忙。金ヲ借りる件
何時返スノ。
(5)梅子ト代助ノ会話。——アナタは人ヲ馬鹿ニシテゐる
(6)結婚問題。結婚ニ興味ナシ。
8 (1)青山ノ夜電車、神楽坂ノ地震、日糖事件、
東洋汽船会社。父ト兄ノ会社。
天ノ与ヘタ偶然。人造偶然
(2)寺尾。恐露病。真面ナ商売ぢヤない。
ennui.
(3)梅子ノ手紙、200yen.平岡へ持参
(4)平岡訪問。不在。小切手ヲヤル。放蕩ノ源因
(5)君子蘭。平岡来。新聞入社の意。
(6)現代人の孤独。平岡と代助ノ隔離。三千代ガ源因。
9 (1)父ヲ避けル。互ヲ侮辱スル現代。生活慾ト道義慾。
其矛盾。事実カラ出立セヌ教育。
(2)葡萄酒。——兄ト一所ニ飲ム。——兄ノ休養。日糖ノ重
役ト同様。——低気圧(父ノ)
(3)父ト面談。一体何ウスル積ダ。独立ノ財産ハ欲
イカ。洋行ハドウダ。
(4)代助ノ罪悪観。怒ラセル事ガ嫌　ヤル込メルコトモ嫌。
{ 少シハ此方ノ都合モ考ヘルガイヽ。
御前ノ名誉ニ関スルコトガ出来テクル
アナタハ(ワタシ)ヲ御父サンニ讒訴シタネ
10　(1)リリー、オフ、ゼ、ヴレー、神経過敏。
日本現代ノ不安ニ襲ハレル。

■ 夏目漱石「それから」構想メモ翻刻

1. 代助ノ家、門野と婆さん。写真
2. 平岡の来訪。談話。
3. 代助ト家族。親爺
   (a)親爺トノ会話
   (b)嫂との会話
   (c)嫁の候補者
   (d)其因縁ばなし
4. (1)アンドレーフ。激セザル人。死ヲ怖レル人
   (2)アマランス、平岡ノ移転ニ就テ
   (3)平岡ノ細君来訪。平岡ノセカく シイ容子。独リノ旅宿ノ細君ヲ訪ハントシテ果サズ。
   (4)来訪ノツヅキ。細君ノ容貌、眼、指輪
   血色ノわるい事、
   (5)金ヲ借リル件。
5 (1)引越。d'Annunzio ノ室ノ色
   (2)時計ノ音虫ノ音ニ変ル夢、夢ノ試験、James 気狂ニナル徴候
   (3)園遊会。英国ノ御世辞。兄トノ会見。
   (4)兄ノ cha(ra)cterization.
   (5)鰻屋ノ会話
6 (1)兄ハ金ヲ貸サウト云ハヌ。平岡ハ連判ヲセマリサウダ。
   「煤烟」ニ対スル門野
   (2)現代的不安ニ就。ロシヤ、フランス、イタリー、
   大隈伯ノ雑報
   (3)誠太郎来ル
   (4)平岡ノ家、中流社会ノ家。平岡手紙ヲカイテル、細君ト行李
   desperate ナ調子、 小供着物
   (5)金ノ事ヲ平岡ニ云ハズ。冷淡ヲ以テ任ズ。真鍮ヲ以テ甘ンズ
   (6)平岡ノ酔。議論。自我発展。
   (7)代助ノ働ラカヌ理由。日本ノ衰亡。
   (8)神聖ノ労カハパンヲ離ル

三千代

長井
(40) 長井
長井
姉(外
長井
代助
高木(
佐川(

遠藤周作（えんどう しゅうさく）

1923-1996（大正12-平成8）

小説家。東京巣鴨出身。12歳でカトリックの洗礼を受ける。批評から出発するがやがて小説を執筆するようになり、1955（昭和30）年「白い人」で芥川賞を受賞。代表作に「海と毒薬」「沈黙」など。神の概念、罪の意識といったテーマで知られるが、ユーモアに満ちた通俗的な作品もあり、また歴史小説や戯曲、映画脚本などもてがけた。

1967（昭和42）年、『沈黙』刊行の翌年
日本近代文学館開館記念講演会にて。

「沈黙」の概要

イエズス会の司祭フェレイラが布教のために訪れた日本でとらえられ、弾圧に屈し棄教したという知らせに衝撃を受けた弟子のロドリゴとガルペは日本へと旅立つ。日本に上陸後、隠れキリシタンたちに歓迎されながらもやがてガルペは殉教、ロドリゴは長崎奉行所にとらえられ、ついに踏絵をふむことになる。

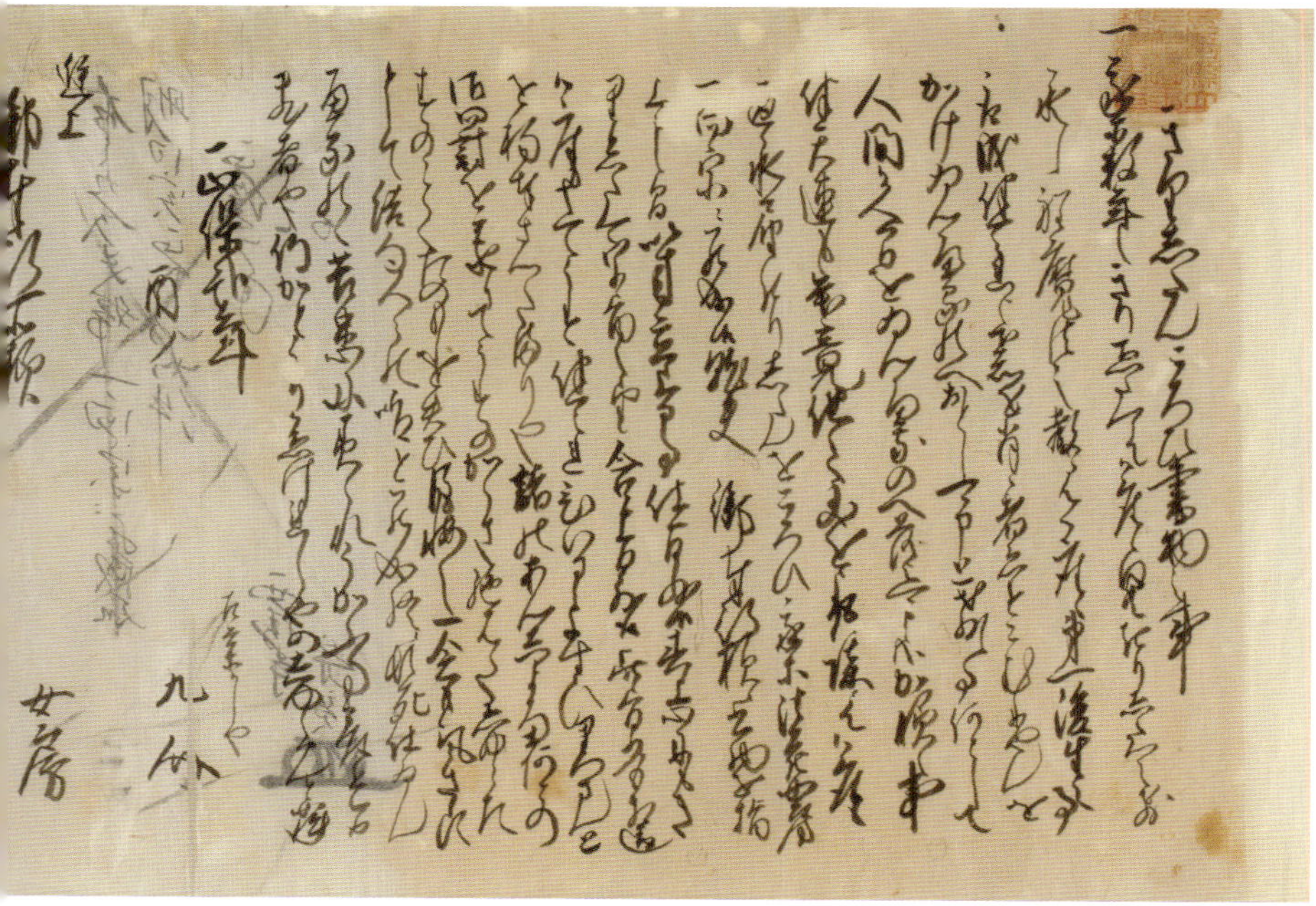

長崎歴史文化博物館蔵

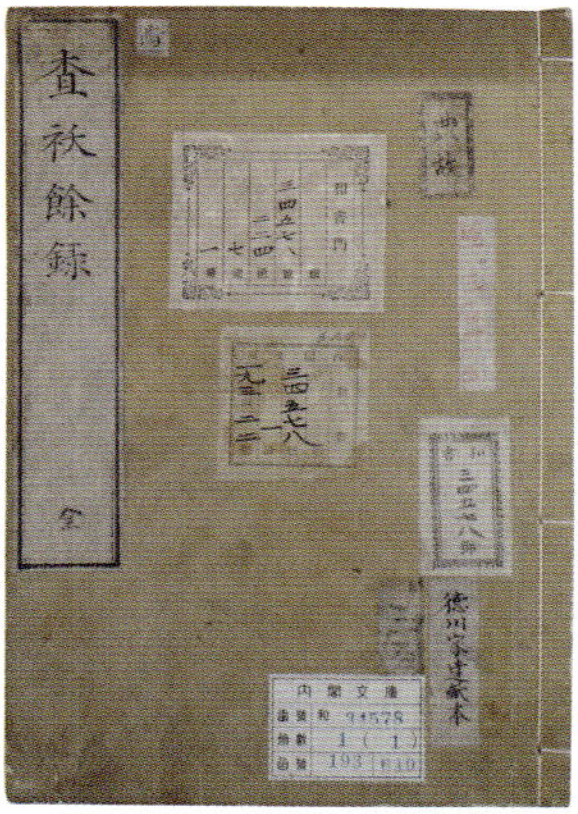

国立公文書館蔵

「査祆余録」

1673（延宝元）年-1691（元禄4）年

「沈黙」末尾の「切支丹屋敷役人日記」のもととされた史料。ロドリゴのモデルであるイエズス会司祭ジュゼッペ・キャラが踏絵をふみ、切支丹屋敷に幽閉されたのちもひそかに信仰を持ち続けた事実を示す部分を一部加筆の上抜き出している。

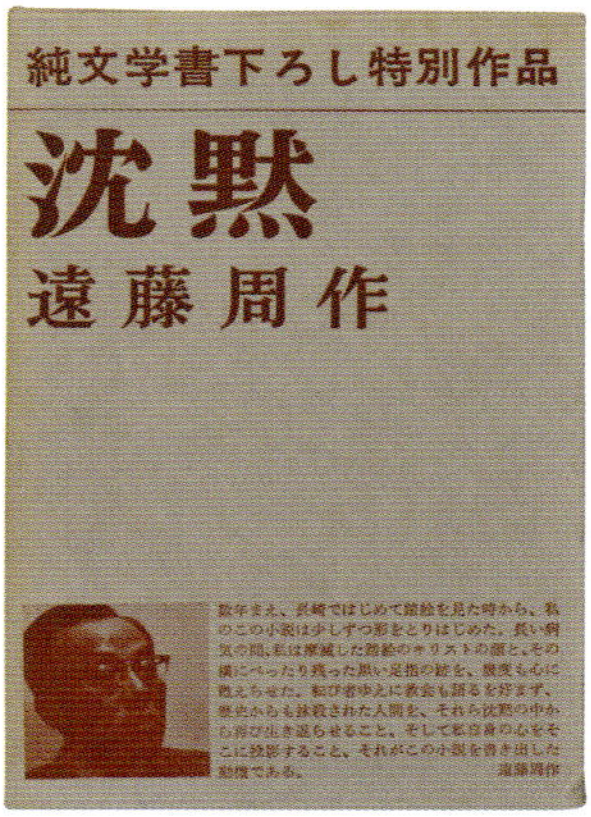

遠藤周作『沈黙』

新潮社　1966（昭和41）年6月

「きりしたんころび書物之事」写本

1645（正保2）年

日本人切支丹「九介」夫婦が廃教し、一向宗に転じた際の誓書を写したもの。立会人の署名にある「南蛮ころび伴て連中庵」は「沈黙」に実名で登場する宣教師フェレイラ。棄教後のフェレイラは「沢野忠庵」を名乗らされ、切支丹尋問の際の説得役を務めていた。

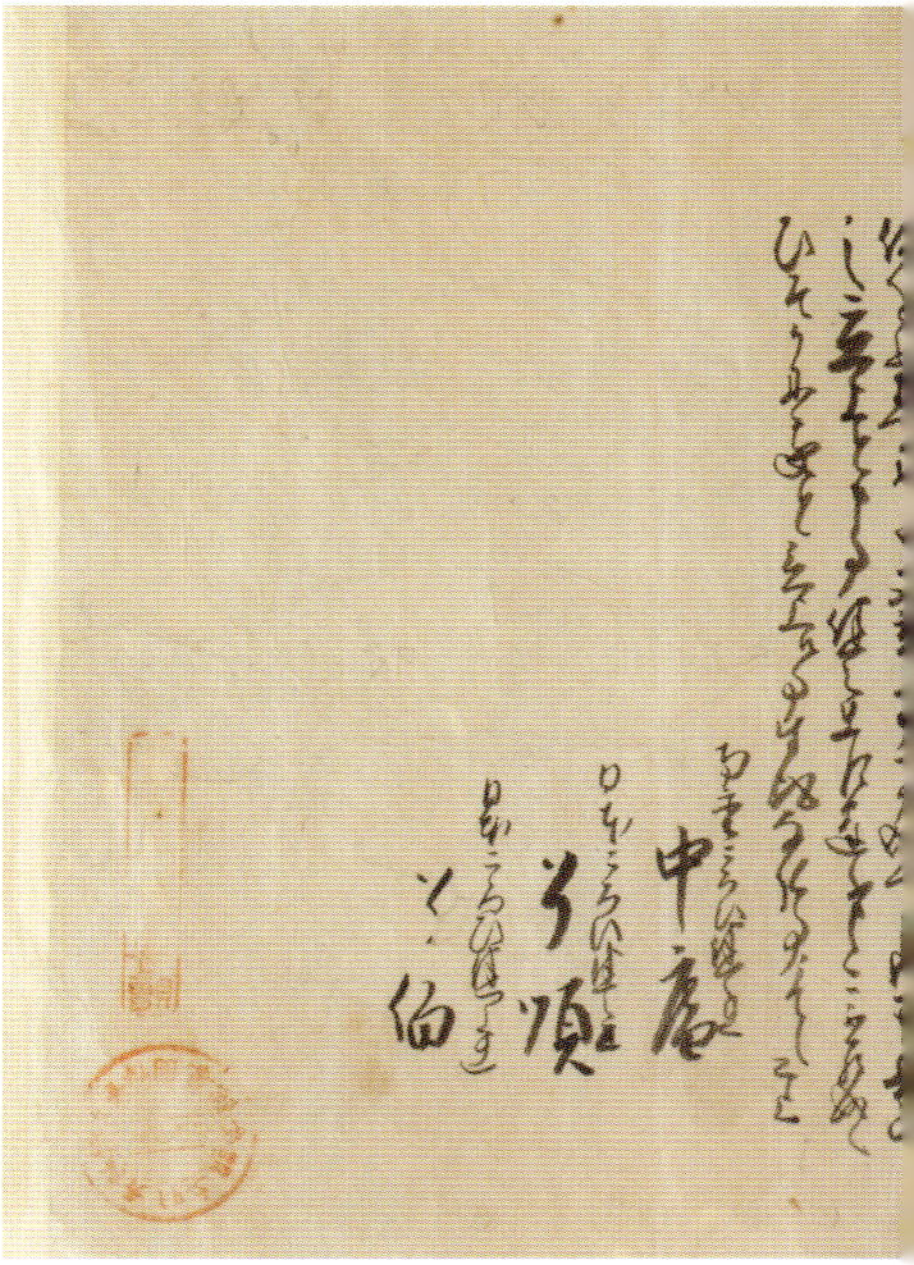

遠藤周作「沈黙」草稿

「沈黙」自筆草稿は遠藤自身が「当時、軽井沢に遊びに来ていた学生が、もう必要ないと思ったらしく、風呂の焚き付けにもやしてしまった」（『沈黙の声』プレジデント社、一九九二年）と語っているとおりその大部分は失われ、現在では遠藤周作文学館所蔵の二二枚のみの存在が知られている。図版はそのうち「Ⅳ セバスチャン・ロドリゴの書簡」に該当する部分で、四〇〇字詰め原稿用紙の裏面に書かれている。このあと秘書が清書し、さらに遠藤自身の修正や、第三者による長崎方言の訂正などが加えられた。

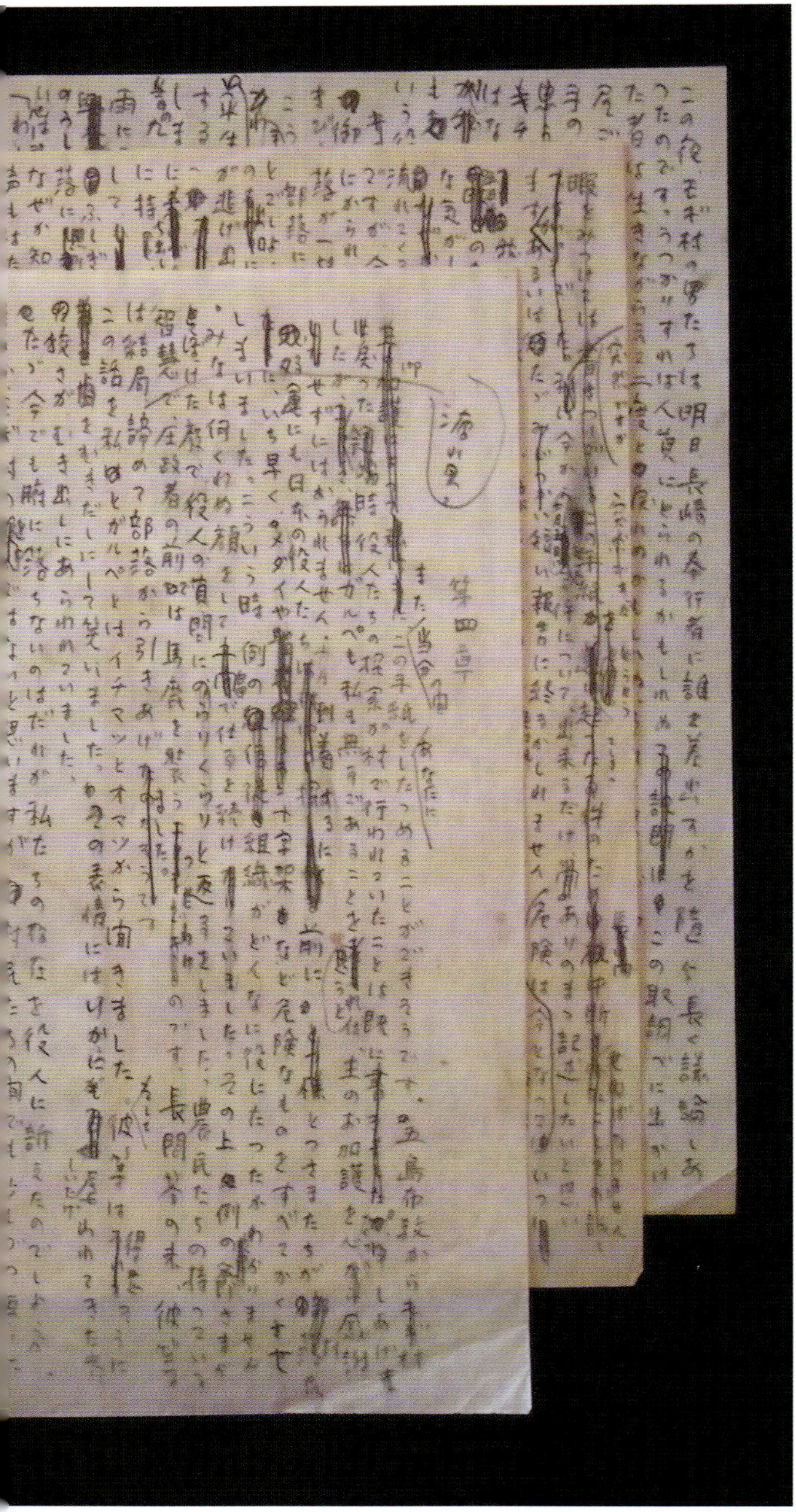

長崎市遠藤周作文学館蔵

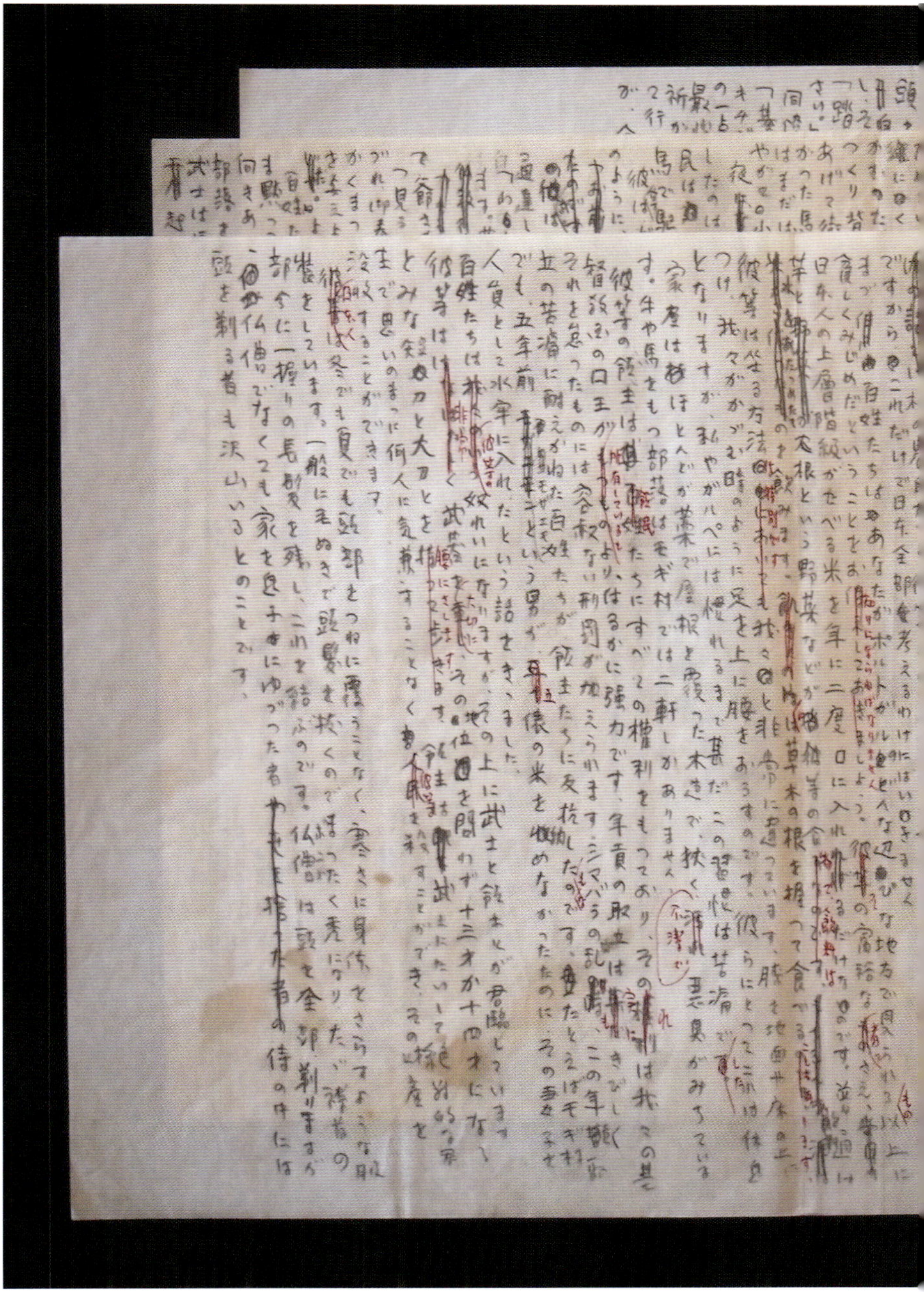

樋口一葉（ひぐち いちよう）

1872-1896（明治5-明治29）

歌人、小説家。東京内幸町生まれ。東京府の官吏の娘として生まれる。父が事業に失敗してのち、戸主として家族を支えた。半井桃水に小説の手ほどきをうけ、「奇跡の十四か月」と言われるきわめて短い期間に「にごりえ」「たけくらべ」などの傑作を執筆する。24歳で結核のため病没。

「たけくらべ」草稿

一葉の草稿は妹の邦子の手によって反故紙をふくめその多くが保存されたといい、「たけくらべ」の草稿も多く残されている。ここで紹介するのはそのうち「未定稿E」とよばれる第11章・第12章の部分で、「文学界」での連載第5回のために書かれたもの。大黒屋の寮の門前で下駄の鼻緒を切った信如に、美登里がどう気づくか何度も直され、清書前の試行錯誤が確認できる。

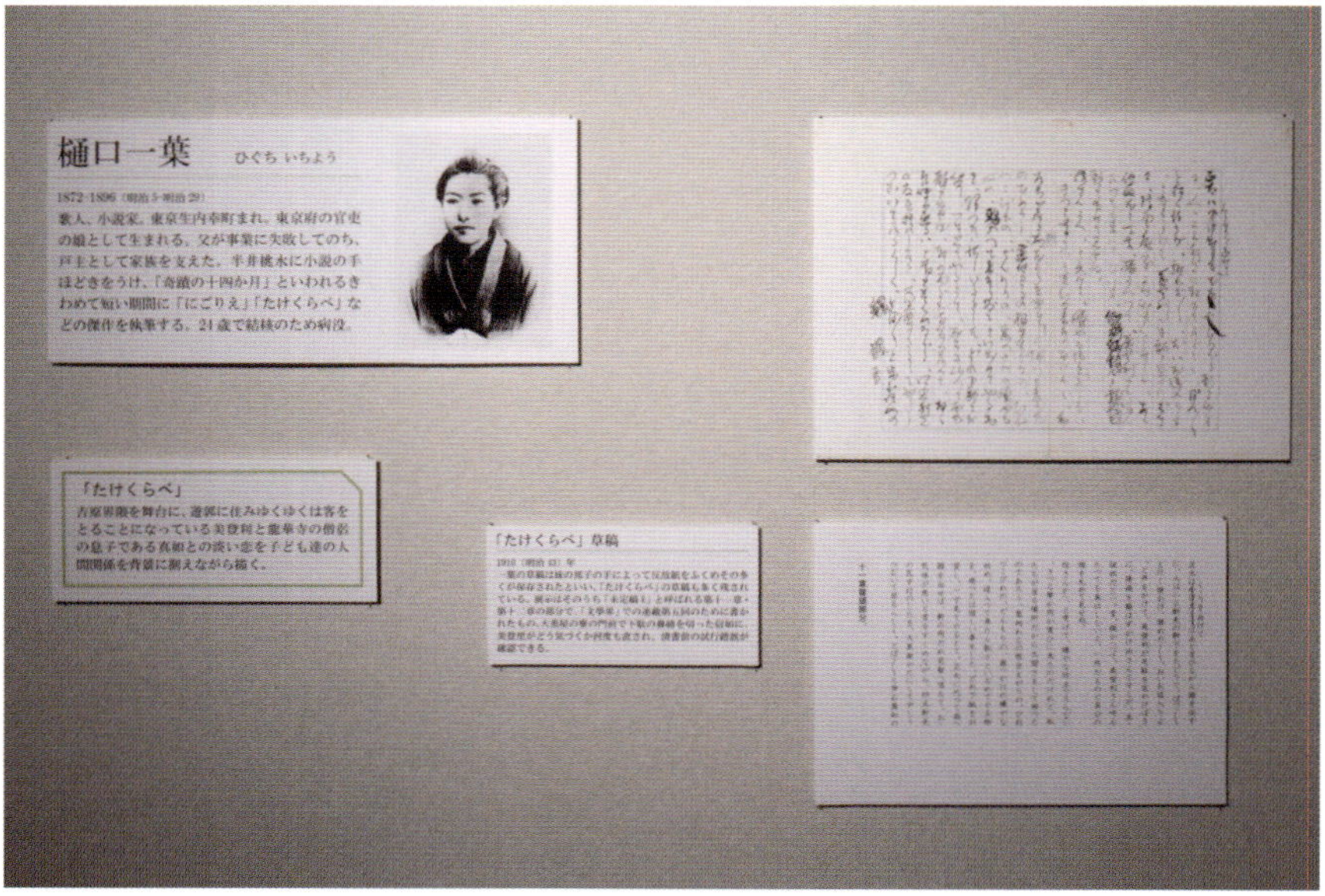

展示風景

■ たけくらべ翻刻（第11章冒頭部分）、P.54 ～ 55オリジナル

く丶りをあけて
正太は~~かけ出して~~ばあと言ひながら顔を出す
に、人は二三軒先の軒下をたどりて、ぽつ〳〵
と行く後かげ、誰れだ〳〵、おいお這入りよ
丶と声をかけて、美登利が足駄を突かけばき
に、降雨を厭はずかけ出さんとせしが、あ丶
彼奴だと一ト言、振かへつて、美登利さん呼ん
たつても来はしないよ、一件だものと自分の
頭を丸めて見せぬ。
信さんかへ、と受けて、嫌やな坊主つたらない
丶きつと筆か何か買ひに来たのだけれど、私
たちが居る物だから立聞きをして帰つた
のであろう、意地わるの根生まがりの、ひね
つこびれの、どんもりの、歯つかけの嫌やな
奴め、這入つて来たら散々といぢめてやる物
を、帰つたは惜しい事をした、どれ下駄をお
貸し、一寸見てやるとて、正太に代つて面へ
顔を出せば、軒の雨だれ前髪へ落ちて、お丶
氣味が悪るいと首をすくめながら、四五軒先
の瓦す灯のしたを、大黒傘かたにして少しう
つむいて居るらしく、とぼ〳〵と歩む信如の

■ たけくらべ翻刻（第12章）、P.56 ～ 57オリジナル

12章。使いを頼まれた信如が、美登利の住む大黒屋の寮の門前で鼻緒を切ってしまう場面。彼の存在に美登利がどのように気づくのか、さまざまなバリエーションが検討されていたことがわかる（青字の部分）。

もや落し来て立かけし傘のころ〳〵と転り出
るに、いま〳〵しい奴め、と取止めんとすれ
ば膝にのせて置きし小包を意久地なく取落し
て、風呂敷は泥に、己がきるもの丶袂さへよごしぬ。
~~朝げいこ仕舞ふて燕口を小脇に、清もとの~~
~~師匠のもとより美登利は一人帰り来たりしに~~
~~美登利は早くにおきて~~
から
美登利はとくより障子すごしに夫れとみとめ
て、
美登利は~~此ほゝけ~~
見ず知らずにても見るに気の毒なるは雨の中
のかさなし、途中に鼻を丶踏切たる斗
美どりは
なるはなし、中がらすの障子ごしに遠く眺め
て、あれ誰れか鼻を丶切つた人がある、母さ
ん切れを遣つて宜う厶りますかと、尋ねては
り箱の引出しから友仙ちりめんの切れぱしを
つかみいで丶、庭下駄は~~きくもあへす~~もどかしきや
う、椽先の洋傘をさすより早く、飛石の上を伝ふて、
いぞき足に来て見れば、信如は汚れし袂をか

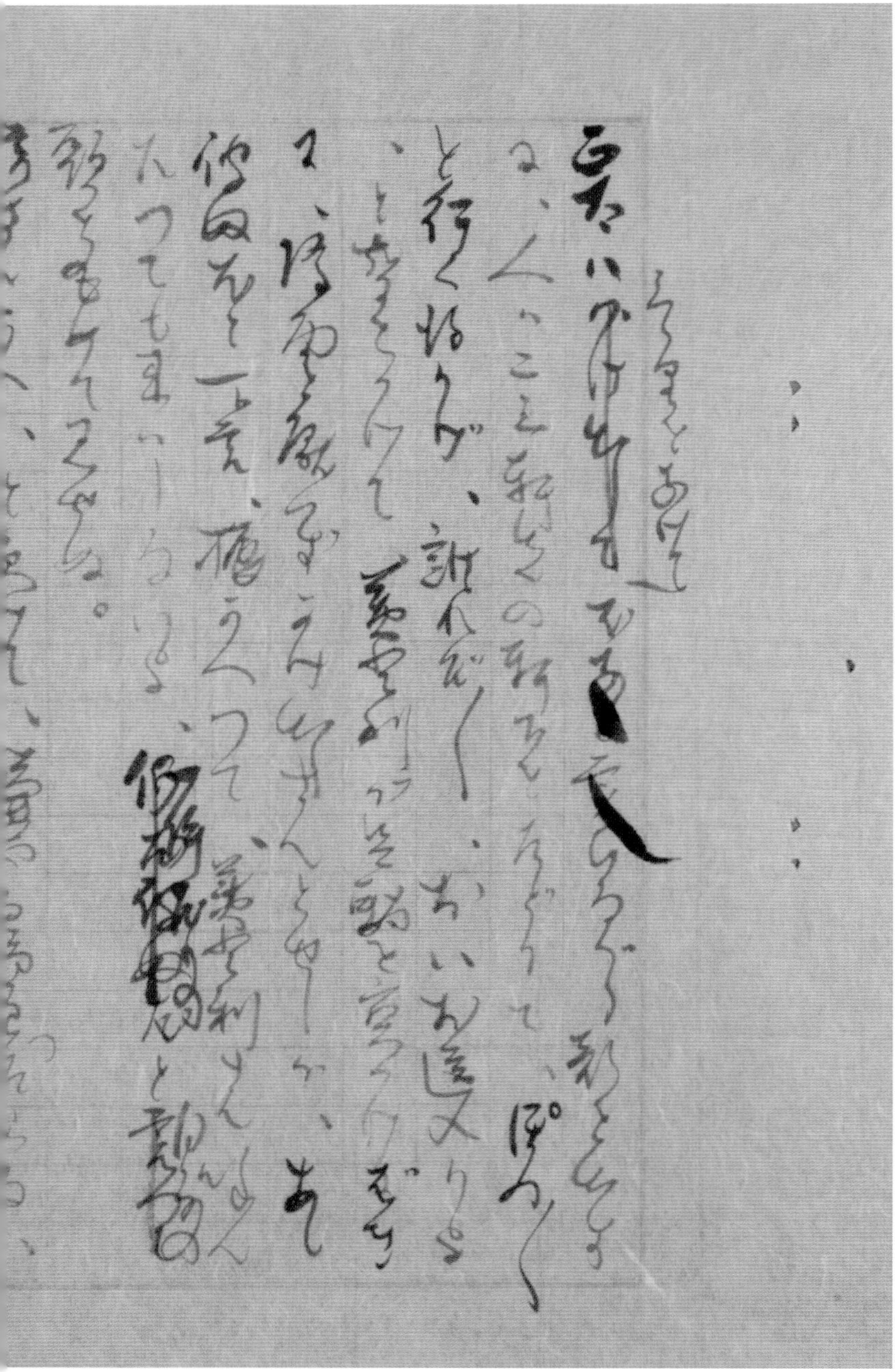

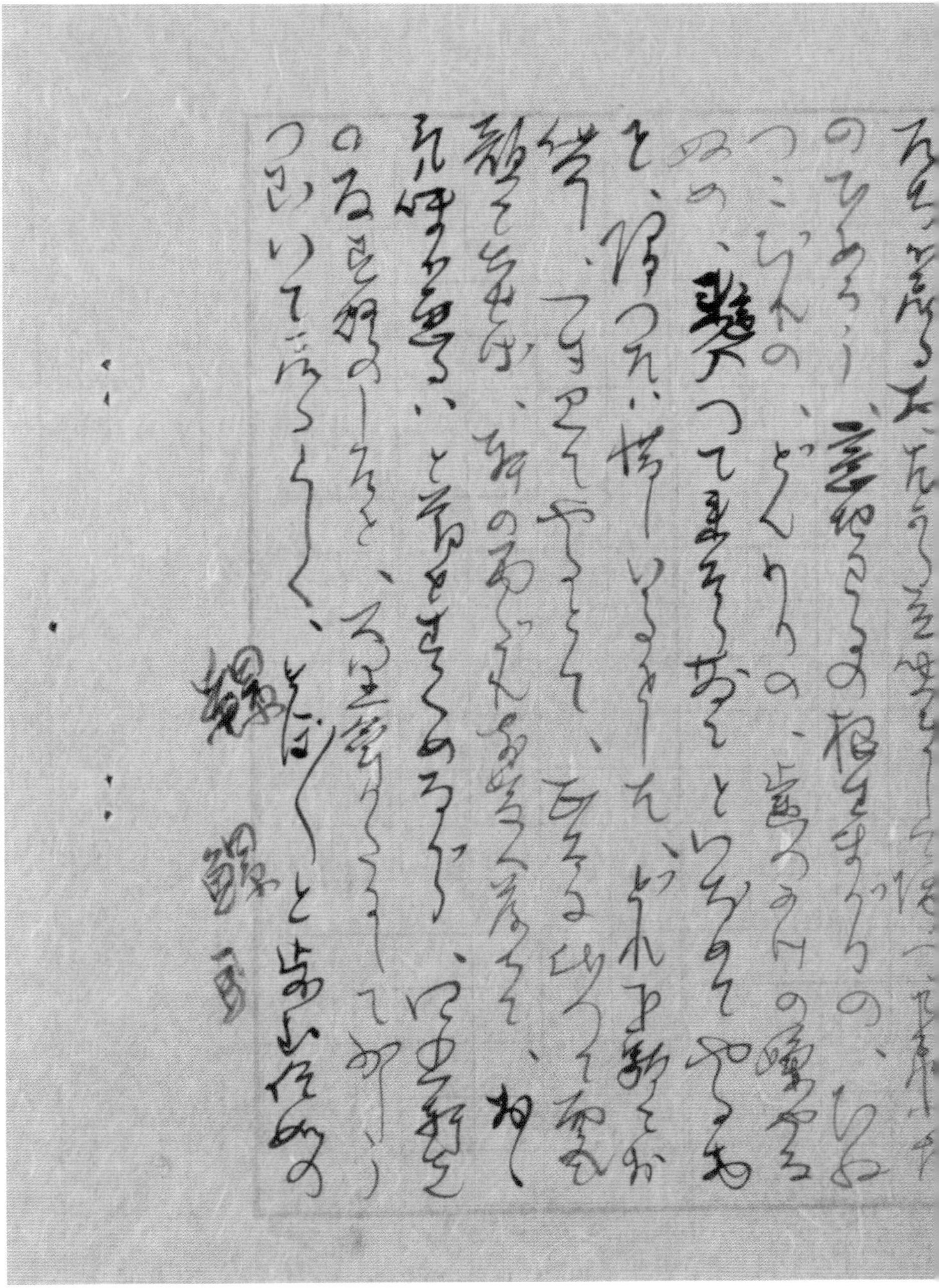

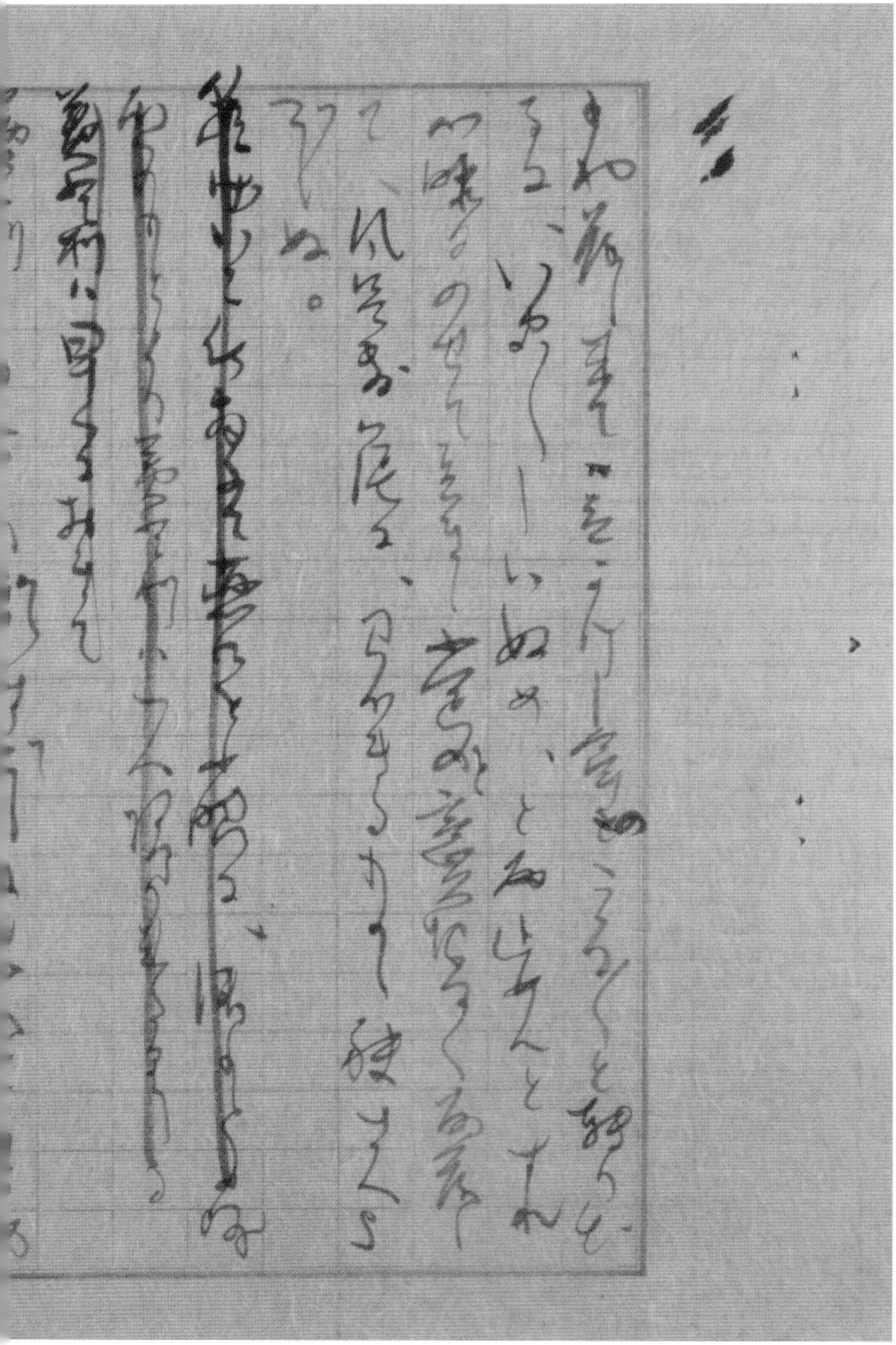

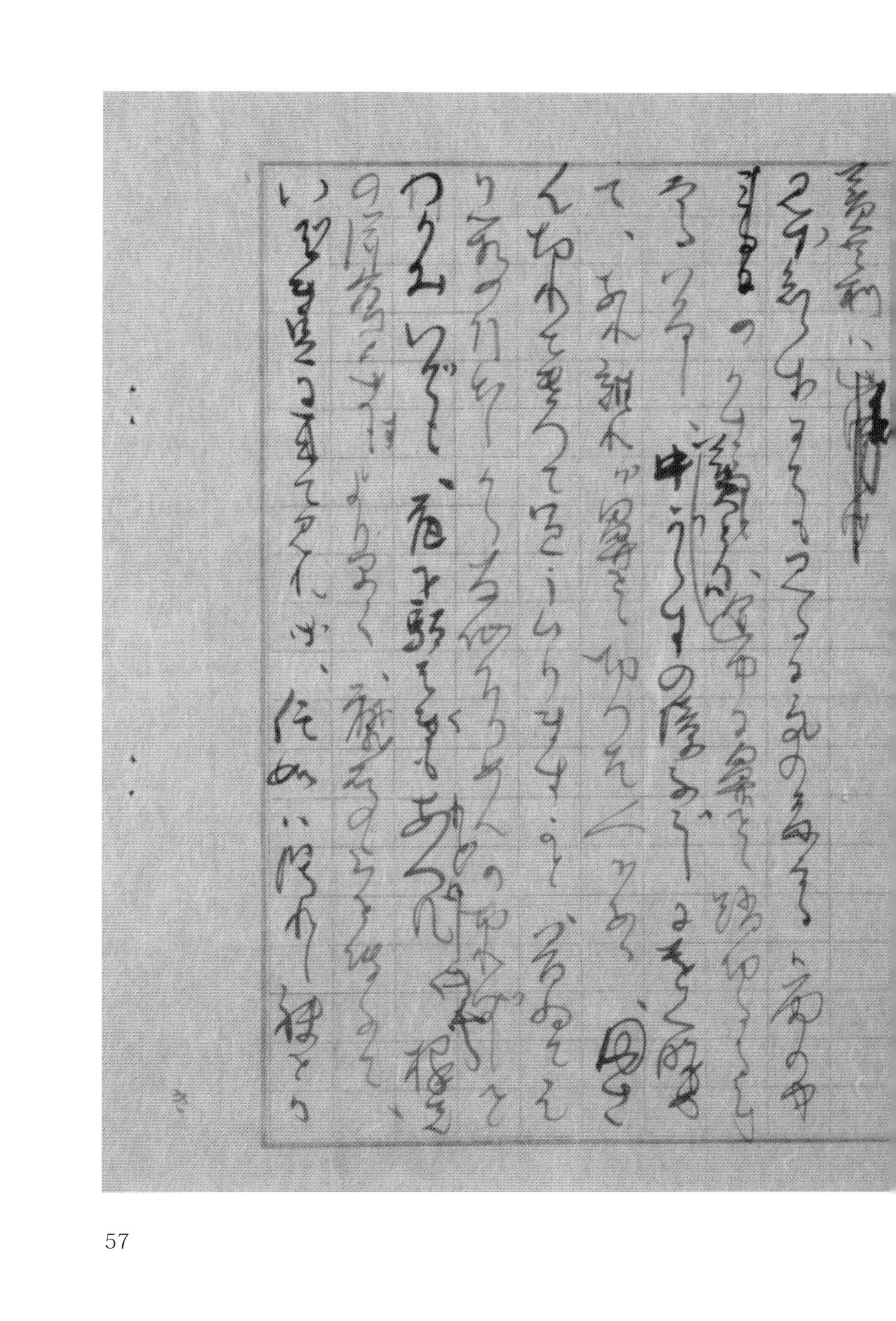

〔他者の体験からの着想〕

夏目漱石「坑夫」と太宰治「女生徒」

ある日、夏目漱石のもとを訪れた若い男が、自分の身の上にこういう材料があるから小説を書いてくれないかと言う。漱石は初めこれを断ったものの、当時朝日新聞に連載予定だった島崎藤村の「春」の執筆が遅れ、その穴を埋めるために、結局は若者の申し出を受け入れることになる。こうして一九〇八（明治四一）年に連載が開始されたのが漱石としては異例のルポタージュ風の長編小説「坑夫」だ。

これと似た背景を持つ作品に、太宰治の短編「女生徒」がある。もとになったのは有明淑子《しずこ》という当時一九歳の女性の日記で、太宰文学を信奉していたという彼女は自分の日記を太宰のもとに郵送した。一九三九（昭和一四）年に発表した「女生徒」は作品の大部分をこの日記から引用する一方、三か月分の日記を一日の物語に再編。朝目覚めると「悲しいことが、たくさんたくさん胸に浮か」ぶという思春期の少女の厭世的な心理が、独白体の文章で浮かび上がる。

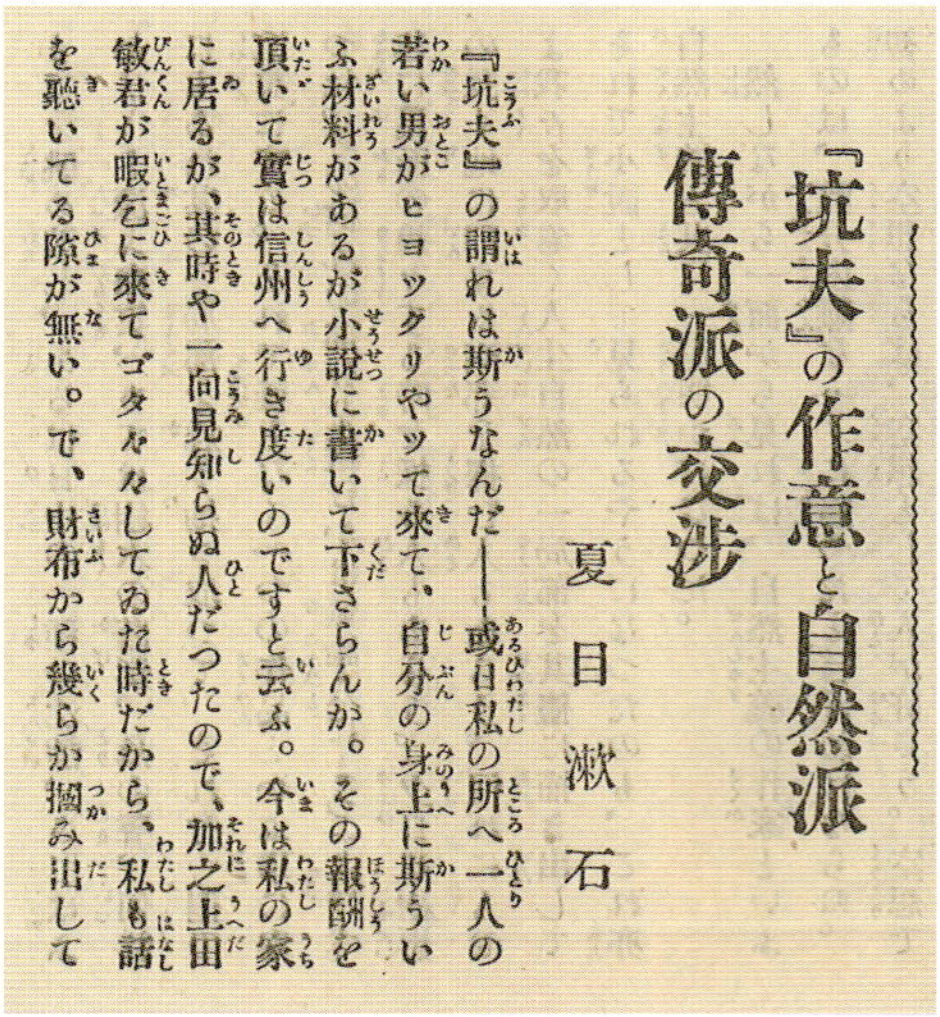
『坑夫』の作意と自然派傳奇派の交渉

夏目漱石

『坑夫《こうふ》』の謂《いは》れは斯《か》うなんだ――或日《あるひ》私《わたし》の所《ところ》へ一人《ひとり》の若《わか》い男《をとこ》がヒヨツクリやツて來《き》て、自分《じぶん》の身上《みのうへ》に斯《か》ういふ材料《ざいれう》があるが小説《せうせつ》に書《か》いて下《くだ》さらんか。その報酬《ほうしう》を頂《いたゞ》いて實《じつ》は信州《しんしう》へ行《ゆ》き度《た》いのですと云《い》ふ。今《いま》は私《わたし》の家《うち》に居《ゐ》るが、其時《そのとき》や一向《こう》見《み》知《し》らぬ人《ひと》だつたので、加之《それに》上田《うへだ》敏君《びんくん》が暇乞《いとまごひ》に來《き》てゴタゴタしてゐた時《とき》だから、私《わたし》も話《はなし》を聽《き》いてる隙《ひま》が無《な》い。で、財布《さいふ》から幾《いく》らか摑《つか》み出《だ》して

「文章世界」3巻5号　1908（明治41）年4月

夏目漱石「『坑夫』の作意と自然派伝奇派の交渉」掲載。

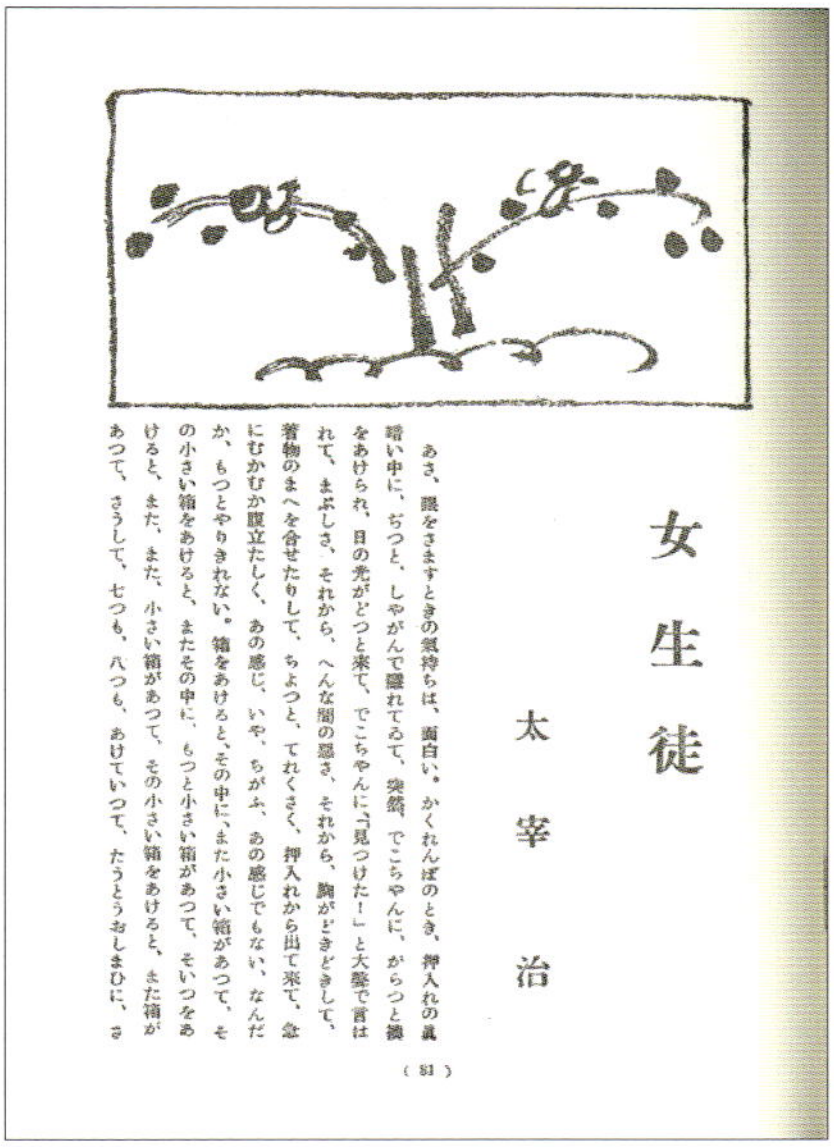

女生徒

太宰治

あさ、眼をさますときの氣持ちは、面白い。かくれんぼのとき、押入れの眞暗い中に、ぢつと、しやがんで隱れてゐて、突然、でこちやんに、がらつと襖をあけられ、日の光がどつと來て、でこちやんに「見つけた！」と大聲で言はれて、まぶしさ、それから、へんな間の惡さ、それから、胸がどきどきして、着物のまへを合せたりして、ちよつと、てれくさく、押入れから出て來て、急にむかむか腹立たしく、あの感じ、いや、ちがふ、あの感じでもない、なんだか、もつとやりきれない。箱をあけると、その中に、また小さい箱があつて、その小さい箱をあけると、またその中に、もつと小さい箱があつて、そいつをあけると、また、また、小さい箱があつて、その小さい箱をあけると、また箱があつて、さうして、七つも、八つも、あけていつて、たうとうおしまひに、さ

(81)

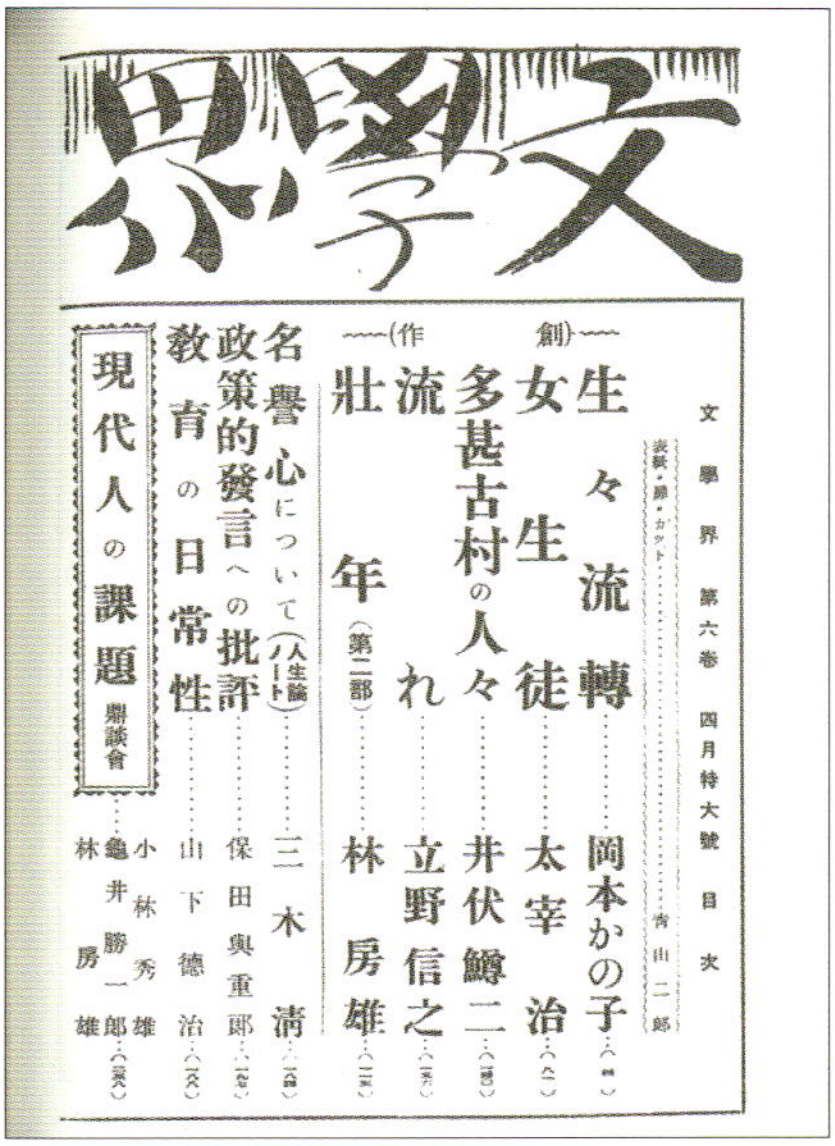

文學界

文學界 第六巻 四月特大號 目次

表紙・扉・カット……青山二郎

一創作一

生々流轉……岡本かの子

女生徒……太宰治

多甚古村の人々……井伏鱒二

流れ……立野信之

壯年(第二部)……林房雄

名譽心について(人生論ノート)……三木清

政策的發言への批評……保田與重郎

教育の日常性……山下德治

現代人の課題 鼎談會……小林秀雄・龜井勝一郎・林房雄

「文学界」6巻4号　1939（昭和14）年4月

太宰治「女生徒」掲載。ある思春期の少女の視点でその一日が語られる。

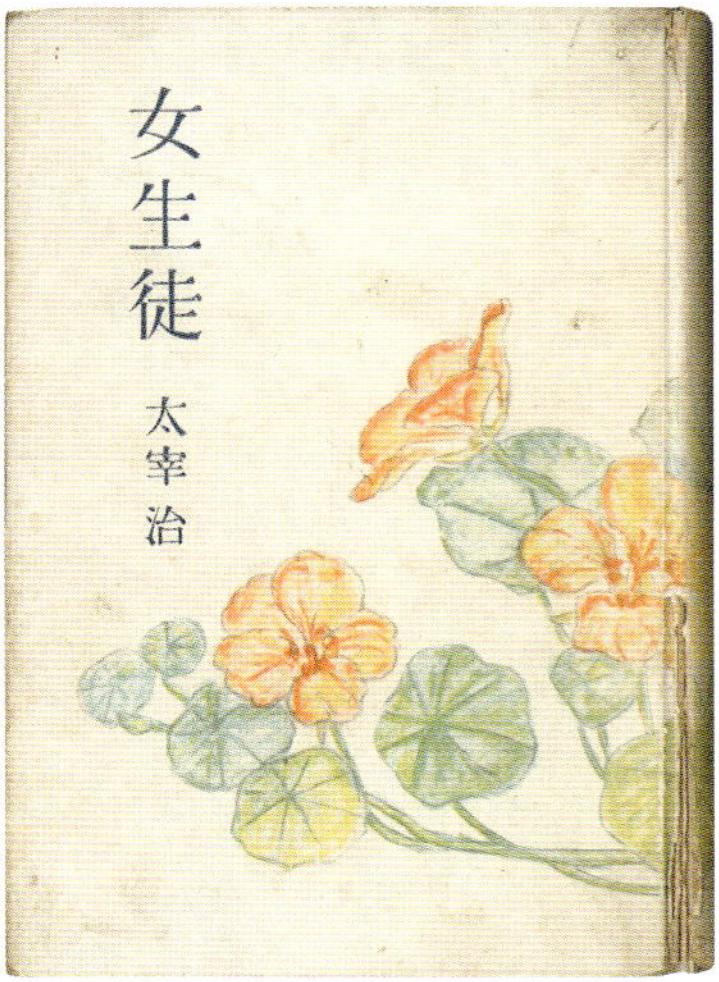

太宰治『女生徒』

砂子屋書房　1939（昭和14）年7月

表紙・山田貞一。「満願」「女生徒」「I can speak」「富嶽百景」「懶惰の歌留多」「姥捨」「黄金風景」収録。

〔社会的事件からの着想〕

三島由紀夫「金閣寺」と松本清張「小説帝銀事件」

小説は本人や読者などの個人的な体験をもとにされるだけでなく、井上靖の「氷壁」のように社会の関心を集めた事件に着想される場合がある。

三島由紀夫の「金閣寺」のもとになったのは一九五〇(昭和二五)年七月に京都の鹿苑寺金閣が同寺の徒弟に放火された事件だが、主人公・溝口が金閣の美にあこがれ、いつしか追い詰められていく過程は三島の創作による部分が大きい。

一方、松本清張の「小説帝銀事件」は一九四八(昭和二三)年に都内の銀行支店で赤痢の予防薬と偽って毒物を飲まされた一二人が死亡した事件を新聞記者が回顧するという体裁で書かれている。清張はのちに「小説で書くと、そこには多少のフィクションを入れなければならない。また、その部分が非常に僅少であっても、読者は、真実の条件の部分とフィクションとの区別がつかなくなってしまう」(「なぜ「日本の黒い霧」を書いたか」)と語った。本作はノンフィクション「日本の黒い霧」執筆のきっかけとなる。

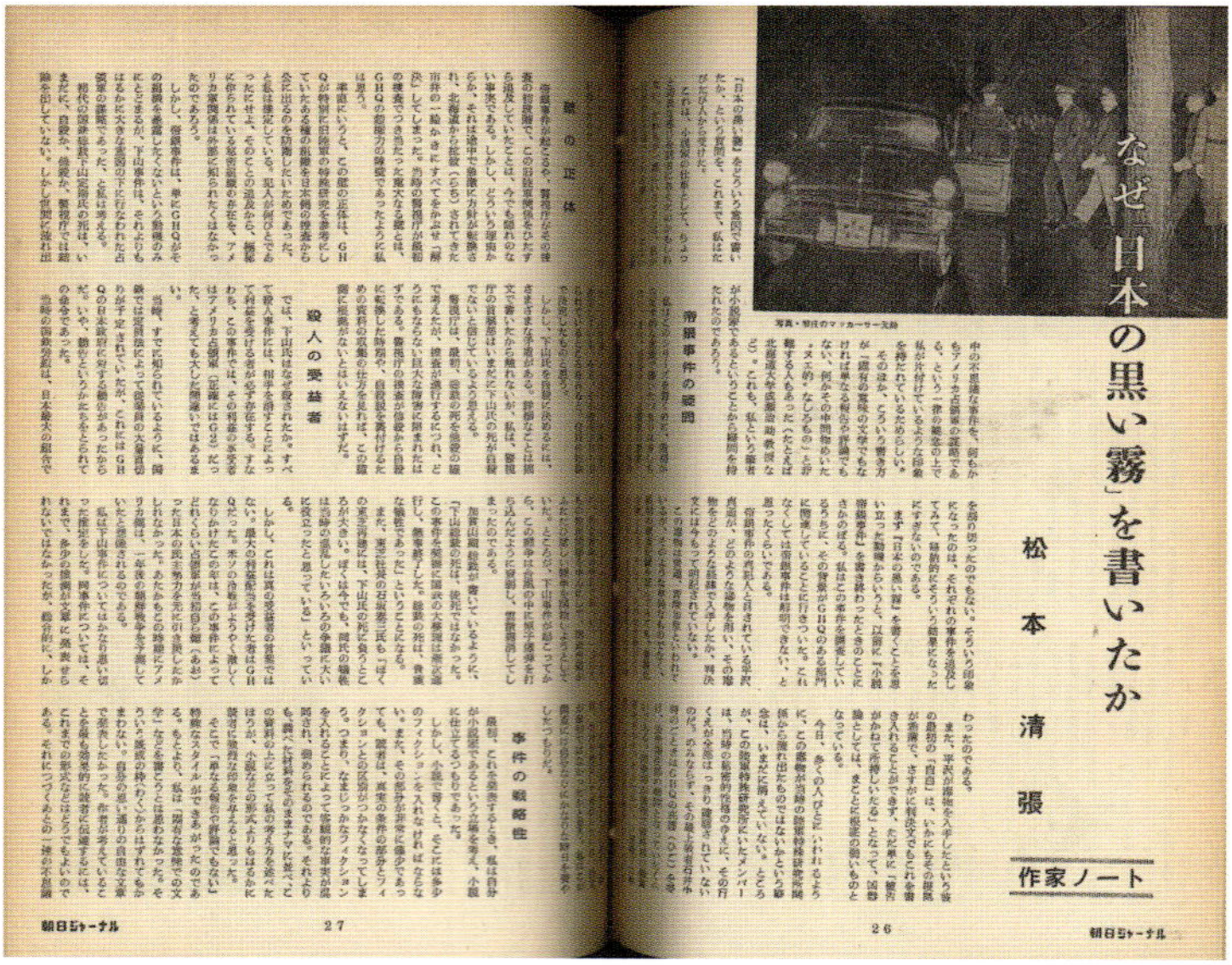
作家ノート

なぜ「日本の黒い霧」を書いたか

松本清張

帝銀事件の疑問

26

27

朝日ジャーナル

「朝日ジャーナル」2巻49号　1960(昭和35)年12月4日

松本清張「なぜ「日本の黒い霧」を書いたか」掲載。

金閣寺 全焼す

放火容疑者を逮捕

徒弟の大谷大学々生

"金閣と心中の覚悟"

自殺しそこねて自供

「義満の木像」も焼失

破損していた火災報知機

不正大蔵官吏

57名を送検

五千万円で大盤遊び

孤独な性格

国民的な痛手

京を求めて

自由学

「朝日新聞」 1950（昭和25）年7月3日

1950年7月2日未明に発生した金閣寺の火事について報道されている。

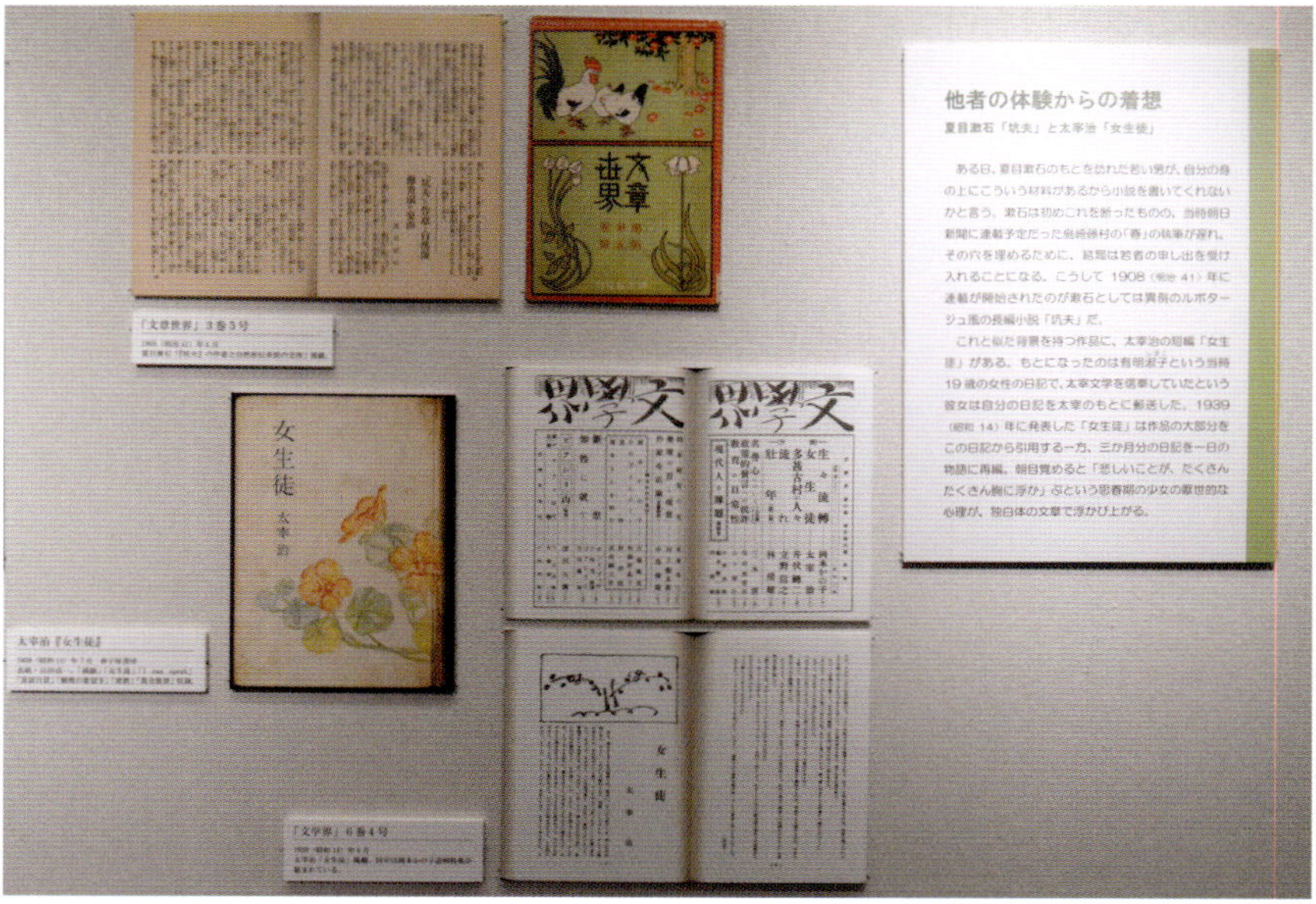
文章世界
女生徒
太宰治
文學界
太宰治『女生徒』
「文学界」6巻4号
他者の体験からの着想
夏目漱石「坑夫」と太宰治「女生徒」
ある日、夏目漱石のもとを訪れた若い男が、自分の身の上にこういう材料があるから小説を書いてくれないかと言う。漱石は初めこれを断ったものの、当時朝日新聞に連載予定だった島崎藤村の「春」の執筆が遅れ、その穴を埋めるために、結局は若者の申し出を受け入れることになる。こうして 1908（明治 41）年に連載が開始されたのが漱石としては異例のルポタージュ風の長編小説「坑夫」だ。
これと似た背景を持つ作品に、太宰治の短編「女生徒」がある。もとになったのは有明淑子という当時19歳の女性の日記で、太宰文学を信奉していたという彼女は自分の日記を太宰のもとに郵送した。1939（昭和 14）年に発表した「女生徒」は作品の大部分をこの日記から引用する一方、三か月分の日記を一日の物語に再編。朝目覚めると「悲しいことが、たくさんたくさん胸に浮か」ぶという思春期の少女の厭世的な心理が、独白体の文章で浮かび上がる。

展示風景

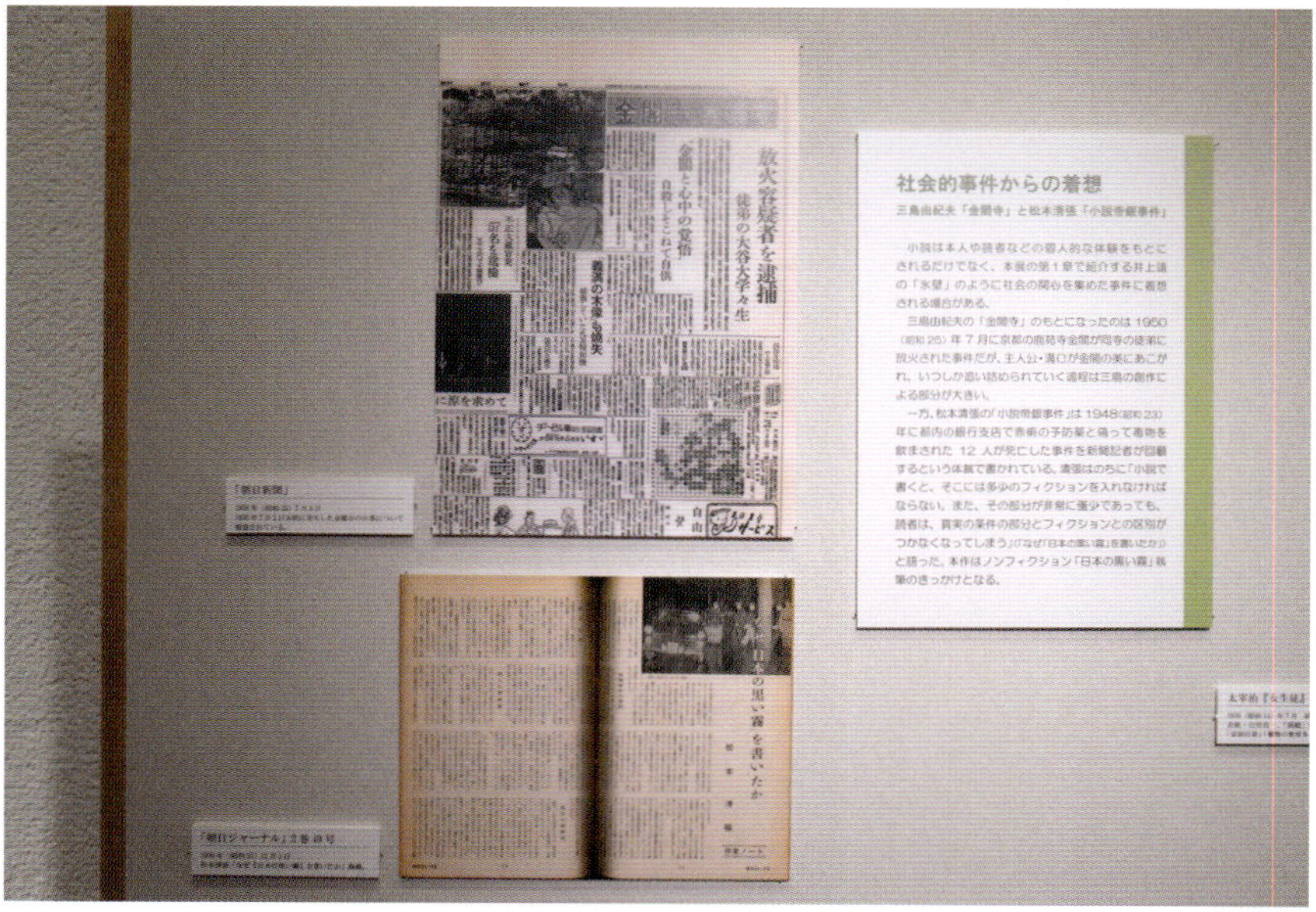
放火容疑者を逮捕
徒弟の大谷大学々生
金閣と心中の覚悟
自殺しそこねて自供
義満の木像も焼失
なぜ「日本の黒い霧」を書いたか
社会的事件からの着想
三島由紀夫「金閣寺」と松本清張「小説帝銀事件」
小説は本人や読者などの個人的な体験をもとにされるだけでなく、本展の第1章で紹介する井上靖の「氷壁」のように社会の関心を集めた事件に着想される場合がある。
三島由紀夫の「金閣寺」のもとになったのは 1950（昭和 25）年 7 月に京都の鹿苑寺金閣が同寺の徒弟に放火された事件だが、主人公・溝口が金閣の美にあこがれ、いつしか追い詰められていく過程は三島の創作による部分が大きい。
一方、松本清張の「小説帝銀事件」は 1948（昭和 23）年に都内の銀行支店で赤痢の予防薬と偽って毒物を飲まされた 12 人が死亡した事件を新聞記者が回顧するという体裁で書かれている。清張はのちに「小説で書くと、そこには多少のフィクションを入れなければならない。また、その部分が非常に僅少であっても、読者は、真実の事件の部分とフィクションとの区別がつかなくなってしまう」（「なぜ『日本の黒い霧』を書いたか」）と語った。本作はノンフィクション「日本の黒い霧」執筆のきっかけとなる。

展示風景

第二章　原稿用紙の世界

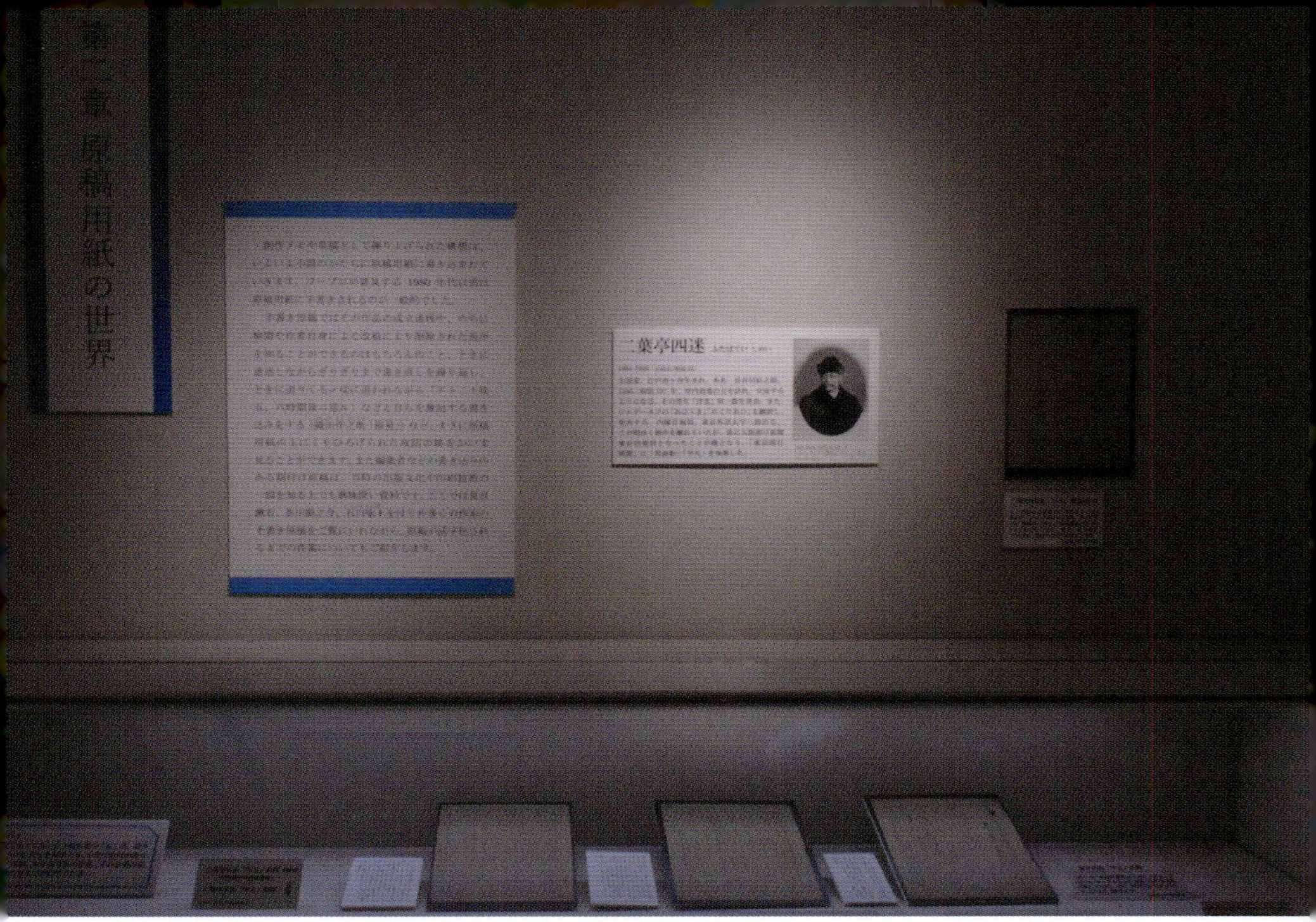

第二章　原稿用紙の世界

創作メモや草稿として練り上げられた構想は、いよいよ小説のかたちに原稿用紙に書き込まれていく。ワードプロセッサーの普及する一九八〇年代以前は原稿用紙に手書きされるのが一般的であった。

手書き原稿ではその作品の成立過程や、のちに検閲や作者自身による改稿により削除された箇所を知ることができるのはもちろんのこと、ときに逡巡しながらぎりぎりまで書き直しを繰り返し、ときに迫りくる〆切に追われながら「アト二十枚五、六時間後ニ送ル」などと自らを激励する書き込みをする（織田作之助「俗臭」）など、まさに原稿用紙の上に繰り広げられた攻防の跡をかいま見ることができる。また編集者などの書き込みのある割付け原稿は、当時の出版文化や印刷技術の一端を知る上でも興味深い資料だ。ここでは夏目漱石、芥川龍之介、石川啄木をはじめ多くの作家の手書き原稿を示しながら、原稿が活字化されるまでの作業についても紹介する。

二葉亭四迷（ふたばてい しめい）

1864-1909（元治元-明治42）

小説家。江戸市ヶ谷生まれ。本名・長谷川辰之助。1886（明治19）年、坪内逍遙の元を訪れ、交流するようになる。その翌年「浮雲」第一篇を発表。また、ツルゲーネフの「あひゞき」「めぐりあひ」を翻訳し、発表する。内閣官報局、東京外語大学へ勤める。この間長く創作を離れていたが、後に大阪朝日新聞東京出張員となったことが機となり、「東京朝日新聞」に「其面影」「平凡」を執筆した。

1908-1909（明治41-42）年冬 ペテルブルグ（現サンクト・ペテルブルグ）にて

「平凡」の概要

かつて文士であった下級官吏の「私」は、幼少期からの自叙伝を執筆する。小学生時代の愛犬ポチ、両親、中学卒業後の雪江との恋愛、文学への傾倒、お糸さんとの逢瀬の最中の父の死までが回想される。

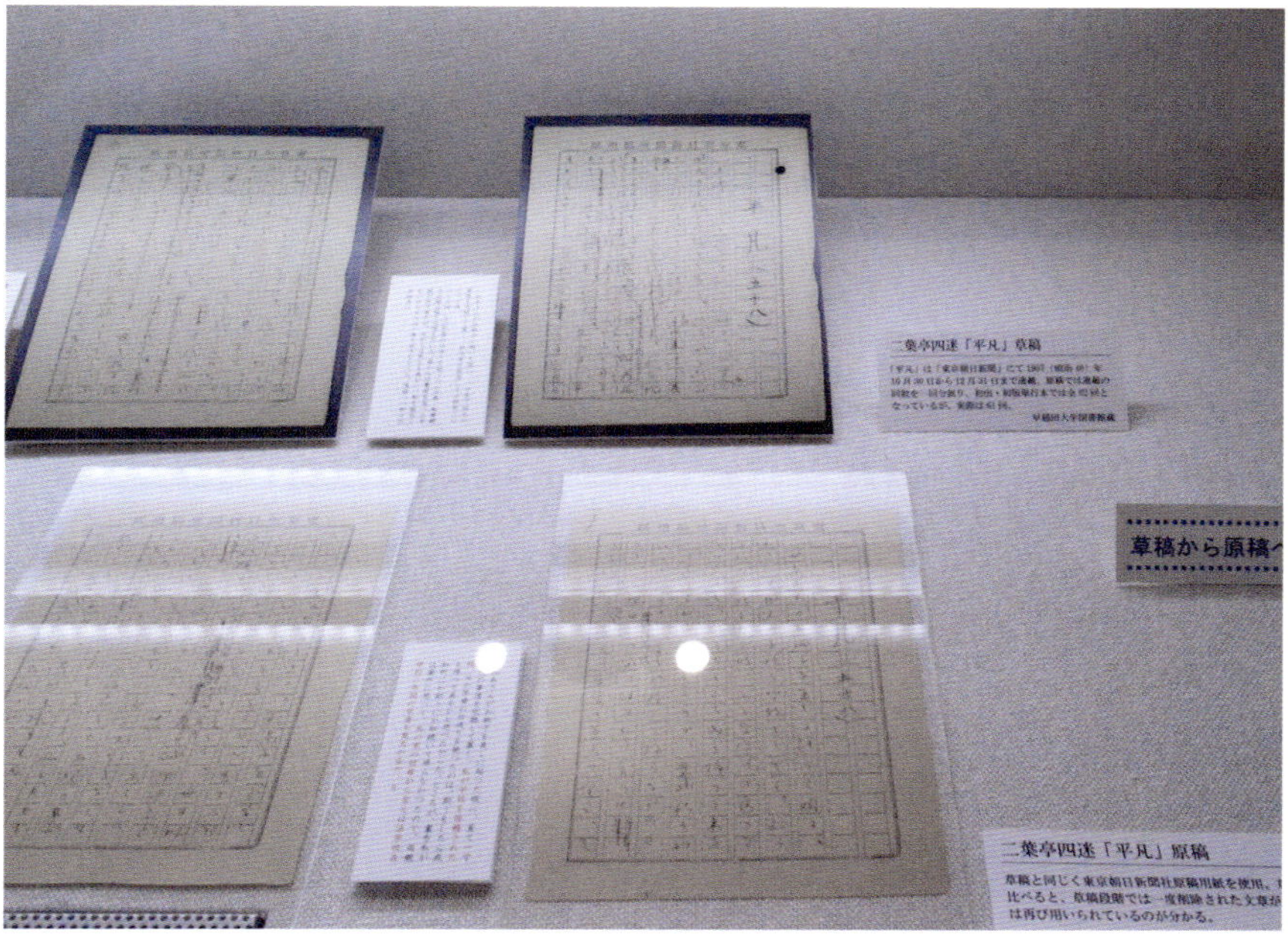

展示風景

二葉亭四迷「平凡」草稿

「平凡」は一九〇七（明治四〇）年一〇月三〇日から一二月三一日まで「東京朝日新聞」にて連載。第一三章以降の原稿は東京朝日新聞原稿用紙が使用されている。早稲田大学図書館所蔵の草稿と当館所蔵の草稿を比較すると、一度削除された文章が再度用いられているのがわかる。なお「平凡」は執筆の時点で章の回数が一章分誤っており、初出・初版単行本では全六二章となっているが、実際は六一回の連載であった。

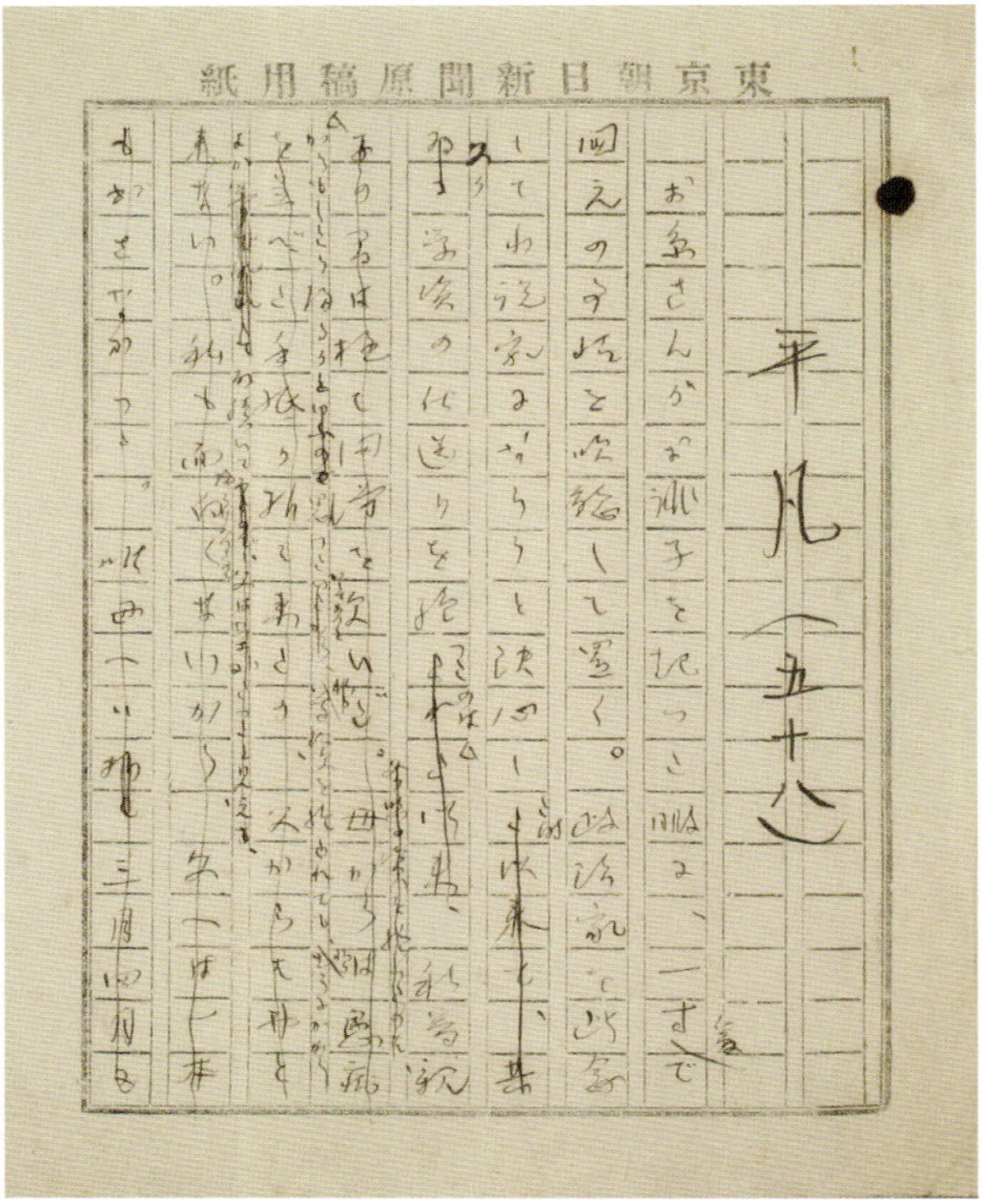

早稲田大学図書館蔵

お糸さんがお銚子を起った暇に、一寸爰で
国元の事情を吹聴して置く。政治家を断念
た時、
して小説家にならうと決心して以来も、其
つたのは、
父が
為に学資の仕送りを絶たれて以来、私等親
父の学資を絶つてゐた
子の間は極て円滑を欠いた。母からは愚痴
からてあった、　私は
かうもしたら帰るかといふので思ったのたから学資を絶たれても、とうにかかう
を並べた手紙が折々来たが、父からは弗と
にか取続いて帰らなかつたので、父は案外たつたと見える
来ない。私も面白くないから父へは一本
も出さなかつた。唯母へハ折々三月四用に

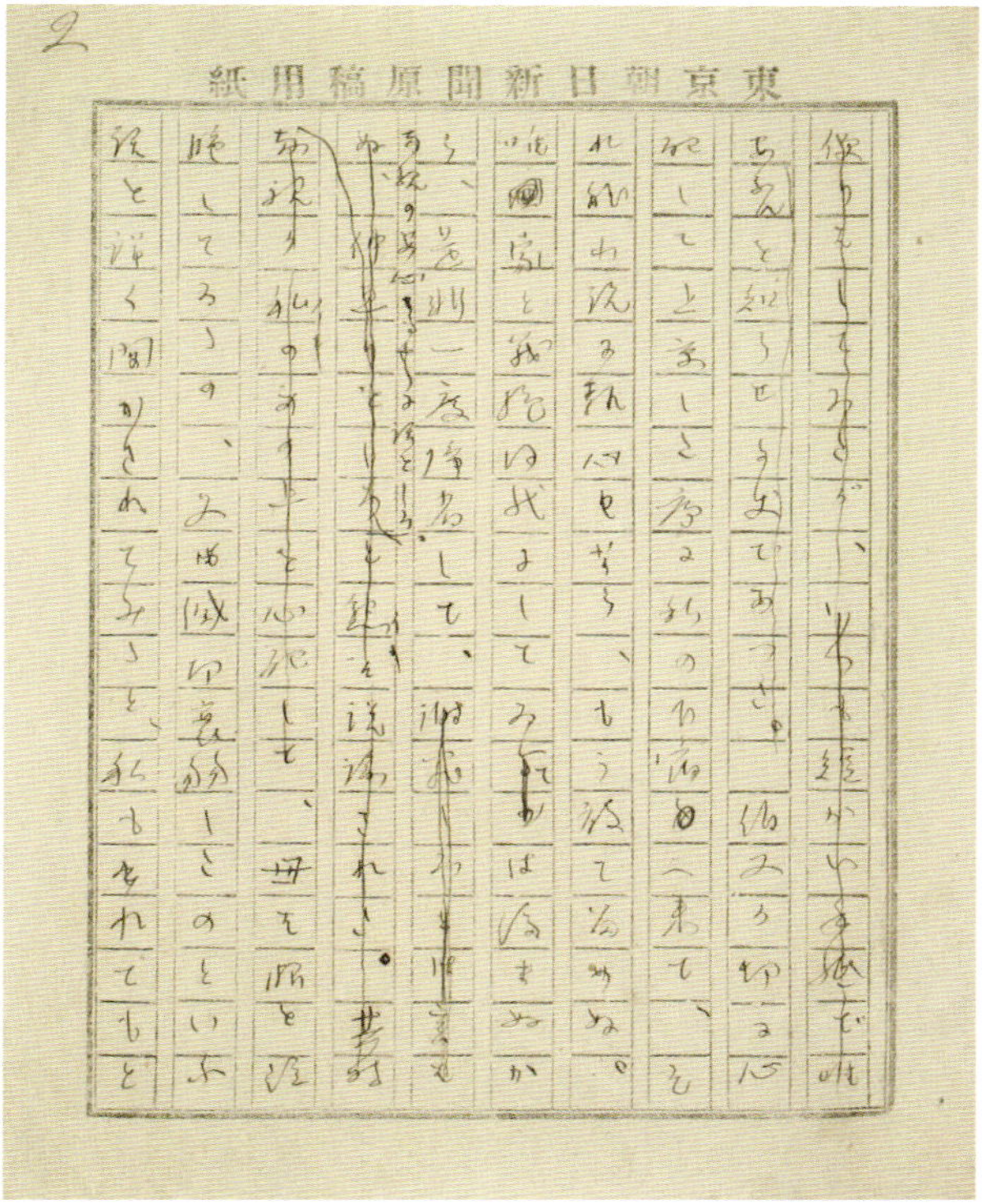

早稲田大学図書館蔵

便りはしてゐたが、いつも短かい手紙で唯
安否を知らせる丈であつた。伯父が切に心
配して上京した序に私の下宿へ来て、そ
れ程小説に執心なら、もう敢て留めぬ。
唯家と義絶同然にしてゐては済まぬか
ら、是非一度帰省して、謝罪しろとは言は
両親の安心するやうに話をしろ、
ぬ、仲直りをしろと懇々説諭された。其時
両親が私の身の上を心配して、母は眼を泣
腫してゐるの、父も滅切衰弱したのといふ
話を詳く聞かされてみると、私もそれでもと

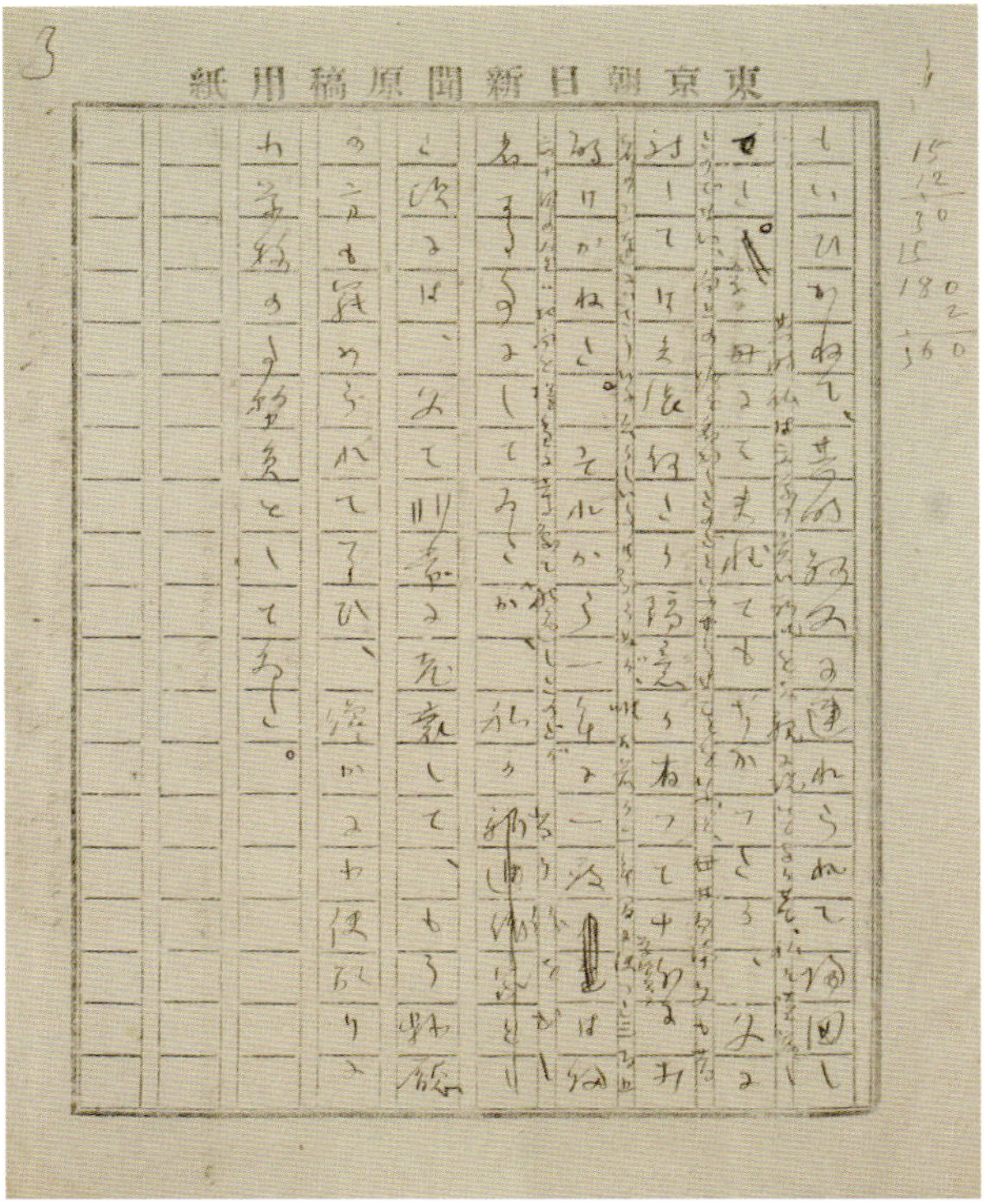

早稲田大学図書館蔵

もいひかねて、其時叔父に連れられて帰国し
其時私は文学の貴い所以を両親に説いて聞かせて、私は堕落し
た。母には夫程でもなかつたか、父に
たのでない、文学に向上の一路を看出したのだといふやうなことをいふと、母は勿論父も昔
対しては矢張何たか隔意か有つて十分に打
者の己達連にハさういふ六かしい事は知らぬが、唯お前か二年間学資に使つた三百五
融けかねた。それから一年に一度は帰
六十円の金ハ地面を抵当に去る処て融通したのだが　当り作を出し
省する事にしてゐたが、私か新進作家とし
た頃には、父は非常に老衰して、もう県庁
の方も罷められて了ひ、纔かに小使取りに
小学校の事務員をしてゐた。

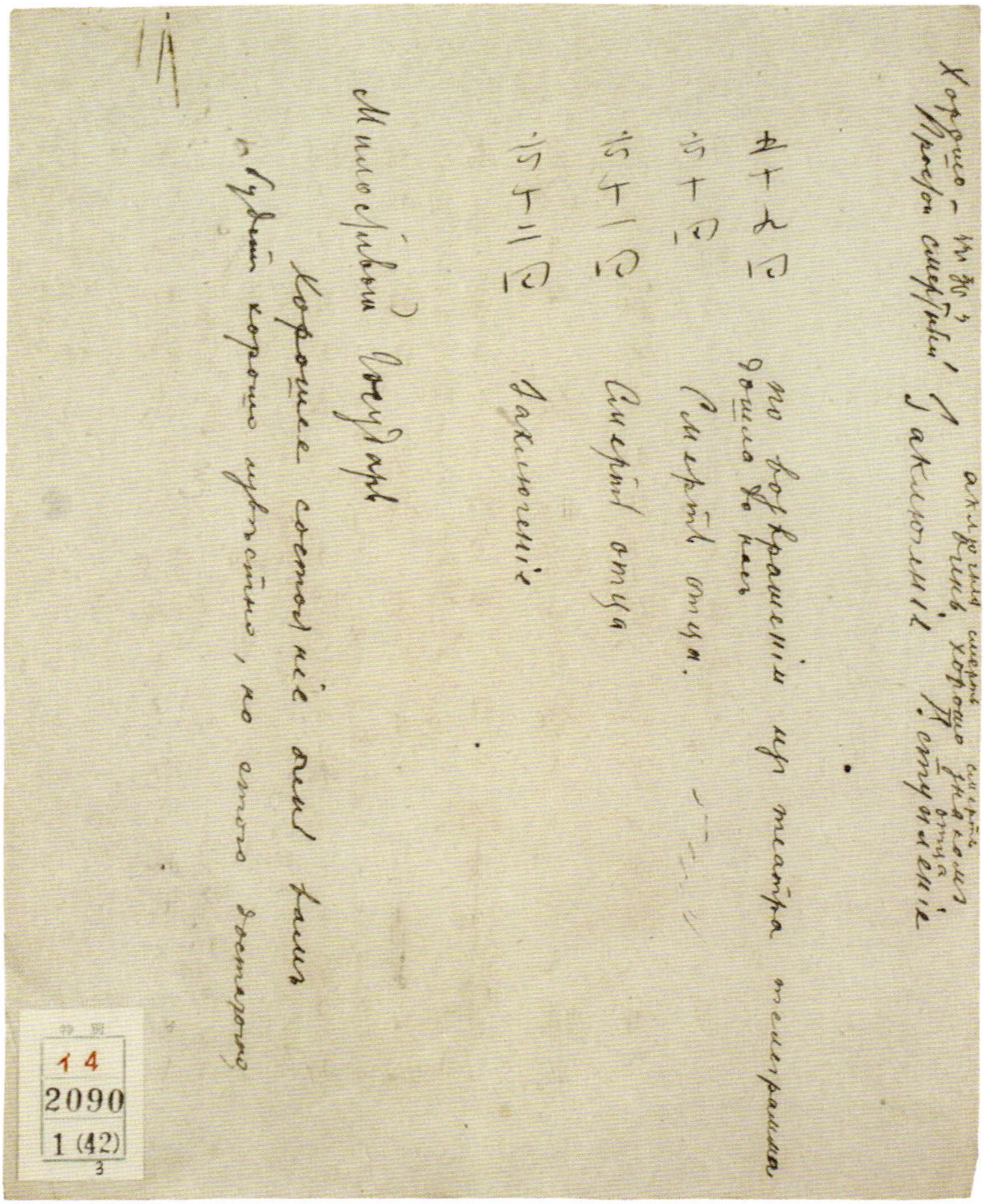

早稲田大学図書館蔵

二葉亭四迷「平凡」草稿裏面

ロシア語による構想メモが見られる。各回毎のキーワードが書かれており、第59回には「劇場から帰宅した途端電報が我々のもとに届いた」とあり、第60、61回には「父の死」、第62回には「結末」とある。

二葉亭四迷「平凡」草稿

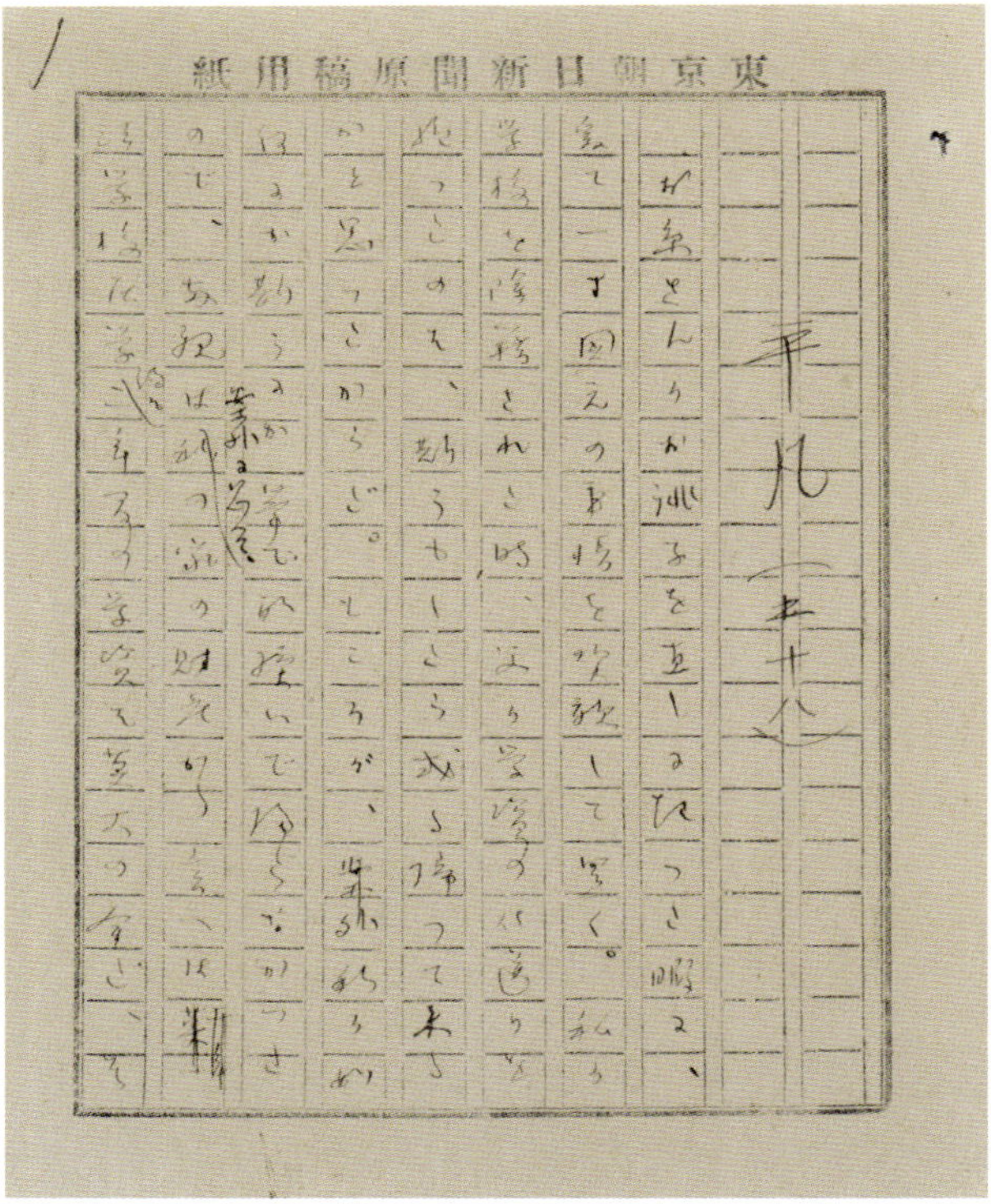

お糸さんがお銚子を直しに起つた暇に、
爰て一寸国元の事情を吹聴して置く。私が
学校を除籍された時、父か学資の仕送りを
絶つたのは、斯うもしたら或る帰つて来る
かと思つたからだ。ところが、案外私か如
何にか斯うにか筆で取続いて帰らなかつた
ので、両親は《案外に思つて、》私の家の財産から言へは
法学校在学《約そ》二年間の学資は莫大の金だ、そ

※赤字は主な改稿部分

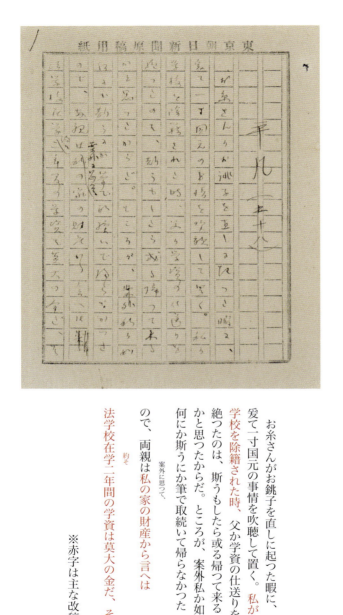

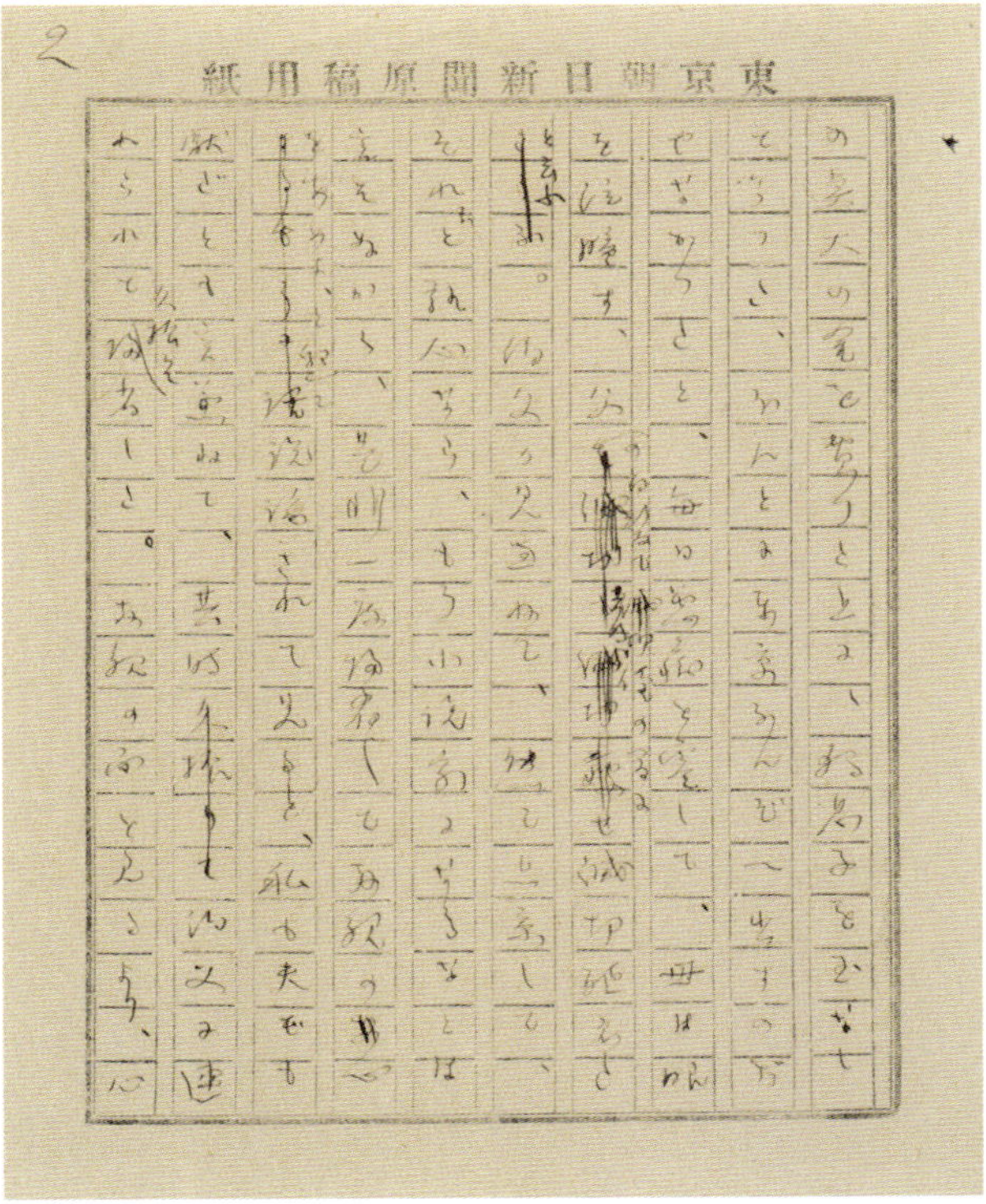

の莫大の金を費つた上に、独息子を台なし
て了つた、ほんとに東京なんぞへ出すのぢ
やなかつたと、毎日愚痴を零して、母は眼
を泣腫す、父~~を滅切と滅切痩せ~~の白髪も俺の為に滅切殖ゑた
~~まうな~~と云ふ。伯父が見兼ねて、態々上京して、
それほと執心なら、もう小説家になるなとは
言はぬから、是非一度帰省して両親の安心
~~するような~~を安めよ、と懇々話説諭されて見ると、私も夫でも
厭だとも言兼ねて、其時~~久振りて~~伯父に連
れられて久振りて帰省した。両親の面を見るより、心

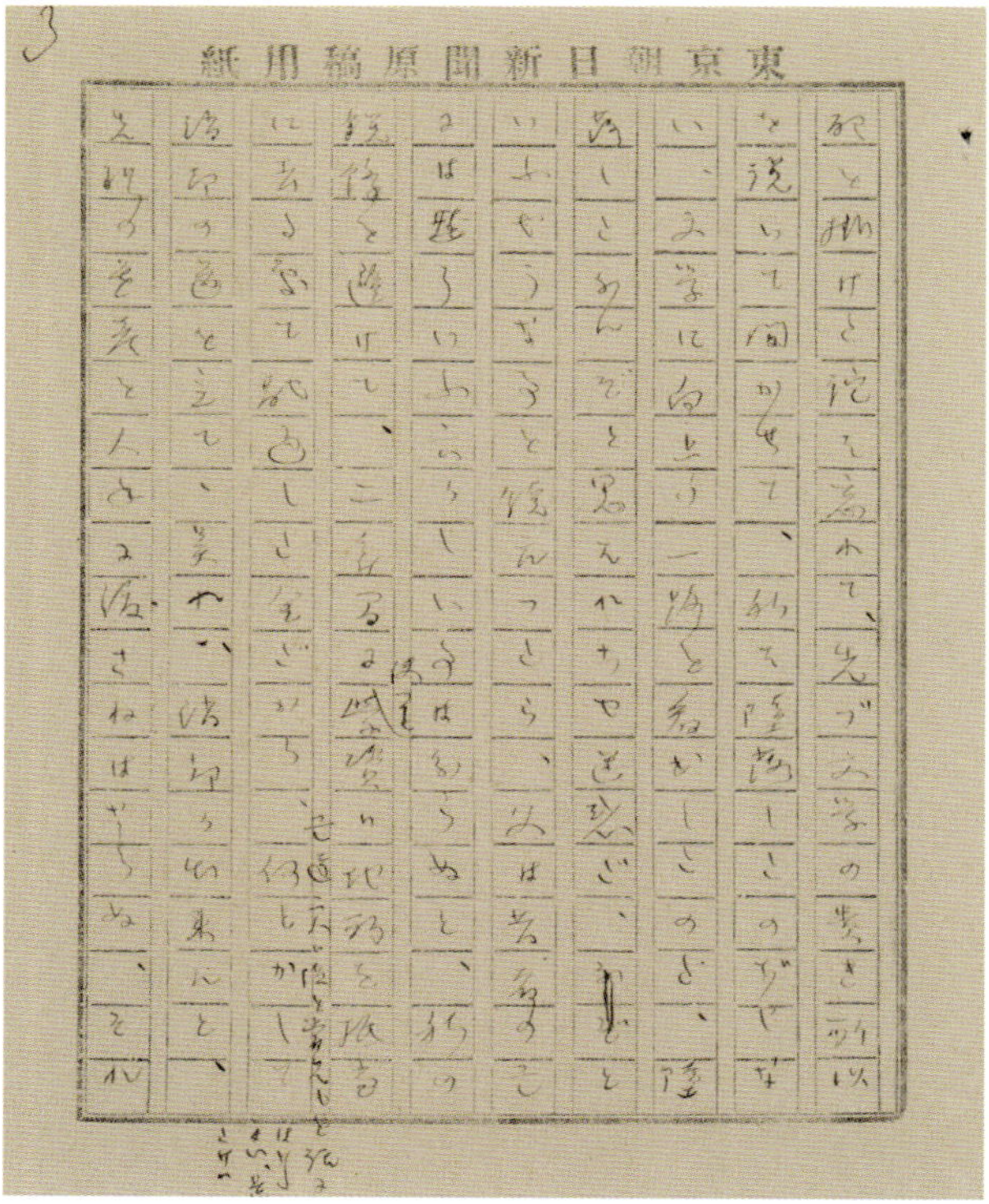

配を掛けた詫を忘れて、先づ文学の貴き所以
を説いて聞かせて、私は堕落したのぢやな
い、文学に向上の一路を看出したのだ、堕
落したなんぞと思はれちや迷惑だ、なぞと
いふやうな事を饒舌つたら、父は昔者の已
には然ういふ六カしい事は分らぬと、私の
使つた
鋭鋒を避けて、二年間に学資は地所を抵当
己達二人は塩を嘗めても世話にはならない。是だけは
に去る処で融通した金だから、何とかして
消却の道を立てゝ呉れ、消却か出来んと、
先祖の遺産を人手に渡さねはならぬ、それ

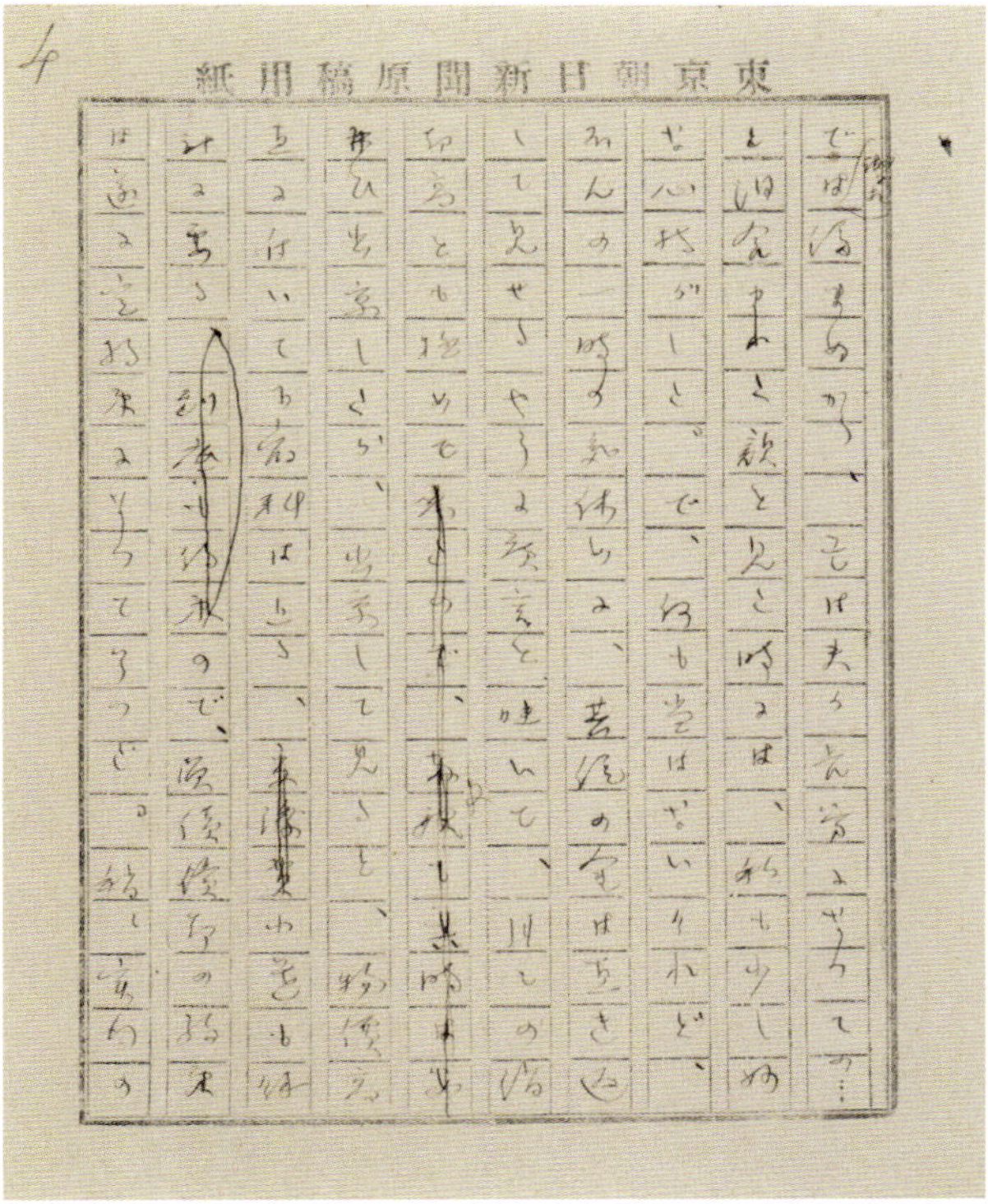

誠に相
では済まぬから、己は夫が苦労になつての…
と泪含まれた顔を見た時には、私も少し妙
な心持がした。で、何も当はないけれど、
ほんの一時の気休めに、其位の金は直き返
して見せるやうに広言を吐いて、月々の消

却高をも極めて来たので、両親も其時は安
再ひ出京したが、出京して見ると、物価高
直に付いて下宿料は上る、交際費小遣も余
計に要る、到底も約束ので、負債償却の約束
は遂に空約束になつて了つた。稍々実行の

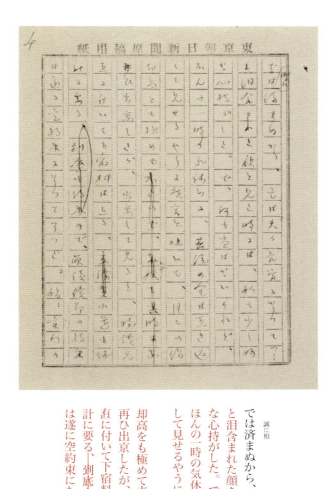

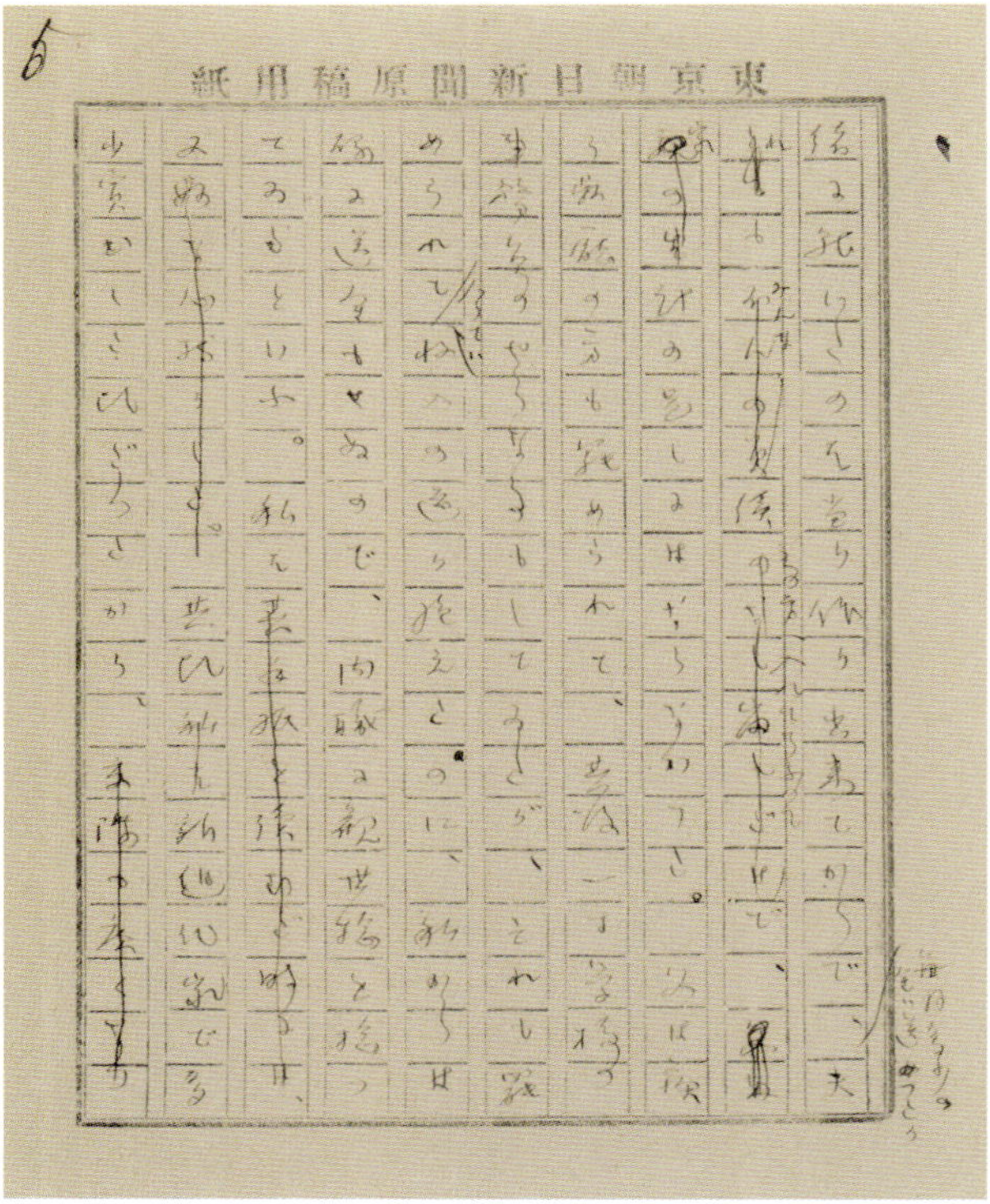

緒に就いたのは当り作か出来てからで、夫《毎月多少の金は送つたか》れもほんの負債のなし崩し《みんな債主の方へ入れて了ふの》だけで、両親《家》の生計の足しにはならなかつた。父は疾う県庁の方も罷められて、其後一寸学校の事務員のやうな事もしてゐたが、それも罷めら《今ては》れて収入の道か絶えたのに、私からは碌に送金もせぬので、内職に観世捻を捻つてゐるといふ。（以下略）

泉 鏡 花 (いずみ きょうか)

1873-1939 (明治6-昭和14)

小説家。石川県金沢生まれ。本名・鏡太郎。尾崎紅葉に師事し、1895 (明治28) 年に「文芸倶楽部」に発表した「夜行巡査」「外科室」などで評価を得、同年に「義血侠血」が浅草駒形座で「滝の白糸」の題で初演される。1900 (明治33) 年に発表した「高野聖」で人気作家となった。江戸文芸の影響を強く受けた怪奇趣味と浪漫的作風で独自の世界を作り上げた。

1898 (明治31) 年

尾 崎 紅 葉 (おざき こうよう)

1867-1903 (慶応3 -明治36)

小説家。江戸の芝中門生まれ。本名・徳太郎。1885 (明治18) 年、山田美妙らと硯友社を結成。機関誌「我楽多文庫」を創刊して文壇進出を果たし、数々の作品を執筆。結婚し牛込横寺町に転居する頃には24歳にして文壇の大家と仰がれ、泉鏡花、田山花袋、小栗風葉など入門を志す者が集まった。「三人妻」「多情多恨」などの代表作を執筆し、晩年は「読売新聞」に「金色夜叉」を5年かけて断続的に連載したが未完に終わった。

1894(明治27)年2月17日

「義血侠血」の概要

旅芸人の女、滝の白糸は法曹界を目指す青年に金銭的援助を行っていた。しかし、数年後、強盗にあい、援助のための金を奪われた白糸は、再び金を得るために強盗殺人をはたらいてしまう。逮捕された白糸を裁いたのは検事となった青年であった。

泉鏡花「義血侠血」初稿

複製　岩波書店　一九八六（昭和六一）年一一月

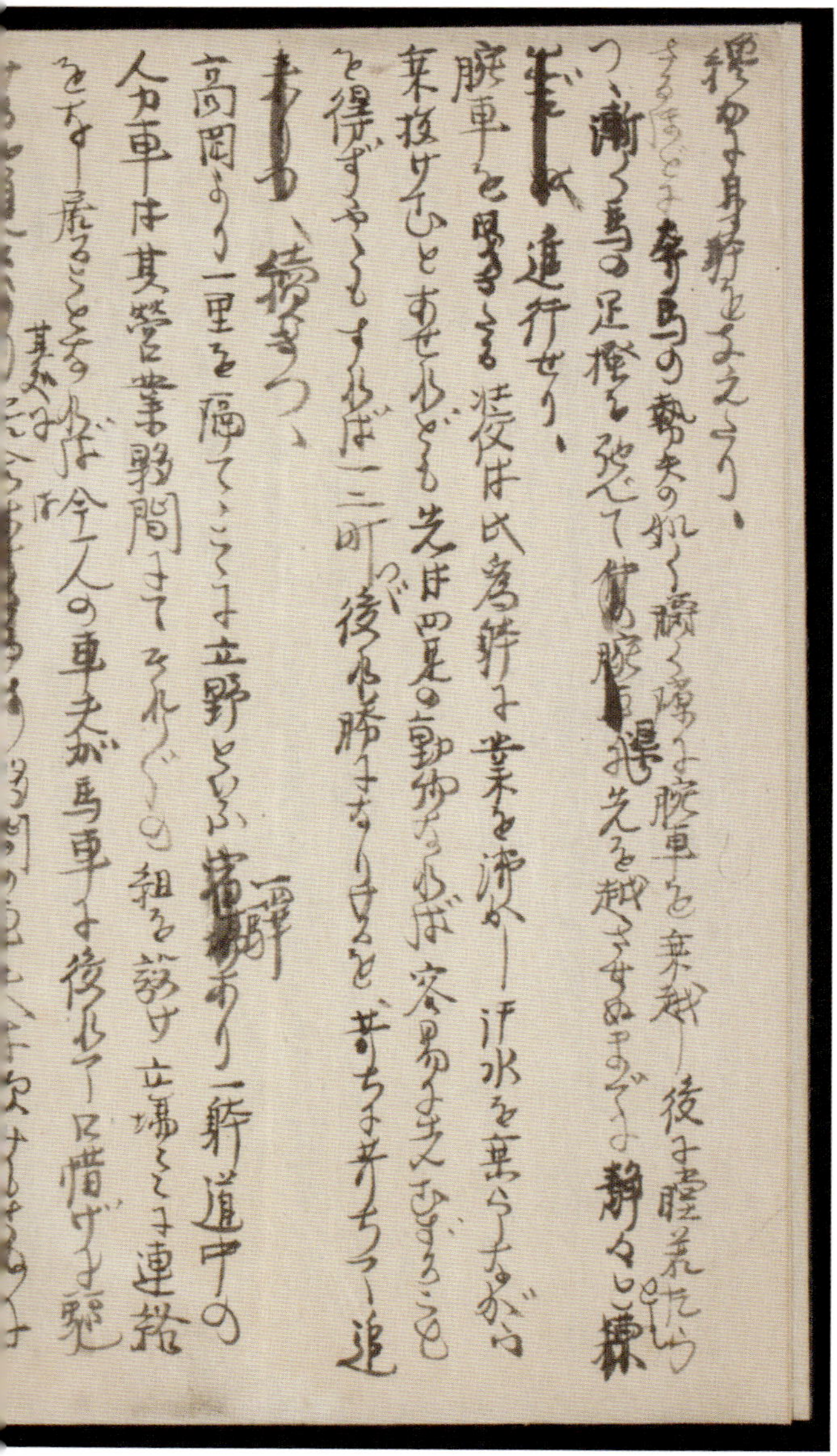

慶應義塾図書館蔵

一八九四（明治二七）年一月、父を喪った泉鏡花は金沢に帰郷、その経済的な逼迫の中で本作を執筆した。画像は師匠である紅葉の添削を受ける前の第一稿。作品冒頭の御者荘之助が馬車を走らせる描写や、金沢裁判所の検事・秋月秀臣が登場する場面の有無などに相違点が見られる。

頃おはよく馬車を乗越したり、

先刻より腕車を派昉に驚けて得々としたる行商人は「さすがやられたれ
わくて情なし」と力なげに情言返せば入らざるまく乗合ひより車台
ひの老人までが差かとりて委奮み出ぢゃうむ御見苦しけれ」とふんばる
足元より押しなだめて「まあ力足を踏みなさると旦もみな驚きつつ不可ま
せんよ、なり丈け身体を浮かさぬようにし斯りて」と故とらしく中腰よ
なるほどこそあれ御者が再び加ふる鞭に馬は宙に躍上りて颯とばかり
に駆出せば彼の男はどうしたりけむ横僵しに僵れ掛りて歩ざくと
将棋倒し　最端に腰掛けたる婦人は轉び落ちんとせり、
蓋し田舎の乗合馬車は東京のものの如き完全に組織するならねば
はあらず四本柱に幸を着けて車を要する形なれば、ぐらつき、
ゆらめき、或は浮き或は沈み不平の声を発するも難船するかと疑
なり

さて車掌兼馭者一同が眼を廻はして驚くうち難なく腕車を駆抜けぬ、
行商人は大手を広げて「アイヨ ~~出来~~ かかるハすてきだ」と

慶應義塾図書館蔵

泉鏡花「義血侠血」再稿

複製　岩波書店　一九八六（昭和六一）年一一月

紅葉による添削跡が見られ、初稿と比較すると丁寧な清書で書かれ、総ルビがふられている。紅葉は一八九四（明治二七）年八月一八日付の鏡花宛書簡で「瞽判事《めくらはんじ》今一披読致し見所有之候へば十分加筆の上世間に見せむとおもひ候が趣向に無理なる所も見え文章未だ到らざる所多く」と激賞しつつ添削の必要を伝えている。なお、「瞽判事」は改題前のタイトル。

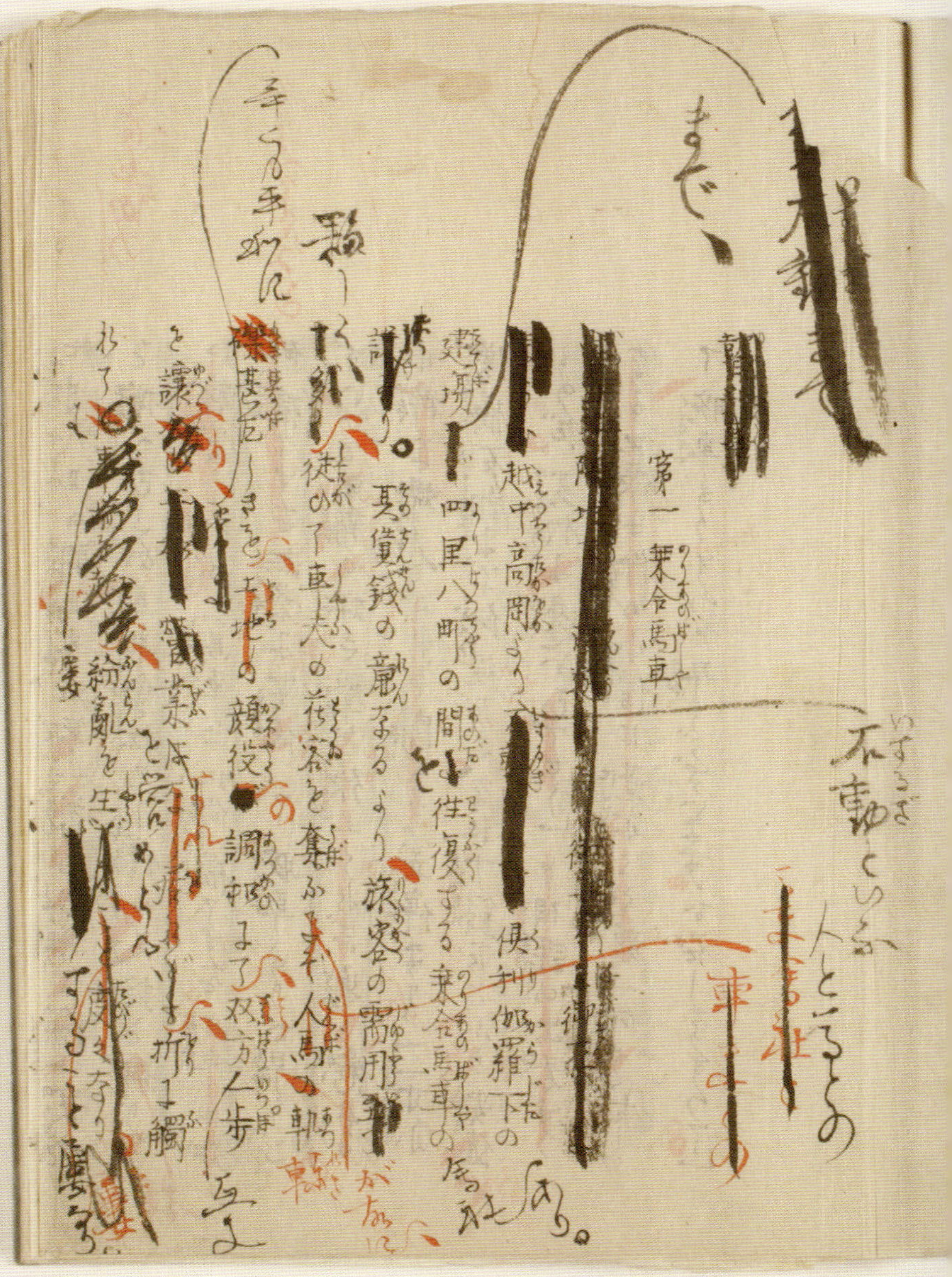
[redacted]まで、
[redacted]
不動《いするぎ》といふ人ところの
第一 乗合馬車《のりあひばしや》
[redacted]
越中《ゑつちう》高岡《たかをか》より[redacted]倶利伽羅《くりから》下《した》の
[redacted]四里八町の間《あひだ》[redacted]を往復《わうふく》する乗合馬車《のりあひばしや》の
[redacted]其賃銭《ちんせん》の廉《れん》なるより旅客《りよかく》の需用《じゆよう》[redacted]
[redacted]従《したが》つて車夫《しやふ》の荷客《にかく》を奪《うば》ふ
土地《とち》の顔役《かほやく》[redacted]調和《てうわ》して双方《さうはう》人歩
其甚《はなはだ》しきを
を譲《ゆづ》[redacted]
紛乱《ふんらん》を生《しやう》じ[redacted]

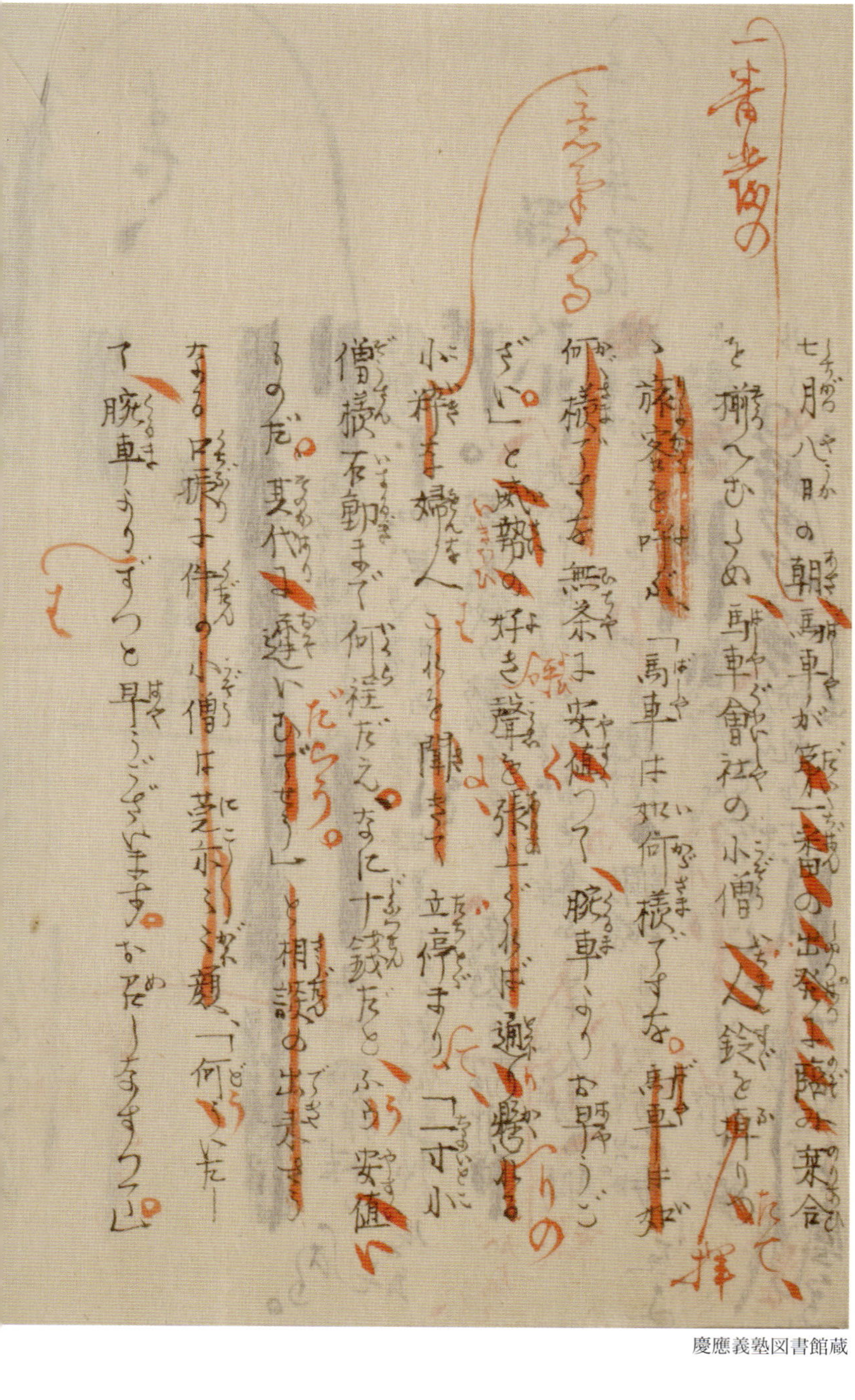

慶應義塾図書館蔵

泉鏡花「義血侠血」再稿

複製　岩波書店　一九八六（昭和六一）年一一月

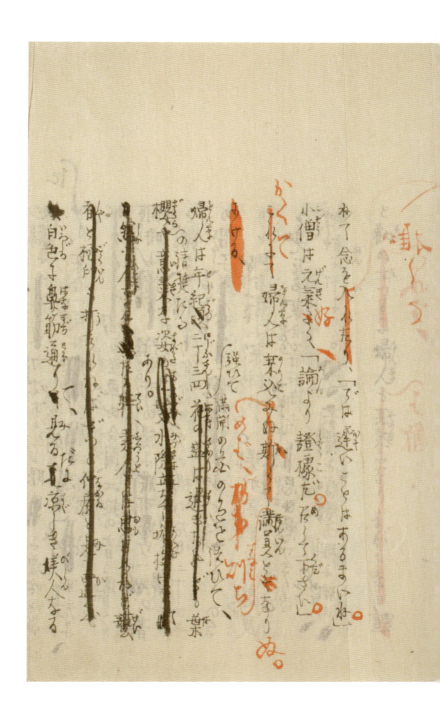

ね了念を小たり、「では違《ちが》ひことはあるまいね」。

小僧《こぞう》は元気《げんき》好く「論《ろん》より證據《しようこ》だ。ためして御覧《ごらん》なさい」。

かくて これはかう婦人《をんな》は乗込《のりこ》みぬ。満員《まんゐん》となりぬ。

あける、 強ひて満前のものをも沮ひて、めでたく、都合好ちうち

婦人《をんな》は年紀《とし》二十三四、袖の[illegible]葉

櫻《ざくら》への清護たる[illegible]姿《すがた》あり。

[illegible]

有《あ》りと[illegible]

白色《いろじろ》にして鼻筋《はなすぢ》通りて、見る[illegible]美人《びじん》なる

泉鏡花「義血侠血」断片

『自筆稿本義血侠血解説』 岩波書店 一九八六（昭和六一）年一一月

会話文の改行、文末の句読点など、初稿、再稿と比べると原稿の記入方法に変化が見られ、最終稿の形式に近づいている。

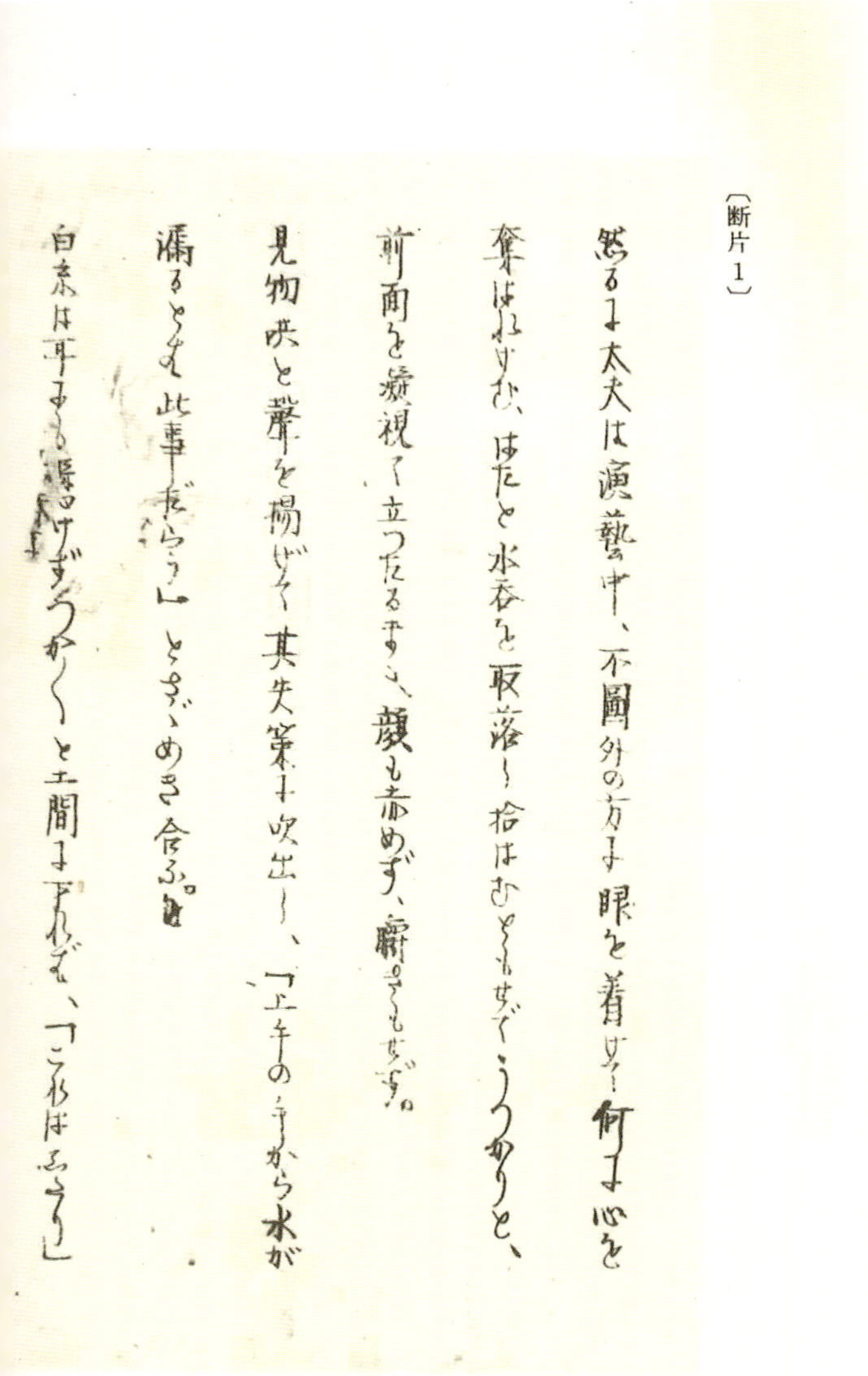
然るに太夫は演藝中、不圖外の方に眼を着けしが、何に心を
奪はれけむ、はたと水呑を取落して拾はむともせで、うつかりと、
前面を凝視て立つたるまゝ、顔も赤めず、靦然もせず。
見物は吠と聲を揚げて其失策に吹出しゝ、「上手の手から水が
漏るとは此事だらう」とざゞめき合ふ。
白糸は耳にも懸けず、うか〳〵と土間に下れたる、「これはふとり」

〔断片1〕

120

と聲懸けつゝ、押合ふ見物を掻分けて、木戸口に走出で襟を伸
ばして瞻りゐる、渠が視線の集合點に御者騎りの壮佼あり。
今しも小屋の前を横ぎりしが、はや五六間隔りつ。
何とも知らず見物は、白糸の後に續きて、ぞろ／＼と立出づる
騒々しさに歩行を留めて、彼の御者は振返りぬ。
此時はじめて白糸は渠の面をそれかと認め、「おや違つてた、似た
人だ」

121

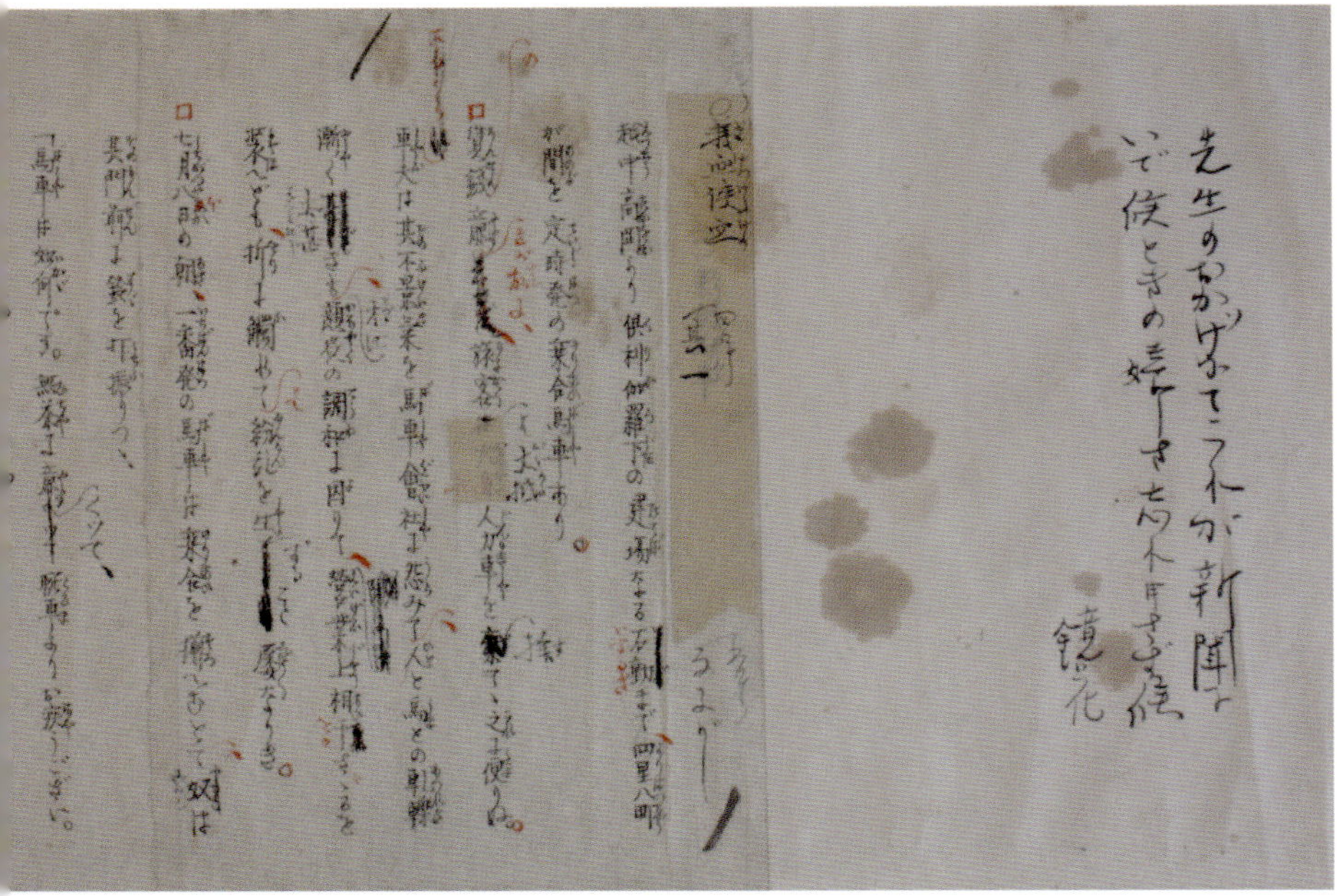

石川近代文学館蔵

〈巻子冒頭〉

先生のおかげにてこれが新聞にいで候ときの嬉しさ忘れ申さず候

鏡花

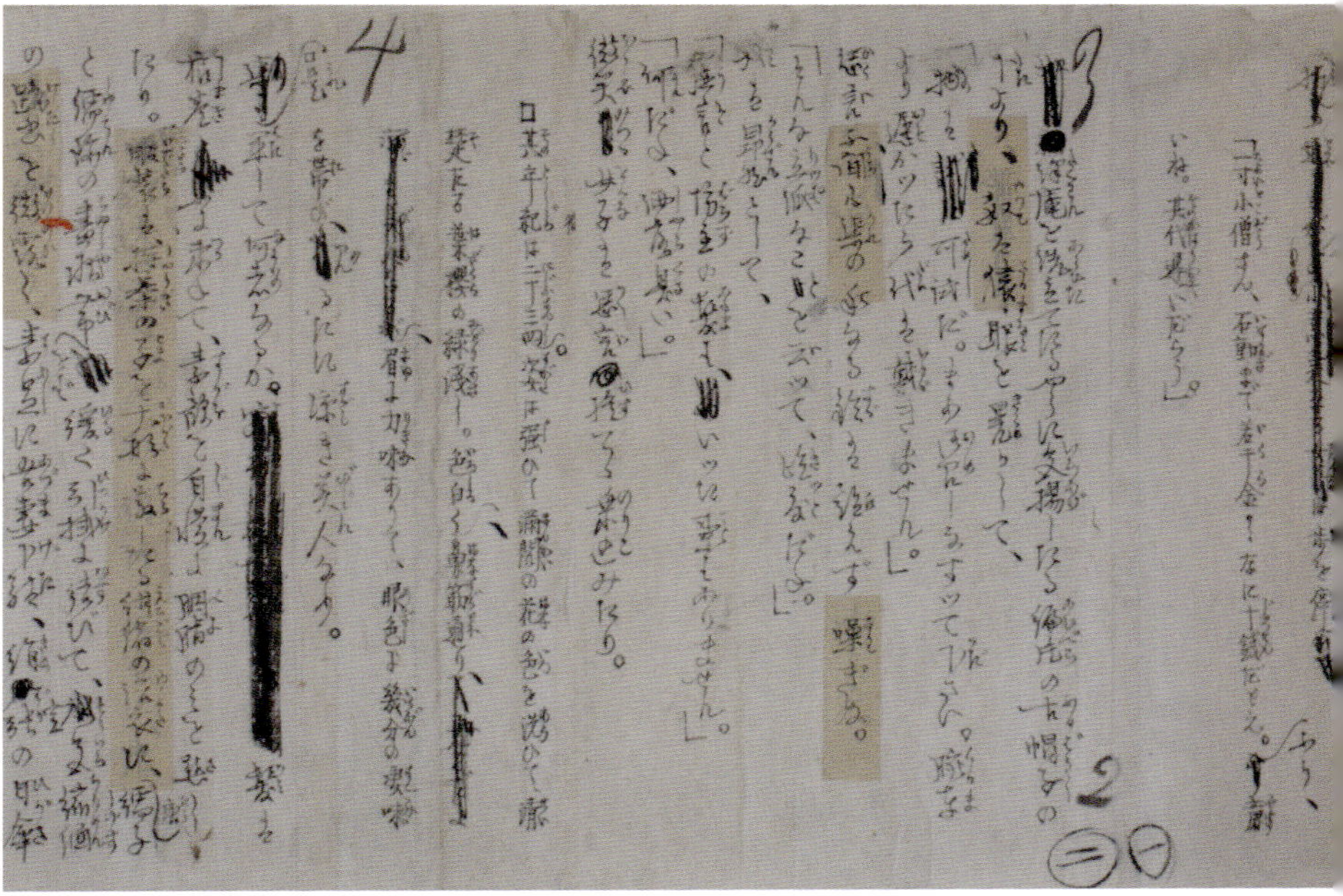

泉鏡花「義血侠血」最終稿　「読売新聞」 1894（明治27）年11月1日～30日連載

全長23.4メートルの巻子仕立てとなっている。師である尾崎紅葉による訂正が見られるのみならず、第3回以降は紅葉自身による筆で書き直されている。また冒頭には鏡花から紅葉への謝辞が書かれている。

御者台より踊り上りて馬にひらりと打跨がり、一打の便声ともろともに、件の橋を飛越す時固より廉造の馬車なれば、吐嗟に車体分離して馬は楫棒ばかりを着けつゝ御者を乗せて雲を霞一目サンに馳せ行きつ、乗客等は車室とともに後に残りてから〱と転覆して皆地上へと出でたり

（「義血侠血」初稿）

何思《なにおも》ひけむ、御者《ぎよしや》は地上《ちじやう》に下立《おりた》ちたり。乗合《のりあひ》は箇抑《こはそも》甚麼《いかに》と見《み》る間《ま》に、渠《かれ》は手早《てばや》く一頭《とう》の馬《うま》を解放《ときはな》ちて、

「姉様《ねえさん》済《す》みませんが、一寸《ちよつと》下《お》りて下《くだ》さい。」

乗合《のりあひ》は顔《かほ》を見合《みあは》せて、此謎《このなぞ》を解《と》くに苦《くる》めり。美人《びじん》は渠《かれ》の言《い》ふがまゝに車《くるま》を下《くだ》れば、

「どうか此方《こちら》へ。」と御者《ぎよしや》はおのれの立《た》てる馬《うま》の側《そば》に招《まね》きぬ。美人《びじん》は益々《ます〱》其意《そのい》を得《え》ざれども、仍《なほ》渠《かれ》の言《い》ふがまゝに進寄《すゝみよ》りぬ。御者《ぎよしや》は物《もの》をも言《い》はず美人《びじん》を引抱《ひつかゝ》へて、翻然《ひらり》と馬《うま》に跨《またが》りたり。

（「義血侠血」『泉鏡花全集』（巻一　岩波書店　昭和四八年一一月）版）

白糸が馬車に乗る冒頭の場面。初稿では他の乗客と共に御者に置いていかれていった。

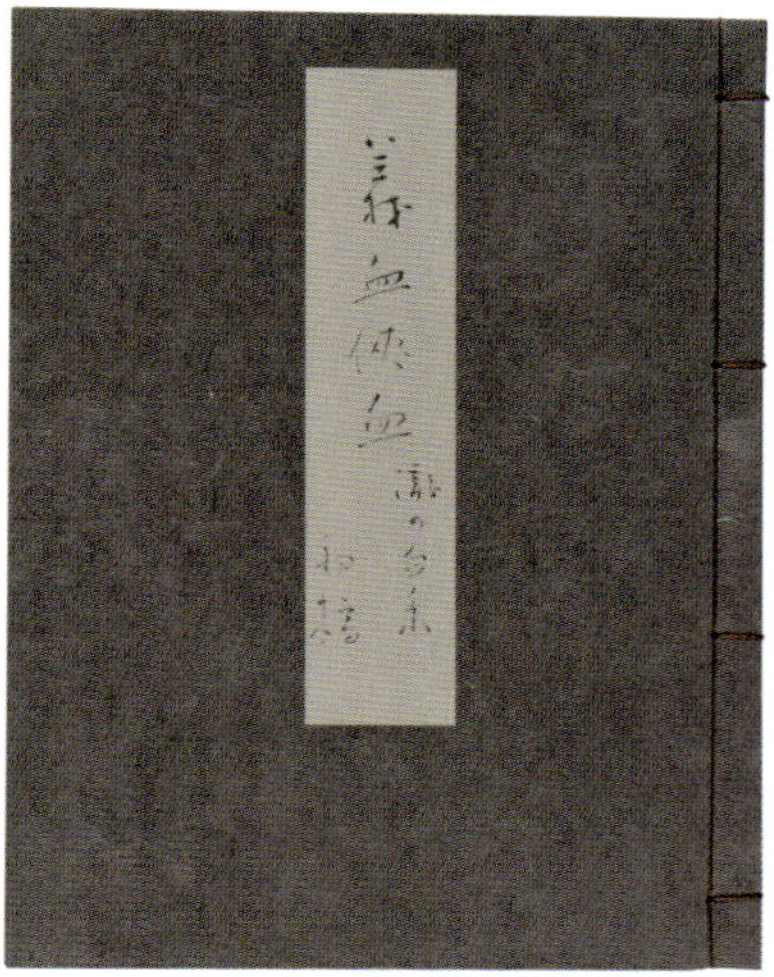

『自筆稿本義血侠血』

複製　岩波書店　1986（昭和61）年11月

高浜虚子（たかはま きょし）

1874-1959（明治7-昭和34）

俳人、小説家。愛媛県長岡新町（現・松山市）生まれ。河東碧梧桐を通じて正岡子規を知り、深く交流した。1898（明治31）年より、経営難に陥った「ホトトギス」を引き受け編集者となり、漱石に小説の執筆を薦め「吾輩は猫である」を掲載するなど、編集者として腕をふるった。俳句の分野では水原秋桜子、山口誓子などが虚子編集の「ホトトギス」から巣立っていった。代表作に『虚子句集』、長編小説『柿二つ』など。

1909（明治42）年3月

「こゝ等にも大分居ります。先生、あの遠山の御嬢さんを御知りかな」

「いゝえ、知りませんね」

「まだ御知りんかな。こゝ随一の別嬪さんぢやがな。あまり別嬪さんぢやけれ、学校の先生方はみんなマドンナ〱と御言ひとるぞな。まだ御聞きんかな」

「うん、マドンナですか。僕あ芸者の名かと思つてた」

（「坊っちゃん」原稿手入れ前）


「こゝ等にも大分居ります。先生、あの遠山の御嬢さんを御存知かなもし」

「いゝえ、知りませんね」

「まだ御存知ないかなもし。こゝらであなた一番の別嬪さんぢやがなもし。あまり別嬪さんぢやけれ、学校の先生方はみんなマドンナ〱と言ふといでるぞなもし。まだ御聞きんのかなもし」

「うん、マドンナですか。僕あ芸者の名かと思つてた」

（「坊っちゃん」原稿手入れ後）

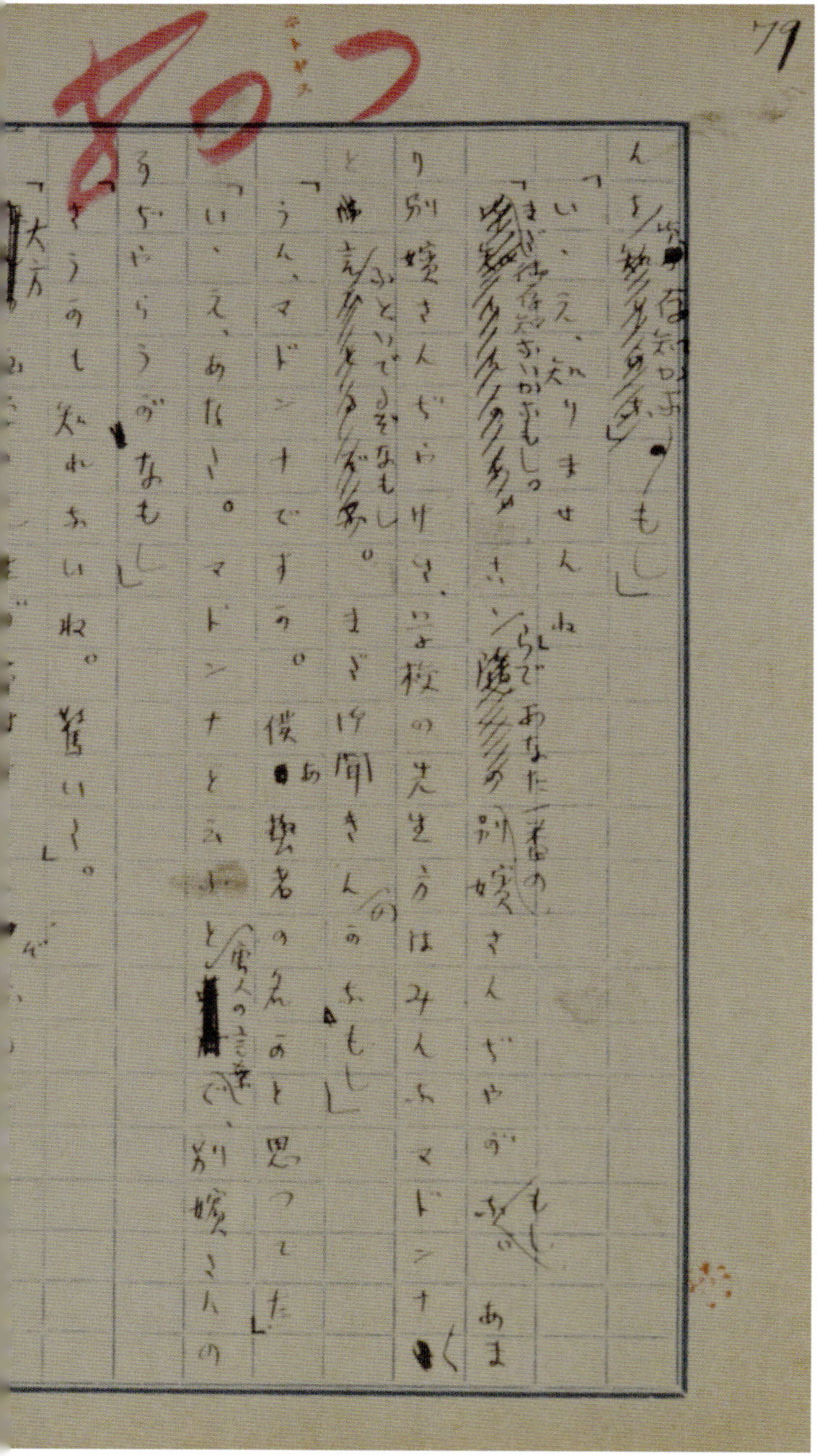

夏目漱石「坊っちゃん」原稿　複製　番町書房　一九七〇（昭和四五）年五月

一八九五（明治二八）年四月から翌年まで、漱石が愛媛県尋常中学校で英語教員として勤めた体験をもとに執筆され、一九〇六（明治三九）年四月号の「ホトトギス」の附録に掲載された。漱石は同年三月一三日付の虚子宛の書簡に「松山だか何だか分らない言葉が多いので閉口、どうぞ一読の上御修正を願たい」と書いており、松山出身であった虚子が修正を入れている。

「其マドンナが不慥なんですかい」

「其マドンナさんが不慥なマドンナさんでな、もし」

「厄介だね。渾名《あだな》の付いてる女にゃ昔から碌なものは居ませんからね。さうかも知れませんよ」

「ほん當さうぢゃなもし。鬼神の御松ぢゃの、妲妃の御百ぢゃのてゝ怖い女の居りましたなもし」

「マドンナも其同類なんですかね」

「其マドンナさんがなもし、あなた。そらあの、あなたを此所へ世話をして御呉れた古賀先生なもし――あの方の所へ御嫁に行く約束が出来て居たのぢゃがなもし――」

「へえ、不思議なもんですね。あのうらなり君が、そんな艶福のある男とは思はなかつた。人は見懸けによらない者

十二ノ廿四 松屋製

鈴木三重吉（すずき みえきち）

1917（大正6）年5月25日

1882-1936（明治15-昭和11）

小説家、童話作家。広島県生まれ。広島一中に在学中、「少国民」「少年倶楽部」などに作品を投稿。東京帝国大学英文学科に入学するも一時休学。その際、中川芳太郎の仲介により漱石の知遇を得る。「千鳥」が「ホトトギス」に掲載され、小説家として知られるようになった。1918（大正7）年、児童雑誌「赤い鳥」を創刊し、児童文化の運動家として名をなした。

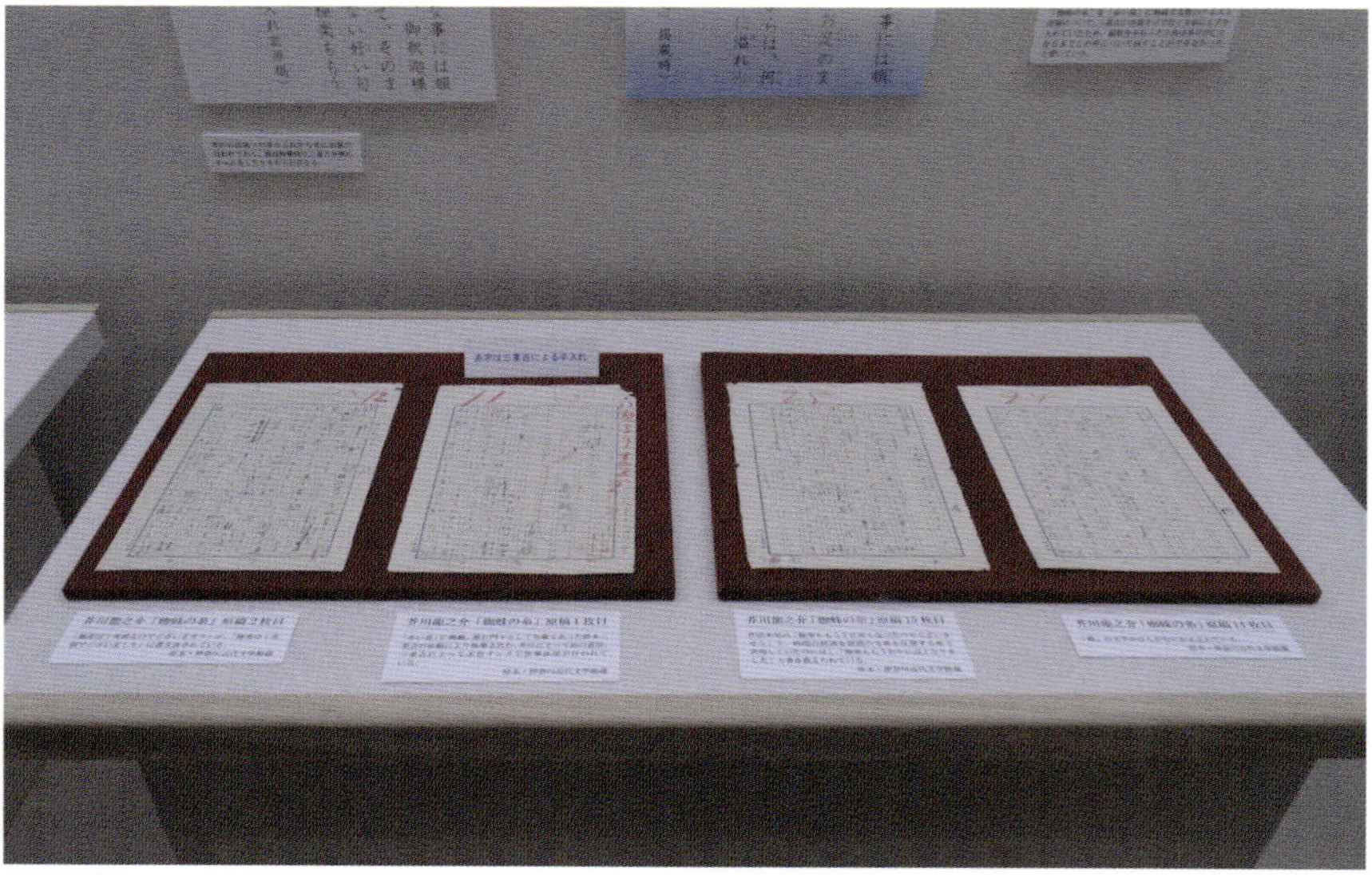

展示風景

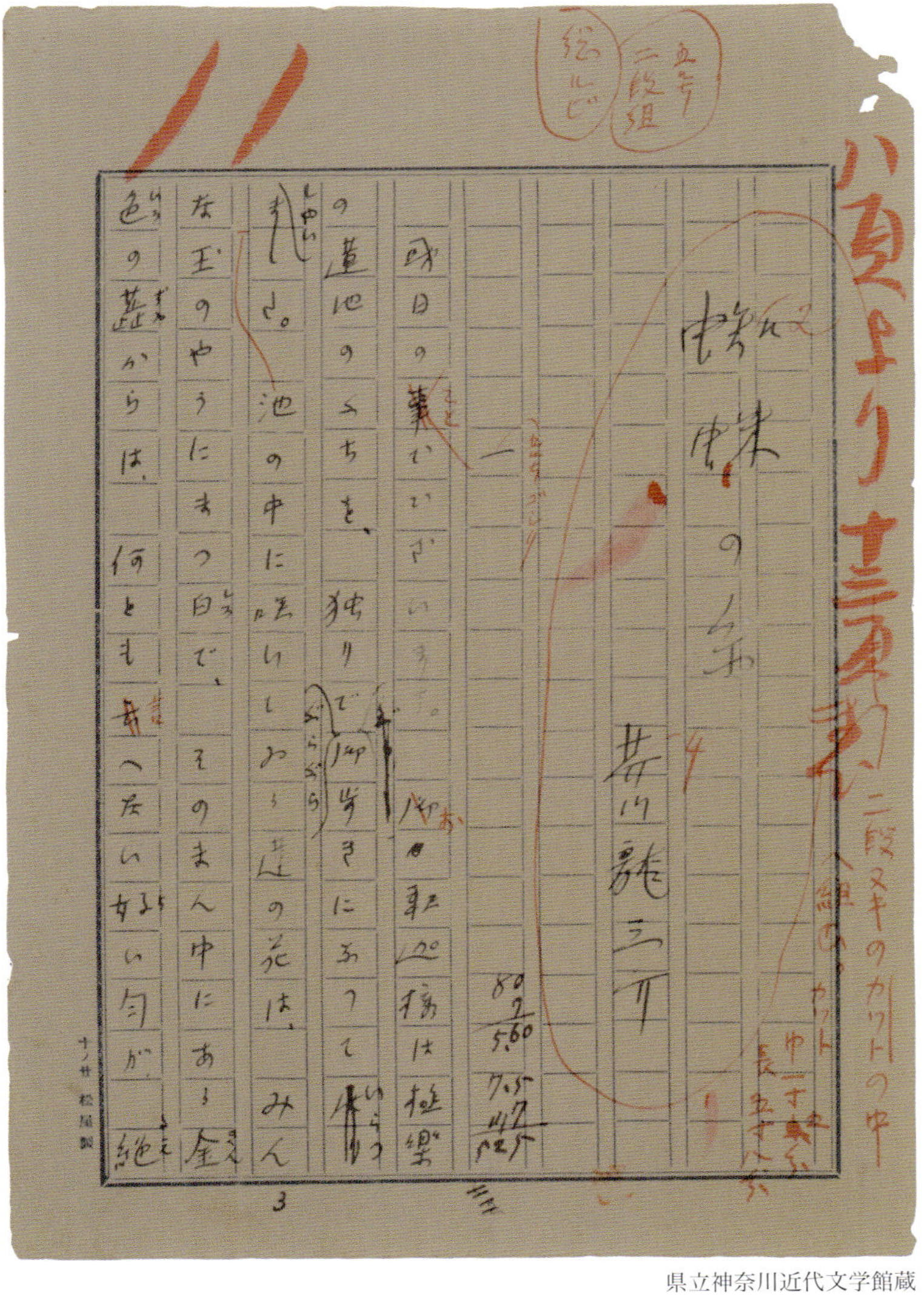
蜘蛛の糸

芥川龍之介

一

或日の事でございます。御釈迦様は極楽の蓮池のふちを、独りでぶらぶら御歩きになつていらつしやいました。池の中に咲いてゐる蓮の花は、みんな玉のやうにまつ白で、そのまん中にある金色の蕊からは、何とも云へない好い匂が、絶

県立神奈川近代文学館蔵

芥川龍之介「蜘蛛の糸」原稿１枚目

「赤い鳥」に掲載。漱石門下として先輩であった鈴木三重吉の依頼により執筆された、芥川にとって初の童話。三重吉によって赤色インクで加筆添削が行われている。

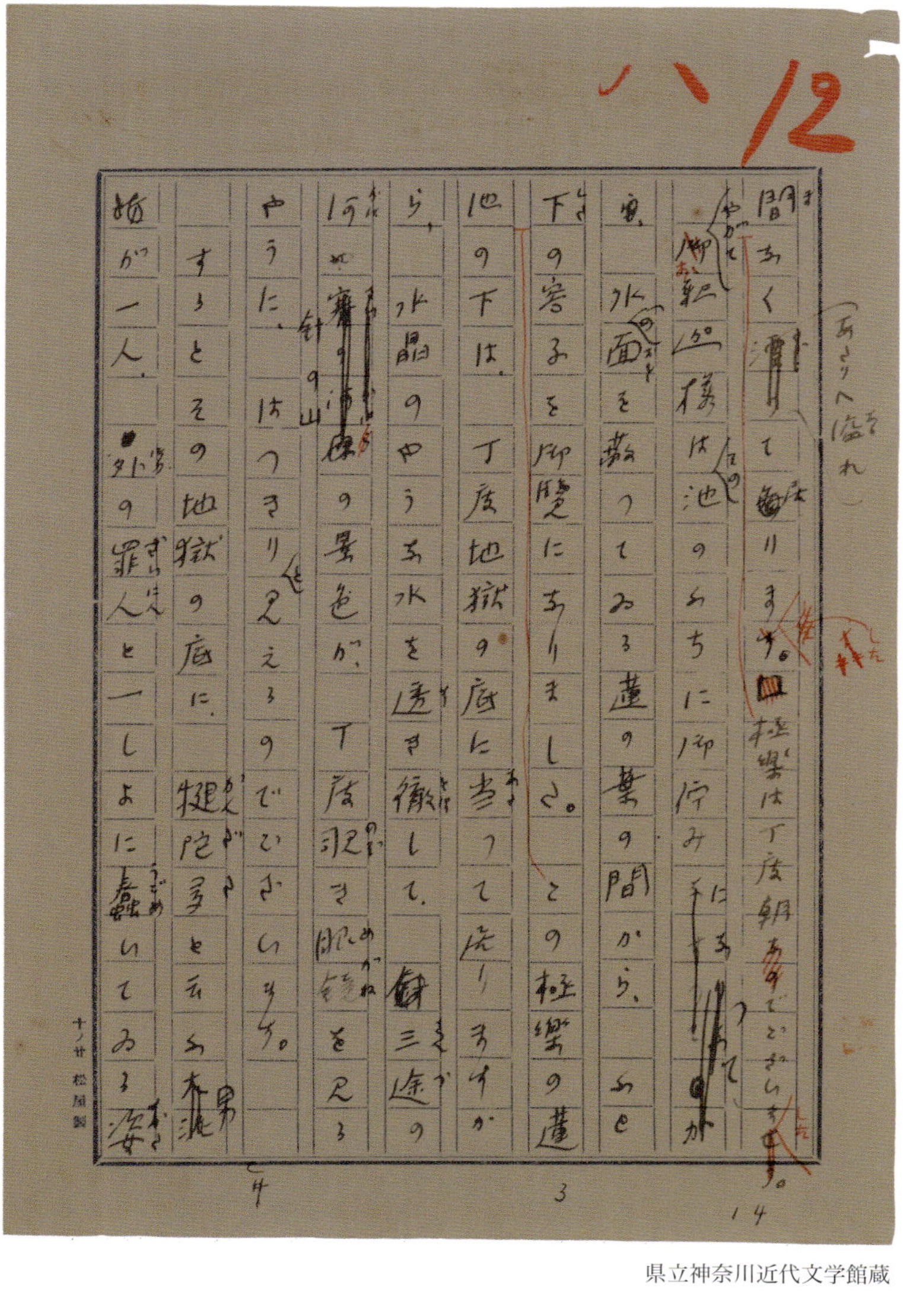

八 12

間もなく澄み渡つて居ります。極楽は丁度朝でございました。
御釈迦様は池のふちに御佇みになつて、
水の面を蔽つてゐる蓮の葉の間から、ふと
下の容子を御覧になりました。この極楽の蓮
池の下は、丁度地獄の底に当つて居りますか
ら、水晶のやうな水を透き徹して、三途の
河や針の山の景色が、丁度覗き眼鏡を見る
やうに、はつきりと見えるのでございます。
するとその地獄の底に、犍陀多と云ふ男
が一人、外の罪人と一しよに蠢いてゐる姿

十ノ廿 松屋製

県立神奈川近代文学館蔵

芥川龍之介「蜘蛛の糸」原稿２枚目

「極楽は丁度朝なのでございませう」が、「極楽は丁度朝でございました」に書き直されている。

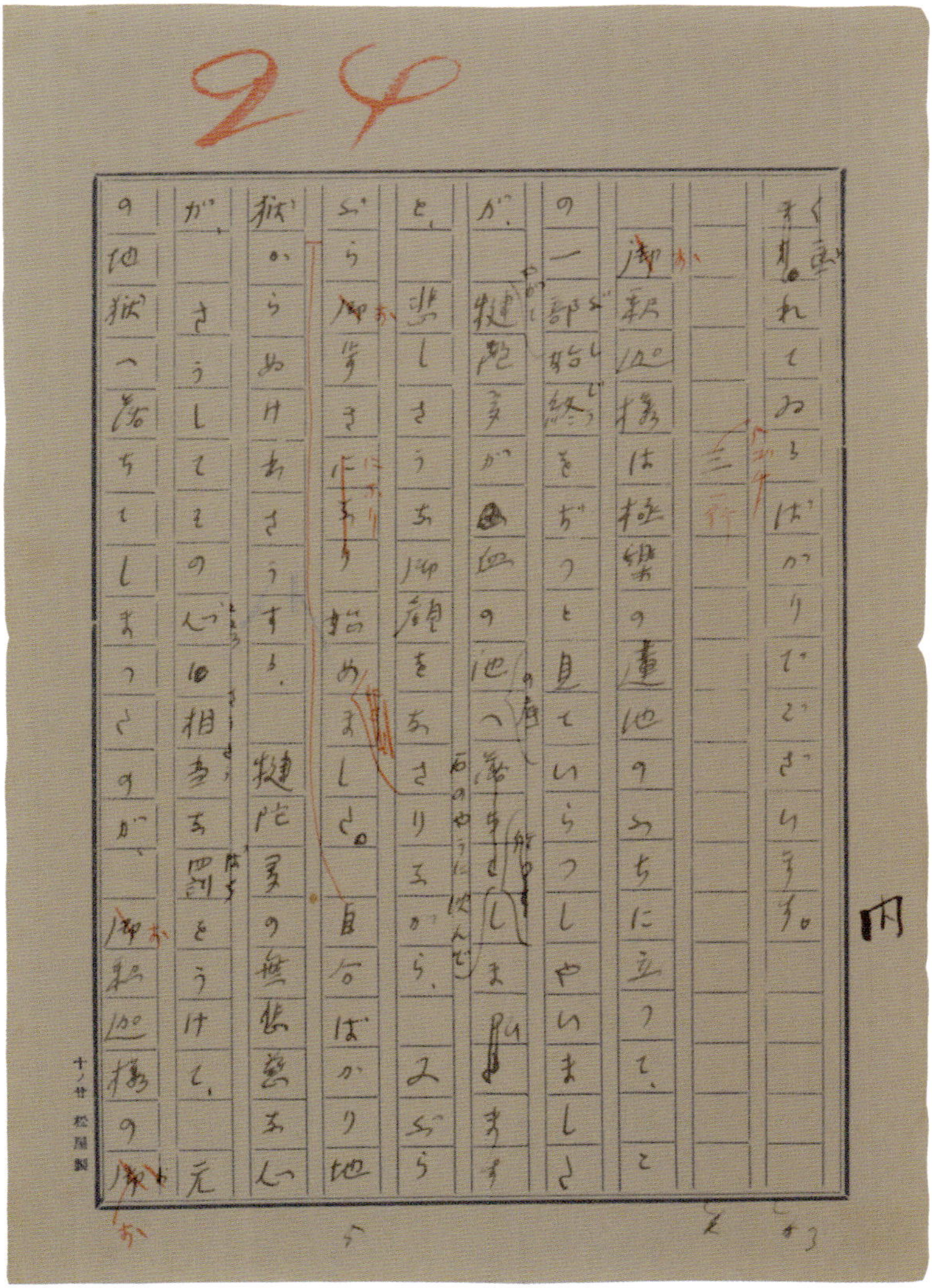

県立神奈川近代文学館蔵

芥川龍之介「蜘蛛の糸」原稿14枚目

「御」の文字がひらがなに訂正されている。

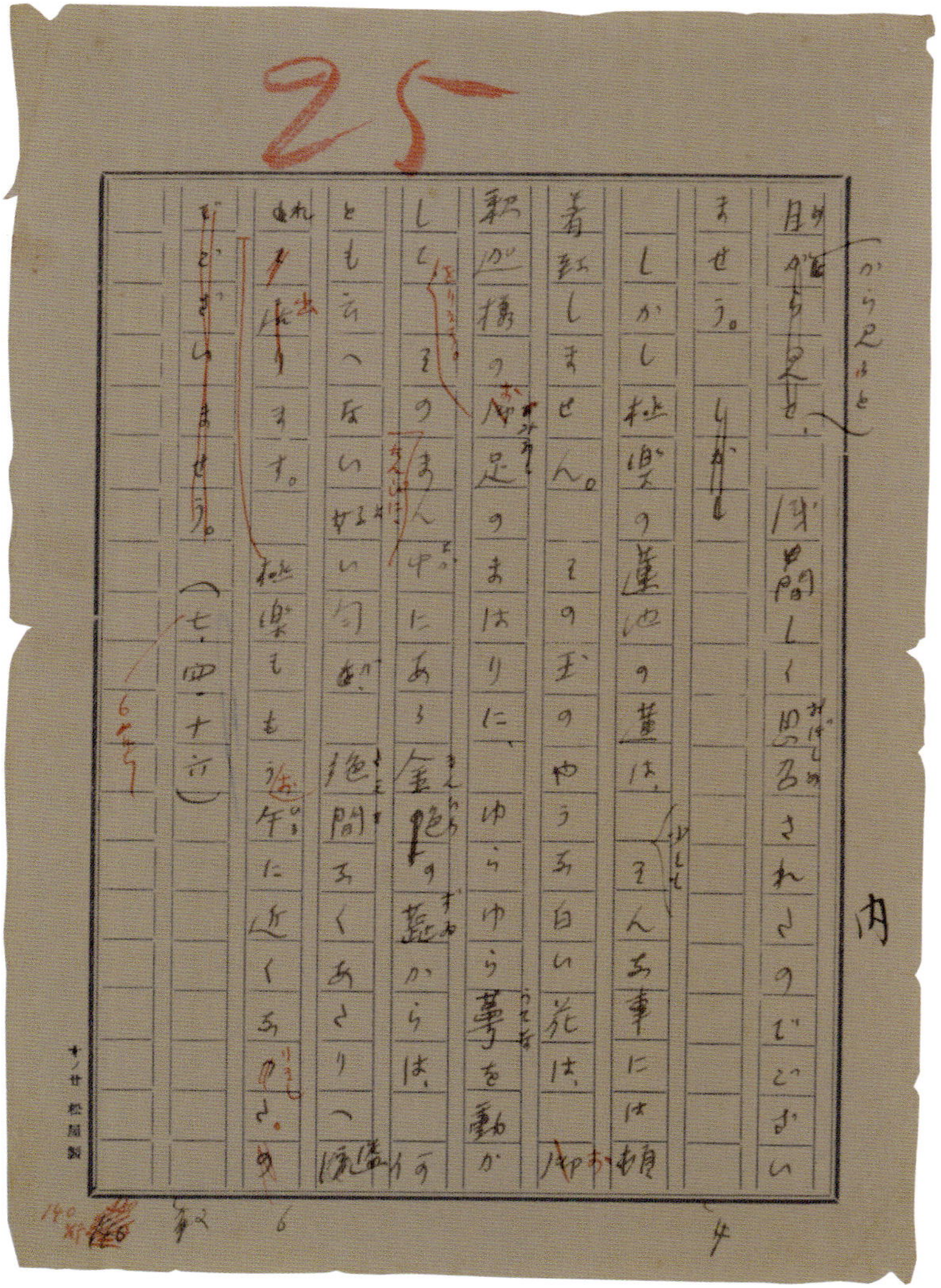

県立神奈川近代文学館蔵

芥川龍之介「蜘蛛の糸」原稿15枚目

元の文章が作品末尾で「極楽ももう午に近くなつたのでございませう」と、冒頭の文章を反復する形で時間の経過を表現していたのに対し、「極楽ももうお午に近くなりました」と書き換えられている。

しかし極楽の蓮池の蓮は、少しもそんな事には頓着致しません。その玉のやうな白い花は、御釈迦様の御《おみ》足《あし》のまはりに、ゆらゆら蕚《うてな》を動かして、そのまん中《なか》にある金色《きんいろ》の蕋《ずゐ》からは、何とも云へない好《よ》い匂が、絶間《たえま》なくあたりへ溢れて居ります。極楽ももう午《ひる》に近くなつたのでございませう。

（「蜘蛛の糸」手入れ前原稿）

しかし極楽《ごくらく》の蓮池《はすいけ》の蓮《はす》は、少《すこ》しもそんな事《こと》には頓着《とんちやく》致《いた》しません。

その玉《たま》のやうな白《しろ》い花《はな》は、お釈迦《しやか》さまのお足《みあし》のまはりに、ゆらゆらく蕚《うてな》を動《うご》かしてをります。

そのたんびに、まん中《なか》にある金色《きんいろ》の蕋《ずゐ》からは、何《なん》とも云《い》へない好《よ》い匂《にほひ》が、絶《た》え間《ま》なくあたりに溢《あふ》れ出《で》ます。

極楽《ごくらく》ももうお午《ひる》に近くなりました。

（「蜘蛛の糸」「赤い鳥」掲載時）

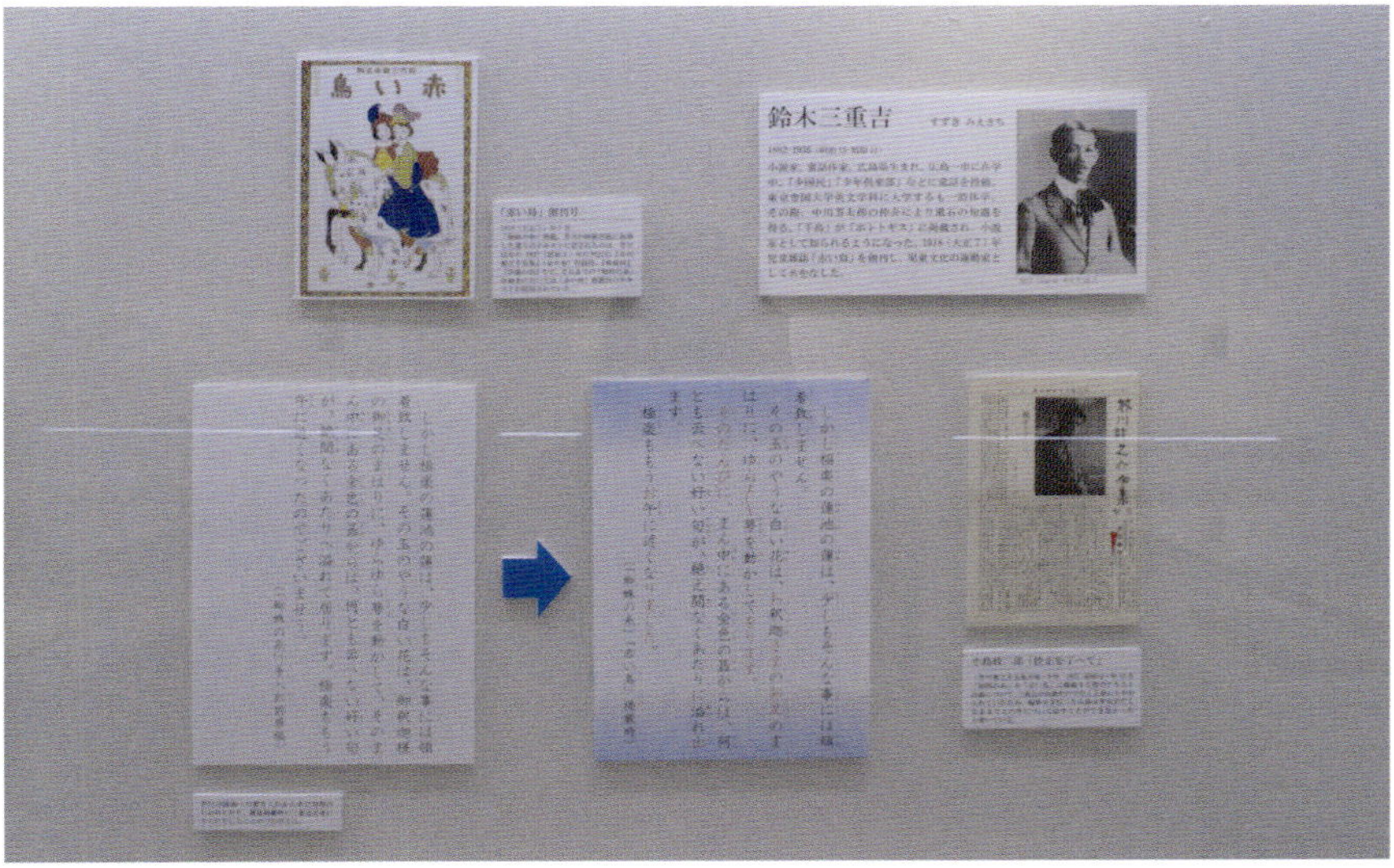

展示風景

「赤い鳥」創刊号

1918（大正7）年7月

「蜘蛛の糸」掲載。芥川が原稿用紙に執筆した通りのテキストが活字になったのは、芥川没年の1927（昭和2）年に刊行の『芥川龍之介全集』（全8巻　岩波書店）収録時。『傀儡師』『沙羅の花』など、それまでの「蜘蛛の糸」収録本においては「赤い鳥」掲載時のテキストが採用されていた。

小島政二郎「校正を了へて」

「芥川龍之介全集月報」2号
1927（昭和2）年12月

「蜘蛛の糸」を「赤い鳥」に掲載する際のテキスト改稿について、三重吉が体裁だけでなく文章にも手を入れていたため、編集を手伝った小島は芥川が亡くなるまでこの件について話すことができなかったと書いている。

〇「蜘蛛の糸」は、これまで單行本にはひつてゐるものとは大分文章、行の變へ方、文字などが變つてをります。元來この話は、私が「赤い鳥」の編輯を手傳つてゐた時に書いて貰つた原稿で、全部鈴木三重吉氏が「赤い鳥」流の文字遣ひに直したついでに、——雜誌と云ふ奴、挿繪を入れて頁一杯に收まるやうにしたがるもので、原文よりも餘計にパラグラフを拵へたのだつたと覺えてゐます。しかし、それだけなら私も芥川さんにすぐ打ち明けて話が出來たのですが、文章にまで手がはひつてゐるので、とう〳〵亡くなられるまで、私は芥川さんにこのことを話さずにしまひました。申譯ない次第で。——幸ひ原稿が手許に保存してあつたので、原稿通り素へ戻しました。

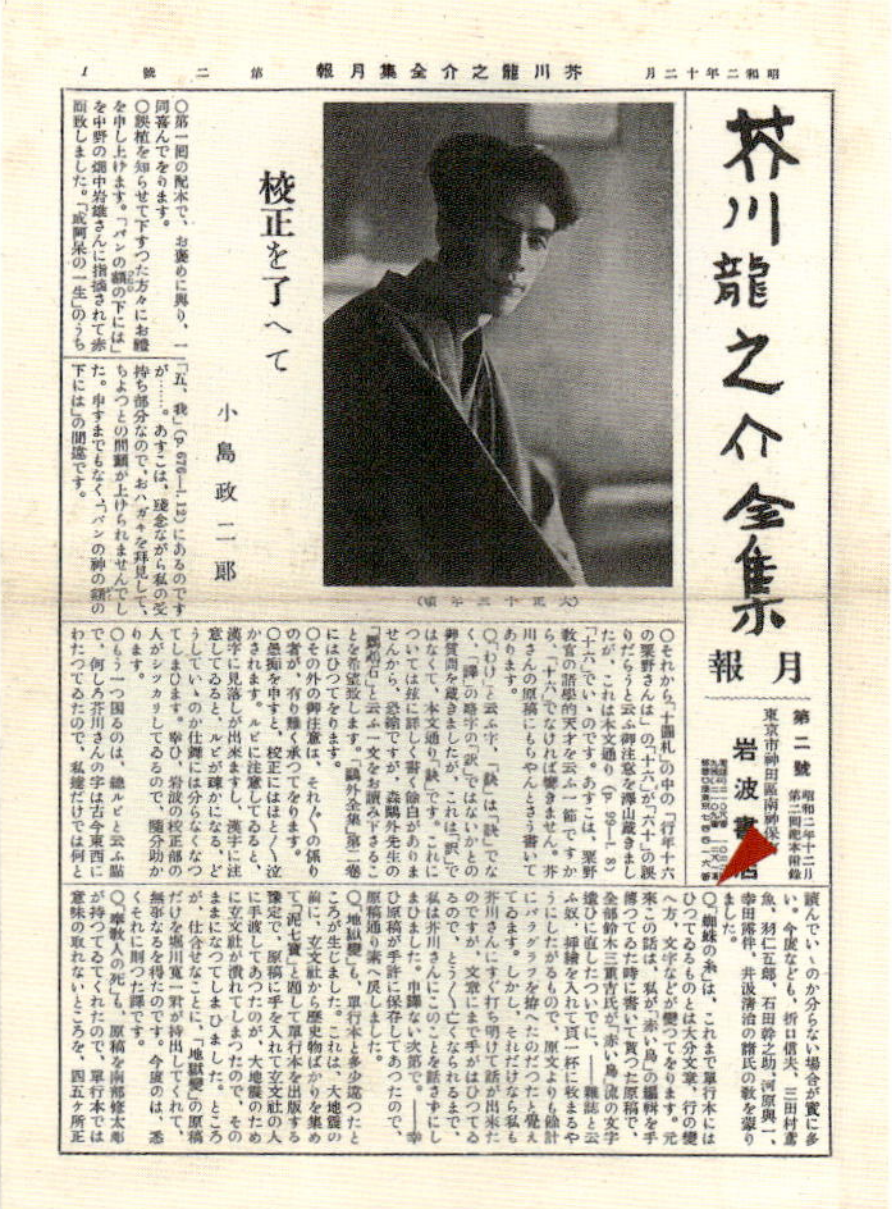

石川啄木（いしかわ たくぼく）

1886-1912（明治19-明治45）

1906（明治39）年2月3日
盛岡にて

歌人、詩人。岩手県日戸村生まれ。本名・一。文学を志し、1902（明治35）年に上京するも翌年帰郷。同年、与謝野鉄幹の知遇を得て東京新詩社同人となり、啄木を名乗るようになる。「明星」「太陽」などに長詩を発表、詩集『あこがれ』、歌集『一握の砂』などを世に出し「天鵞絨」「病院の窓」などの小説も執筆したが、26歳で肺結核のため没。没後友人の土岐善麿により『石川啄木全集』が刊行された。

「雲は天才である」の概要

若き代用教員新田耕助は、赴任した学校で教育方針をめぐって校長や周囲の教員と対立している。ある日、新田が兄のように慕う天野大助の紹介状を持った石本俊吉という若者が現れ、自身の来歴と天野との関係を語り始める。

七月になつた。三日の夕から予は愈々小説をかき出した。『雲は天才である。』といふのだ。これは欝勃《うつぼつ》たる革命的精神のまだ渾沌として青年の胸に渦巻いてるのを書くのだ。題も構想も恐らく破天荒なものだ。革命の大破壊を報ずる暁の鐘である。主人公は自分で、奇妙な人物許り出てくる。これを書いて居るうちに、予の精神は異様に興奮して来た。

石川啄木「渋民日記」内「八十日間の記」
（一九〇六（明治三十九）年）

「渋民日記」は1906（明治39）年3月4日より書き始められた。4月29日から7月19日の間、一時中断していたが、その80日間の出来事は「八十日間の記」として改めて執筆されている。「雲は天才である」は日記が中断していた7月3日に起稿したという。

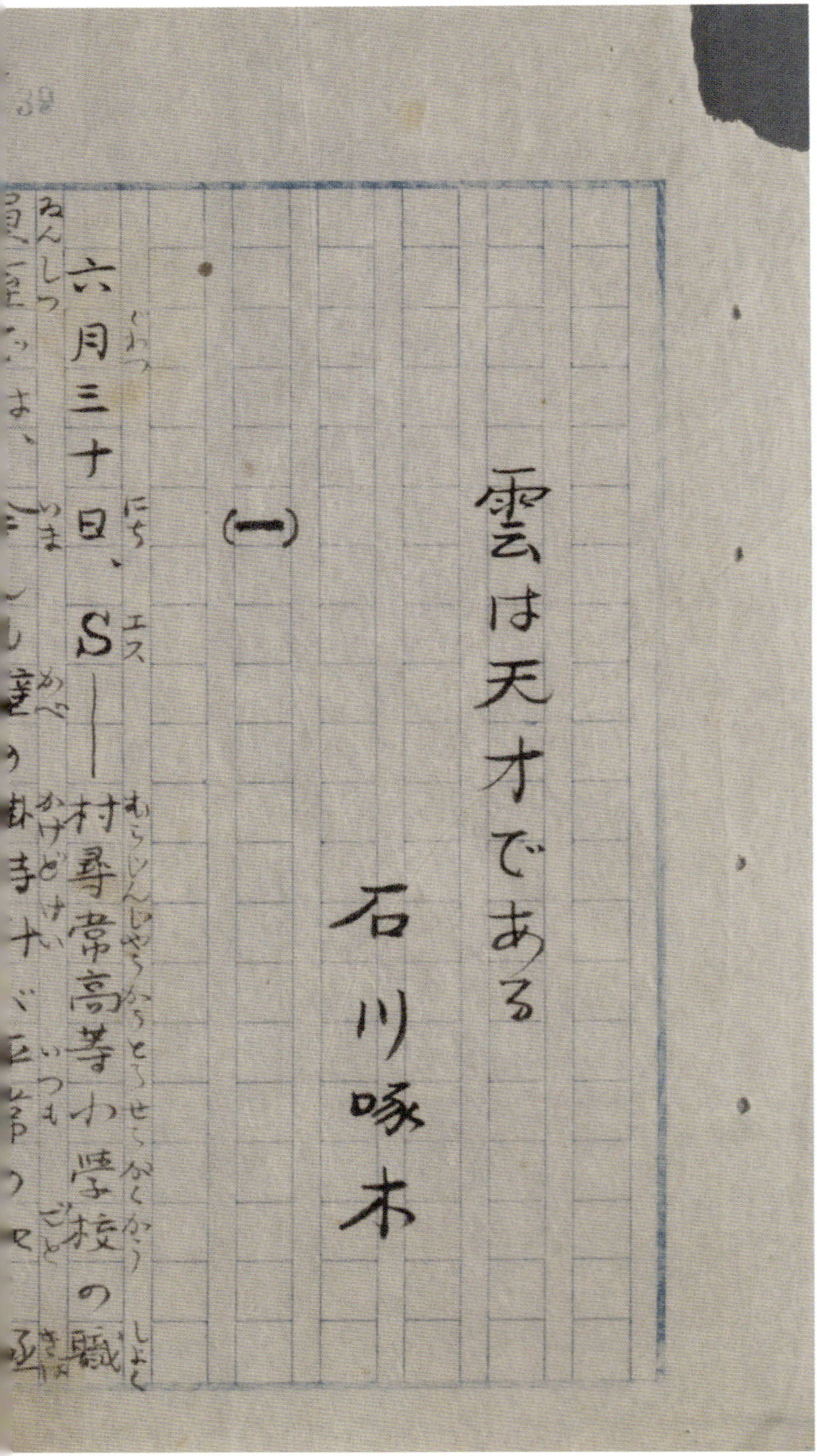

雲は天才である

石川啄木

（一）

六月《ぐわつ》三十日《にち》、S《エス》――村尋常高等小學校《むらじんじやうかうとうせうがくかう》の職《しよく》

石川啄木「雲は天才である」冒頭

啄木が執筆した初めての小説。一九〇六（明治三九）年に書き始められたが、未完のまま、生前に発表されることはなかった。没後、原稿は晩年の友人である土岐善麿が保管し、『啄木全集』第一巻（新潮社　一九一九年）にて初めて収録された。

感化《かんくわ》されたのであらう、――午後《ごご》の第《だい》三時《じ》を報《はう》じた。大方今《おほかたいま》は既《はや》四時《じ》近《ちか》いのであらうか。といふのは、田舎《いなか》の小学校《せうがくかう》ではよく有勝《ありがち》な奴《やつ》で、自分《じぶん》が此学校《このがくかう》に勤《つと》める様《やう》になつて既《すで》に三ケ月《かげつ》にもなるが、未《いま》だ嘗《かつ》て此時計《このとけい》がK《ケイ》停車場《ていしやぢやう》の大《おほ》時計《どけい》と正確《せいかく》に合《あ》つて居《ゐ》た例《ためし》がない、といふ事《こと》である。少《すく》なくとも三十分《ぷん》、或時《あるとき》の如《ごと》きは一時間《じかん》と二十三分《ぷん》も遅《おく》れて居《ゐ》ましたと、土曜日《どえうび》毎《ごと》に該停車場《がいていしやぢやう》から、程遠《ほどとほ》くもあらぬ郷里《きやうり》へ帰《き》省《せい》する女教師《ぢよけうし》が云《い》つた。これは、校長閣下《かうちやうかくか》自《じ》

石井　キ

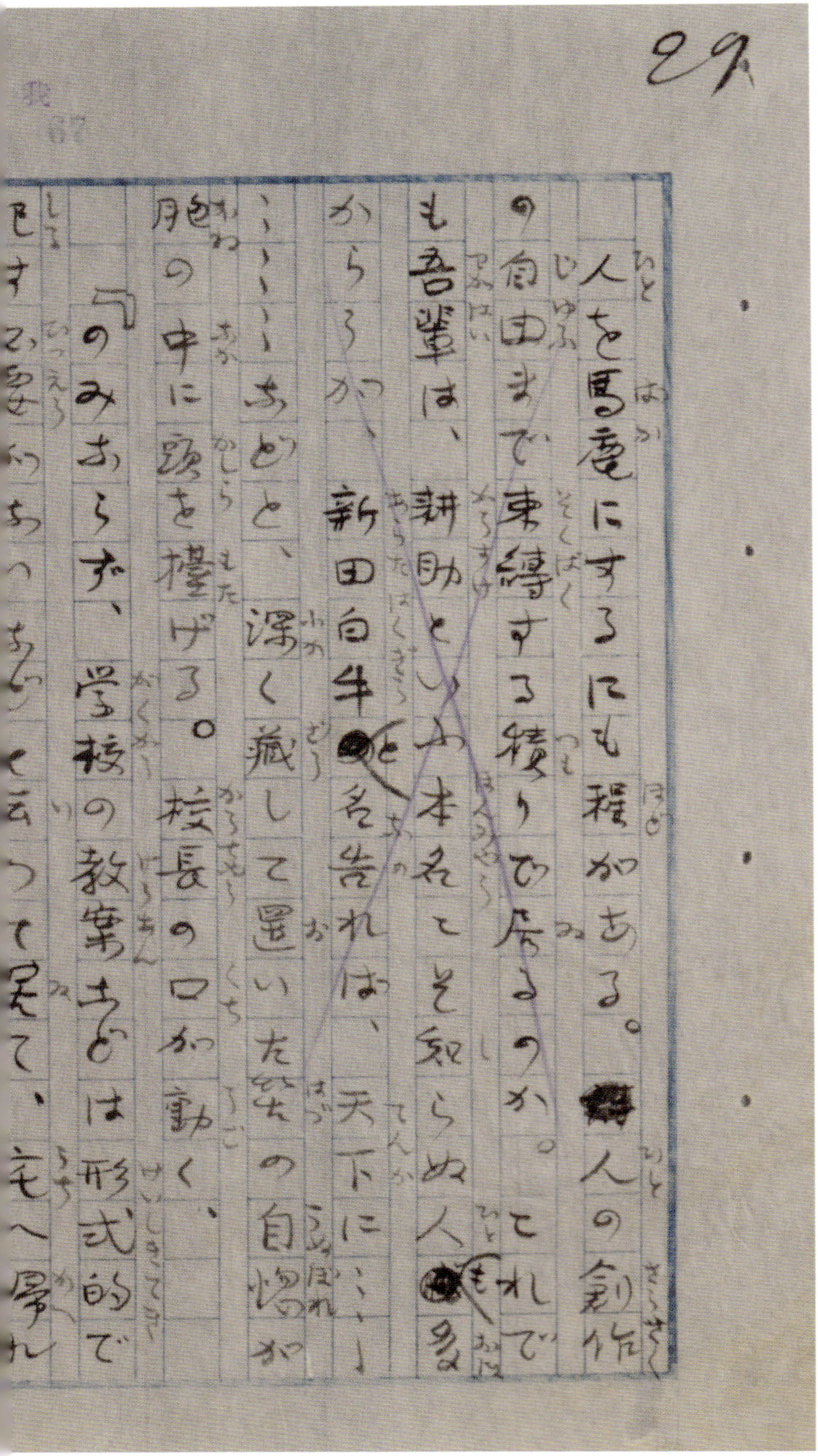

29

人を馬鹿にするにも程がある。[redacted]人の創作の自由まで束縛する積りで居るのか。これでも吾輩は、耕助といふ本名こそ知らぬ人[redacted]も多からうが、新田白牛[redacted]と名告れば、天下に……………ふむと、深く蔵して置いた安の自惚が胸の中に頭を擡げる。校長の口が動く、

「のみならず、学校の教案などは形式的で

石川啄木「雲は天才である」原稿　二九枚目

紫の色鉛筆で大きく削除がなされている。×の位置からは削除部分が判然としないが、初出の『啄木全集』以降、本文のテキストからは「人を馬鹿にするにも程がある」から「校長の口が動く」までが削除された。なお啄木自筆のルビより、主人公の新田耕助の読みは「にった」ではなく「あらた」とわかる。

うも、……云々。然《しか》し、これはマア別《べつ》の話《はなし》だが。新田《あらた》さん、学校《がくかう》では、畏《かしこ》くも文部大臣《もんぶだいじん》からのお達《たつし》で定《さだ》められた教授細目《けうじゆさいもく》といふのがありますぞ。算術国語《さんじゆつこくご》地理歴史《ちりれきし》は勿論《もちろん》の事《こと》、唱歌《しやうか》裁《さい》縫《はう》の如《ごと》きでさへ、チアンと細目《さいもく》が出来《でき》て居《ゐ》ます。私共《わたしども》長年《ながねん》教育《けういく》の事業《じげふ》に従事《じゆうじ》した者《もの》が見ますと、現今《げんこん》の細目《さいもく》は実《じつ》に立派《りつぱ》なもので、精《せい》に入《い》り微《び》を穿《うが》つ、とでも云《い》ひませうか。彼是《かれこれ》十何年《なんねん》も前《まへ》の事《こと》ですが、私共《わたしども》がまだ師範学校《しはんがくかう》で勉強《べんきやう》して居《ゐ》た時分《じぶん》、其頃《そのころ》で早《は》や四十五円《ゑん》も取

石川啄木「雲は天才である」原稿　三三枚目

本作は啄木が故郷の渋民尋常小学校に代用教員として勤めていた時の体験がもとになっている。当時の校長は遠藤忠志と言い、小説中でも遠藤の名を使用していた跡があるが、原稿用紙の上から紙が貼られ、田嶋金蔵の名に訂正されている。

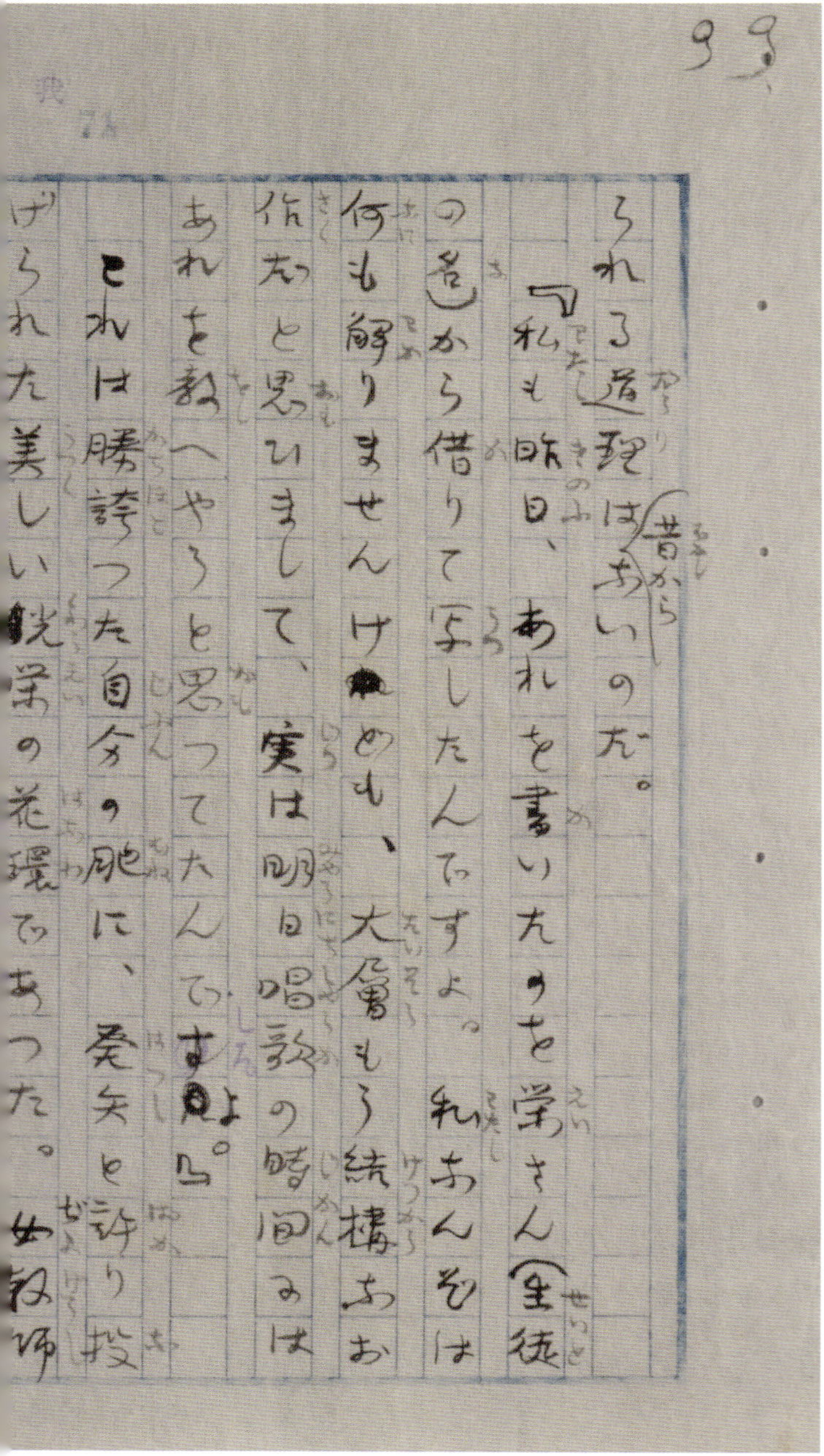
99

られる道理は昔からないのだ。

「私も昨日、あれを書いたのを栄さん（生徒の名）から借りて写したんですよ。私なんぞは何も解りませんけれども、大層もう結構なお作だと思ひまして、実は明日唱歌の時間にはあれを教へやうと思つてたんですよ。」

これは勝誇つた自分の胸に、発矢と許り投げられた美しい光栄の花環であつた。女教師

（二）

此時《このとき》、校長田嶋金蔵《かうちやうたじまきんぞう》氏は、感極《かんきは》まつて殆《ほと》んど落涙《らくるい》に及《およ》ばんとした。初《はじ》めは怨《うら》めしさうに女教師《ぢよけうし》の顔《かほ》を見《み》て居《ゐ》たが、フイと首《かうべ》を廻《めぐ》らして、側《かえはら》に立《た》つ垢臭《あかくさ》い女神《ぢよしん》、頭痛《づつう》の化生《けしやう》、孺子《しゆす》の半襟《はんえり》をかけたマダム馬鈴薯《ぢやがいも》を仰《あふ》いだ。平常《いつも》は死んだ源五郎鮒《げんごろうぶな》の目《め》の様《やう》に鈍《にぶ》い眼《まなこ》も、此時《このとき》だけは激戦《げきせん》の火花《ひばな》の影《かげ》を痛留めて、極度《きよくど》の恐《けう》

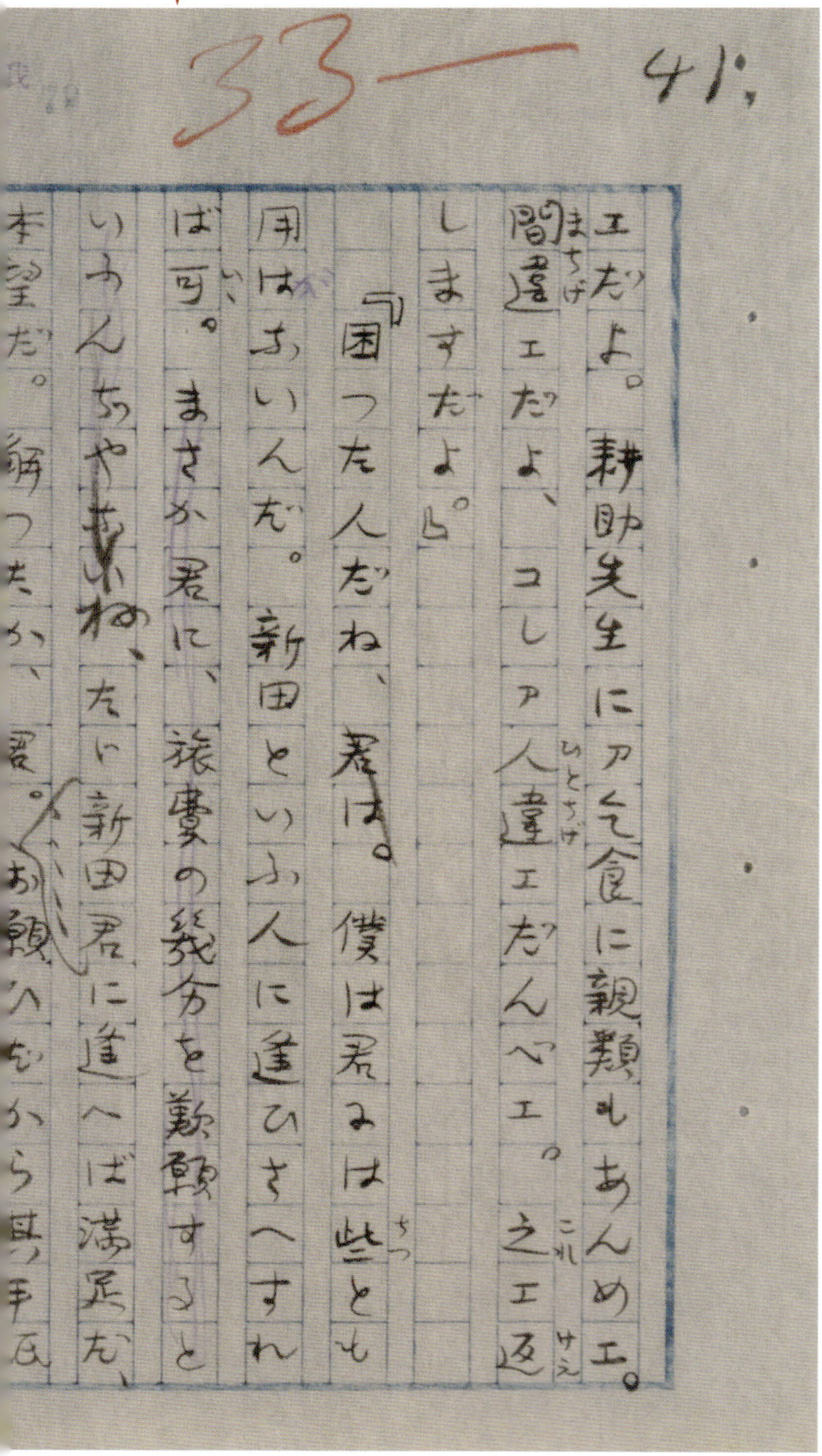
33
41

エだよ。耕助先生にア乞食に親類もあんめエ。
間違《まちげ》エだよ、コレア人違《ひとちげ》エだんべエ。之《これ》エ返《けえ》
しますだよ。」

「困つたんだね、君は。僕は君とは些《ちつ》とも
用はないんだ。新田といふ人に逢ひさへすれ
ば可《い》い。まさか君に、旅費の幾分を歎願すると
いふんぢやあないね、ただ新田君に逢へば満足だ、
本望だ。解つたか、君。お願ひだから其手

石川啄木「雲は天才である」原稿　四一枚目

天野の手紙を持ってきた石本俊吉が、新田との面会を求めて小使と問答する場面。石本が用向きを伝える台詞に削除跡がある。

人に逢ふ迄サ。」

自分は此時、立つて行つて見やうかと思つた。が、何故か敢へて立たなかつた。立派な、美しい、堂々たる、廣い胸の底から滞りなく出る様な声に完たく酔はされたのだ。自分は、何故と云ふ事もなく、時々写真版で見た、子供を抱いたナポレオンの顔を思出した。そして、今玄関に立つて自分の名を呼んで逢ひたいと云つて居る人が、此度其ナポレオンに似た人に相違ないと思つた。

石川啄木
いしかわ たくぼく
1886-1912（明治19-明治45）
歌人、詩人。岩手県生まれ。文学を志し、1902（明治35）年に上京するも翌年帰郷。同年、与謝野鉄幹の知遇を得て東京新詩社同人となり、啄木を名乗るようになる。「明星」「太陽」などに長詩を発表。詩集『あこがれ』、歌集『一握の砂』などを世に出し「天鵞絨」「病院の窓」などの小説も執筆したが、27歳で肺結核のため没。没後友人の土岐善麿により『石川啄木全集』が刊行された。
「雲は天才である」
若き代用教員新田耕助は、赴任した学校で教育方針をめぐって校長や周囲の教員と対立している。ある日、新田が兄のように慕う天野大助の紹介状を持った石本俊吉という若者が現れ、自身の来歴と天野との関係を語り始める。

展示風景

石川啄木「雲は天才である」原稿　29枚目

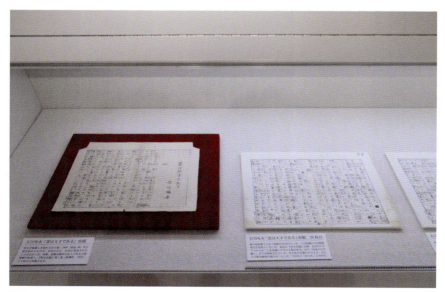

展示風景

織田作之助（おだ さくのすけ）

1913-1947（大正2-昭和22）

1939（昭和14）年7月15日
大阪 阿倍野 宮田一枝との
結婚式

小説家。大阪生まれ。三高在学中の1935（昭和10）年「海風」を創刊。1939（昭和14）年9月に発表した「俗臭」が芥川賞候補となったのをきっかけに翌年5月の「文学界」へ「放浪」を執筆。翌月の「海風」に発表した「夫婦善哉」が改造社の「文芸」に推薦をうけて、新人作家としての地位を確立した。その他の代表作に「世相」「六白金星」「可能性の文学」など。

「俗臭」の概要

児子権右衛門、市治郎、まつ枝、伝三郎、千恵造、三亀雄、たみ子の七人兄弟の家庭の騒動が描かれる。長男の権右衛門とその妻政江は四男の千恵造の結婚を相手の家柄を理由に反対するが、それを機に夫婦の間にも波紋が広がる。

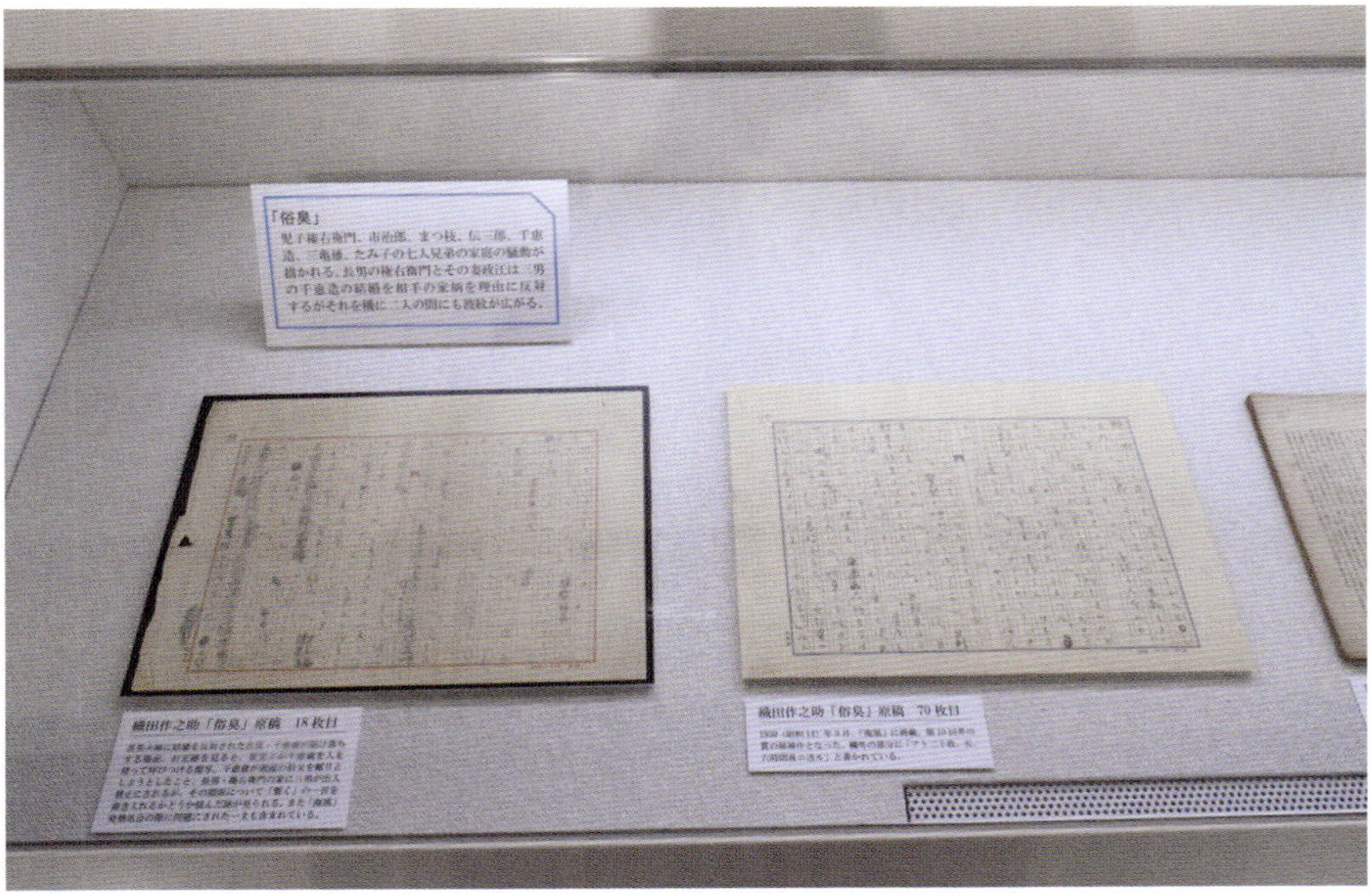

展示風景

織田作之助「俗臭」原稿　一八枚目

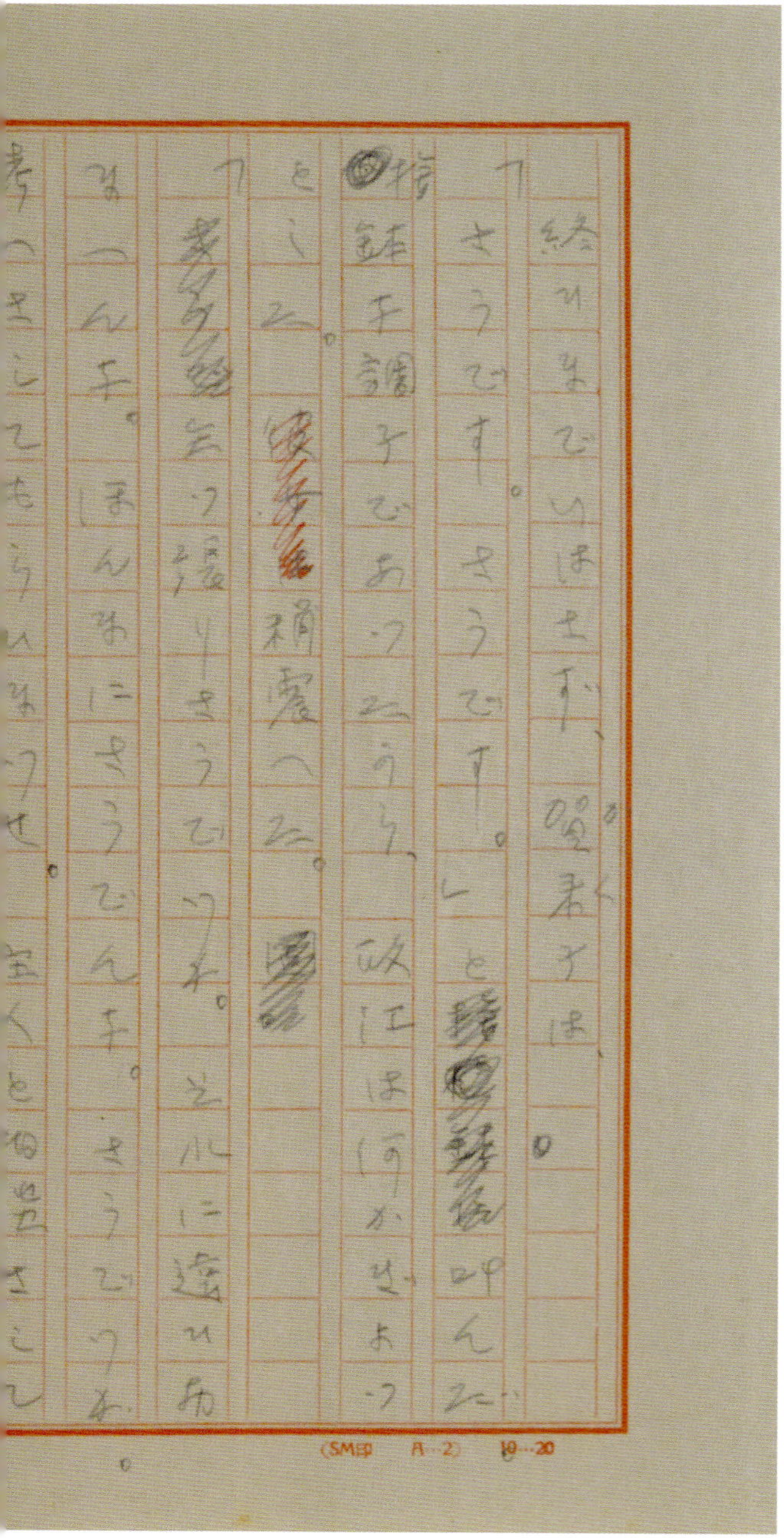

長男夫婦に結婚を反対された四男・千恵造が駆け落ちする場面。訂正跡を見ると、政江が千恵造を援助した三男・伝三郎を人を使って呼びつける描写、千恵造が親戚の伯父を頼りとしようとしたこと、長男・権右衛門の家に伝三郎が出入禁止にされるが、その期限について「暫く」の一言を書き入れるかどうかといった点について悩んだ跡が見られる。また掲載誌である「海風」発禁処分の際に問題にされた一文も含まれている。

18

急いで帰宅した。
その夜梶右衛門は中恵造に説得（政江の口を通し）（加奈子）
せよと申しつけた。中恵造ははは子は考え切
らぬ態度を示した。それでも男子と極言さ
れた。が、中恵造は男である所以を示した。
中恵造と（翌日）加奈子は駆落した。
伝三郎がそれと知
りて梶田の歎へ不けりけ、餞別に
三十円の金を与へた。このことが知れて、彼
は梶右衛門から出入を禁

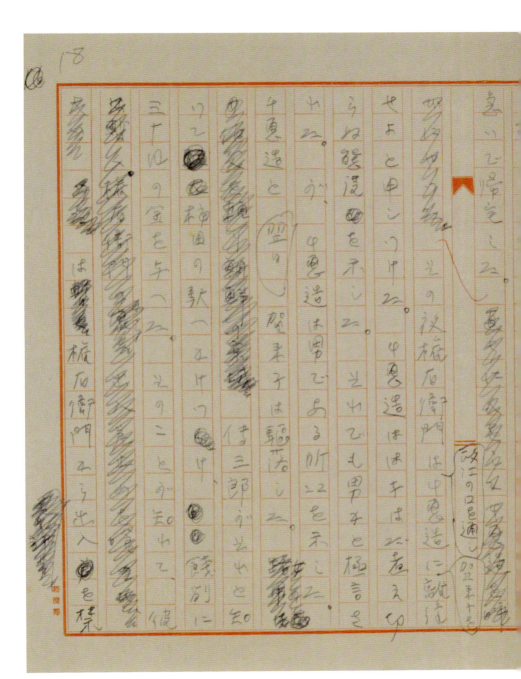

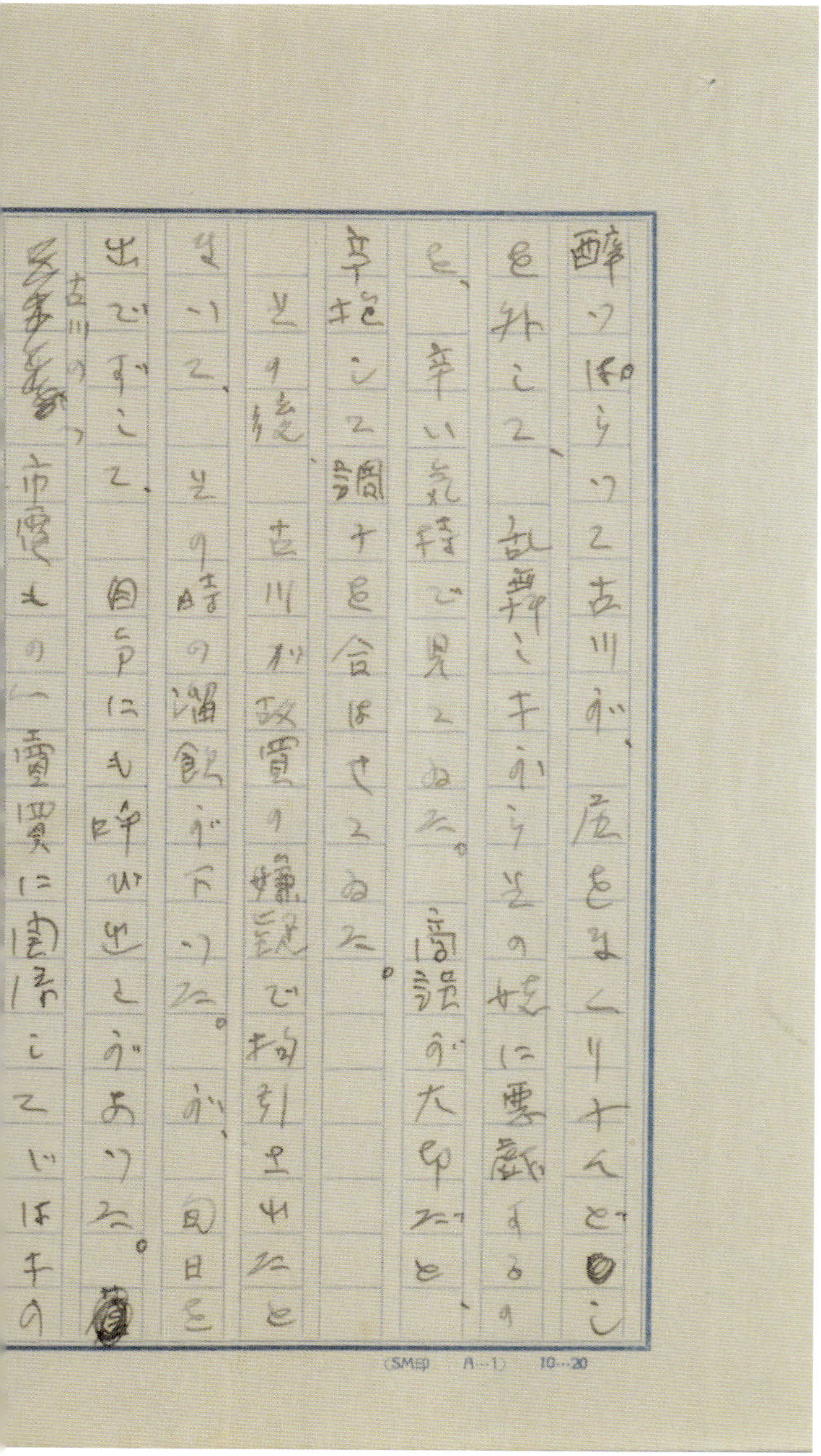

酔つ払つて古川が、店をまくり十人ど
を外して、乱舞しながら主の妓に悪戯するの
と、辛い気持で見てゐた。商談が大円だと、
辛抱して調子を合はせてゐた。
その後、古川が政党の嫌疑で拘引されたと
なつて、その時の溜飲が下つた。が、四日目
出ずして、自分にも呼び出しがあつた。

織田作之助「俗臭」原稿　七〇枚目

欄外の部分に「アト二十枚、五、六時間後ニ送ル」と書かれている。

一九三九（昭和一四）年三月、「海風」に掲載。第一〇回芥川賞の候補作となった。

うといふ気になつてゐた自分の甘さを固くいましめた。警察の呼出しは、しつこく、自転車の税金のことだつた。ほつとし、その後、自転車の税金は収めることにした。自転車はソの「理屋つた番松の便十ものどあつた。店屋をはじめてうら一年足らずで、もう雇人を使十身分になつた。現金と、品物を合はせて四五百円の金があつた。煙草一も吸はずのりたりだ。十六の番松が来せて、こつそり女郎買ひに行くのを見ると、ひぶ、うらやねて

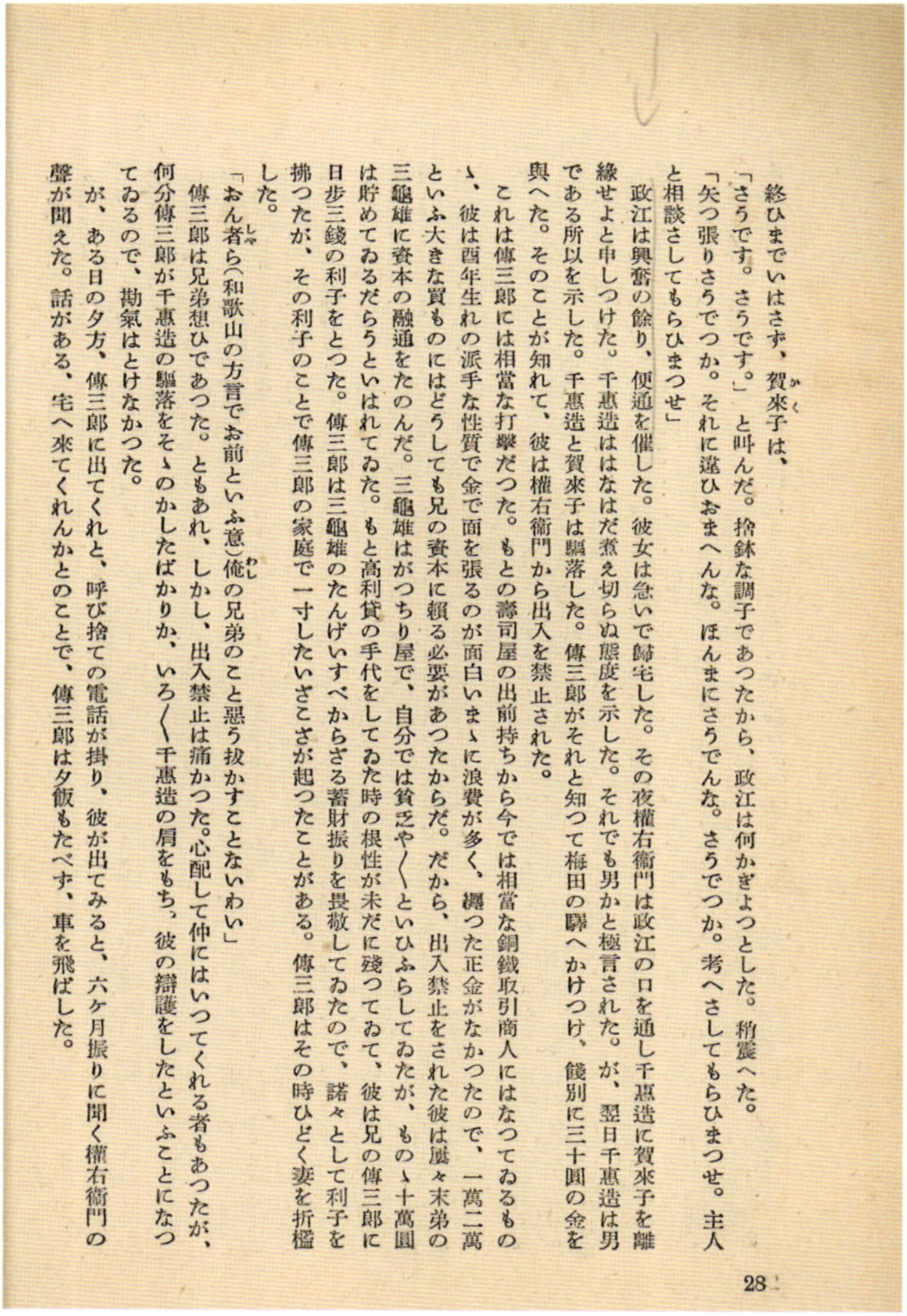
終ひまでいはさず、賀來《かく》子は、

「さうです。さうです。」と叫んだ。捨鉢な調子であつたから、政江は何かぎよつとした。稍震へた。

「矢つ張りさうでつか。それに違ひおまへんな。ほんまにさうでんな。さうでつか。考へさしてもらひまつせ。主人と相談さしてもらひまつせ」

　政江は興奮の餘り、便通を催した。彼女は急いで歸宅した。その夜權右衛門は政江の口を通し千惠造に賀來子を離緣せよと申しつけた。千惠造ははなはだ煮え切らぬ態度を示した。それでも男かと極言された。が、翌日千惠造は男である所以を示した。千惠造と賀來子は驅落した。傳三郎がそれと知つて梅田の驛へかけつけ、餞別に三十圓の金を與へた。そのことが知れて、彼は權右衛門から出入を禁止された。

　これは傳三郎には相當な打擊だつた。もとの壽司屋の出前持ちから今では相當な銅鐵取引商人にはなつてゐるものゝ、彼は酉年生れの派手な性質で金で面を張るのが面白いまゝに浪費が多く、纒つた正金がなかつたので、一萬二萬といふ大きな買ものにはどうしても兄の資本に頼る必要があつたからだ。だから、出入禁止をされた彼は屢々末弟の三龜雄に資本の融通をたのんだ。三龜雄はがつちり屋で、自分では貧乏や〳〵といひふらしてゐたが、ものゝ十萬圓は貯めてゐるだらうといはれてゐた。もと高利貸の手代をしてゐた時の根性が未だに殘つてゐて、彼は兄の傳三郎に日歩三錢の利子をとつた。傳三郎は三龜雄のたんげいすべからざる蓄財振りを畏敬してゐたので、諾々として利子を拂つたが、その利子のことで傳三郎の家庭で一寸したいざこざが起つたことがある。傳三郎はその時ひどく妻を折檻した。

「おん者《しや》ら（和歌山の方言でお前といふ意）俺《わし》の兄弟のこと惡う拔かすことないわい」

　傳三郎は兄弟想ひであつた。ともあれ、しかし、出入禁止は痛かつた。心配して仲にはいつてくれる者もあつたが、何分傳三郎が千惠造の驅落をそゝのかしたばかりか、いろ〳〵千惠造の肩をもち、彼の辯護をしたといふことになつてゐるので、勘氣はとけなかつた。

　が、ある日の夕方、傳三郎に出てくれと、呼び捨ての電話が掛り、彼が出てみると、六ケ月振りに聞く權右衛門の聲が聞えた。話がある、宅へ來てくれんかとのことで、傳三郎は夕飯もたべず、車を飛ばした。

28

「海風」5年1号　海風社　1939（昭和14）年9月

「俗臭」掲載誌。「俗臭」のために発禁処分となった。後に「俗臭」が単行本に収録された際、織田は内容を大いに書き換えている。

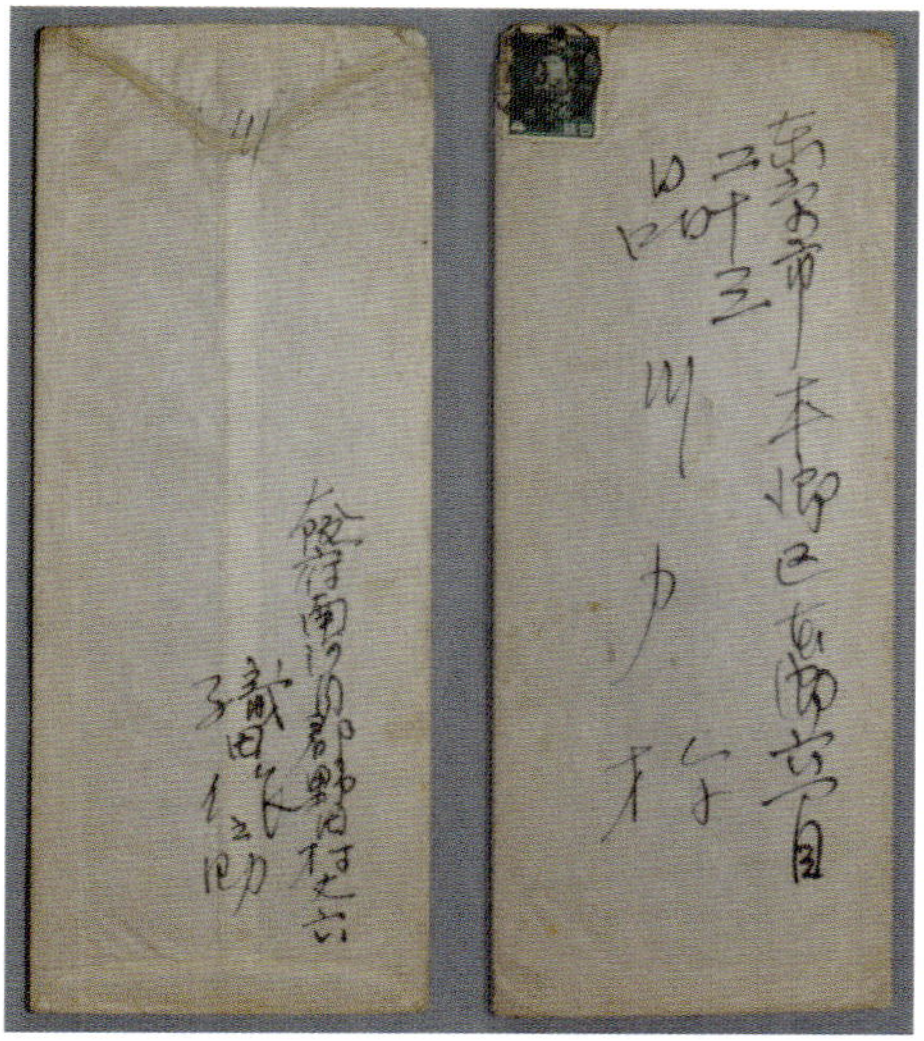

織田作之助　品川力宛書簡

1939（昭和14）年9月17日

「海風」の発禁をうけて、品川宛に送った書簡。削除部分を教えてほしいと述べている。東大前の書店に「海風」を回収に来た巡査は、ページをめくり「政江は興奮の余り、便通を催した」という件を大声で読み上げ、憤激のおももちで表紙を叩いたという。

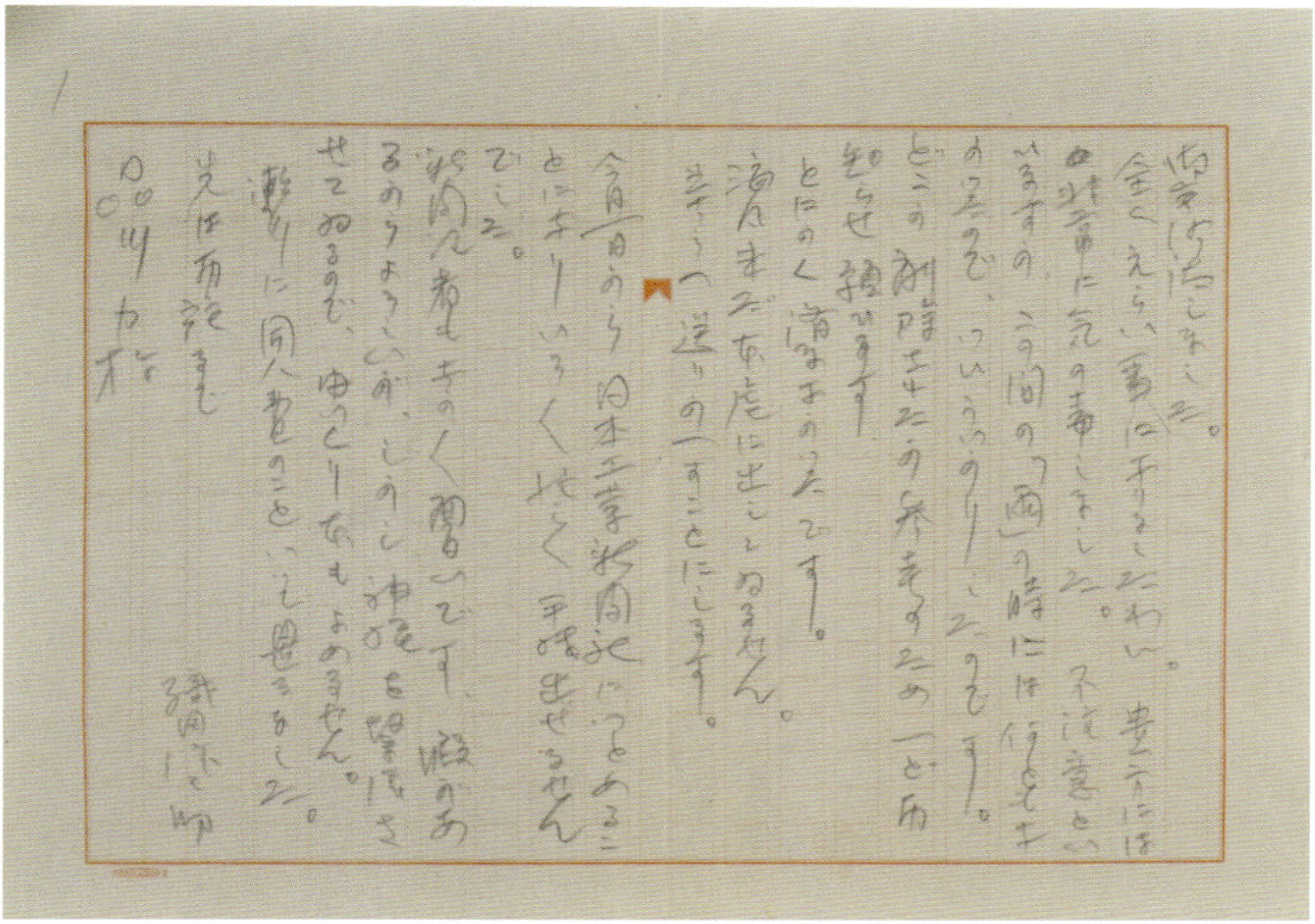

宮沢賢治 (みやざわ けんじ)

1924 (大正13) 年1月12日

1896-1933 (明治29-昭和8)

詩人、童話作家。岩手県花巻生まれ。盛岡高等農林学校在学中に同人誌「アザリア」を発行し、短歌や短篇小説を投稿する。1921 (大正10) 年に上京し印刷所「文信社」に勤め、法華信仰の布教活動を行うが、妹のトシの病気を機に花巻へ戻り、農学校教諭となる。1924 (大正13) 年に詩集『春と修羅』、『注文の多い料理店』を刊行。代表作に「グスコーブドリの伝記」「銀河鉄道の夜」など。

「銀河鉄道の夜」の概要

父が家におらず、病の母をもつジョバンニは学校に通いながら、活版所でアルバイトをしている。同級生のザネリにからかわれ、町外れの丘で一人孤独をかみしめていると、突然光に包まれ、気がつけば友人のカンパネルラと銀河鉄道に乗っていた。

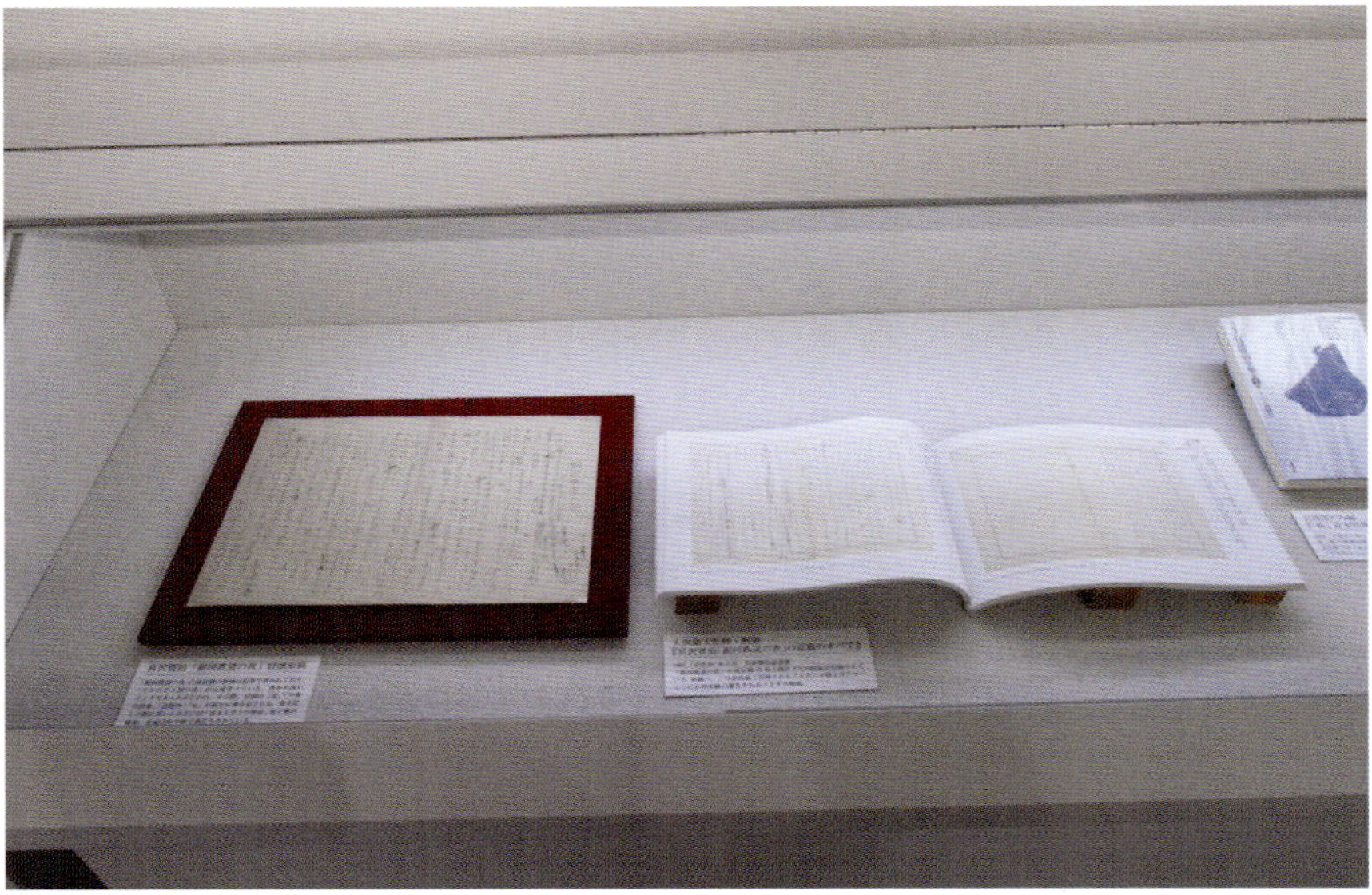

展示風景

「銀河鉄道の夜」原稿の推移

［一次稿］

鉛筆書きで執筆される。後の清書の際の改稿、削除の中で大部分が破棄され、残存しているのは15枚。この15枚は四つ折になっており、宮沢賢治が菊池武雄と藤原嘉藤治の前で朗読した原稿はこの第一稿と推測されている(120ページ参照)。

［二次稿］

ブルーブラックインクで清書がなされるが、中途である第59葉で中断。難船した家庭教師と出会う場面において、彼が連れている子どもたちが女の子３人、男の子１人の４人姉弟の設定となっている点などが完成稿と異なる。

［三次稿］

二次稿に鉛筆書きで手入れがなされ、さらにブルーブラックインクで清書がやり直される。この段階での原稿は「ケンタウル祭の夜」から始まっており、清書がなされたのもその場面から。この清書の段階で章分けがなされ、「ケンタウル祭の夜」「天気輪の柱」などの章タイトルが設けられる。ジョバンニの出会う相手は姉と弟の二人兄弟となった。また、この段階まで、ジョバンニの夢はブルカニロ博士の心理実験という設定だった。

［後期稿］

黒インクを使用して大幅に改稿される。ブルカニロ博士の心理実験という設定がなくなり、博士自身も一切登場しなくなる。冒頭に「午後の授業」「活版所」「家」が書き足され、夢から覚めたジョバンニがカンパネルラの死を知る場面が新たに書き下ろされた。

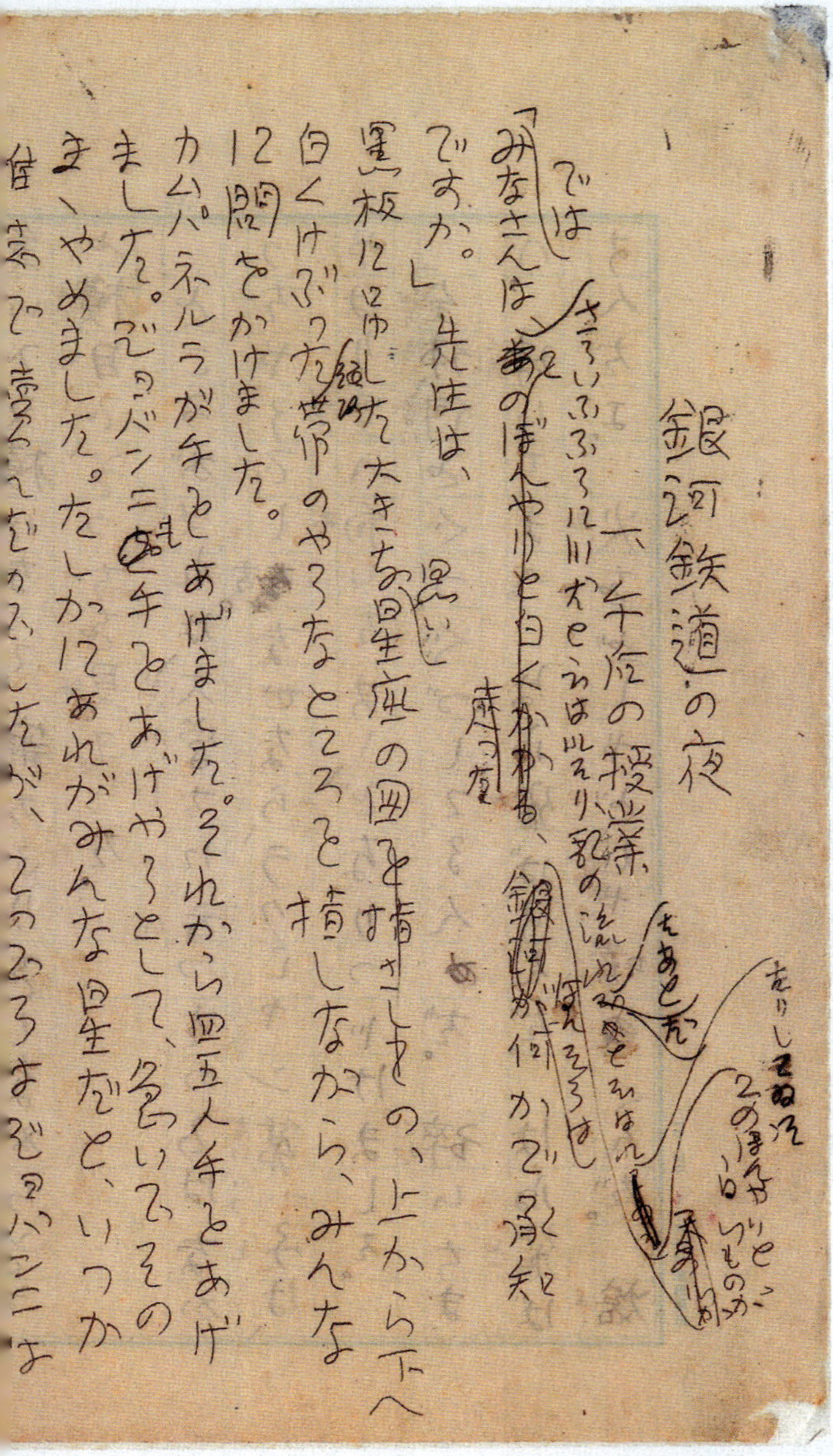
銀河鉄道の夜
一、午后の授業
「ではみなさんは、さういふふうに川だと云はれたり、乳の流れたあとだと云はれたりしてゐたこのぼんやりと白いものがほんたうは何かご承知ですか。」先生は、黒板に吊した大きな黒い星座の図の、上から下へ白くけぶった銀河帯のやうなところを指しながら、みんなに問をかけました。
カムパネルラが手をあげました。それから四五人手をあげました。ジョバンニも手をあげやうとして、急いでそのまゝやめました。たしかにあれがみんな星だと、いつか雑誌で読んだのでしたが、このごろはジョバンニは

宮沢賢治記念館蔵

宮沢賢治「銀河鉄道の夜」冒頭原稿

「銀河鉄道の夜」の最初期の原稿は鉛筆で書かれており、「ケンタウル祭の夜」から始まっていたが、後から黒いインクで手入れが行われ、その際、冒頭の三章、「午後の授業」「活版所」「家」が新たに書き足される。書き足しの際に用いられたのは「青木大学士の野宿」第六葉の裏面。表面は和半紙で裏打ちされている。

どんなことも~~はつきりしない~~よくわからないといふ気持
ちがするのでした。
ところが先生は早くもそれを見附けたのでした。
「ジョバンニさん。あなたは~~知つて~~わかってゐるのでせう。」
ジョバンニは勢よく立ちあがりましたが、立って見ると
もうはっきりとそれを答へることができ、~~なかつたのでした~~。
ないのでした。~~前に座つてゐたザの席~~ザネリが前の席から
ふりかへって、ジョバンニを見てくすっとわらって
ひました。ジョバンニはもうどぎまぎしてまっ赤になって
しまひました。先生~~が~~がまた云ひました。
「大きな望遠鏡で~~銀河をよく見るともっと近く行って、よく調[べ]~~
よっく調べると銀河は大体何でせう。」
やっぱり星だとジョバンニは思ひましたが
こんどもすぐに早く答へることができませんでした。

入沢康夫監修・解説　『宮沢賢治「銀河鉄道の夜」の原稿のすべて』
宮沢賢治記念館　一九九七（平成九）年三月
「銀河鉄道の夜」の現存稿八三枚と創作メモの図版が収録されている。
収録ページはブルカニロ博士がジョバンニに心理実験の謝礼を払おうとする場面。最終稿では削除された。

77

自筆番号なし

用紙　既使用六百字詰セピア罫「丸善特製　二」原稿用紙　裏。表は関東大震災見舞い書簡書きかけ断片。本書94頁参照。

筆記具　初筆　①鉛筆
手入れ　①鉛筆　②BBインク

縦四つ折りにされた痕がある。
非自筆は、赤鉛筆による右上隅の四角印、9行目下方の「私」の補強、左半7行目の「走って」の字に対する青鉛筆の手入れ・補強とルビ「ハシ」など。

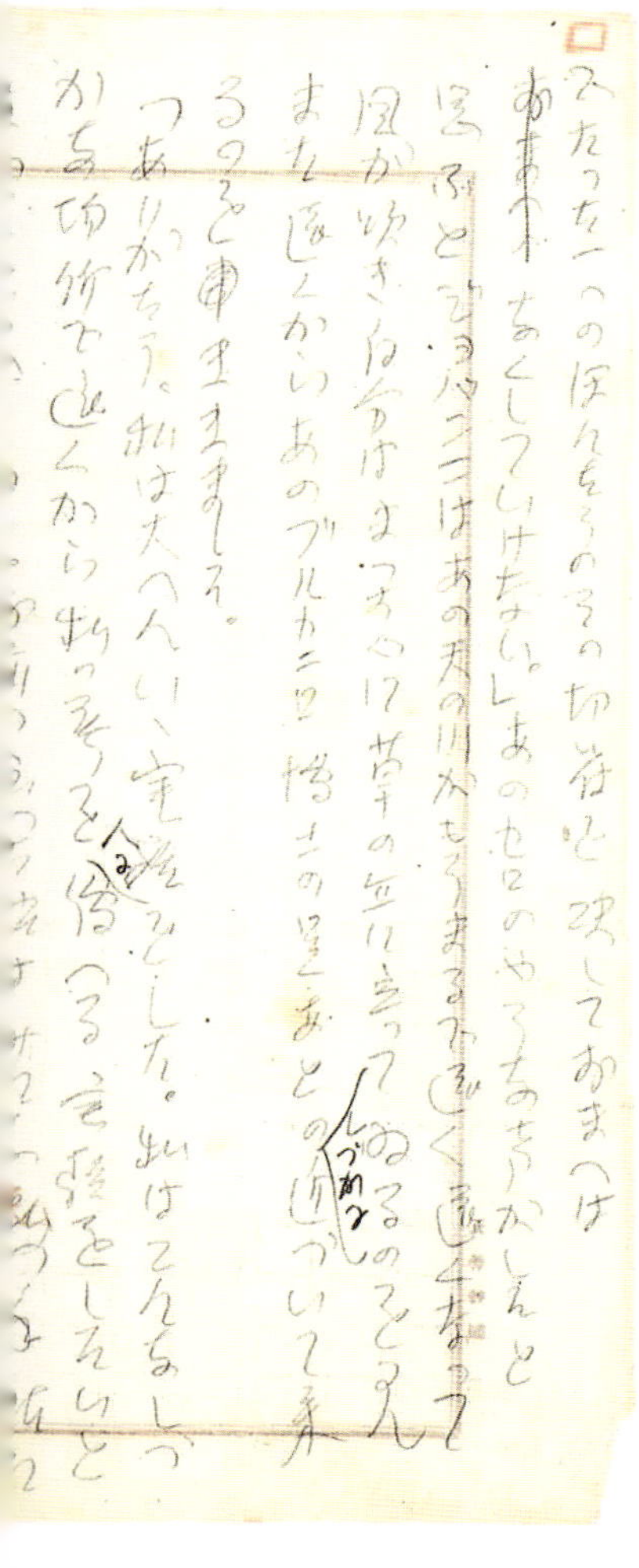

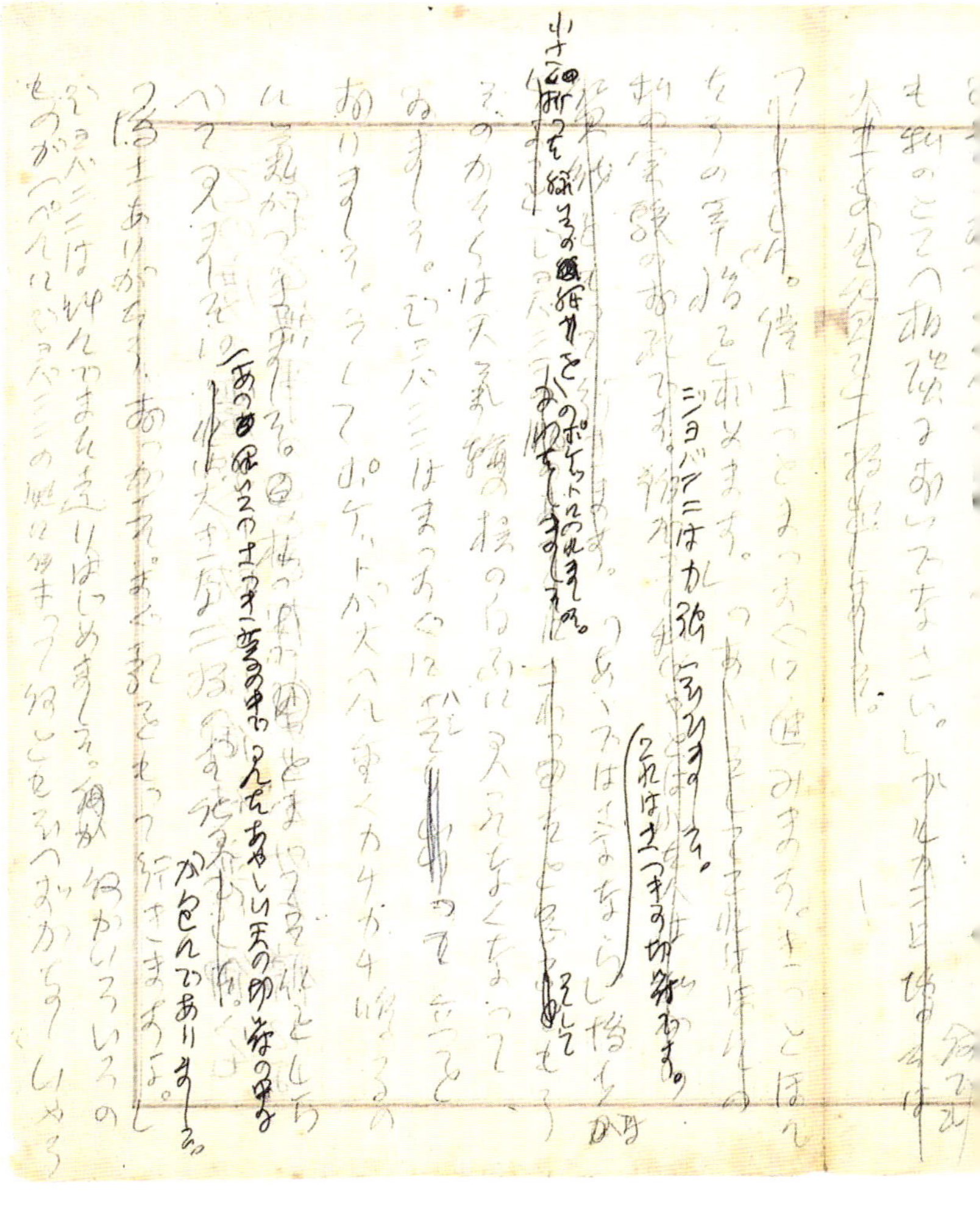

内容の対応　新校本全集第十巻本文篇27頁130頁176頁校異篇19頁66頁110頁　［文庫］ちくま475頁500頁555頁　新潮～　集英社～

81

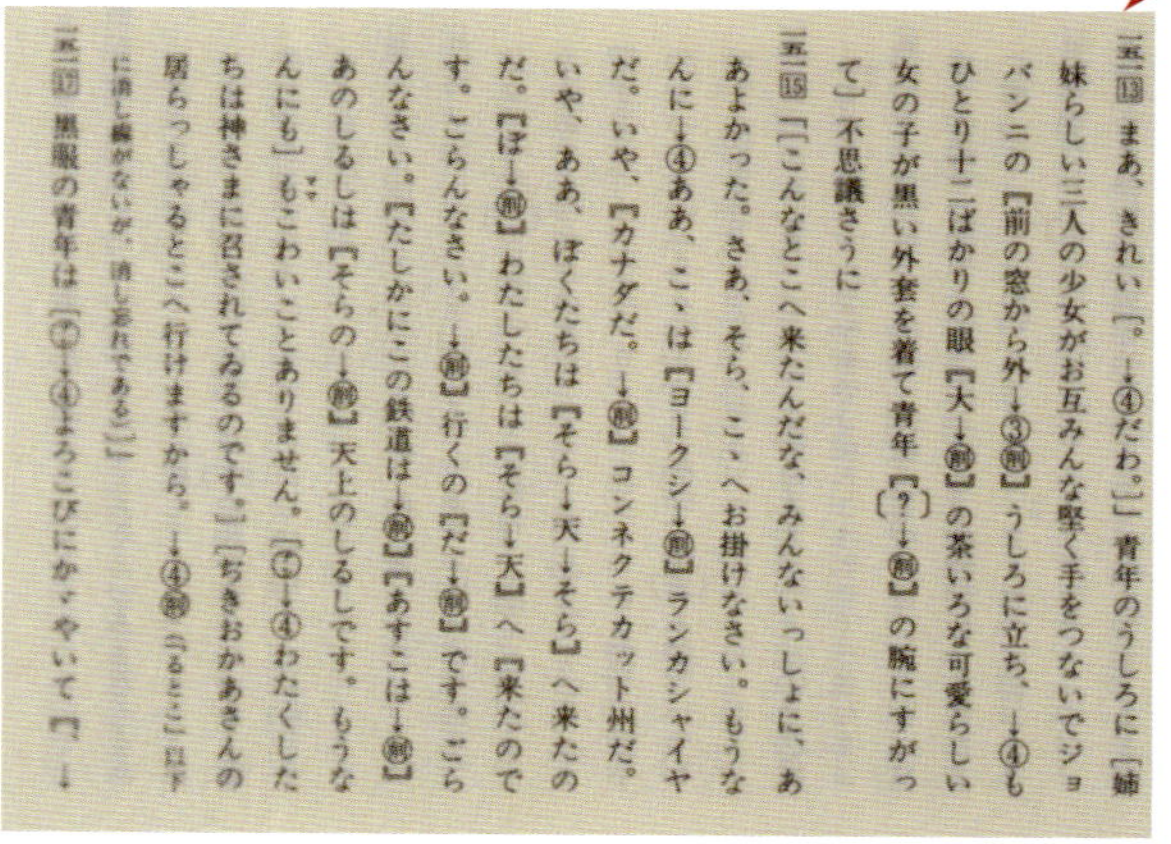

二五一⑬ まあ、きれい〔。→④だわ。」〕青年のうしろに〔姉妹らしい三人の少女がお互みんな堅く手をつないでジョバンニの〔前の窓から外→③(削)〕うしろに立ち、→④もひとり十二ばかりの眼〔大→(削)〕の茶いろな可愛らしい女の子が黒い外套を着て青年〔〔?〕→(削)〕の腕にすがって〕不思議さうに

二五一⑮「〔こんなとこへ来たんだな、みんないっしょに、ああよかった。さあ、そら、こゝへお掛けなさい。もうなんに→④ああ、こゝは〔ヨークシ→(削)〕ランカシャイヤだ。いや、〔カナダだ。→(削)〕コンネクテカット州だ。いや、ああ、ぼくたちは〔そら→天→そら〕へ来たのだ。〔ぼ→(削)〕わたしたちは〔そら→天〕へ〔来たのです。ごらんなさい。→(削)〕行くの〔だ→(削)〕です。ごらんなさい。〔たしかにこの鉄道は→(削)〕〔あすこは→(削)〕あのしるしは〔そらの→(削)〕天上のしるしです。もうなんにも」もこ《ママ》わいことありません。〔㊥→④わたくしたちは神さまに召されてゐるのです。」〔ちきおかあさんの居らっしゃるとこへ行けますから。→④(削)〔「るとこ」以下に消し線がないが、消し忘れである〕」

二五一⑰ 黒服の青年は〔㊥→④よろこびにかゞやいて〔→

宮沢清六ら編　『「新」校本宮沢賢治全集 第11巻 童話Ⅳ 校異篇』

筑摩書房　1996（平成8）年1月

第三稿の清書の際に削除された姉妹弟の場面が翻刻されている。本全集では「本文篇」と「校異篇」を分冊し、作品本文と校異を見比べられるようになっている。

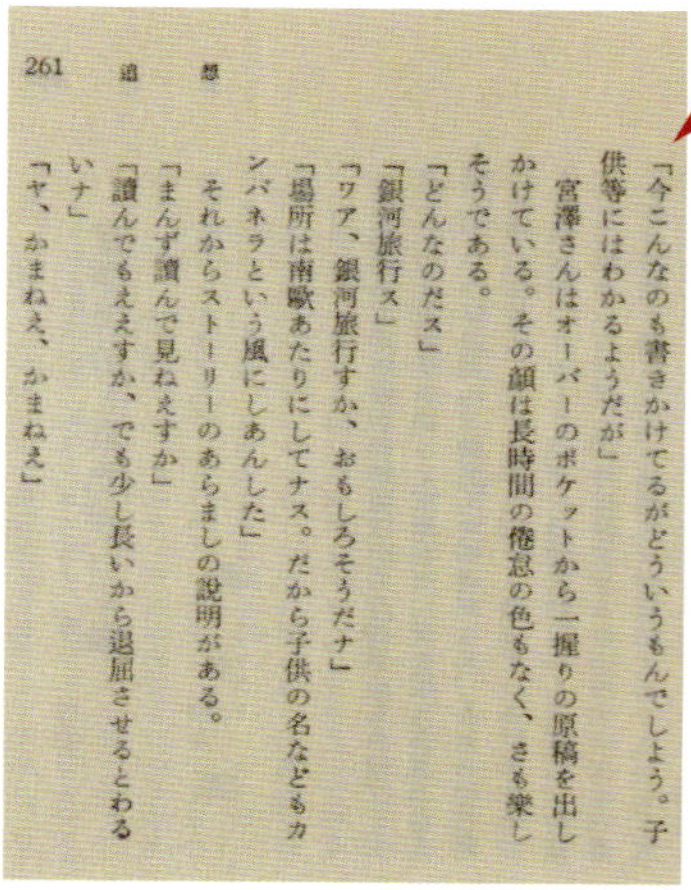

261　追　想

「今こんなのも書きかけてるがどういうもんでしょう。子供等にはわかるようだが」

宮澤さんはオーバーのポケットから一握りの原稿を出しかけている。その顔は長時間の倦怠の色もなく、さも楽しそうである。

「どんなのだス」

「銀河旅行ス」

「ワア、銀河旅行すか、おもしろそうだナ」

「場所は南歐あたりにしてナス。だから子供の名などもカンパネラという風にしあんした」

それからストーリーのあらましの説明がある。

「まんず讀んで見ねえすか」

「讀んでもええすか、でも少し長いから退屈させるとわるいナ」

「ヤ、かまねえ、かまねえ」

菊池武雄「『注文の多い料理店』出版の頃」

草野心平編『宮沢賢治研究』

筑摩書房　1958（昭和33）年8月

賢治が「銀河鉄道の夜」を朗読した時のことを、菊池武雄が回想している。

作品タイトルの名付け親

作品の著者以外によって作品の題がつけられる例を作品原稿と共に紹介する。

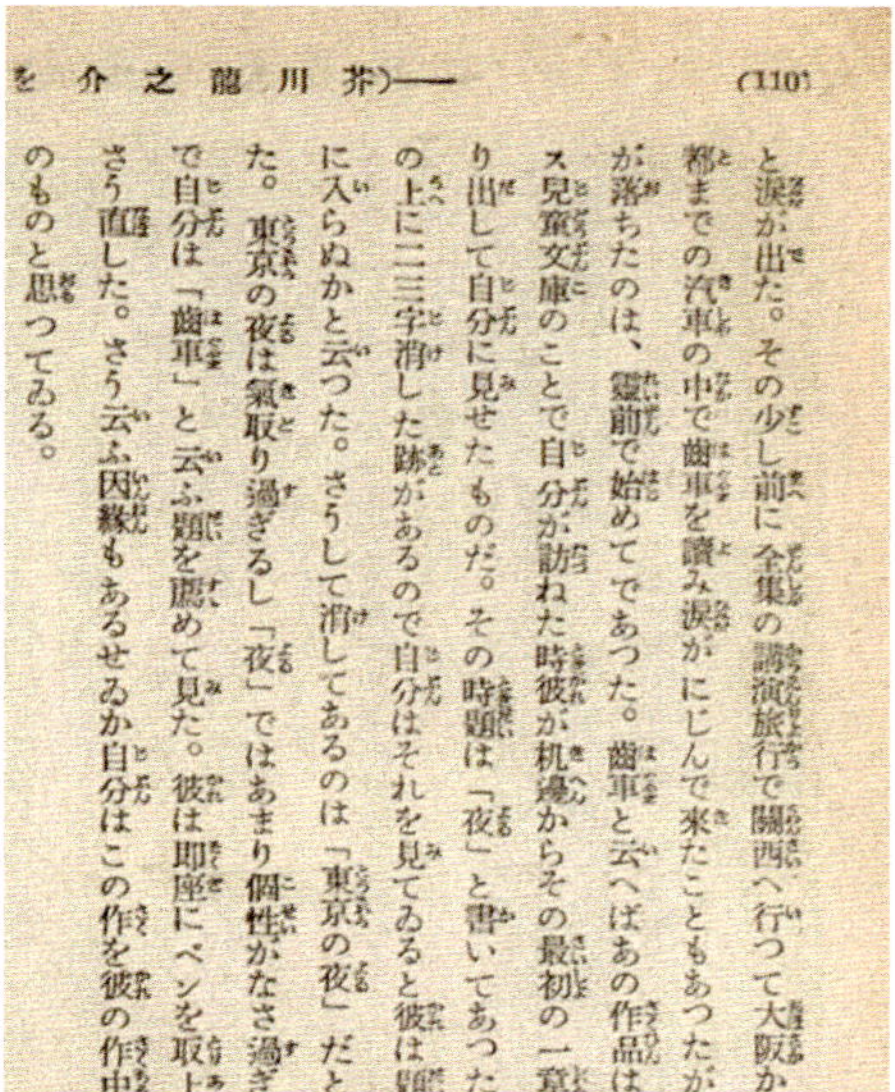

（110）―（芥川龍之介を

と涙《なみだ》が出《で》た。その少し前《まへ》に全集《ぜんしふ》の講演旅行《かうえんりよかう》で關西《くわんさい》へ行《い》つて大阪《おほさか》から京都《きやうと》までの汽車《きしや》の中《なか》で齒車《はぐるま》を讀《よ》み涙《なみだ》がにじんで來《き》たこともあつたが、涙《なみだ》が落《お》ちたのは、靈前《れいぜん》で始《はじ》めてであつた。齒車《はぐるま》と云《い》へばあの作品《さくひん》はアルス兒童文庫《じどうぶんこ》のことで自分《じぶん》が訪《たづ》ねた時《とき》彼《かれ》が机邊《きへん》からその最初《さいしよ》の一章《しやう》を取《と》り出《だ》して自分《じぶん》に見《み》せたものだ。その時《とき》題《だい》は「夜《よる》」と書《か》いてあつた。その上《うへ》に二三字消《け》した跡《あと》があるので自分《じぶん》はそれを見《み》てゐると彼《かれ》は題《だい》が氣《き》に入《い》らぬかと云《い》つた。さうして消《け》してあるのは「東京《とうきやう》の夜《よる》」だと云《い》つた。東京《とうきやう》の夜《よる》は氣取《きど》り過《す》ぎるし「夜《よる》」ではあまり個性《こせい》がなさ過《す》ぎるので自分《じぶん》は「齒車《はぐるま》」と云《い》ふ題《だい》を薦《すゝ》めて見《み》た。彼《かれ》は即座《そくざ》にペンを取上《とりあ》げてさう直《なほ》した。さう云《い》ふ因縁《いんねん》もあるせゐか自分《じぶん》はこの作《さく》を彼《かれ》の作中第一《さくちゆうだいいち》のものと思《おも》つてゐる。

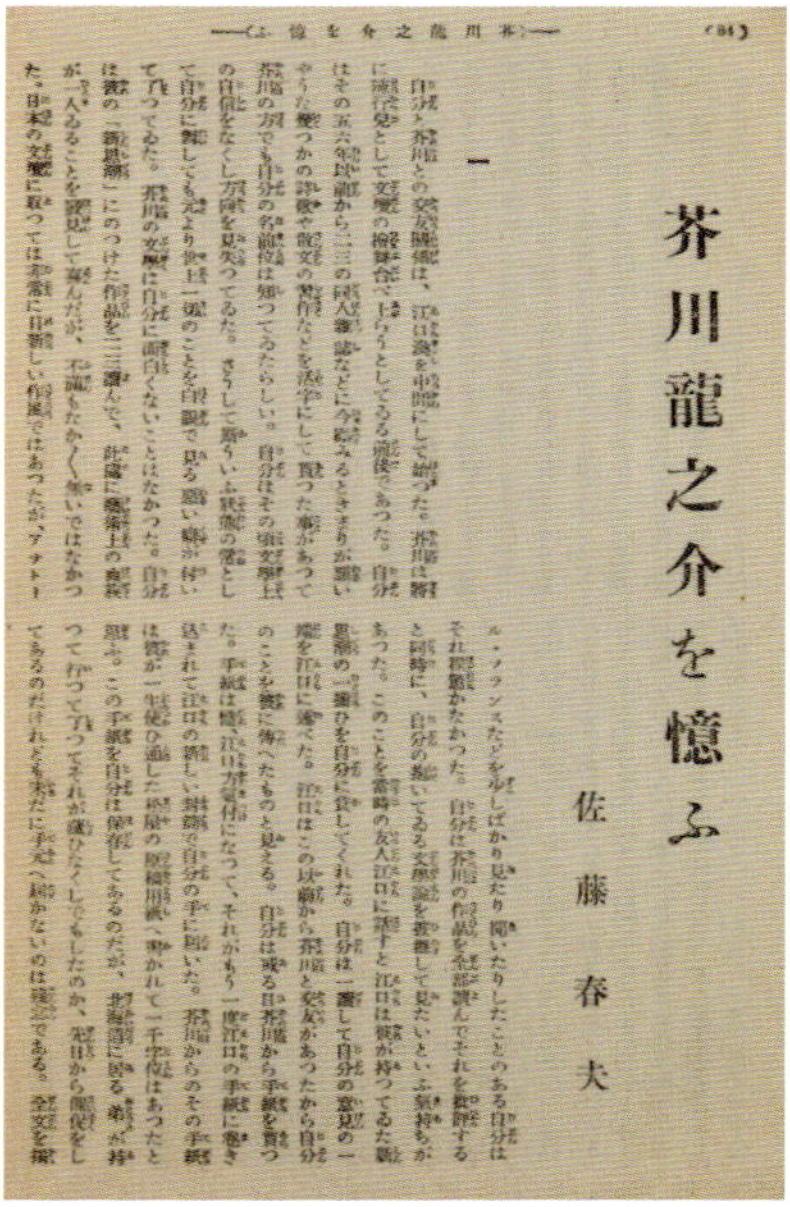

―（ふ憶を介之龍川芥）―　（84）

芥川龍之介を憶ふ

佐藤春夫

一

佐藤春夫「芥川龍之介を憶ふ」

「改造」10巻7号　1928（昭和3）年7月

佐藤春夫による芥川の回想記。佐藤が「歯車」の原稿を見た時は、「夜」と題されていたとある。佐藤の薦めに従い、最終的に「歯車」と改題された。

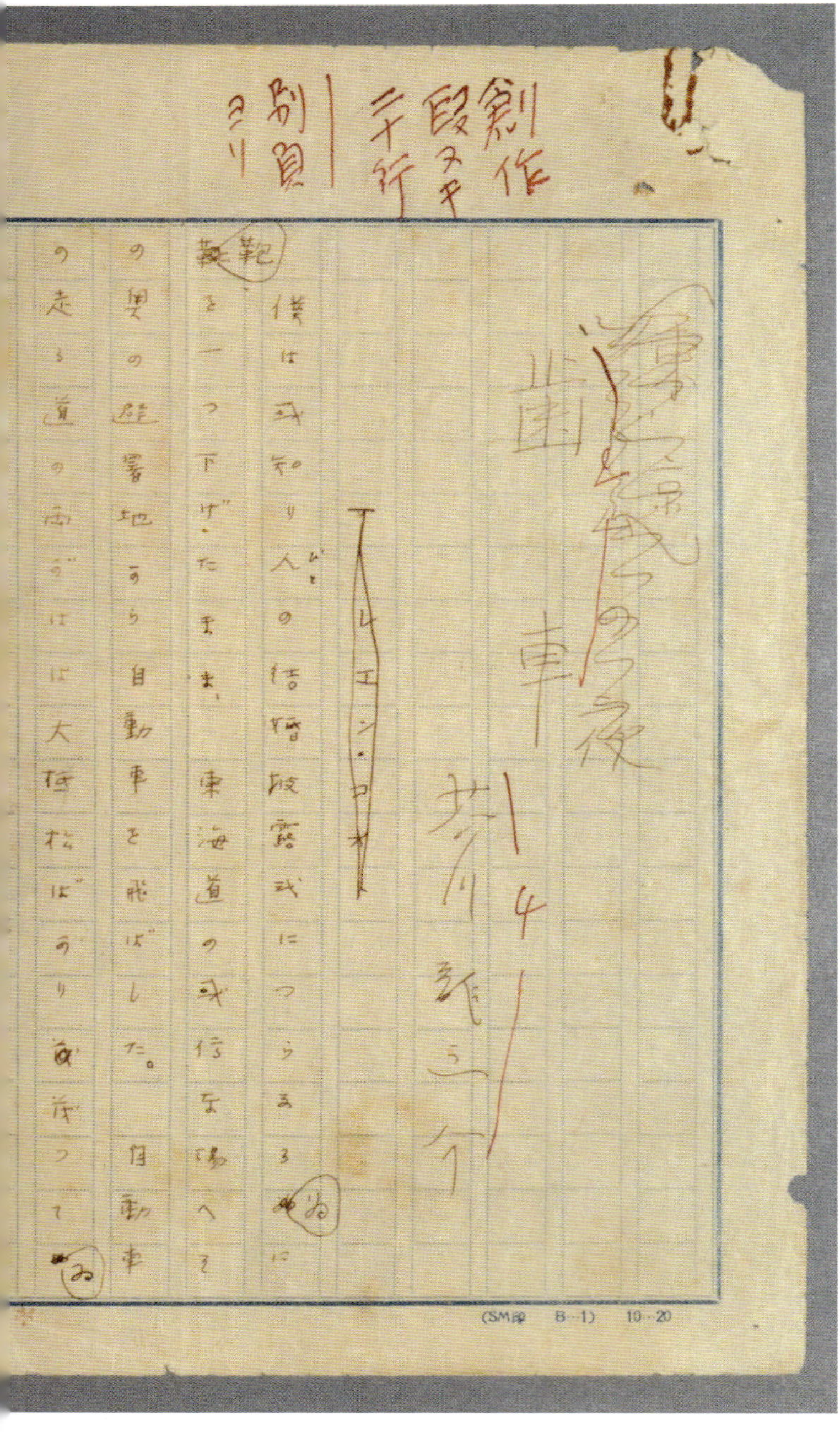

芥川龍之介「歯車」原稿

「文芸春秋」一九二七（昭和二）年一〇月号に芥川の遺稿として掲載された。原稿の訂正跡から、「歯車」の前に「ソドムの夜」「東京の夜」というタイトルが考えられていたことがわかる。

間に合ふかどうかは可也怪しいのに違ひなかつた。自動車には、丁度僕の外に或理髪店の主人も乗り合せてゐた。彼は棗のやうにまるまると肥つた、短い顋髯の持ち主だつた。僕は時間を気にしながら、時々彼と話をした。

「妙なこともありますね。××さんの屋敷には昼間でも幽霊が出るつて云ふんですが。」

「昼間でもね。」

僕は冬の西日の当つた向うの松山を眺めながら、善い加減に調子を合せてゐた。

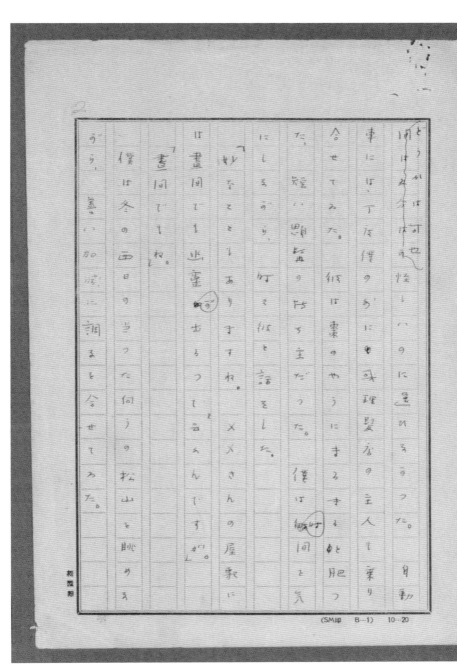

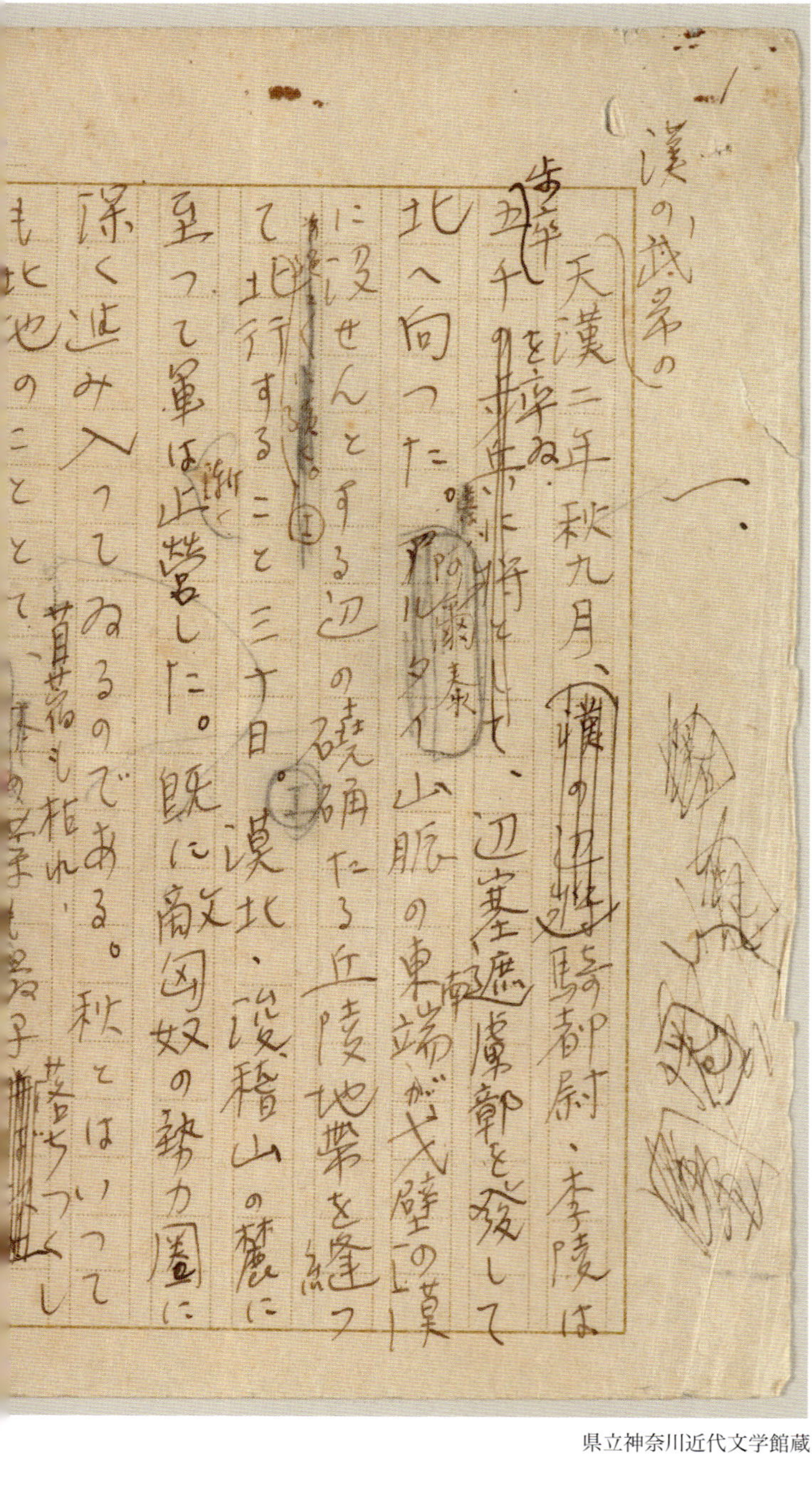

県立神奈川近代文学館蔵

中島敦「李陵・司馬遷」草稿

夥しい加筆訂正跡の見られる草稿原稿。タイトルは書かれておらず、中島の没後、たか夫人より原稿を託された深田久彌が「李陵」と題し、一九四三（昭和一八）年七月に「文学界」へ発表した。一方、中島敦本人による「李陵・司馬遷」というタイトルの晩年のメモも残されている。

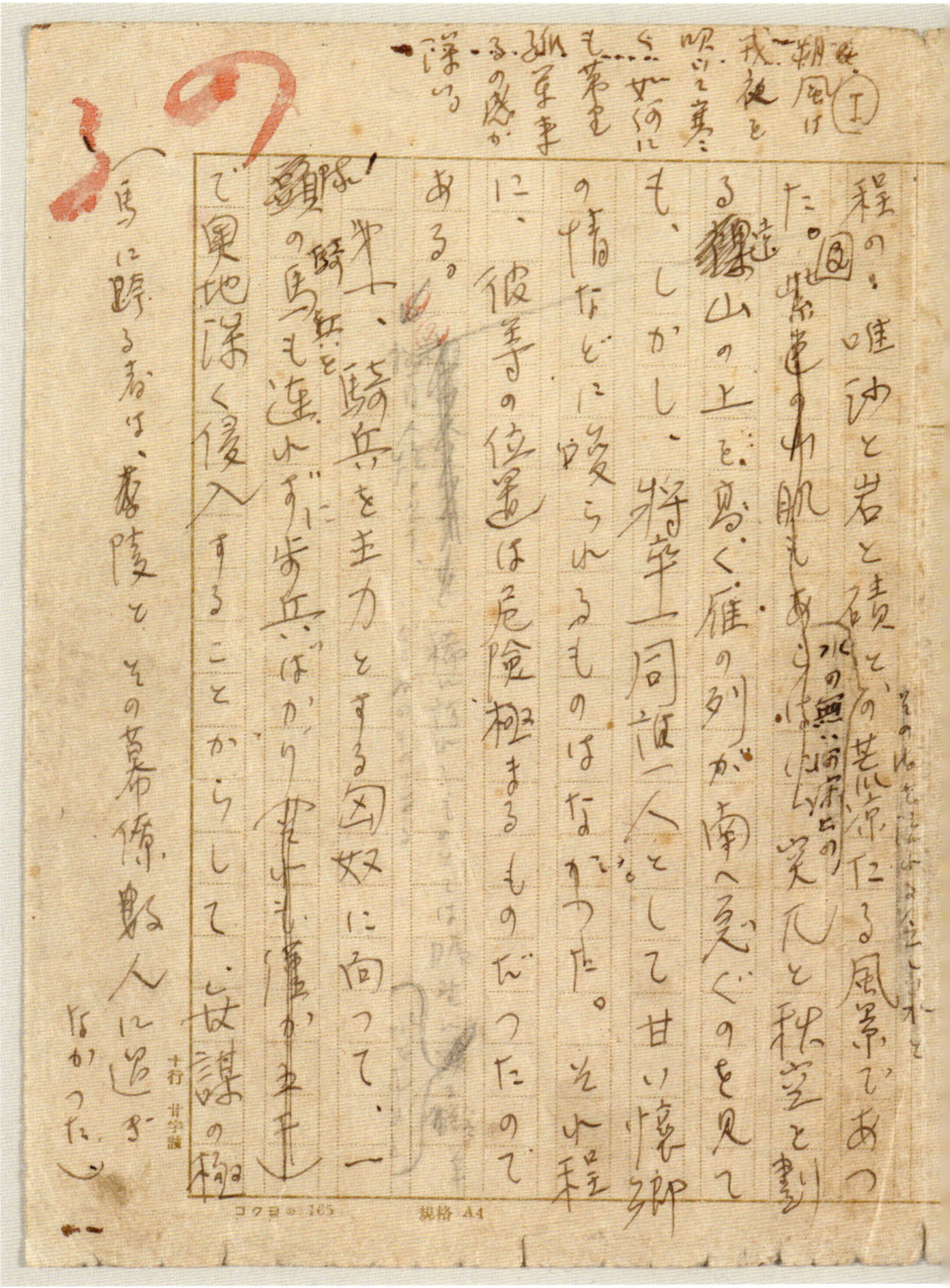
朔風は戎衣を吹いて寒く、如何にも萬里孤軍の感が深い。
程の、唯沙と岩と磧と、水の無い河床との荒涼たる風景であつた。紫塞の山肌もあらはな突兀と秋空を劃る遠山の上を、高く雁の列が南へ急ぐのを見ても、しかし、将卒一同誰一人として甘い懐郷の情などに唆られるものはなかつた。それ程に、彼等の位置は危険極まるものだつたのである。
歩卒、騎兵を主力とする匈奴に向つて、一騎の馬も連れずに歩兵ばかり（五千）で奥地深く侵入することからして、無謀の極
馬に跨る者は、李陵とその幕僚数人に過ぎなかつた。
十行 廿字詰
コクヨ 165 規格 A4

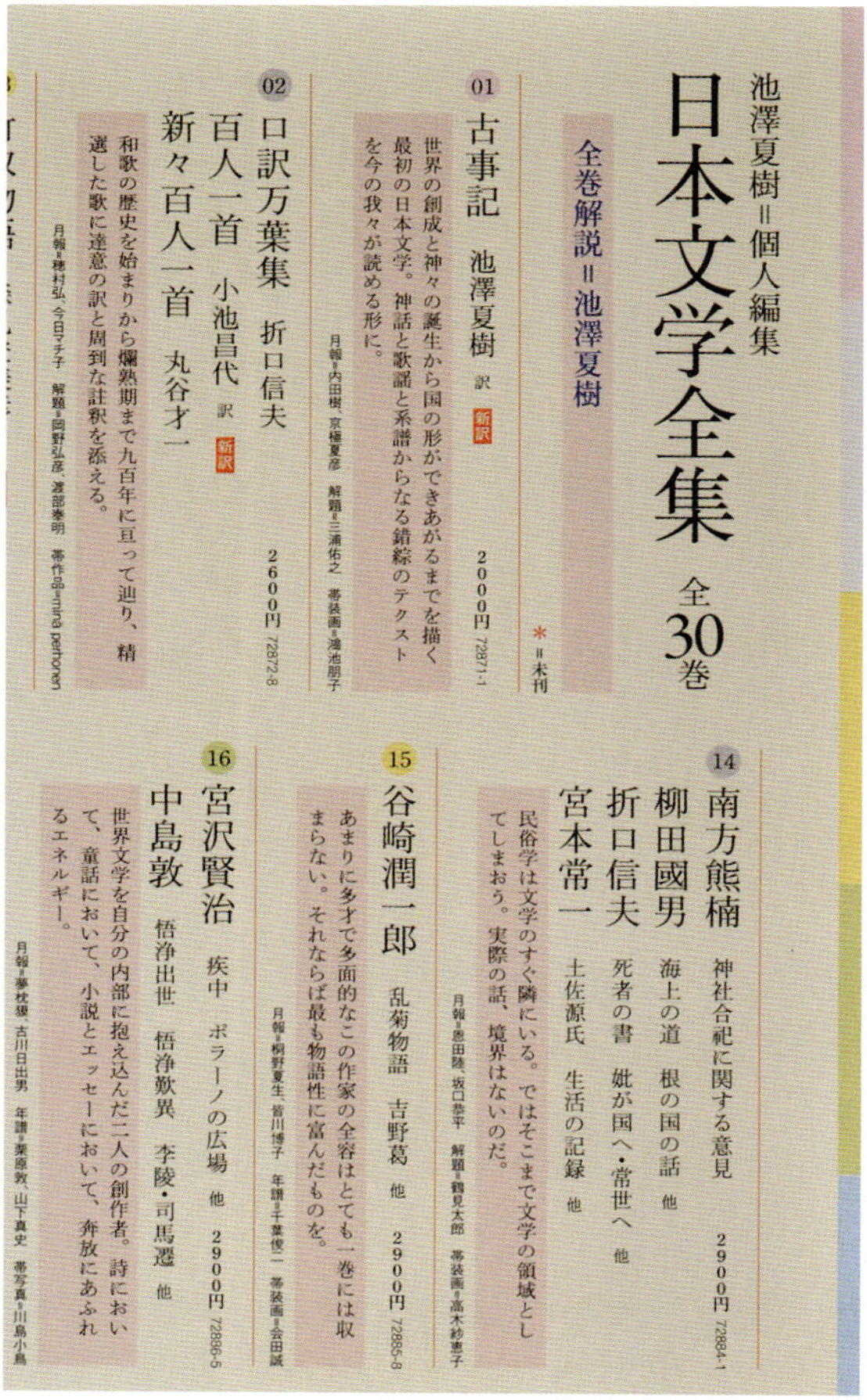

池澤夏樹＝個人編集

日本文学全集 全30巻

全巻解説＝池澤夏樹

*＝未刊

01 古事記 池澤夏樹 訳 新訳

世界の創成と神々の誕生から国の形ができあがるまでを描く最初の日本文学。神話と歌謡と系譜からなる錯綜のテクストを今の我々が読める形に。

月報＝内田樹、京極夏彦 解題＝三浦佑之 帯装画＝鴻池朋子

2000円 72871-1

02 口訳万葉集 折口信夫
百人一首 小池昌代 訳 新訳
新々百人一首 丸谷才一

和歌の歴史を始まりから爛熟期まで九百年に亘って辿り、精選した歌に達意の訳と周到な註釈を添える。

月報＝穂村弘、今日マチ子 解題＝岡野弘彦、渡部泰明 帯作品＝mina perhonen

2600円 72872-8

14 南方熊楠 神社合祀に関する意見
柳田國男 海上の道 根の国の話 他
折口信夫 死者の書 妣が国へ・常世へ 他
宮本常一 土佐源氏 生活の記録 他

民俗学は文学のすぐ隣にいる。ではそこまで文学の領域としてしまおう。実際の話、境界はないのだ。

月報＝恩田陸、坂口恭平 解題＝鶴見太郎 帯装画＝高木紗恵子

2900円 72884-1

15 谷崎潤一郎 乱菊物語 吉野葛 他

あまりに多才で多面的なこの作家の全容はとても一巻には収まらない。それならば最も物語性に富んだものを。

月報＝桐野夏生、皆川博子 年譜＝千葉俊二 帯装画＝会田誠

2900円 72885-8

16 宮沢賢治 疾中 ポラーノの広場 他
中島敦 悟浄出世 悟浄歎異 李陵・司馬遷 他

世界文学を自分の内部に抱え込んだ二人の創作者。詩において、童話において、小説とエッセーにおいて、奔放にあふれるエネルギー。

月報＝夢枕獏、古川日出男 年譜＝栗原敦、山下真史 帯写真＝川島小鳥

2900円 72886-5

池澤夏樹編『日本文学全集』内容見本

河出書房新社

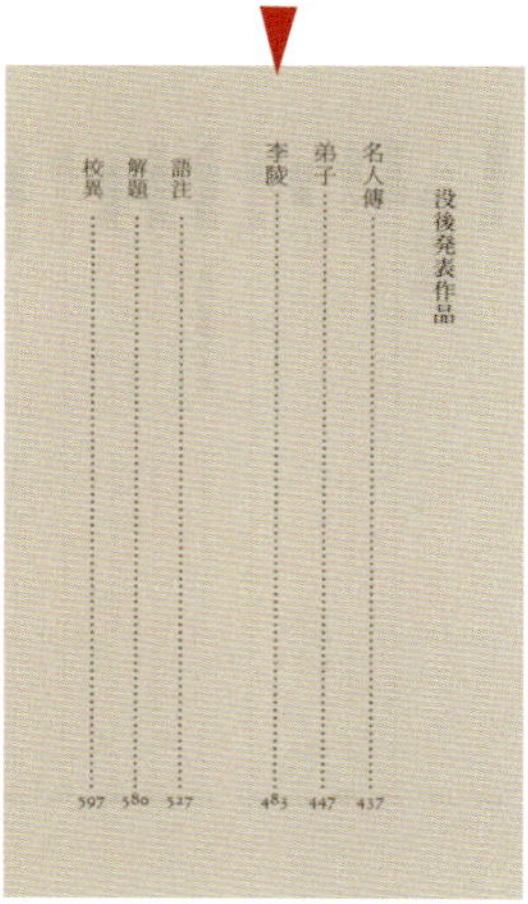

没後発表作品

『中島敦全集』1巻

筑摩書房
2001（平成13）年10月

2001～2002年に刊行された最新の全集『中島敦全集』（筑摩書房）においては「李陵」のタイトルが採られている。2014年より刊行中の『日本文学全集』では「李陵・司馬遷」のタイトルが採用されている。

原稿用紙から校正刷へ

高 見 順 (たかみ じゅん)

1907-1965 (明治40-昭和40)

小説家。福井県三国町生まれ。本名・高間芳雄。代表作に「故旧忘れ得べき」「如何なる星の下に」など。1962 (昭和37) 年より伊藤整らと文学館設立運動に尽力し日本近代文学館を創立、初代理事長を務めた。

1953 (昭和28) 年頃
鎌倉市山ノ内自宅

展示風景

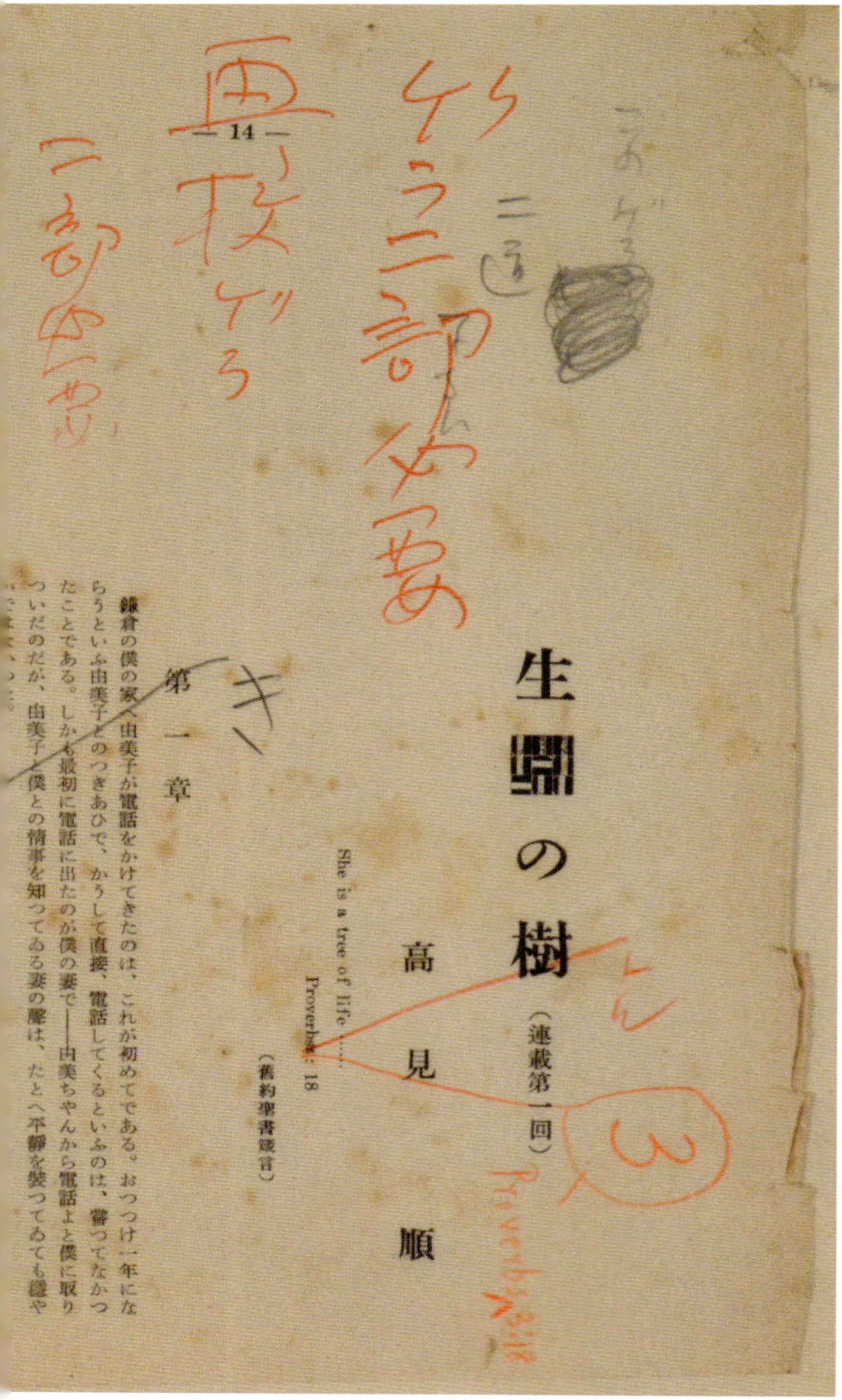
— 14 —

生〓の樹（連載第一回）

高見順

She is a tree of life ……
Proverbs: 18
（舊約聖書箴言）

第一章

鎌倉の僕の家へ由美子が電話をかけてきたのは、これが初めてである。おつつけ一年にならうといふ由美子とのつきあひで、かうして直接、電話してくるといふのは、嘗つてなかつたことである。しかも最初に電話に出たのが僕の妻で——由美ちやんから電話よと僕に取りついだのだが、由美子と僕との情事を知つてゐる妻の聲は、たとへ平靜を裝つてゐても

高見順「生命の樹」校正刷　「群像」一九五六（昭和三一）年九月

「命」の部分に〓（ゲタ）が捺されている。一五ページの上段、「僕のほかに」の「ほ」の位置に、横になった「何」の活字が入れられている部分など、文章への手入れだけでなく、原稿の難読箇所に仮に入れられていた活字に対する再指定も行われている。

と泣きあがりの聲で由美子は言つて、あとは激しい咽び泣きにかはつた。

「誰に?! いつ?!」

「昨夜遅く……。すぐ來て、先生。由美子んとこへ來て!」

涙で聲がとぎれがちだつた。この由美子と僕は昨夜——それは何時頃だつたか、抽象的に言へばやはり昨夜遅く、別れたのだが、あれから、あのアパートに男が來て由美子の顏を切つたのか。

「アパートちやないの。アパートは大丈夫なの。アパートで、あたし、待つてますから!」

「どこで、そんな……」

切られたのだ?! は言葉にできなかつた。

「代々木の家」

と由美子は言つたが、僕はその家は知らない。家の近くまで送つたことはあるが、その家へ行つたことはない。

「君は昨夜、アパートに泊らなかつたのか?!」

アパートには、いつもやつぱり、泊つてなかつたのだなと、つい咎める聲になつてゐて、

「あれから、代々木の家へどうして?!」

「電話ちや、いや。會つて、あたし、お話しします」

口をきくのが不自由らしいその聲は、切られた顏が繃帶で固く縛られてゐることを僕に告げる。顏のどこを、どんな風に切られたのだらう。

僕の胸は痛んだ。それには狼狽もあつた。僕の外かに男があることを、由美子は僕に隱し通してゐたが、その顏を切るやうなそんな深い仲の——大變な仲の男がやはり由美子にはゐたのだそれを由美子が今まで僕に、ひた隱しに隱してゐたことについて——今まで僕もそのことでは幾度も念を押したのだが、そのつど否定しつゞけてきたことについては、この期に及んでも、うそをついてて、ごめんなさいの詫びにもとより、なんにもひと言も言はない。顏を切られた衝撃で、小さな女の心はいつぱいで、そんな餘裕のないのは當然とも思へるが、僕の狼狽は、

「それで、相手は僕のことを知つてるの?!」

と僕に言はせた。僕の言ふその相手が由美子の顏を切つたのは、自分のほかに由美子が男をつくつたのを知つての兇行に違ひない。

「先生とは知らないの。あたし、なんとなく、四人ばかり名前を言つといたんで、そのなかに先生も入つてることは入つてるけど……」

「四人?!」

騒いでる僕の心に、嫉妬の暗い翳がさした。

「B社のOさんとか……出鱈目言つといたの」

Oさん?! これは僕も知つてゐる人だが、由美子と特殊の關係があらうとは思へない。出鱈目であることは僕にも分る。僕は僕とを除く他の二人は誰々かと聞くことはしなかつた。それも出鱈目を言つたとすると、この僕だけがひとり出鱈目でない。

その僕のために由美子は男から顏を切られるやうなことになつたのである。しかし由美子は、僕に隱してゐた男のことについて僕は何も言はないかはりに、僕のために男から切られたのだと僕を咎めることもしないのである。そのことが僕に強く來た。

「とにかく、すぐ行かう。すぐ行く」

慰めるやうに力づけるやうに僕は由美子に言つて電話を切つた。

「やつぱり男がゐたらしい。男に顏を切られたさうだ」

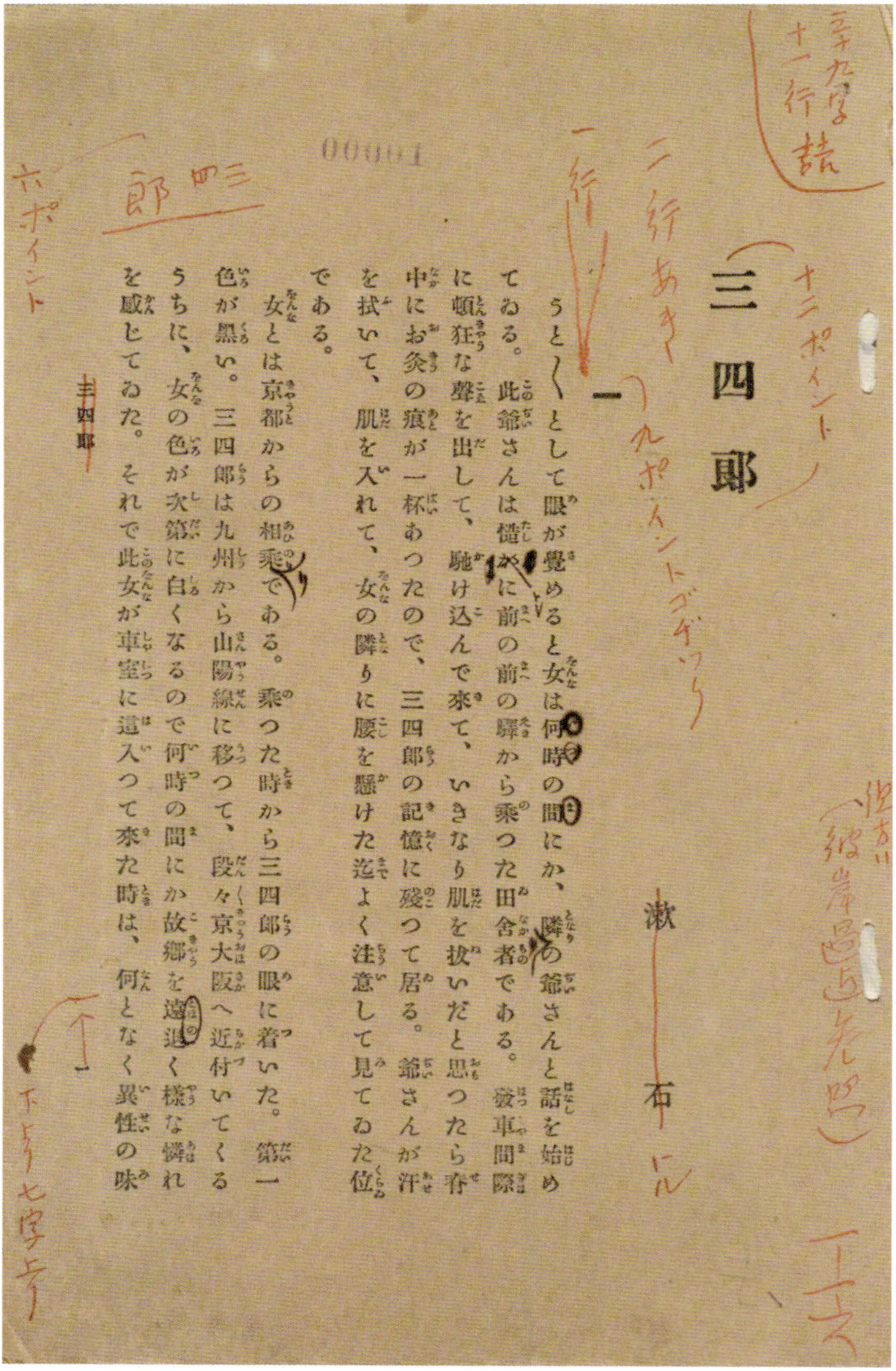
00001

三四郎

漱石

一

うと〳〵として眼《め》が覺《さ》めると女《をんな》は何時の間にか、隣《となり》の爺《ぢい》さんと話《はなし》を始《はじ》めてゐる。此《この》爺《ぢい》さんは慥《たし》かに前《まへ》の前《まへ》の驛《えき》から乘《の》つた田《ゐ》舍《なか》者《もの》である。發《はつ》車《しや》間《ま》際《ぎは》に頓《とん》狂《きやう》な聲《こゑ》を出《だ》して、馳《か》け込《こ》んで來《き》て、いきなり肌《はだ》を拔《ぬ》いだと思《おも》つたら脊《せ》中《なか》にお灸《きう》の痕《あと》が一杯《はい》あつたので、三四郎《らう》の記《き》憶《おく》に殘《のこ》つて居《ゐ》る。爺《ぢい》さんが汗《あせ》を拭《ふ》いて、肌《はだ》を入《い》れて、女《をんな》の隣《とな》りに腰《こし》を懸《か》けた迄《まで》よく注《ちう》意《い》して見《み》てゐた位《くらゐ》である。

女《をんな》とは京都《きやうと》からの相乘《あひの》である。乘《の》つた時《とき》から三四郎《らう》の眼《め》に着《つ》いた。第《だい》一色《いろ》が黑《くろ》い。三四郎《らう》は九州《しう》から山陽線《さんやうせん》に移《うつ》つて、段々《だん〳〵》京大阪《きやうおほさか》へ近付《ちかづ》いてくるうちに、女《をんな》の色《いろ》が次第《しだい》に白《しろ》くなるので何時《いつ》の間《ま》にか故郷《こきやう》を遠退く樣《やう》な憐《あは》れを感《かん》じてゐた。それで此女《このをんな》が車室《しやしつ》に這入《はい》つて來《き》た時《とき》は、何《なん》となく異性《いせい》の味《あぢ》

三四郎

夏目漱石「三四郎」校正刷

『三四郎』初刊本（春陽堂　1909（明治42）年5月）への書き込みが見られる。

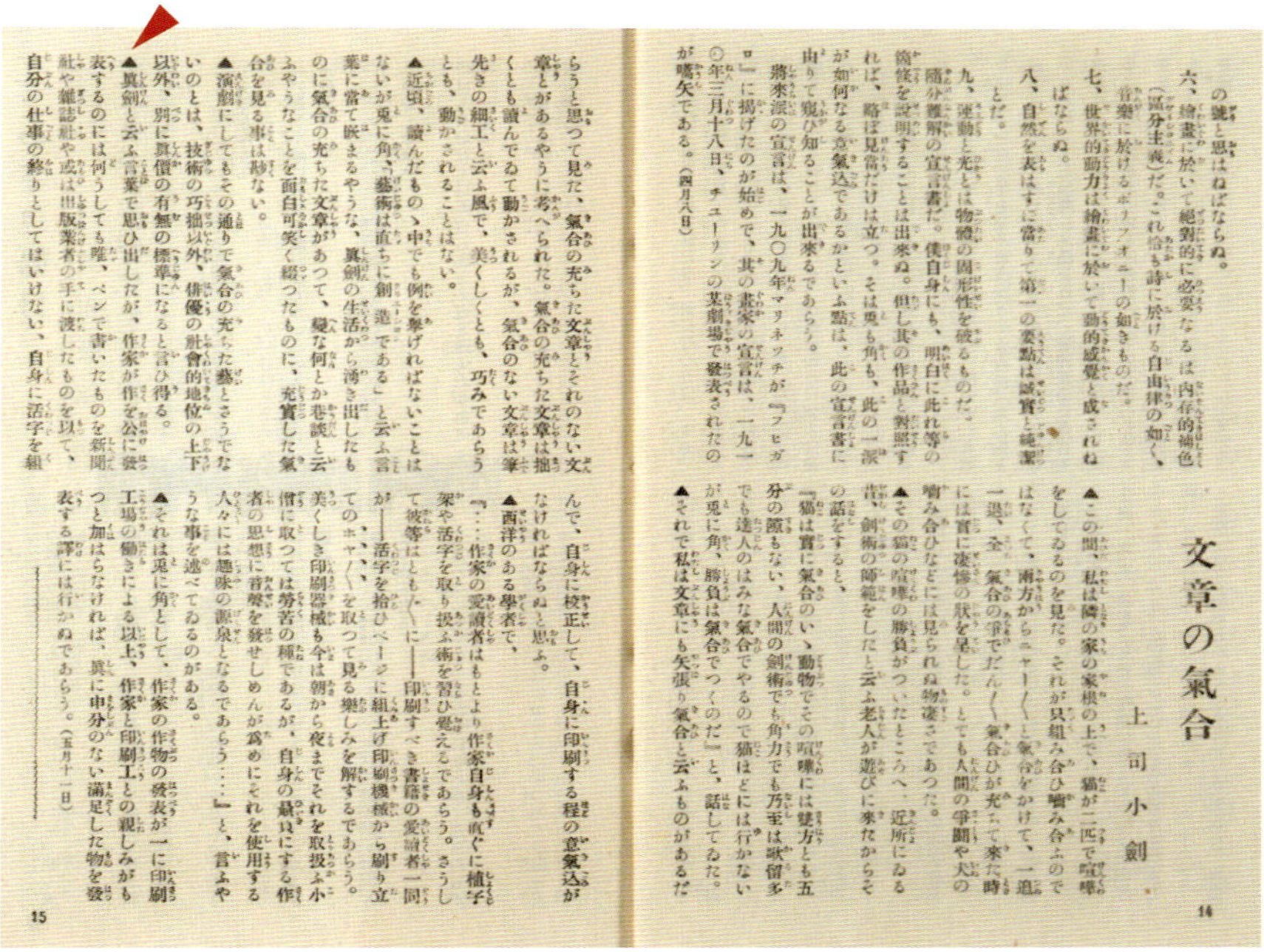

の號と思はねばならぬ。

六、繪畫に於いて絶對的に必要なるは内存的補色（區分主義）だ。これ恰も詩に於ける自由律の如く、音樂に於けるポリフオニーの如きものだ。

七、世界的動力は繪畫に於いて動的感覺と成されねばならぬ。

八、自然を表はすに當りて第一の要點は誠實と純潔とだ。

九、運動と光とは物體の固形性を破るものだ。

隨分難解の宣言書だ。僕自身にも、明白に此れ等の箇條を説明することは出來ぬ。但し其の作品と對照すれば、略ぼ見當だけは立つ。そは兎も角も、此の一派が如何なる意氣込であるかといふ點は、此の宣言書に由りて窺ひ知ることが出來るであらう。

將來派の宣言は、一九〇九年マリネツチが『フヒガロ』に掲げたのが始めで、其の畫家の宣言は、一九一〇年三月十八日、チユーリンの某劇場で發表されたのが嚆矢である。（四月八日）

文章の氣合

上司小劍

▲この間、私は隣の家の家根の上で、猫が二匹で喧嘩をしてゐるのを見た。それが只組み合ひ嚙み合ふのではなくて、兩方からニャー／＼と氣合をかけて、一進一退、全く氣合の爭でだん／＼氣合ひが充ちて來た時には實に凄慘の狀を呈した。とても人間の爭闘や犬の嚙み合ひなどには見られぬ物凄さであつた。

▲その猫の喧嘩の勝負がついたところへ、近所にゐる昔、劍術の師範をしたと云ふ老人が遊びに來たからその話をすると、

『猫は實に氣合のいゝ動物でその喧嘩には雙方とも五分の隙もない、人間の劍術でも角力でも乃至は歌留多でも達人のはみな氣合でやるので猫はとには行かないが兎に角、勝負は氣合でつくのだ』と、話してゐた。

▲それで私は文章にも矢張り氣合と云ふものがあるだらうと思つて見た、氣合の充ちた文章とそれのない文章とがあるやうに考へられた。氣合の充ちた文章は拙くとも讀んでゐて動かされるが、氣合のない文章は筆先きの細工と云ふ風で、美くしくとも、巧みであらうとも、動かされることはない。

▲近頃、讀んだものゝ中でも例を擧げればないことはないが兎に角、「藝術は直ちに創造である」と云ふ言葉に當て嵌まるやうな、眞劍の生活から湧き出したものに氣合の充ちた文章があつて、變な何とか巷談と云ふやうなことを面白可笑く綴つたものに、充實した氣合を見る事は尠ない。

▲演劇にしてもその通りで氣合の充ちた藝とさうでないのとは、技術の巧拙以外、俳優の社會的地位の上下以外、別に眞價の有無の標準になると言ひ得る。

▲眞劍と云ふ言葉で思ひ出したが、作家が作を公に發表するのには何うしても唯、ペンで書いたものを新聞社や雜誌社や或は出版業者の手に渡したものを以て、自分の仕事の終りとしてはいけない、自身に活字を組んで、自身に校正して、自身に印刷する程の意氣込がなければならぬと思ふ。

▲西洋のある學者で、

『…作家の愛讀者はもとより作家自身も直ぐに植字架や活字を取り扱ふ術を習ひ覺えるであらう。さうして彼等はとも／＼に――印刷すべき書籍の愛讀者一同が――活字を拾ひページに組上げ印刷機械から刷り立てのホヤ／＼を取つて見る樂しみを解するであらう。美くしき印刷器械も今は朝から夜までそれを取扱ふ小僧に取つては勞苦の種であるが、自身の最貴にする作者の思想に音響を發せしめんが爲めにそれを使用する人々には趣味の源泉となるであらう…』と、言ふやうな事を述べてゐるのがある。

▲それは兎に角として、作家の作物の發表が一に印刷工場の働きによる以上、作家と印刷工との親しみがもつと加はらなければ、眞に申分のない滿足した物を發表する譯には行かぬであらう。（五月十一日）

15　14

上司小剣《かみつかさしょうけん》「文章の気合」

「文章世界」7巻8号　1912（明治45）年6月

読売新聞社にも勤めていた小説家の上司小剣（1874-1947）が、「文章の気合」ということに関して、作家は作品を発表する際、原稿を出版社に渡して仕事を終えるのではなく、「自身に活字を組んで、自身に校正して、自身に印刷する程の意気込みがなければならぬと思ふ」と述べている。

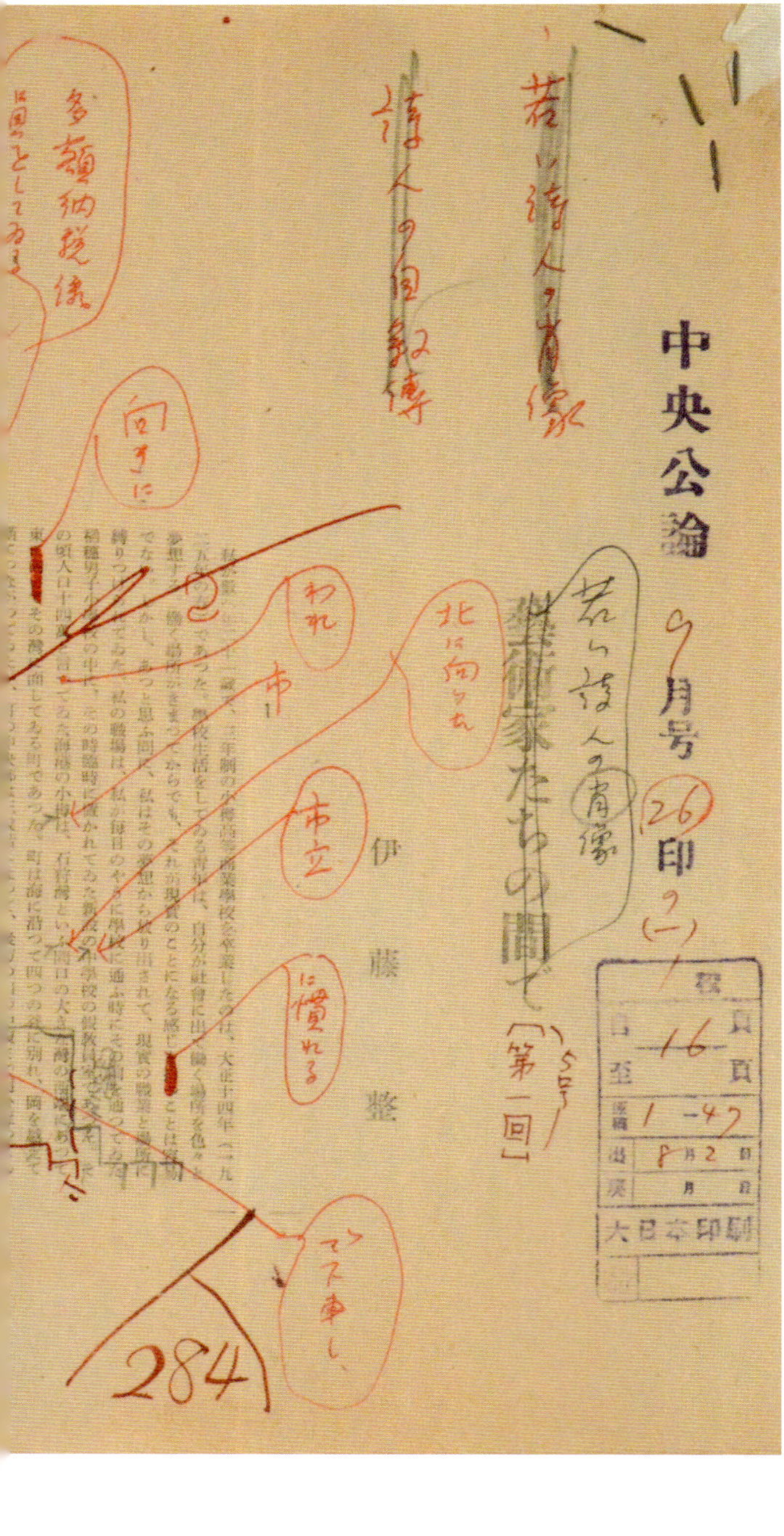

伊藤整「若い詩人の肖像」校正刷

「中央公論」七〇巻九号　一九五五（昭和三〇）年九月

題が「芸術家たちの間で」から「若い詩人の肖像」へと書き換えられている。「第一回」と朱が入れられているが、『若い詩人の肖像』単行本では、この第一回は「職業の中で」と題され第四章として扱われている。一章から三章は、前年の三月より、独立した短篇として複数の雑誌に発表されていた。第三章「卒業期」を執筆した時点で長篇小説の構想が生まれたという。

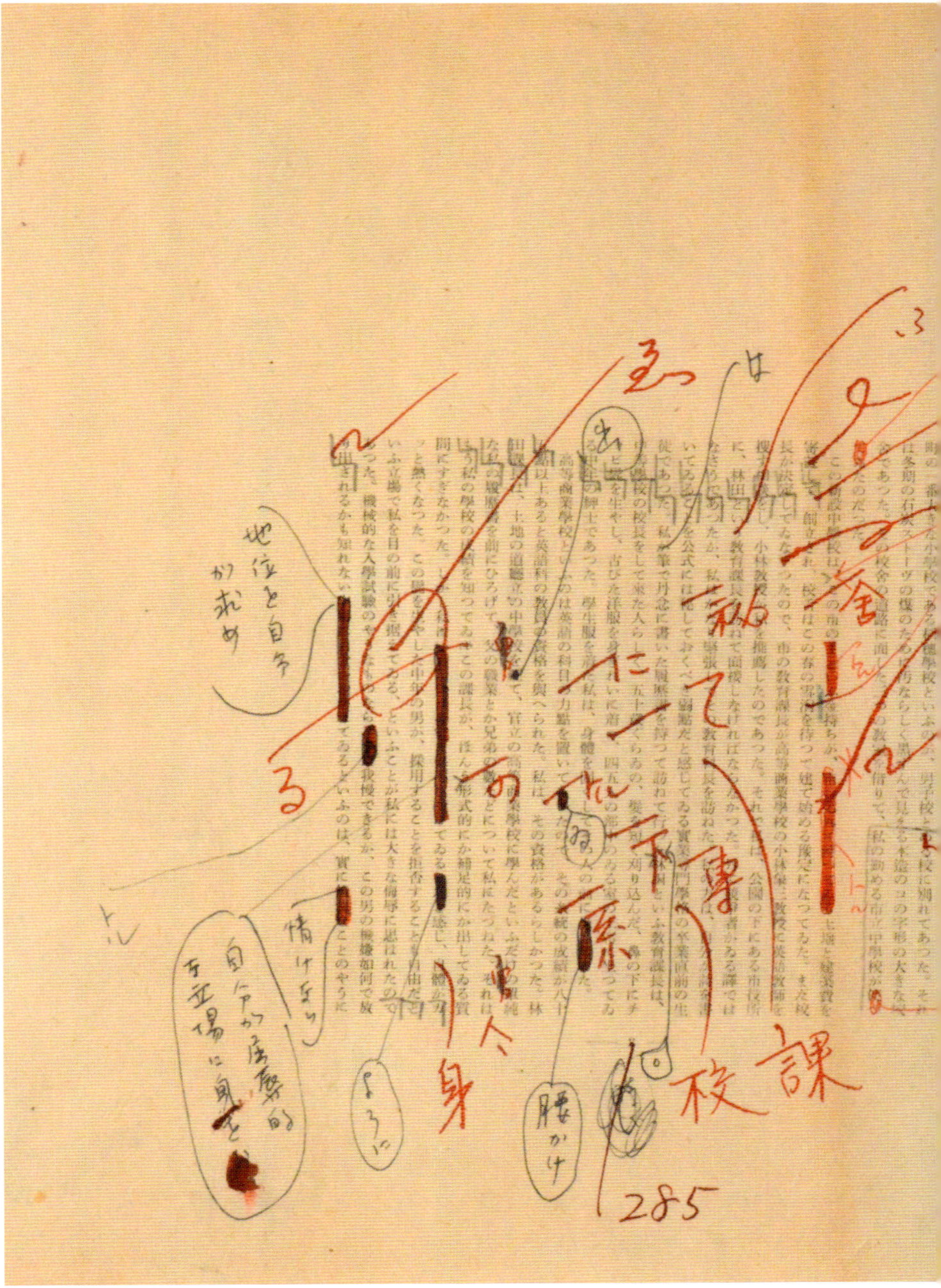
地位と自分が求め
情けなく
自分が屈辱的な立場に身を
ように
腰かけ
身
人
校
課
285

活版印刷の技術

1848（嘉永元）年、江戸幕府の通詞、教育者であった本木昌造がオランダ船を通じて鉛活字と鉄製手引き印刷機を購入。以降、新聞等の大量印刷の需要に伴い、国産機も製造されるようになり、1890（明治23）年には「東京活版印刷業組合」が組織されるまでになる。

大正期に入ると活版輪転印刷機の使用が目立つようになり、1923（大正12）年に起こった関東大震災の際には復興の過程で、多くの印刷会社が当時の最新の印刷システムを導入し、「円本」ブームを下支えした。

1990年代以降、活版印刷システムは電算植字組版・オフセット印刷システムに取って代わられている。

個人蔵

活字と文選箱

印刷所では入稿された原稿を元に文選、植字を行い、校正出校、赤字訂正の後、印刷、検品を経て製本所へと納品する。

活字は、鉛を主としてスズ・アンチモンとをまぜた合金を母型に流し込み鋳造される。文字の反対側の溝のある面はゲタ（〓）として使われる。活字側面のくぼみは「ネッキ」とよばれ、活字の下を示す。活字の上下を間違えないように設けられた。

文選箱は、文選工が作家の原稿用紙を見ながら拾った活字を収めたもの。

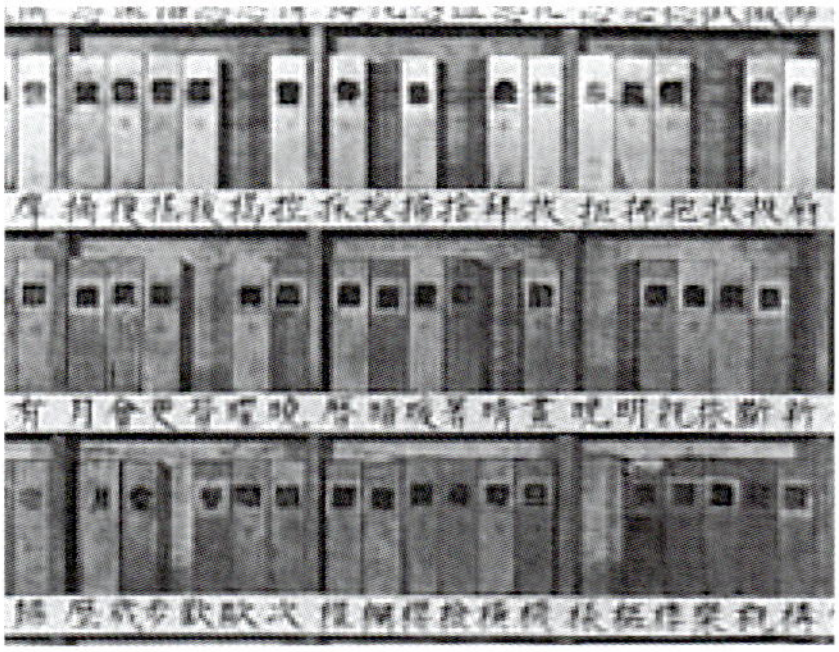

大日本法令印刷株式会社の母型群。一つの母型から同じ字を複数鋳造し、文選工はその中から活字を拾っていく。

大日本法令印刷株式会社の植字台

（いずれも東京大学総合研究博物館提供）

個人蔵

組み版

句読点や括弧類などの約物やルビは植字工により、文選工から廻ってきた文選箱の活字と組み合わされ、組み版となる。一行毎に挟まっている行間用の薄い金属はインテル、字間を空けるための金属はクワタとよばれる。四辺を囲う木の枠は木綿糸で結ばれ、組み版を固定している。

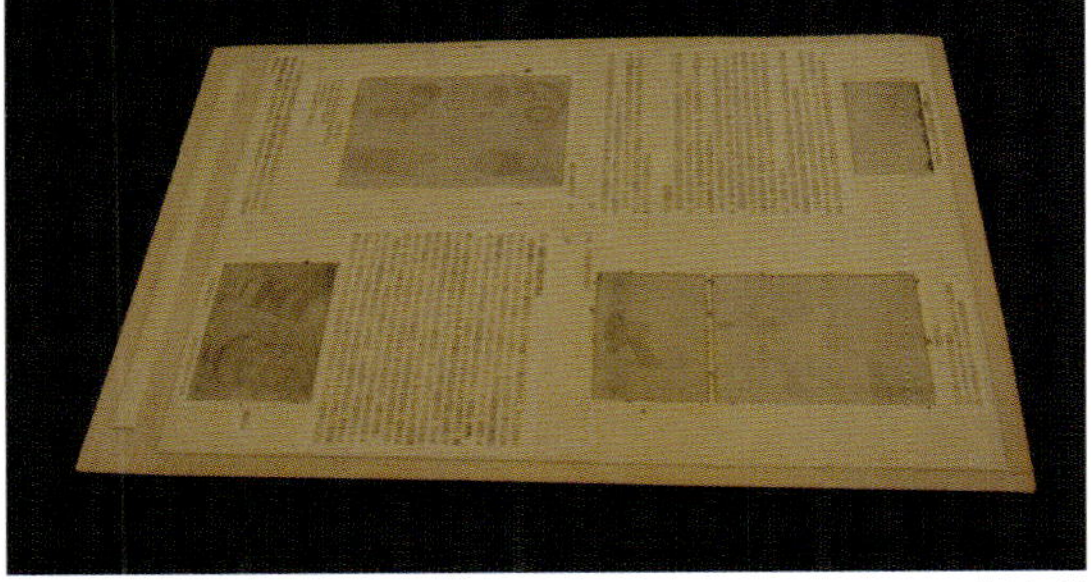

個人蔵

紙型

組み版の摩耗を防ぐため、増刷に備えて作られるのがこの紙型。紙型に活字合金を流し込んで鉛版を作製し、印刷機に掛けることで、数千部の印刷が可能になる。

作家が愛用した原稿用紙

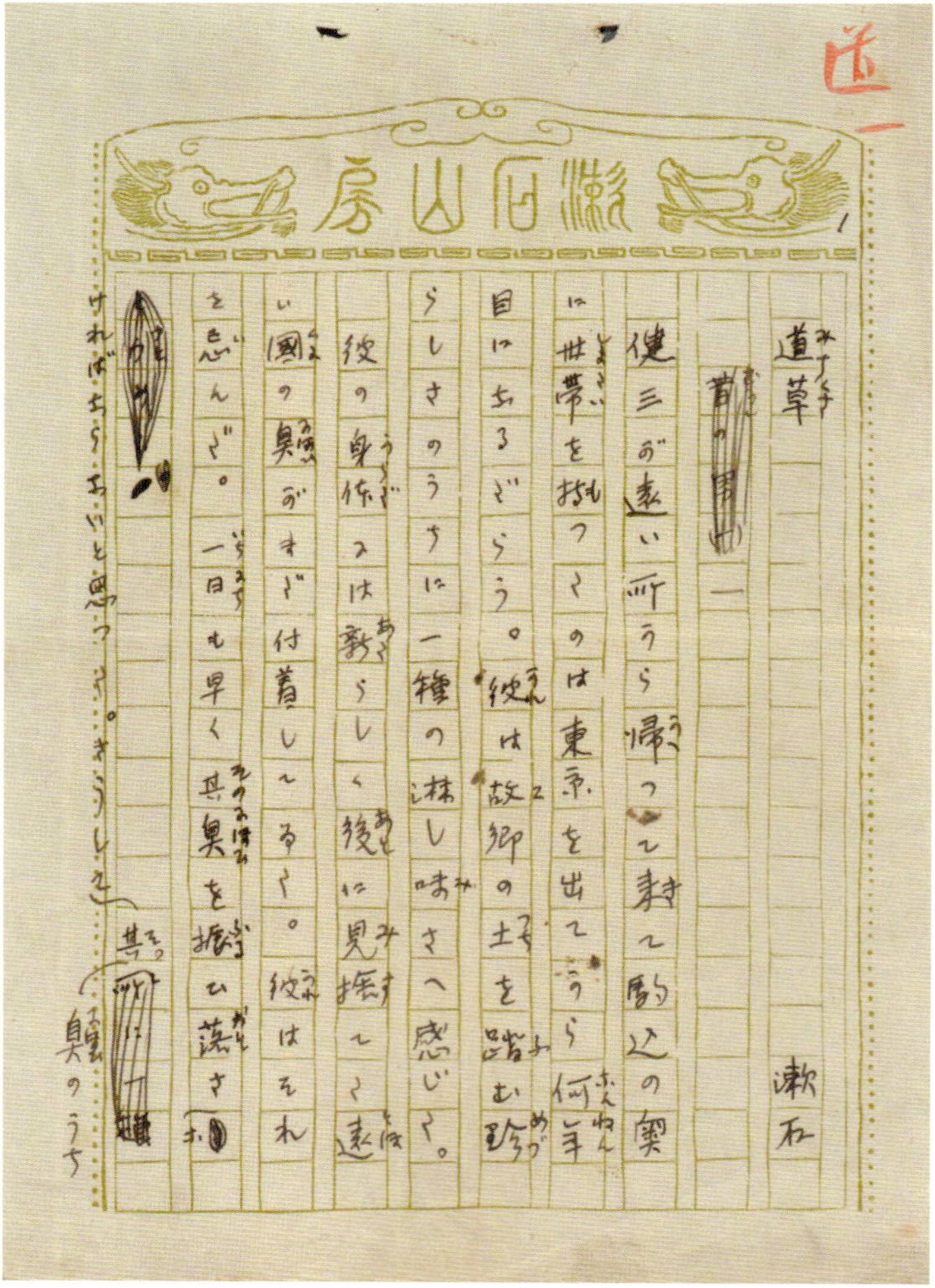
漱石山房

道草　　漱石

一

健三が遠い所から帰つて来て駒込の奥
に世帯を持つたのは東京を出てから何年
目になるだらう。彼は故郷の土を踏む珍
らしさのうちに一種の淋し味さへ感じた。
彼の身体には新らしく後に見捨てゝ遠
い国の臭がまだ付着してゐた。彼はそれ
を忌んだ。一日も早く其臭を振ひ落さな
ければならないと思つた。

夏目漱石「道草」原稿

「東京朝日新聞」「大阪朝日新聞」1915（大正4）年6月3日から9月14日にかけて連載。

原稿紙は十九字詰十行の洋罫紙《ようけいし》で、輪廓《りんかく》は橋口五葉君に画いて貰ったのを春陽堂に頼んで刷らせて居る。十九字詰にしたのは、此原稿紙を拵《こしら》えた時に、新聞が十九字詰であったからである。用筆は最初Gの金ペンを用いた。五六年も用いたろう。其後万年筆にした。今用いて居る万年筆は二代目のでオノトである。別にこれがいいと思って使って居るのでも何でも無い。丸善の内田魯庵君に貰ったから、使って居るまでである。筆で原稿を書いた事は、未《ま》だ一度もない。

（夏目漱石「文士の生活」）

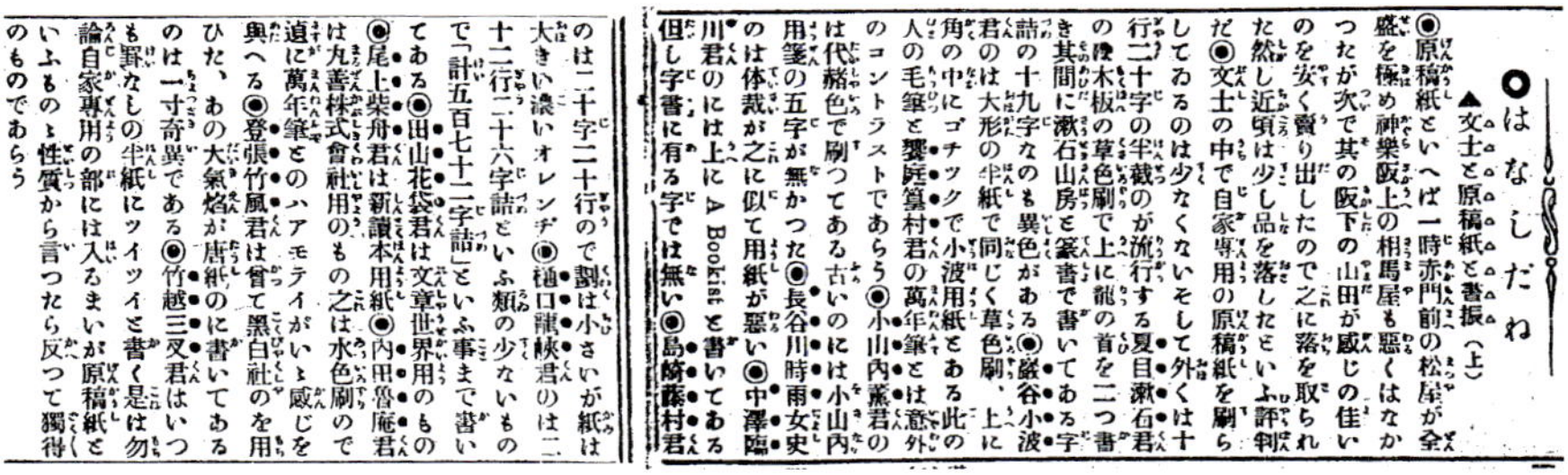

○はなしだね

▲文士と原稿紙と書振（上）

◉原稿紙《げんかうし》といへば一時《じ》赤門前《あかもんまへ》の松屋《まつや》が全盛《ぜんせい》を極《きは》め神樂阪上《かぐらざかうへ》の相馬屋《さうまや》も惡《わる》くはなかつたが次《つい》で其《そ》の阪下《さかした》の山田《やまだ》が感《かん》じの佳《よ》いのを安《やす》く賣《う》り出《だ》したので之《これ》に落を取《と》られた然《しか》し近頃《ちかごろ》は少《すこ》し品《しな》を落《おと》したといふ評判《ひやうばん》だ◉文士《ぶんし》の中《うち》で自家《じか》專用《せんよう》の原稿紙《げんかうし》を刷《す》らしてゐるのは少《すく》なくないそして多《おほ》くは十行二十字《ぎやうにじふじ》の半截《はんせつ》のが流行《りうかう》する夏目漱石君《くん》の木板《もくはん》の草色刷《くさいろずり》で上《うへ》に龍《りう》の首《くび》を二つ書き其間《そのあひだ》に漱石山房《そうせきさんばう》と篆書《てんしよ》で書《か》いてある字詰《づめ》の十九字《じ》なのも異色《いしよく》がある◉巖谷小波君《くん》のは大形《おほがた》の半紙《はんし》で同《おな》じく草色刷《くさいろずり》、上《うへ》に角《かく》の中《なか》にゴチツクで小波用紙《さざなみようし》とある此《こ》の人《ひと》の毛筆《もうひつ》と饗庭篁村君《くん》の萬年筆《まんねんひつ》とは意外《いぐわい》のコントラストであらう◉小山内薫君《くん》のは代赭色《たいしやいろ》で刷《す》つてある古《ふる》いのには小山内《をさない》用箋《ようせん》の五字《じ》が無《な》かつた◉長谷川時雨女史のは体裁《ていさい》が之《これ》に似《に》て用紙《ようし》が惡《わる》い◉中澤臨川君《くん》のには上《うへ》に A Bookist と書《か》いてある但《たゞ》し字書《じしよ》に有《あ》る字《じ》では無《な》い◉島崎藤村君《くん》のは二十字二十行《ぎやう》ので割《わり》は小《ちひ》さいが紙《かみ》は大《おほ》きい濃《こ》いオレンヂ◉樋口龍峽君《くん》のは二、十二行《ぎやう》二十六字詰《じづめ》といふ類《るゐ》の少《すく》ないもので「計《けい》五百七十二字詰《じづめ》」といふ事《こと》まで書《か》いてある◉田山花袋君《くん》は文章世界用《ぶんしやうせかいよう》のもの◉尾上柴舟君《くん》は新讃本用紙《しんさんぽんようし》◉内田魯庵君《くん》は丸善株式會社《まるぜんかぶしきぐわいしや》用のもの之《これ》は水色刷《みづいろずり》ので道《さすが》に萬年筆《まんねんひつ》とのハアモテイがいゝ感《かん》じを與《あた》へる◉登張竹風君《くん》は曾《かつ》て黑白社《こくびやくしや》のを用《もち》ひた、あの大氣焰《だいきえん》が唐紙《たうし》のに書《か》いてあるのは一寸《ちよつと》奇異《きい》である◉竹越三叉君《くん》はいつも罫《けい》なしの半紙《はんし》にツイツイと書《か》く是《これ》は勿論《もちろん》自家專用《じかせんよう》の部《ぶ》には入《はい》るまいが原稿紙《げんかうし》といふものゝ性質《せいしつ》から言《い》つたら反《かへ》つて獨得《どくとく》のものであらう

「読売新聞」　1910（明治43）年6月4日

「はなしだね　文士と原稿紙と書振」という題で、作家の使用する原稿用紙について取材している。夏目漱石のほか、巌谷小波、島崎藤村、田山花袋などの原稿が紹介されている。

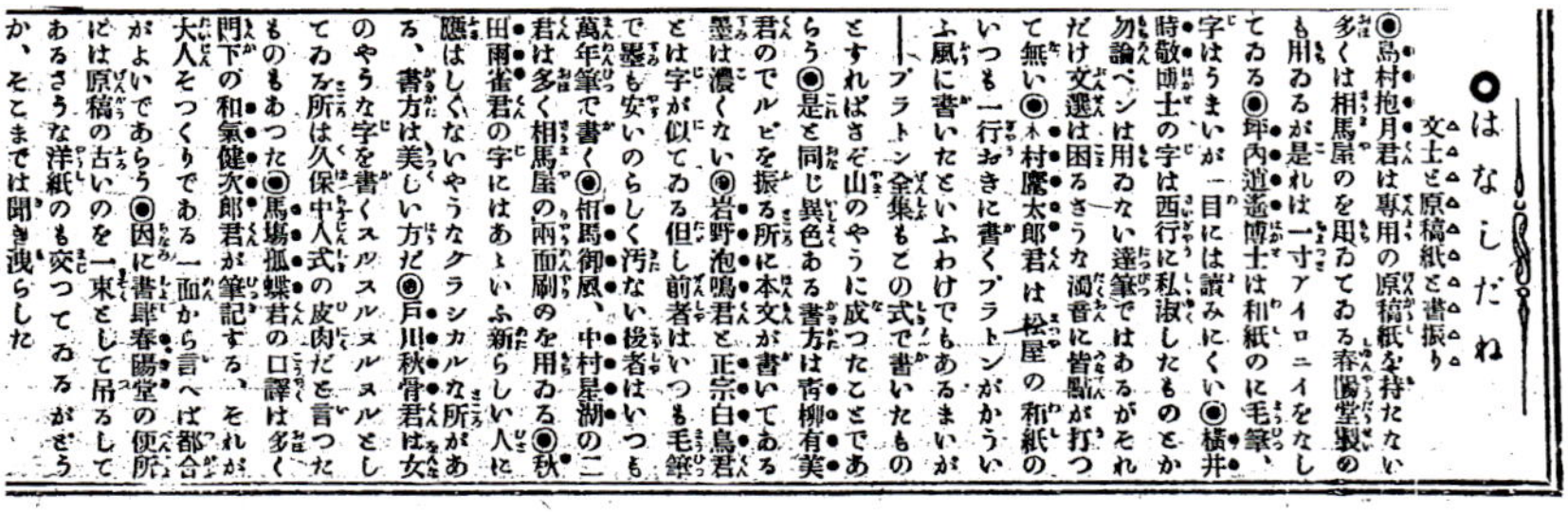

○はなしだね

文士と原稿紙と書振り

◉島村抱月君《しまむらほうげつくん》は専用《せんよう》の原稿紙《げんかうし》を持《も》たない多《おほ》くは相馬屋《さうまや》のを用《もち》ゐてゐる春陽堂製《しゆんやうだうせい》のも用《もち》ゐるが是《こ》れは一寸《ちよつと》アイロニイをなしてゐる◉坪内逍遥博士《はかせ》は和紙《わし》に毛筆《まうひつ》、字《じ》はうまいが一目《ひとめ》には讀《よ》みにくい◉横井時敬博士《はかせ》の字《じ》は西行《さいぎやう》に私淑《ししゆく》したものとか勿論《もちろん》ペンは用《もち》ゐない達筆《たつぴつ》ではあるがそれだけ文選《ぶんせん》は困《こま》るさうな濁音《だくおん》に皆點《みなてん》が打《う》つて無《な》い◉木村鷹太郎君《くん》は松屋《まつや》の和紙《わし》のいつも一行《ぎやう》おきに書《か》くプラトンがかういふ風《ふう》に書《か》いたといふわけでもあるまいが——プラトン全集《ぜんしふ》もこの式《しき》で書《か》いたものとすればさぞ山《やま》のやうに成《な》つたことであらう◉是《これ》と同《おな》じ異色《いしよく》ある書方《かきかた》は青柳有美君《くん》のでルビを振《ふ》る所《ところ》に本文《ほんもん》が書《か》いてある墨《すみ》は濃《こ》くない◉岩野泡鳴君《くん》と正宗白鳥君《くん》とは字《じ》が似《に》てゐる但《たゞ》し前者《ぜんしや》はいつも毛筆《まうひつ》で墨《すみ》も安《やす》いのらしく汚《きた》ない後者《こうしや》はいつも萬年筆《まんねんひつ》で書《か》く◉相馬御風、中村星湖の二君《くん》は多《おほ》く相馬屋《さうまや》の兩面刷《りやうめんずり》のを用《もち》ゐる◉秋田雨雀君《くん》の字《じ》にはあゝいふ新《あた》らしい人《ひと》に應《ふさ》はしくないやうなクラシカルな所《ところ》がある、書方《かきかた》は美《うつく》しい方《はう》だ◉戸川秋骨君《くん》は女《をんな》のやうな字《じ》を書《か》くヌルヌルヌルヌルとしてゐる所《ところ》は久保中人式《くぼちうじんしき》の皮肉《ひにく》だと言《い》つたものもあつた◉馬場孤蝶君《くん》の口譯《こうやく》は多《おほ》く門下《もんか》の和氣健次郎君《くん》が筆記《ひつき》する、それが大人《たいじん》そつくりである一面《めん》から言《い》へば都合《つがふ》がよいであらう◉因《ちなみ》に書肆春陽堂《しよし》の便所《べんじよ》には原稿《げんかう》の古《ふる》いのを一束《そく》として吊《つ》るしてあるさうな洋紙《やうし》のも交《まじ》つてゐるがさうか、そこまでは聞《き》き洩《もら》した

「読売新聞」　1910（明治43）年6月7日

前回に引き続き、作家の原稿用紙を紹介している。原稿用紙だけでなく、書く文字の特徴についても触れられている。

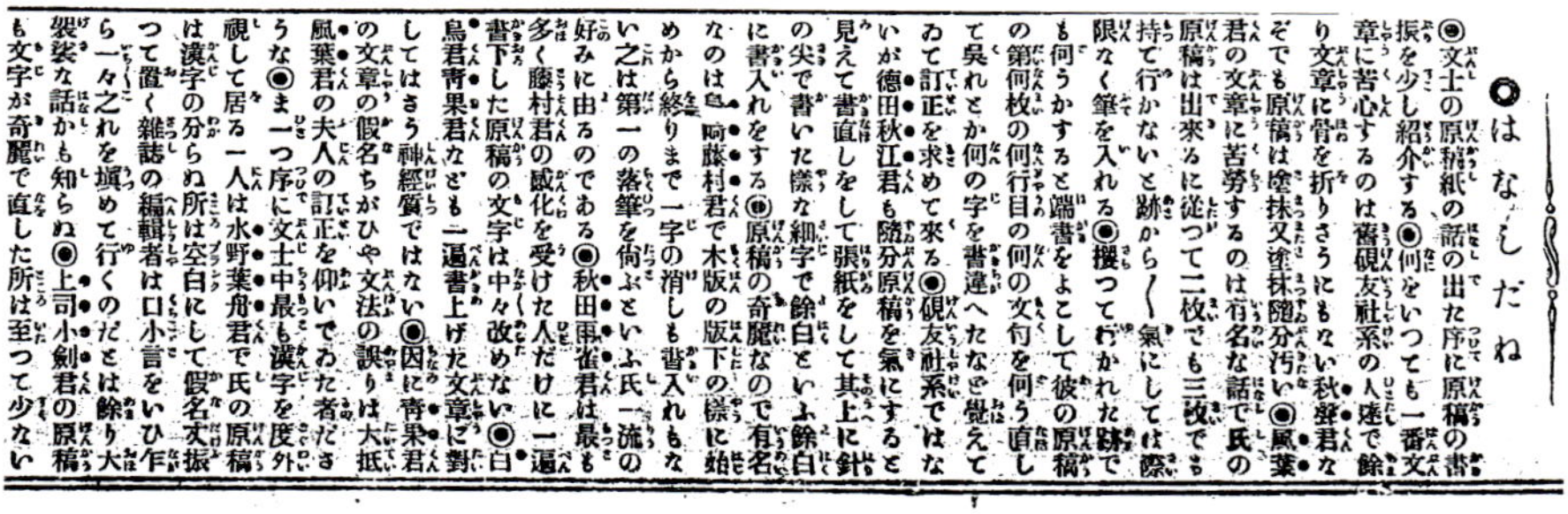

○はなしだね

◉文士《ぶんし》の原稿紙《げんかうし》の話《はなし》の出《で》た序《ついで》に原稿《げんかう》の書振《かきぶり》を少《すこ》し紹介《せうかい》する◉何《なに》をいつても一番《ばん》文章《ぶんしやう》に苦心《くしん》するのは舊硯友社系《きうけんいうしやけい》の人達《ひとたち》で餘《あま》り文章《ぶんしやう》に骨《ほね》を折《を》りさうにもない秋聲君《くん》なぞでも原稿《げんかう》は塗抹又塗抹《まつまたまつ》隨分汚《ずゐぶんきたな》い◉風葉《し》君《くん》の文章《ぶんしやう》に苦勞《くらう》するのは有名《いうめい》な話《はなし》で氏《し》の原稿《げんかう》は出來《でき》るに從《したが》つて二枚《まい》でも三枚《まい》でも持《も》つて行《ゆ》かないと跡《あと》から〱氣《き》にして際限《さいげん》なく筆《ふで》を入《い》れる◉擾《さら》つてゆかれた跡《あと》でも何《ど》うかすると端書《はがき》をよこして彼《か》の原稿《げんかう》の第何枚《だいなんまい》の何行目《なんぎやうめ》の何《なん》の文句《もんく》を何《ど》う直《なほ》して呉《く》れとか何《なん》の字《じ》を書違《かきちが》へたなど覺《おぼ》えてゐて訂正《ていせい》を求《もと》めて來《く》る◉硯友社系《けんいうしやけい》ではないが徳田秋江君《くん》も隨分《ずゐぶん》原稿《げんかう》を氣《き》にすると見《み》えて書直《かきなほ》しをして張紙《はりがみ》をして其上《そのうへ》に針《はり》の尖《さき》で書《か》いた様《やう》な細字《さいじ》で餘白《よはく》といふ餘白《よはく》に書入《かきい》れをする◉原稿《げんかう》の奇麗《きれい》なので有名《いうめい》なのは島崎藤村君《くん》で木版《もくはん》の版下《はんした》の様《やう》に始《はじ》めから終《をは》りまで一字《じ》の消《け》しも書入《かきい》れもない之《これ》は第《だい》一の落筆《らくひつ》を倘《たつと》ぶといふ氏《し》一流《りう》の好《この》みに由《よ》るのである◉秋田雨雀君《くん》は最《もつと》も多《おほ》く藤村君《とうそんくん》の感化《かんくわ》を受《う》けた人《ひと》だけに一遍《ぺん》書下《かきおろ》した原稿《げんかう》の文字《もじ》は中々《なか〱》改《あらた》めない◉白鳥君《くん》青果君《くん》なども一遍《ぺん》書上《かきあ》げた文章《ぶんしやう》に對《たい》してはさう神經質《しんけいしつ》ではない◉因《ちなみ》に青果君《くん》の文章《ぶんしやう》の假名《かな》ちがひや文法《ぶんぱふ》の誤《あやま》りは大抵《たいてい》風葉君《くん》の夫人《ふじん》の訂正《ていせい》を仰《あふ》いでゐた者《もの》ださうな◉ま一つ序《ついで》に文士《ぶんし》中《ちう》最《もつと》も漢字《かんじ》を度外《どぐわい》視《し》して居《を》る一人《にん》は水野葉舟君《くん》で氏《し》の原稿《げんかう》は漢字《かんじ》の分《わか》らぬ所《ところ》は空白《ブランク》にして假名《かな》丈《だけ》振《ふ》つて置《お》く雜誌《ざつし》の編輯者《へんしうしや》は口小言《くちこごと》をいひ作《なが》ら一々《いち〱》之《これ》を塡《うづ》めて行《ゆ》くのだとは餘《あま》り大袈裟《おほげさ》な話《はなし》かも知《し》らぬ◉上司小劍君《くん》の原稿《げんかう》も文字《もじ》が奇麗《きれい》で直《なほ》した所《ところ》は至《いた》つて少《すく》ない

「読売新聞」　1910（明治43）年6月28日

作家の文字に注目して紹介する記事。特に原稿の訂正についての各作家の特徴を紹介している。

佐藤春夫（さとう はるお）

1892-1964（明治25-昭和39）

詩人、小説家。和歌山県新宮町船町（現・新宮市船町）生まれ。1917（大正6）年、「西班牙犬の家」「病める薔薇」を発表し作家として出発。同年より谷崎潤一郎と交流を持つようになる。代表作に短篇小説「田園の憂鬱」のほか、『殉情詩集』など。

1923（大正12）年12月
西牟婁郡串本町　海月旅館
浜本浩撮影

谷崎潤一郎（たにざき じゅんいちろう）

1886-1965（明治19-昭和40）

小説家。東京市日本橋区蠣殻町生まれ。永井荷風の激賞を受け文壇へ出る。1923（大正12）年、関東大震災を機に関西に移住、晩年までの33年を過ごし、「痴人の愛」「武州公秘話」「春琴抄」などの代表作を執筆した。

1931（昭和6）年頃
兵庫県武庫郡岡本梅ヶ谷
（現本山町梅ヶ谷）にて

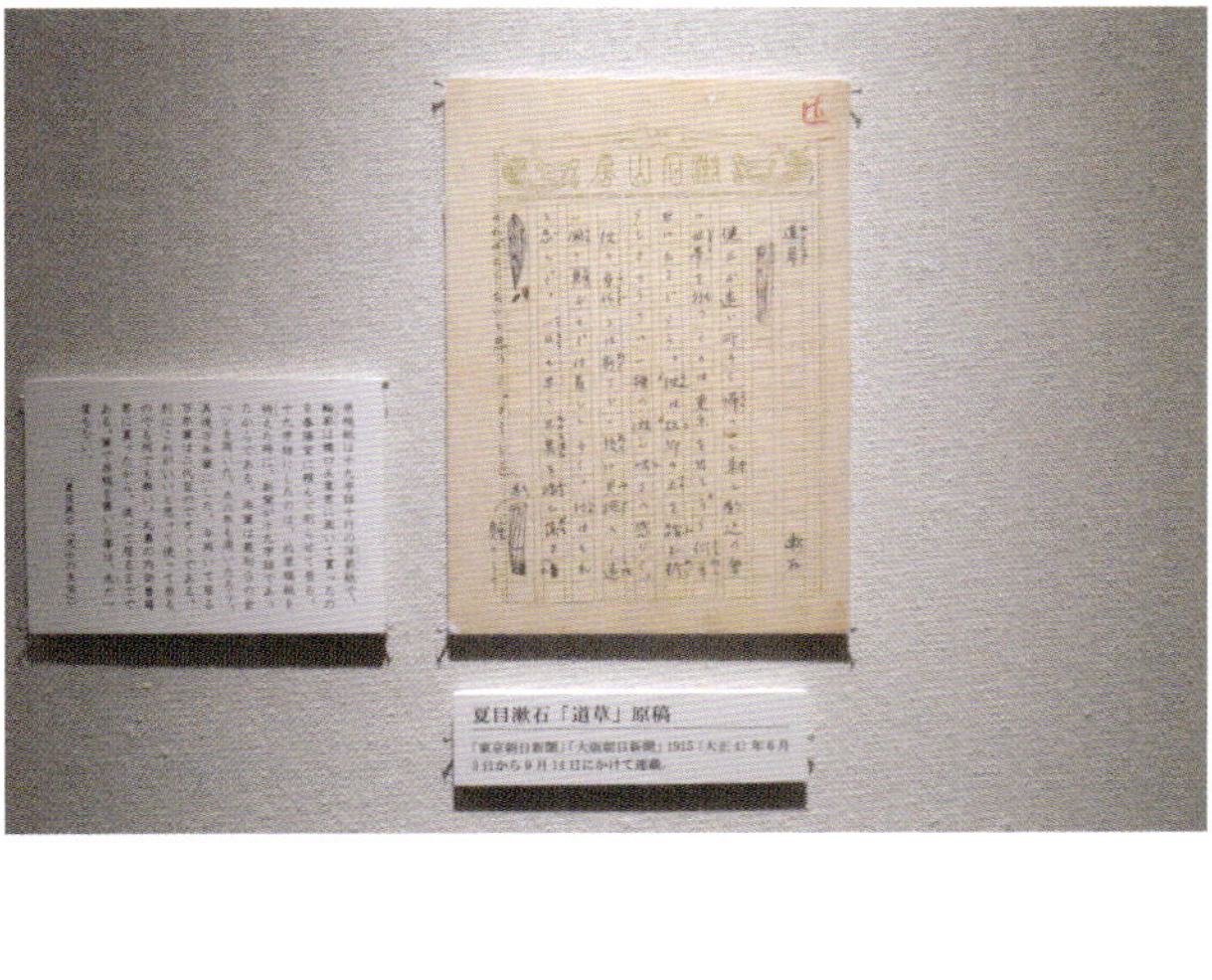

展示風景

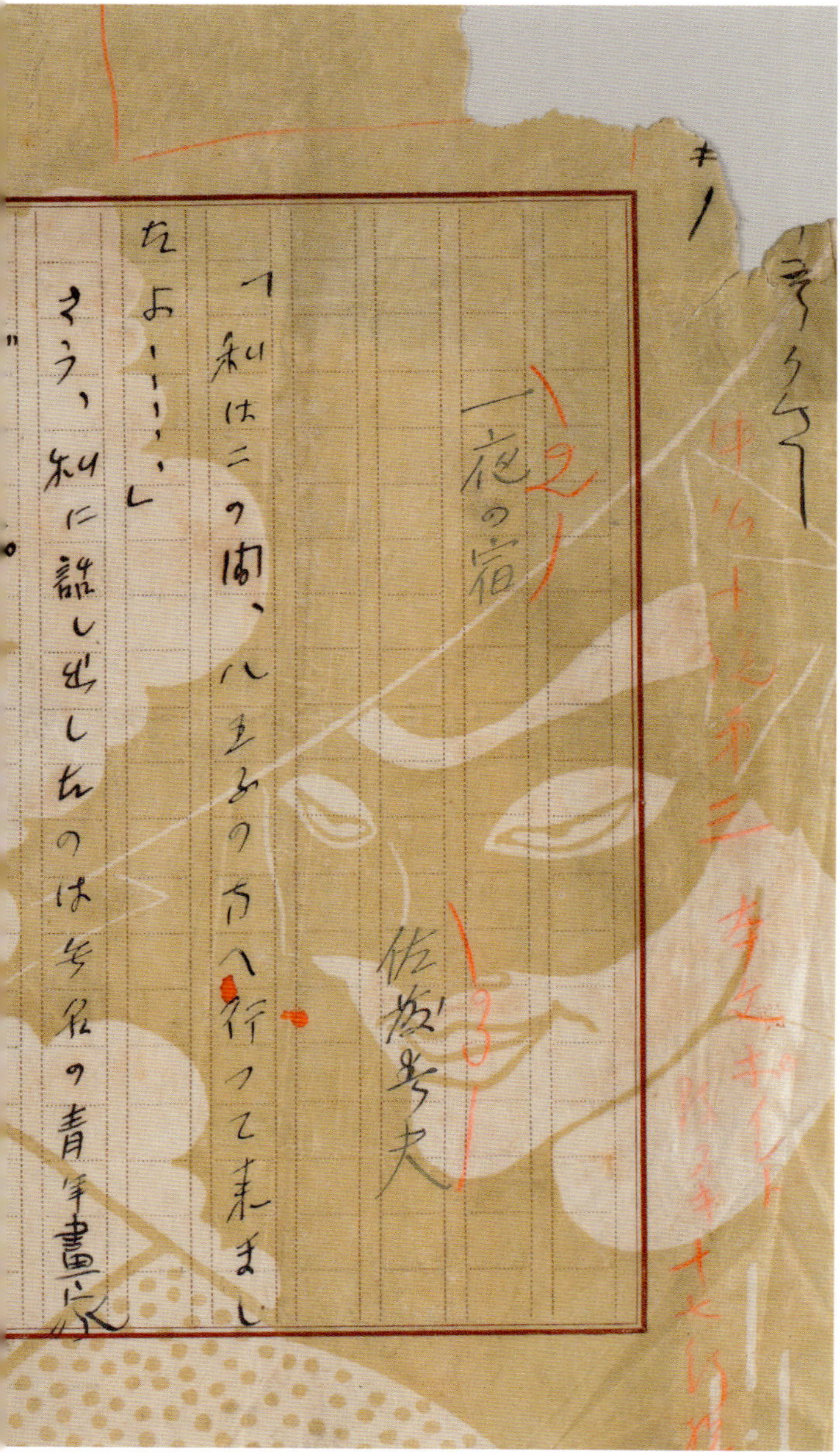

佐藤春夫「一夜の宿」原稿

「中央公論」一九二三（大正一二）年六月号掲載

二〇字詰二〇行の佐藤春夫用箋が使用されている。バックの女性の絵はイギリスの画家、オーブリー・ビアズリー（一八七二―一八九八）によるもの。ビアズリー創刊の季刊文芸誌「The Yellow Book」第一巻の表紙に使用されていた。芥川龍之介も一高時代よりビアズリーを愛好し、自身が編集した英語教材『The modern series of English literature』の表紙に同一の絵を使用したり、一九二七（昭和二）年一月、佐藤に自著装幀のお礼として「The Yellow Book」二巻を贈ったりしている。

に一二度人につれられて私のところへ遊びに来たことがあつた。寡口な朴訥な青年で、彼をつれて来た男のおしやべりなのといゝ對照をしてゐたが、しかし彼の一見地味な畫が彼の為人を語るには相當に雄辯であつた。荒涼とした砂丘の畫が澤山あつた。何でもない村の風景があつた。どれもこれも凡畫學紙八つ切り程どのスケツチブツクのなかに、水彩の單彩なので、もとより彼の畫才を充分に讀むことは出来なかつたにしても、

谷崎潤一郎「武州公秘話 第五回」原稿

「新青年」一九三二（昭和七）年四月号掲載

原稿用紙の装幀に使用されている松と田舎屋の絵は木村荘八によるもので、手刷りで製作されている。倚松庵は一九三六年から一九四八年まで谷崎が過ごした神戸の家。松子夫人とその妹たちと暮らした家で「細雪」の舞台にもなった。なお、谷崎は異なった意匠の「倚松庵用箋」も使用している。

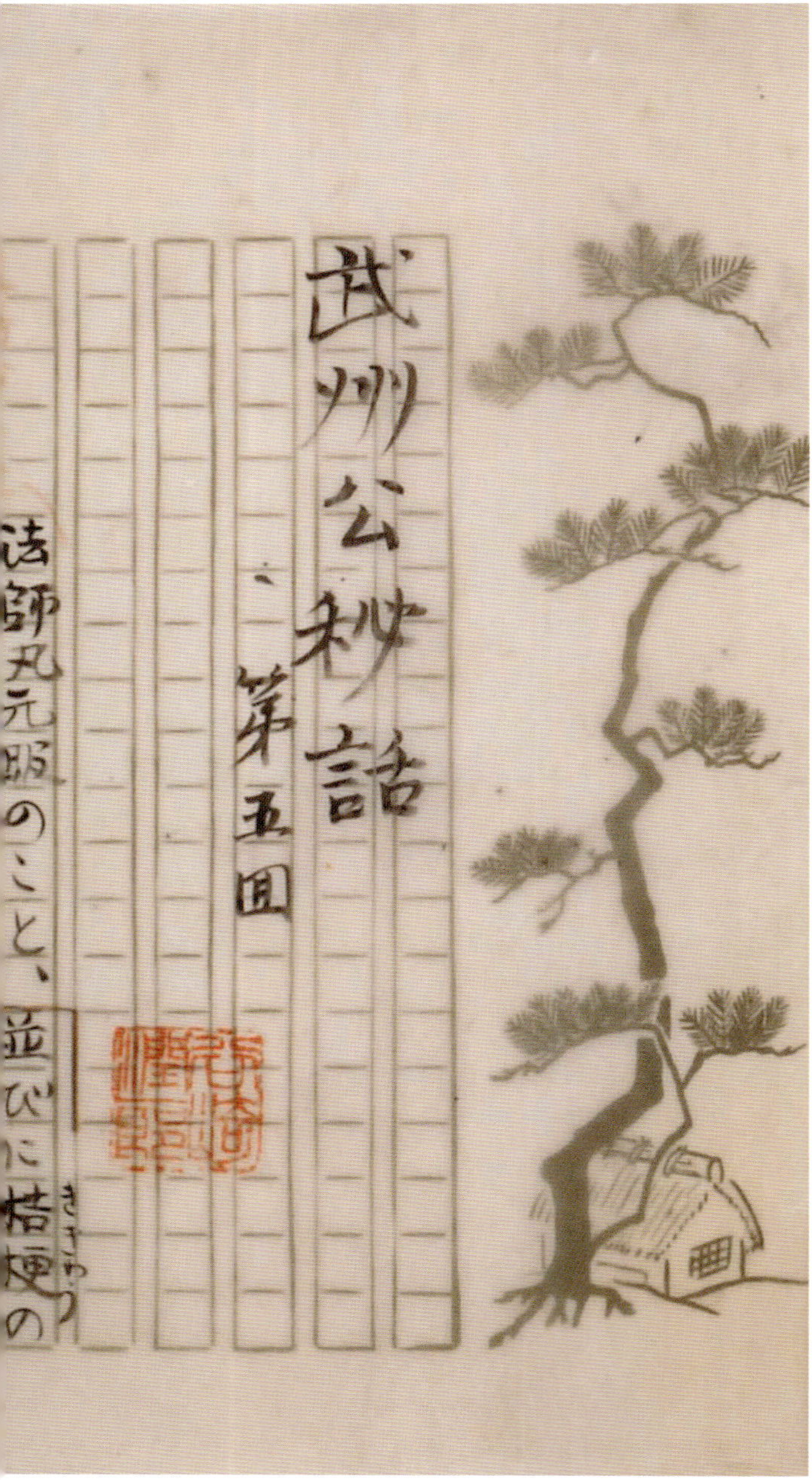

芦屋市谷崎潤一郎記念館提供

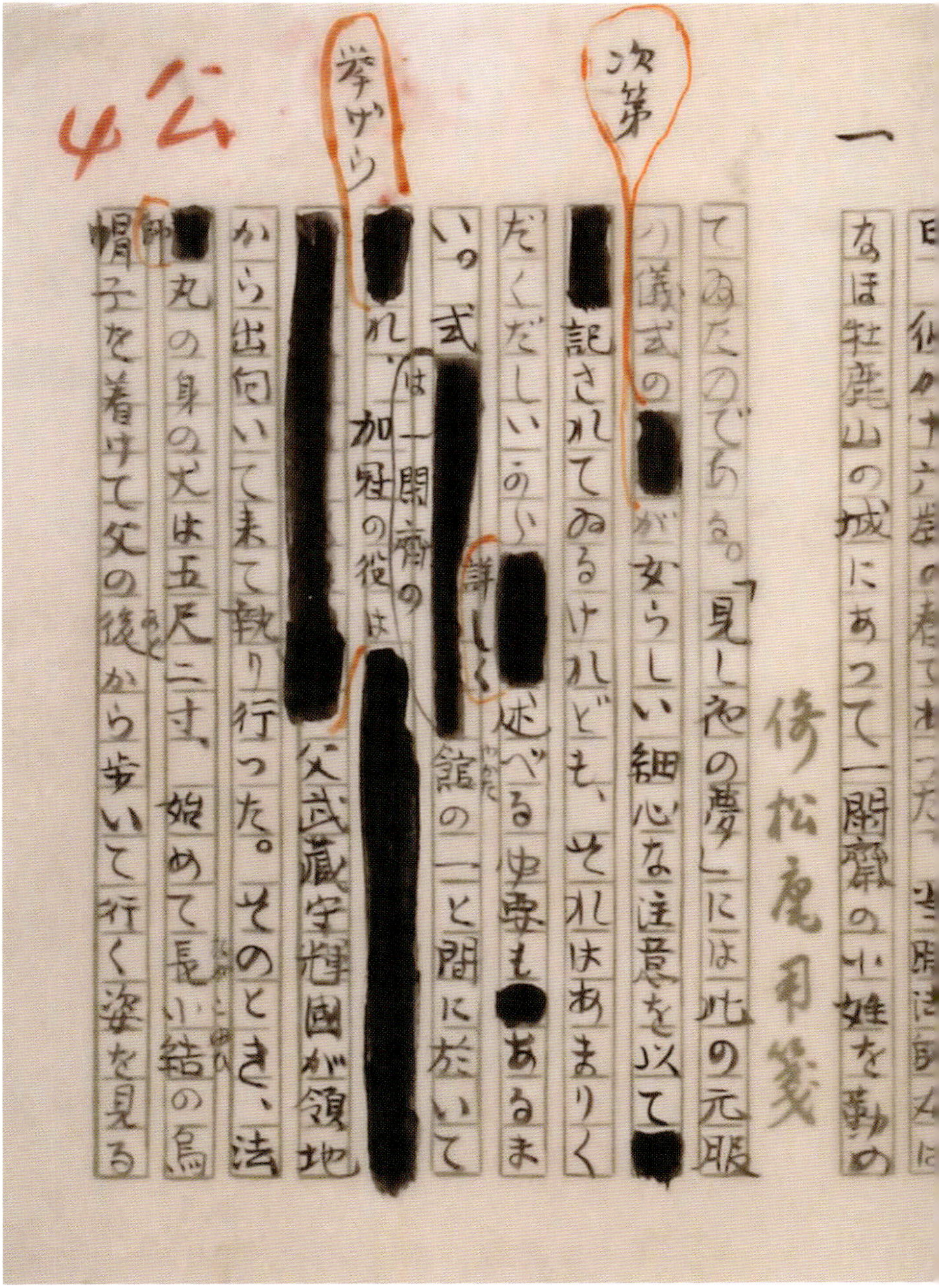

一

なほ牡鹿山の城にあって一閑齋の小姓を勤め

侍松庵用箋

てゐたのである。「見し夜の夢」には此の元服

の儀式の[redacted]が女らしい細心な注意を以て[redacted]記されてゐるけれども、それはあまりくだくだしいの[redacted]詳しく述べる必要も[redacted]あるまい。式[redacted]館《やかた》の一と間に於いて[redacted]れ、加冠の役は[redacted]父武蔵守輝國が領地から出向いて来て執り行った。そのとき、法[redacted]丸の身の丈は五尺二寸、始めて長い小結の烏帽子を着けて父の後《あと》から歩いて行く姿を見る

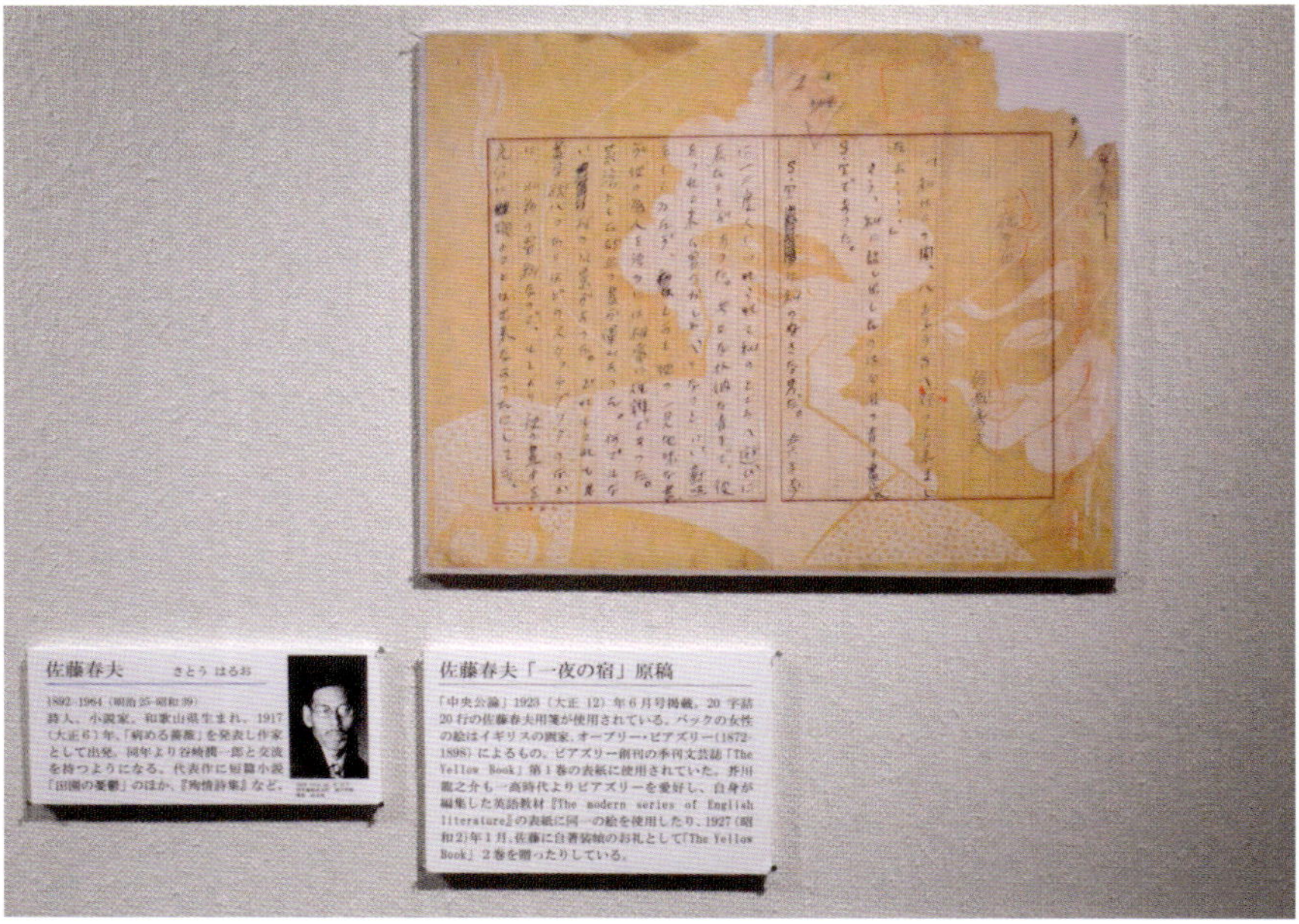
佐藤春夫　さとう はるお
1892–1964（明治25–昭和39）
詩人、小説家。和歌山県生まれ。1917（大正6）年、「病める薔薇」を発表し作家として出発。同年より谷崎潤一郎と交流を持つようになる。代表作に短篇小説「田園の憂鬱」のほか、『殉情詩集』など。
佐藤春夫「一夜の宿」原稿
「中央公論」1923（大正12）年6月号掲載。20字詰20行の佐藤春夫用箋が使用されている。バックの女性の絵はイギリスの画家、オーブリー・ビアズリー（1872-1898）によるもの。ビアズリー創刊の季刊文芸誌「The Yellow Book」第1巻の表紙に使用されていた。芥川龍之介も一高時代よりビアズリーを愛好し、自身が編集した英語教材『The modern series of English literature』の表紙に同一の絵を使用したり、1927（昭和2）年1月、佐藤に自著装幀のお礼として「The Yellow Book」2巻を贈ったりしている。

展示風景

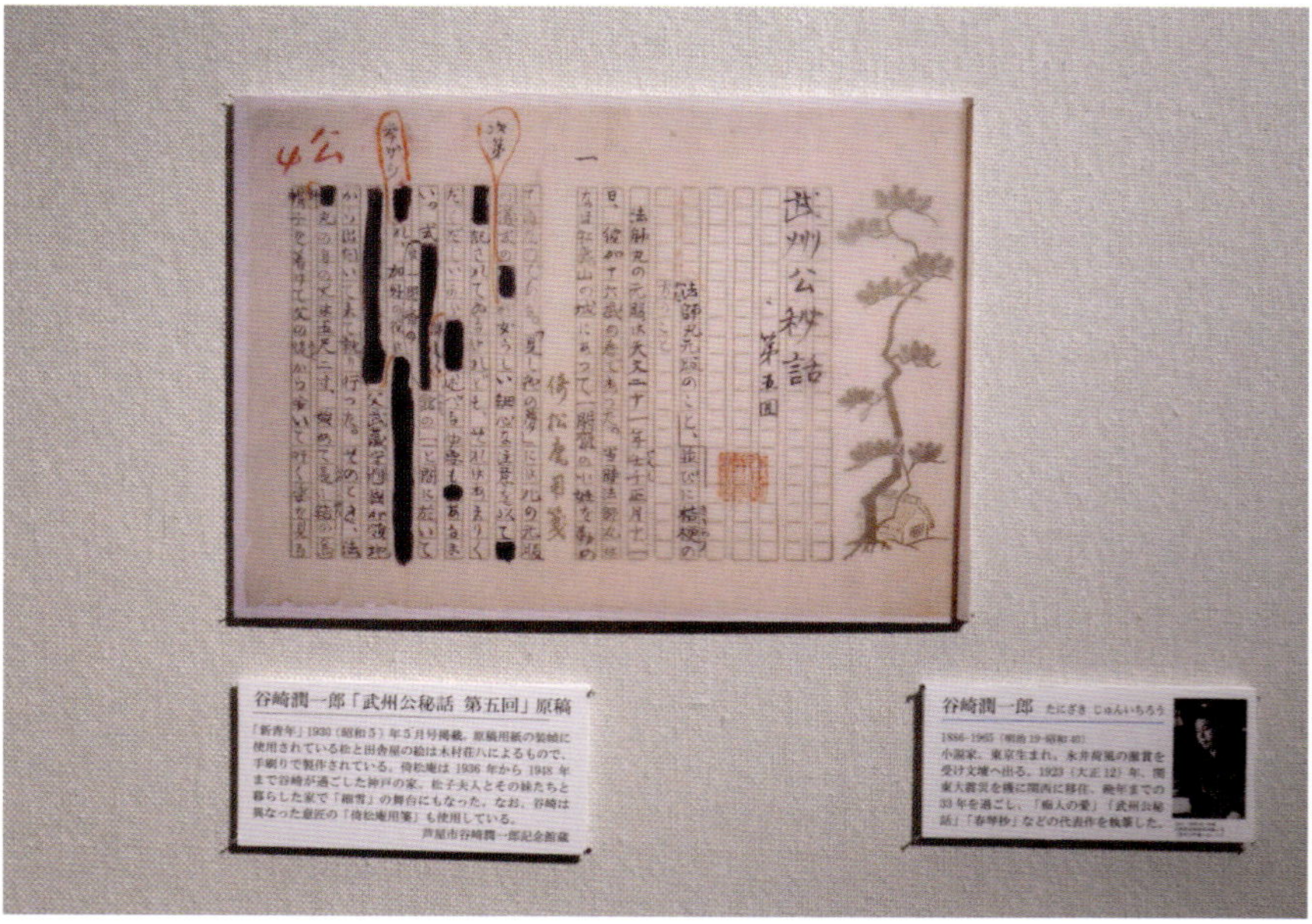
谷崎潤一郎「武州公秘話 第五回」原稿
「新青年」1930（昭和5）年5月号掲載。原稿用紙の装幀に使用されている松と田舎屋の絵は木村荘八によるもので、手刷りで製作されている。倚松庵は1936年から1943年まで谷崎が過ごした神戸の家。松子夫人とその妹たちと暮らした家で「細雪」の舞台にもなった。なお、谷崎は異なった意匠の「倚松庵用箋」も使用している。
芦屋市谷崎潤一郎記念館蔵
谷崎潤一郎　たにざき じゅんいちろう
1886-1965（明治19-昭和40）
小説家。東京生まれ。永井荷風の激賞を受け文壇へ出る。1923（大正12）年、関東大震災を機に関西に移住。晩年までの33年を過ごし、「痴人の愛」「武州公秘話」「春琴抄」などの代表作を執筆した。

展示風景

第三章　活字化以後の変貌

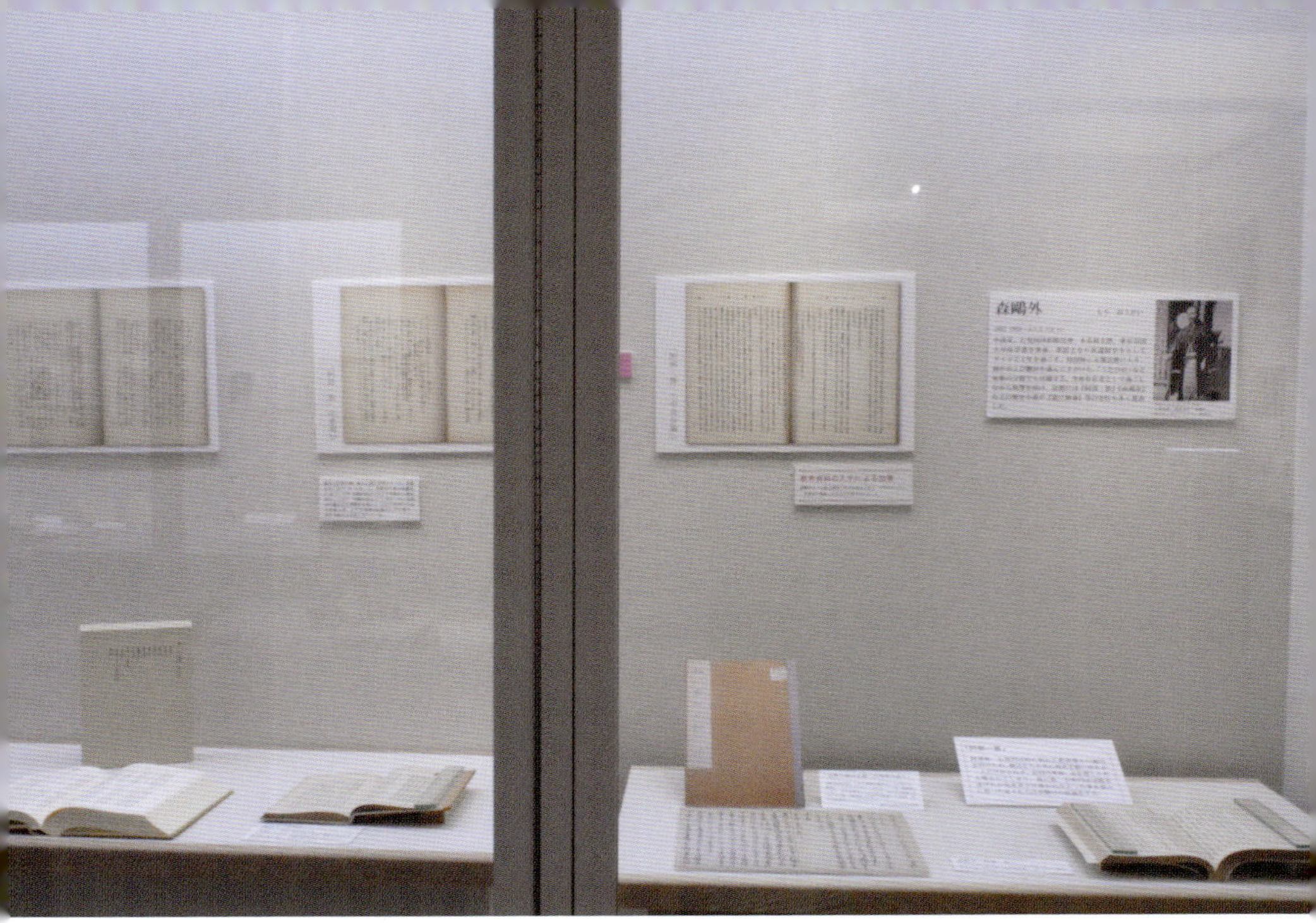

第三章　活字化以後の変貌

原稿用紙の上で作家が丹念に書き直した小説は、新聞や雑誌に掲載され、世の中に流布していく。しかし、活字化することが小説の完成とは限らない。活字化以後も、小説作品は書き直され、また書き継がれていく。松本清張「或る「小倉日記」伝」のように、初出誌「三田文学」掲載のテキストで芥川賞を受賞した一方で、読者が広く目にする「文芸春秋」再掲時には大幅に書き直されていた作品、あるいは太宰治「佳日」のように、単行本収録の際にその印象を大いに変えてしまうほどの書き直しが行われた例もある。書き直しの動機は著者によってさまざまだが、坂口安吾「戦争と一人の女」のように、検閲などの外的な要因で書き換えを余儀なくされ、ほとんど別のものとして生まれ変わった作品もある。本章では雑誌から単行本へ、単行本から全集へと再録される中で、小説がいかなる変貌を遂げうるのかを紹介する。

参考資料の入手による加筆

森 鷗外 (もり おうがい)

1862-1922 (文久2-大正11)

小説家。石見国津和野(現・島根県津和野町)出身。本名・林太郎。東京帝国大学医学部卒業後、軍医となり派遣留学生としてドイツで4年を過ごす。帰国後に文筆活動に入り、創作および翻訳を盛んに手がけた。「うた日記」など詩歌の分野でも活躍する。生涯を官吏として過ごしながら執筆を続け、後期には「阿部一族」「高瀬舟」などの歴史小説や「渋江抽斎」等の史伝も多く発表した。

1913(大正2)年2月16日
北豊島郡(現豊島区)巣鴨町
武石弘三郎のアトリエ

殉死を願つて許された十八人は寺本八左衛門直次、大塚喜兵衛種次、内藤長十郎元續、太田小十郎正信、原田十郎之直、宗像加兵衛景貞、同吉太夫景好、橋谷市藏重次、井原十三郎吉正、田中意德、本庄喜助重正、伊藤作左衛門方高、右田因幡統安、野田喜兵衛重綱、津崎五助長季、小林理右衛門行季、林與左衛門正貞、宮永庄左衛門宗祐の人々である。此人々はそれ〳〵親戚や入魁の朋友に暇乞をして、同じ五月六日に潔く殉死して、高麗門外の山中にある靈屋の側に葬られた。

殉死の人々は多くは自邸で切腹したが、中には菩提所に往つて死んだのもある。津崎五助は其一人て、追廻田畑にある淨土宗の寺千日庵に往つて死んだ。

「阿部一族」の概要

阿部弥一右衛門は病に倒れた肥後藩主の細川忠利のため、側近たちと共に殉死を願い出たが一人だけ許されず、忠利の死後、命を惜しんだと噂されてしまう。後に弥一右衛門は切腹を遂げたが、殉死者とは扱われなかったことを恨みに思った息子たちは命がけの抗議をする。

森鷗外「阿部一族」

「中央公論」28年1号　1913(大正2)年1月

初出では、殉死を願い出た肥後藩主・細川忠利の側近たちに関する記述は氏名のみとなっている。

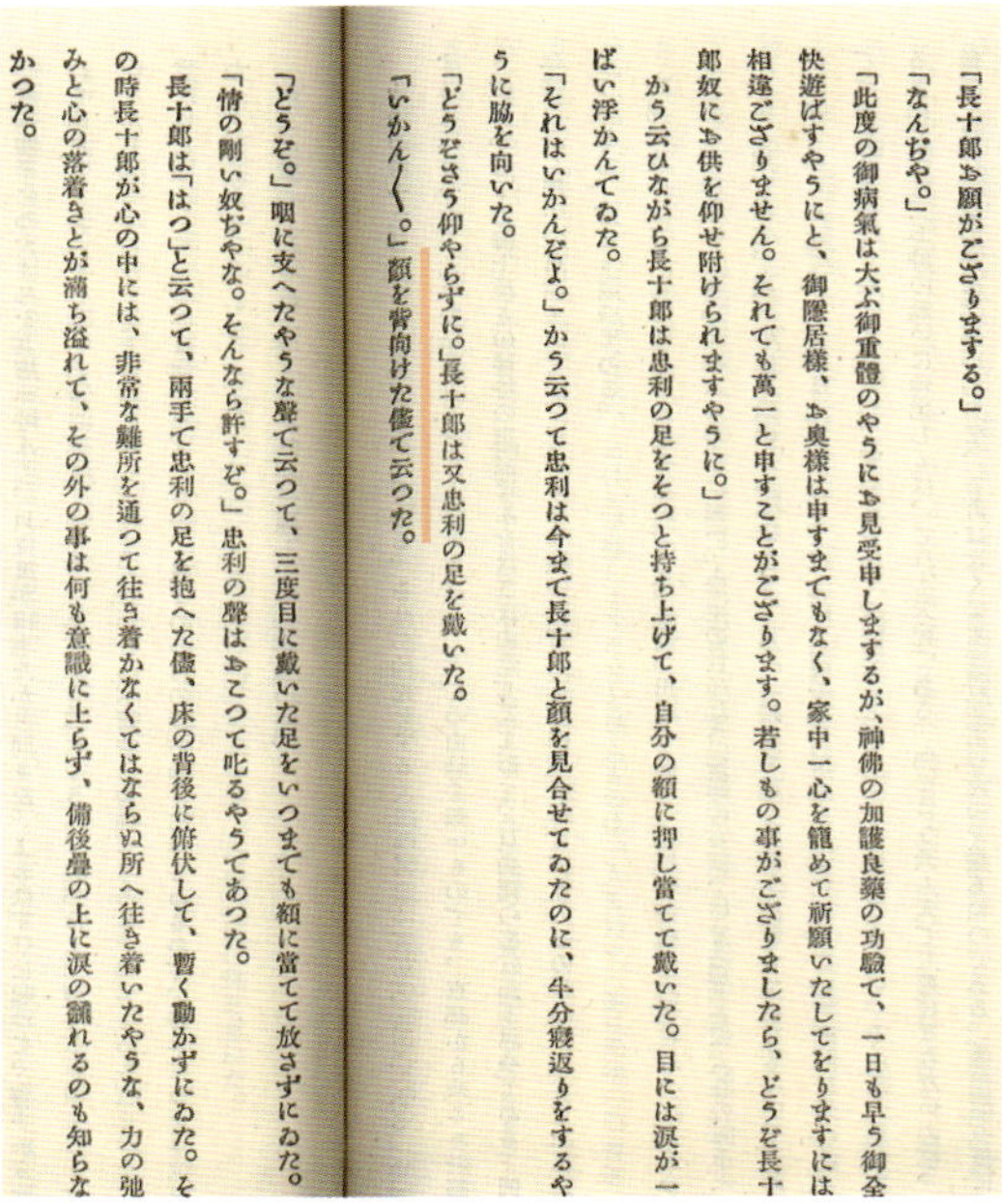
「長十郎お願がござりまする。」

「なんぢや。」

「此度の御病氣は大ぶ御重體のやうにお見受申しまするが、神佛の加護良藥の功驗で、一日も早う御全快遊ばすやうにと、御隱居樣、お奥樣は申すまでもなく、家中一心を籠めて祈願いたしてをりますには相違ござりません。それでも萬一と申すことがござります。若しもの事がござりましたら、どうぞ長十郎奴にお供を仰せ附けられますやうに。」

かう云ひながら長十郎は忠利の足をそつと持ち上げて、自分の額に押し當てて戴いた。目には淚が一ぱい浮かんでゐた。

「それはいかんぞよ。」かう云つて忠利は今まで長十郎と顏を見合せてゐたのに、半分寢返りをするやうに脇を向いた。

「どうぞさう仰やらずに。」長十郎は又忠利の足を戴いた。

「いかん〳〵。」顏を背向けた儘で云つた。

「どうぞ。」咽に支へたやうな聲で云つて、三度目に戴いた足をいつまでも額に當てて放さずにゐた。

「情の剛い奴ぢやな。そんなら許すぞ。」忠利の聲はおこつて叱るやうであつた。

長十郎は「はつ」と云つて、兩手で忠利の足を抱へた儘、床の背後に俯伏して、暫く動かずにゐた。その時長十郎が心の中には、非常な難所を通つて往き着かなくてはならぬ所へ往き着いたやうな、力の弛みと心の落着きとが滿ち溢れて、その外の事は何も意識に上らず、備後疊の上に淚の餾れるのも知らなかつた。


「阿部一族」(「中央公論」)

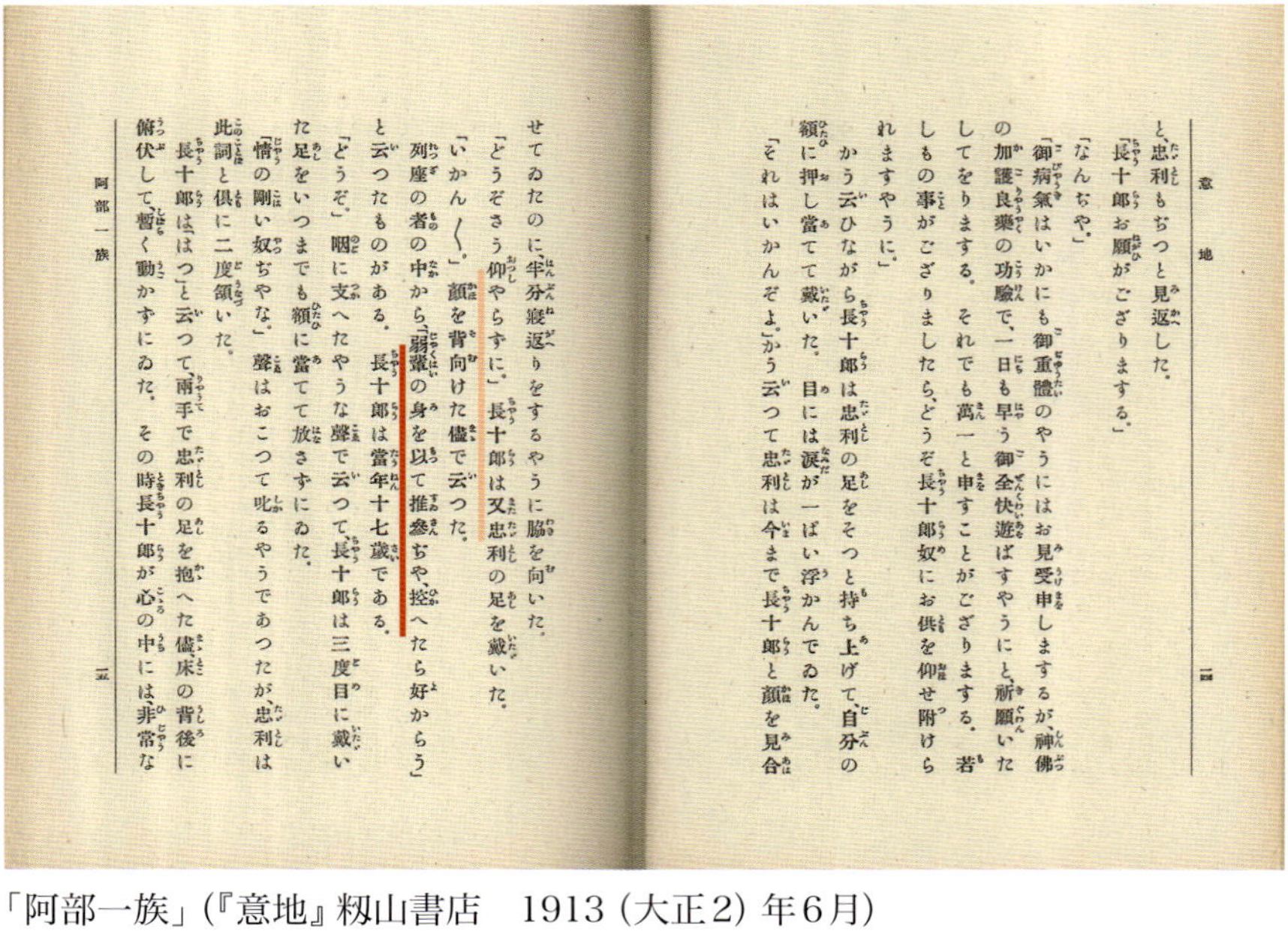
意地　一四

と、忠利《たゞとし》もぢつと見返《みかへ》した。

「長《ちやう》十郎《らう》お願《ねがひ》がござりまする。」

「なんぢや。」

「御病氣《ごびやうき》はいかにも御重體《ごぢゆうたい》のやうにはお見受申《みうけまを》しまするが、神佛《しんぶつ》の加護良藥《かごりやうやく》の功驗《こうけん》で、一日《にち》も早《はや》う御全快遊《ごぜんくわいあそ》ばすやうにと、祈願《きぐわん》いたしてをりまする。それでも萬《まん》一と申《まを》すことがござりまする。若《も》しもの事《こと》がござりましたら、どうぞ長《ちやう》十郎《らう》奴《め》にお供《とも》を仰《おほ》せ附《つ》けられますやうに。」

かう云《い》ひながら長《ちやう》十郎《らう》は忠利《たゞとし》の足《あし》をそつと持《も》ち上《あ》げて、自分《じぶん》の額《ひたひ》に押《お》し當《あ》てて戴《いたゞ》いた。目《め》には涙《なみだ》が一ぱい浮《う》かんでゐた。

「それはいかんぞよ。」かう云《い》つて忠利《たゞとし》は今《いま》まで長《ちやう》十郎《らう》と顏《かほ》を見合《みあは》せてゐたのに、半分寢返《はんぶんねがへ》りをするやうに脇《わき》を向《む》いた。

「どうぞさう仰《おつしや》らずに。」長《ちやう》十郎《らう》は又《また》忠利《たゞとし》の足《あし》を戴《いたゞ》いた。

「いかん〳〵。」顏《かほ》を背向《そむ》けた儘《まゝ》で云《い》つた。

列座《れつざ》の者《もの》の中《なか》から、「弱輩《じやくはい》の身《み》を以《もつ》て推參《すゐさん》ぢや、控《ひか》へたら好《よ》からう」と云《い》つたものがある。長《ちやう》十郎《らう》は當年《たうねん》十七歳《さい》である。

「どうぞ。」咽《のど》に支《つか》へたやうな聲《こゑ》で云《い》つて、長《ちやう》十郎《らう》は三度《ど》目《め》に戴《いたゞ》いた足《あし》をいつまでも額《ひたひ》に當《あ》てて放《はな》さずにゐた。

「情《じやう》の剛《こは》い奴《やつ》ぢやな。」聲《こゑ》はおこつて叱《しか》るやうであつたが、忠利《たゞとし》は此詞《このことば》と倶《とも》に二度《ど》領《うなづ》いた。

長《ちやう》十郎《らう》は「はつ」と云《い》つて、兩手《りやうて》で忠利《たゞとし》の足《あし》を抱《かゝ》へた儘《まゝ》、床《とこ》の背後《うしろ》に俯伏《うつぶ》して、暫《しばら》く動《うご》かずにゐた。その時長《ときちやう》十郎《らう》が心《こゝろ》の中《うち》には、非常《ひじやう》な

阿部一族　一五

「阿部一族」(『意地』籾山書店　1913(大正2)年6月)

「阿部一族」の改稿

森鷗外は「忠興公御以来御三代殉死之面々」の写本を入手し、一度雑誌に掲載した作品に加筆を行った。改稿の際、新たに得た資料によって、切腹を申し出た18人の1人、内藤長十郎の年齢を17歳としたが、初稿の時点ではより年配の人物を想定しており、年齢を設定していなかった。忠利が内藤を含む殉職者を指して「自分の任用してゐる老成人等」とする述懐は改稿されずに残り、単行本版では矛盾となっている。

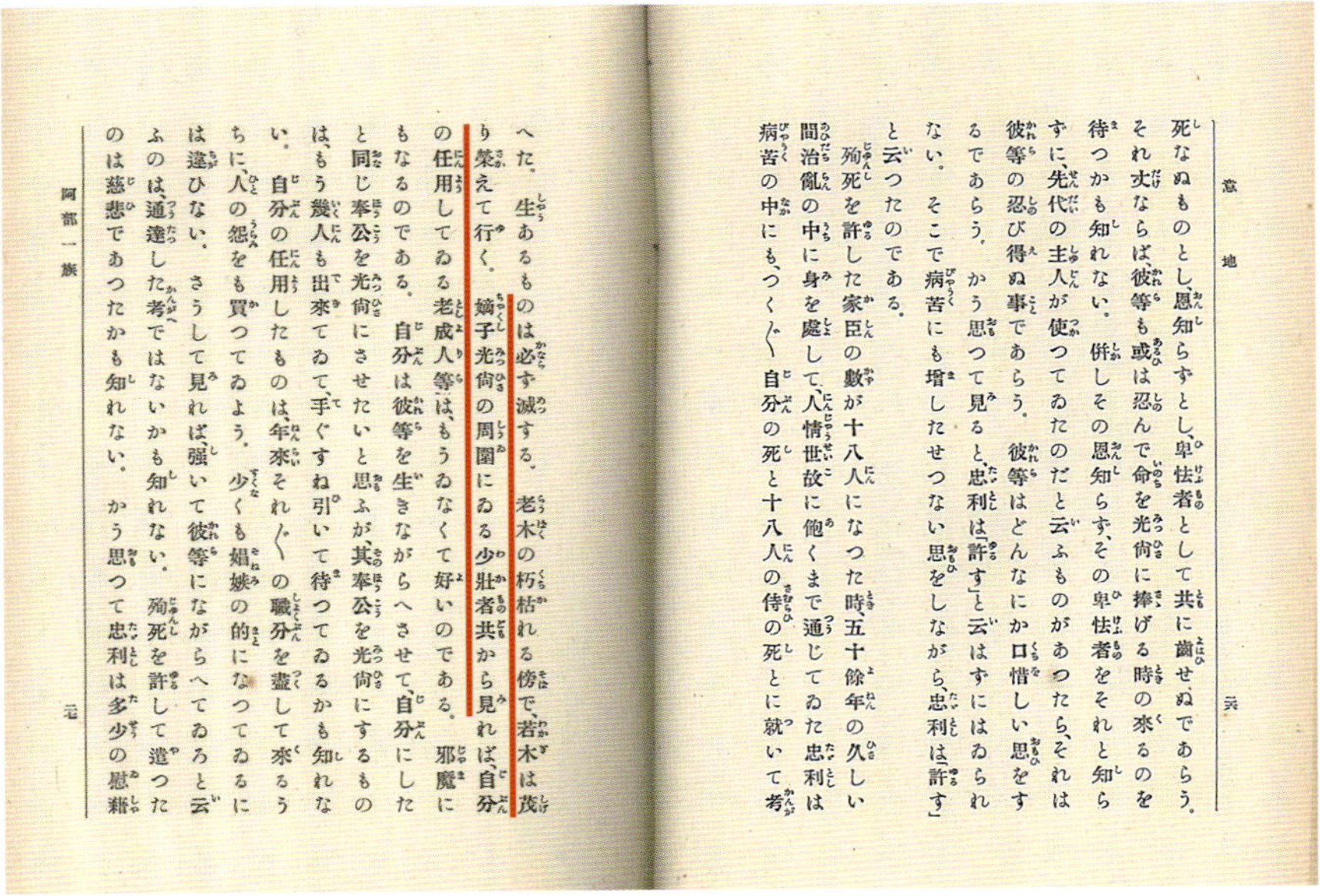
意地

死《し》なぬものとし、恩知《おんし》らずとし、卑怯者《ひけふもの》として共《とも》に齒《よはひ》せぬであらう。それ丈《だけ》ならば、彼等《かれら》も或《あるひ》は忍《しの》んで命《いのち》を光尚《みつひさ》に捧《さゝ》げる時《とき》の來《く》るのを待《ま》つかも知《し》れない。併《しか》しその恩知《おんし》らず、その卑《ひ》怯者《けふもの》をそれと知《し》らずに、先代《せんだい》の主人《しゆじん》が使《つか》つてゐたのだと云《い》ふものがあつたら、それは彼等《かれら》の忍《しの》び得《え》ぬ事《こと》であらう。彼等《かれら》はどんなにか口惜《くちを》しい思《おもひ》をするであらう。かう思《おも》つて見《み》ると、忠利《たゞとし》は「許《ゆる》す」と云《い》はずにはゐられない。そこで病苦《びやうく》にも増《ま》したせつない思《おもひ》をしながら、忠利《たゞとし》は「許《ゆる》す」と云《い》つたのである。

殉死《じゆんし》を許《ゆる》した家臣《かしん》の數《かず》が十八人《にん》になつた時《とき》、五十餘年《よねん》の久《ひさ》しい間《あひだ》治亂《ちらん》の中《うち》に身《み》を處《しよ》して、人情世故《にんじやうせいこ》に飽《あ》くまで通《つう》じてゐた忠利《たゞとし》は病苦《びやうく》の中《なか》にも、つく〴〵自分《じぶん》の死《し》と十八人《にん》の侍《さむらひ》の死《し》とに就《つ》いて考《かんが》

へた。生《しやう》あるものは必《かなら》ず滅《めつ》する。老木《らうぼく》の朽枯《くちか》れる傍《そば》で、若木《わかぎ》は茂《しげ》り榮《さか》えて行《ゆ》く。嫡子光尚《ちやくしみつひさ》の周圍《しうゐ》にゐる少壯者共《わかものども》から見《み》れば、自分《じぶん》の任用《にんよう》してゐる老成人等《としよりら》は、もうゐなくて好《よ》いのである。邪魔《じやま》にもなるのである。自分《じぶん》は彼等《かれら》を生《い》きながらへさせて、自分《じぶん》にしたと同《おな》じ奉公《ほうこう》を光尚《みつひさ》にさせたいと思《おも》ふが、其奉公《そのほうこう》を光尚《みつひさ》にするものは、もう幾人《いくにん》も出來《でき》てゐて、手《て》ぐすね引《ひ》いて待《ま》つてゐるかも知《し》れない。自分《じぶん》の任用《にんよう》したものは、年來《ねんらい》それ〴〵の職分《しよくぶん》を盡《つく》して來《く》るうちに、人《ひと》の怨《うらみ》をも買《か》つてゐよう。少《すくな》くも娼嫉《そねみ》の的《まと》になつてゐるには違《ちが》ひない。さうして見《み》れば、強《し》いて彼等《かれら》にながらへてゐろと云《い》ふのは、通達《つうたつ》した考《かんがへ》ではないかも知《し》れない。殉死《じゆんし》を許《ゆる》して遣《や》つたのは慈悲《じひ》であつたかも知《し》れない。かう思《おも》つて忠利《たゞとし》は多《た》少《せう》の慰藉《ゐしや》

阿部一族

「阿部一族」(『意地』)

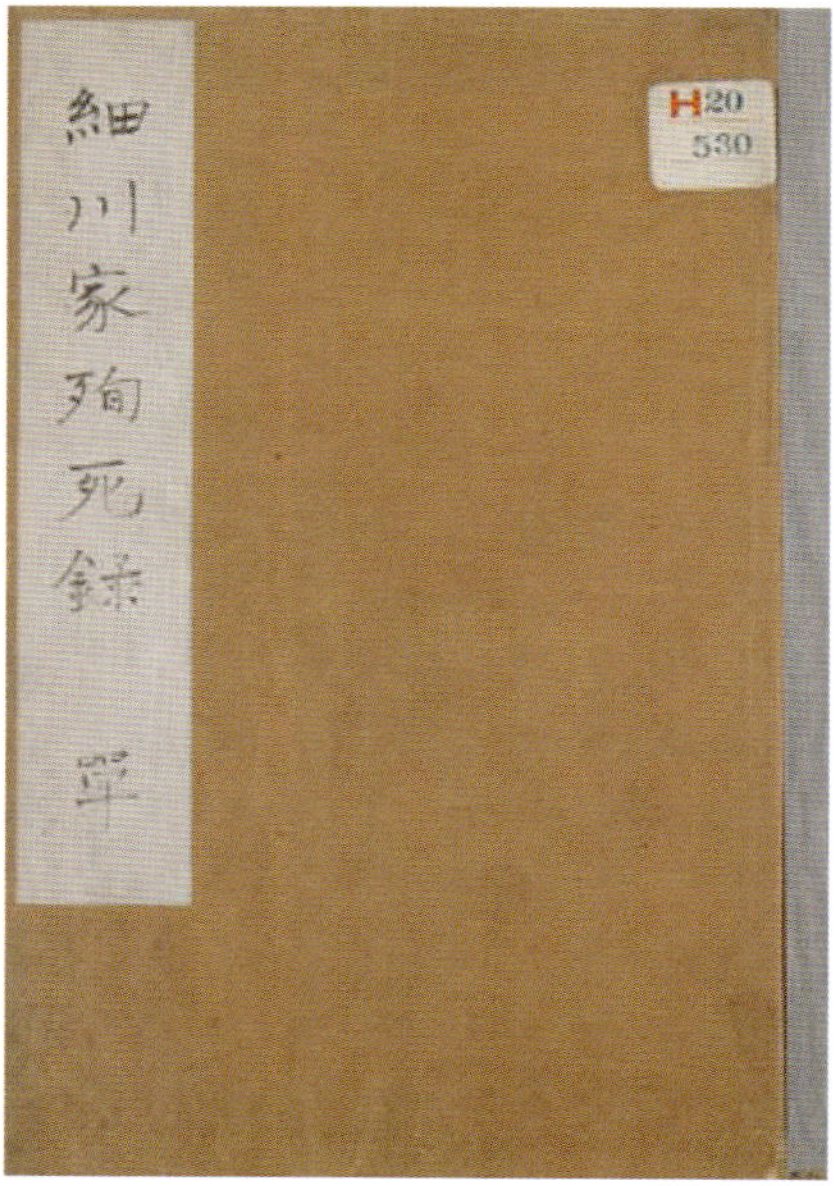

「忠興公御以来御三代殉死之面々」

「細川家殉死録」とある題簽は鷗外による自筆だが、奥書に「大正元壬子年十二月中旬七十六翁興純識」とあり、本文を筆写したのは別人。単行本『意地』を刊行する際、「興津弥五右衛門の遺書」と「阿部一族」の改稿資料として用いたもの。

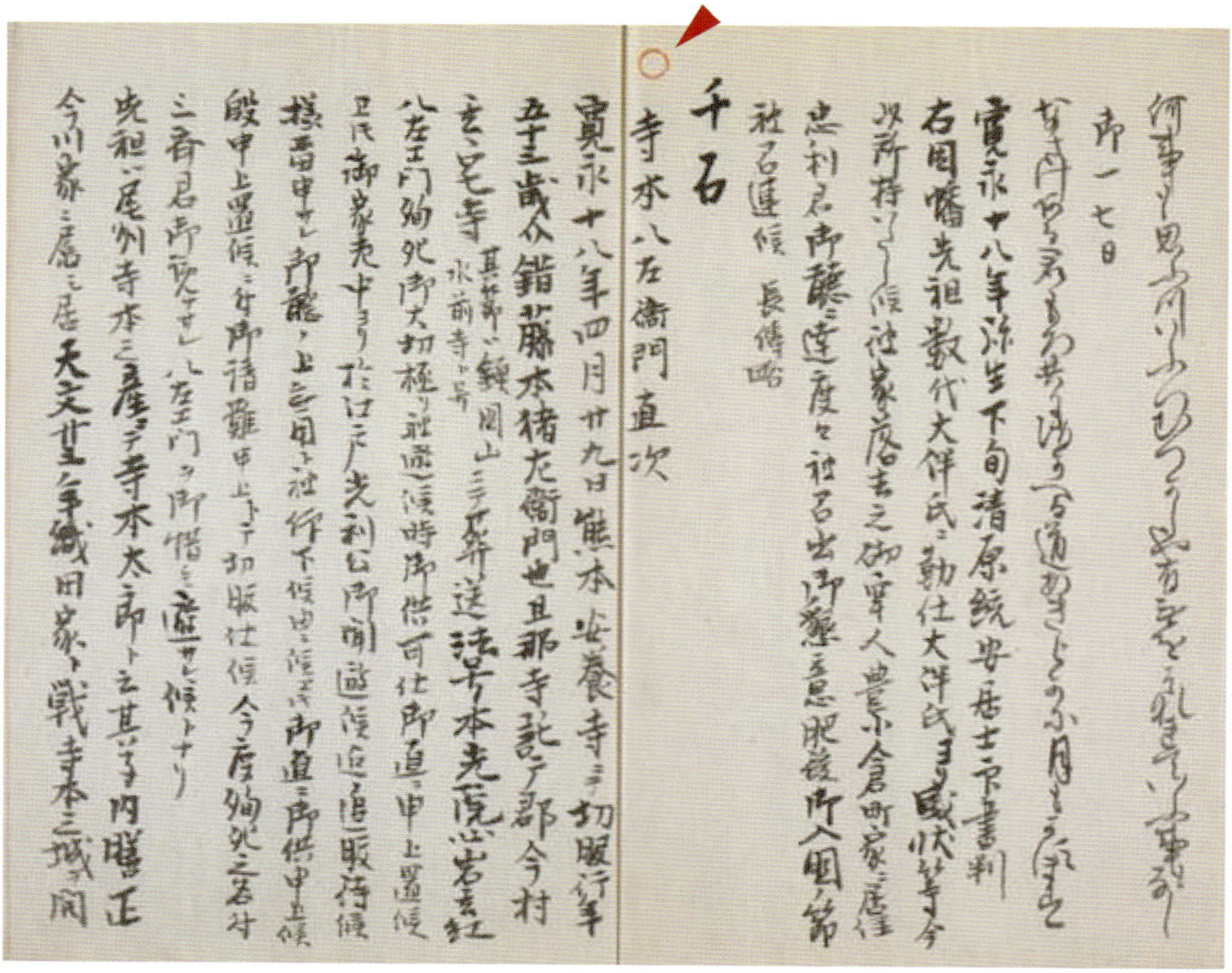
千石
寺本八左衛門直次
寛永十八年四月廿九日熊本安養寺ニテ切腹行年
五十三歳介錯藤本猪左衛門也

東京大学総合図書館蔵

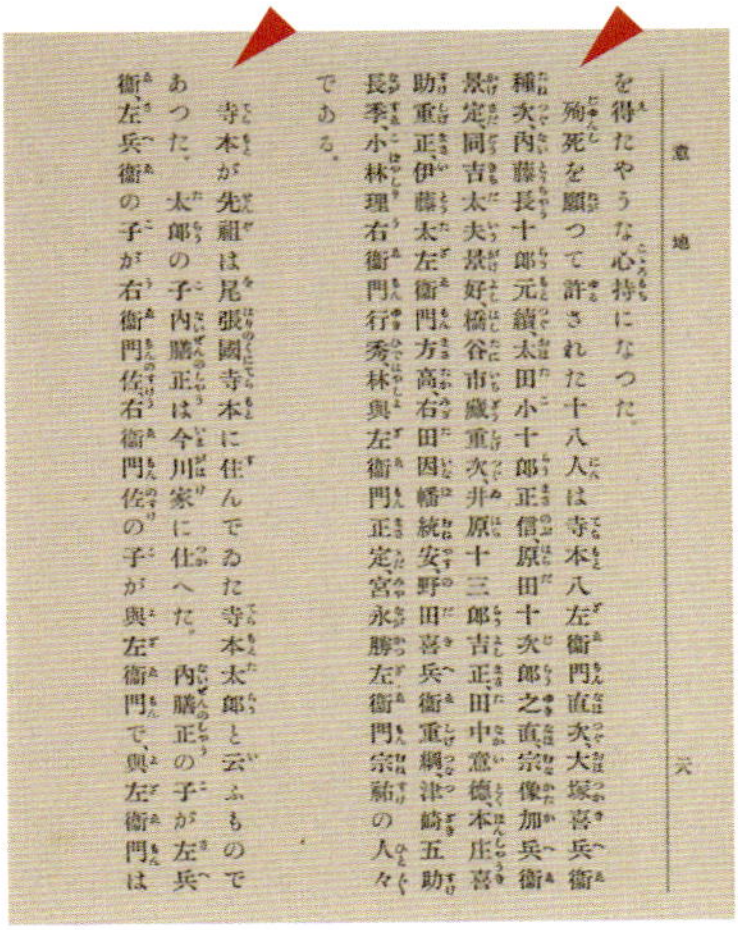

意地

を得たやうな心持になつた。

　殉死を願つて許された十八人は寺本八左衛門直次、大塚喜兵衛種次、内藤長十郎元續、太田小十郎正信、原田十次郎之直、宗像加兵衛景定、同吉太夫景好、橋谷市藏重次、井原十三郎吉正、田中意德、本庄喜助重正、伊藤太左衛門方高、右田因幡統安、野田喜兵衛重綱、津崎五助長季、小林理右衛門行秀、林與左衛門正定、宮永勝左衛門宗祐の人々である。

　寺本が先祖は尾張國寺本に住んでゐた寺本太郎と云ふものであつた。太郎の子内膳正は今川家に仕へた。内膳正の子が左兵衛、左兵衛の子が右衛門佐、右衛門佐の子が與左衛門で、與左衛門は

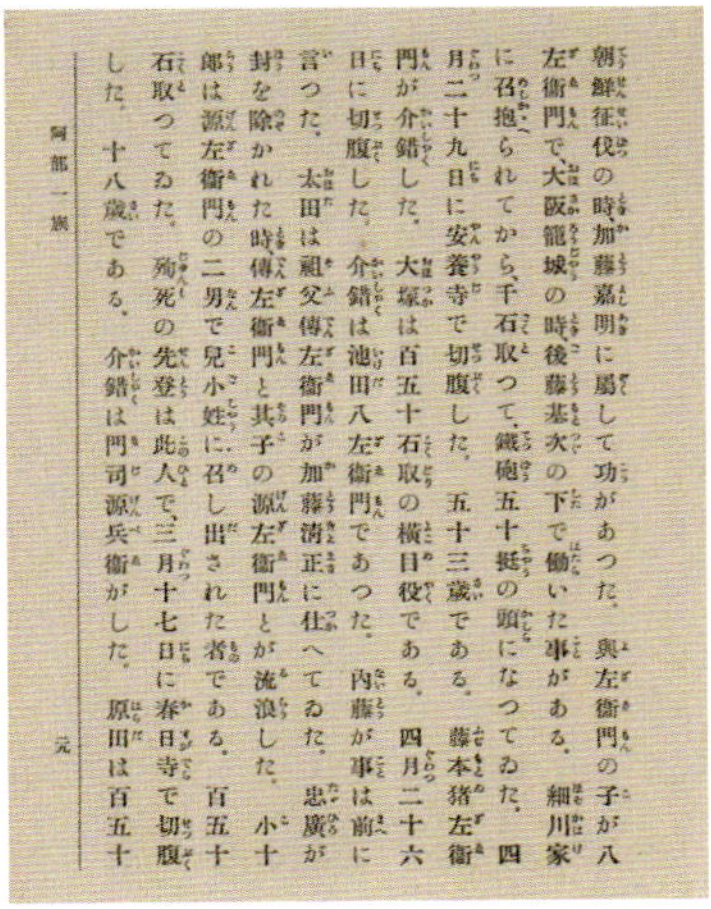

阿部一族

朝鮮征伐の時、加藤嘉明に屬して功があつた。與左衛門の子が八左衛門で、大阪籠城の時、後藤基次の下で働いた事がある。細川家に召抱られてから、千石取つて、鐵砲五十挺の頭になつてゐた。四月二十九日に安養寺で切腹した。五十三歳である。藤本猪左衛門が介錯した。大塚は百五十石取の横目役である。四月二十六日に切腹した。介錯は池田八左衛門であつた。内藤が事は前に言つた。太田は祖父傳左衛門が加藤清正に仕へてゐた。忠廣が封を除かれた時傳左衛門と其子の源左衛門とが流浪した。小十郎は源左衛門の二男で兒小姓に召し出された者である。百五十石取つてゐた。殉死の先登は此人で、三月十七日に春日寺で切腹した。十八歳である。介錯は門司源兵衛がした。原田は百五十

森鷗外『意地』　籾山書店　1913(大正2)年6月

「阿部一族」収録。初出では氏名のみ紹介されていた側近たちについて、その出身や家族、切腹を遂げた時の場所や日付など、詳細な記述が加えられている。初出誌の掲載後に「忠興公御以来御三代殉死之面々」写本を入手した鷗外が加筆した部分。

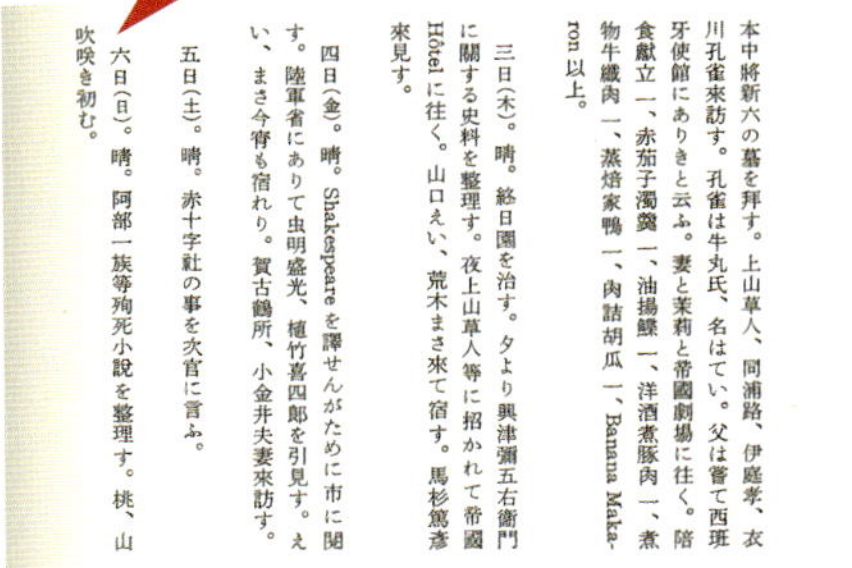

本中將新六の墓を拜す。上山草人、同浦路、伊庭孝、衣川孔雀來訪す。孔雀は牛丸氏、名はてい。父は嘗て西班牙使館にありきと云ふ。妻と茉莉と帝國劇場に往く。陪食獻立 一、赤茄子濁羹 一、油揚鰈 一、洋酒煮豚肉 一、煮物牛繊肉 一、蒸焙家鴨 一、肉詰胡瓜 一、Banana Makaron 以上。

三日(木)。晴。終日園を治す。夕より興津彌五右衛門に關する史料を整理す。夜上山草人等に招かれて帝國 Hôtel に往く。山口えい、荒木まさ來て宿す。馬杉篤彥來見す。

四日(金)。晴。Shakespeare を譯せんがために市に閲す。陸軍省にありて虫明盛光、植竹喜四郎を引見す。えい、まさ今宵も宿れり。賀古鶴所、小金井夫妻來訪す。

五日(土)。晴。赤十字社の事を次官に言ふ。

六日(日)。晴。阿部一族等殉死小說を整理す。桃、山吹咲き初む。

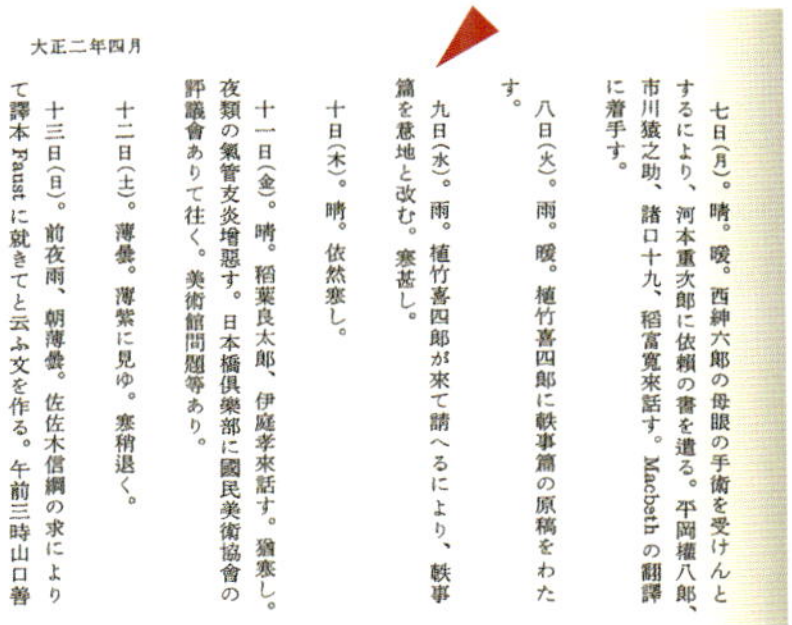

七日(月)。晴。暖。西紳六郎の母眼の手術を受けんとするにより、河本重次郎に依賴の書を遣る。平岡權八郎、市川猿之助、諸口十九、稻富寬來話す。Macbeth の翻譯に着手す。

八日(火)。雨。暖。植竹喜四郎に軼事篇の原稿をわたす。

九日(水)。雨。植竹喜四郎が來て請へるにより、軼事篇を意地と改む。寒甚し。

十日(木)。晴。依然寒し。

十一日(金)。晴。稻葉良太郎、伊庭孝來話す。猶寒し。夜類の氣管支炎增惡す。日本橋倶樂部に國民美術協會の評議會ありて往く。美術館問題等あり。

十二日(土)。薄曇。薄紫に見ゆ。寒稍退く。

十三日(日)。前夜雨、朝薄曇。佐佐木信綱の求によりて譯本 Faust に就きてと云ふ文を作る。午前三時山口眷

大正二年四月

森鷗外　大正二年日記

『森鷗外全集』35巻　岩波書店
1975（昭和50）年1月

4月6日の記述に「阿部一族等殉死小説を整理す」と、4月9日には「植竹喜四郎が来て請へるにより、軼事篇を意地と改む」とあり、単行本収録のための準備を進めている様子がうかがえる。

発表後の改稿 ①

井伏鱒二（いぶせ ますじ）

1898-1993（明治31-平成5）

小説家。広島県加茂村（現・福山市）生まれ。本名・満寿二。早稲田大学仏文科在学中、青木南八と親交を深める。大学中退後、同人誌「世紀」に参加し「幽閉」を発表。翌年、出版社聚芳閣に勤めた後、佐藤春夫に師事。1929（昭和4）年「山椒魚」等で文壇に登場した後は、「ジョン万次郎漂流記」「本日休診」「黒い雨」などの代表作を執筆した。

「山椒魚」の概要

身体が大きくなり、谷川の岩屋から出られなくなってしまった山椒魚は、外に出られない悲嘆から、ある日岩屋にまぎれこんできた蛙を閉じ込めてしまう。

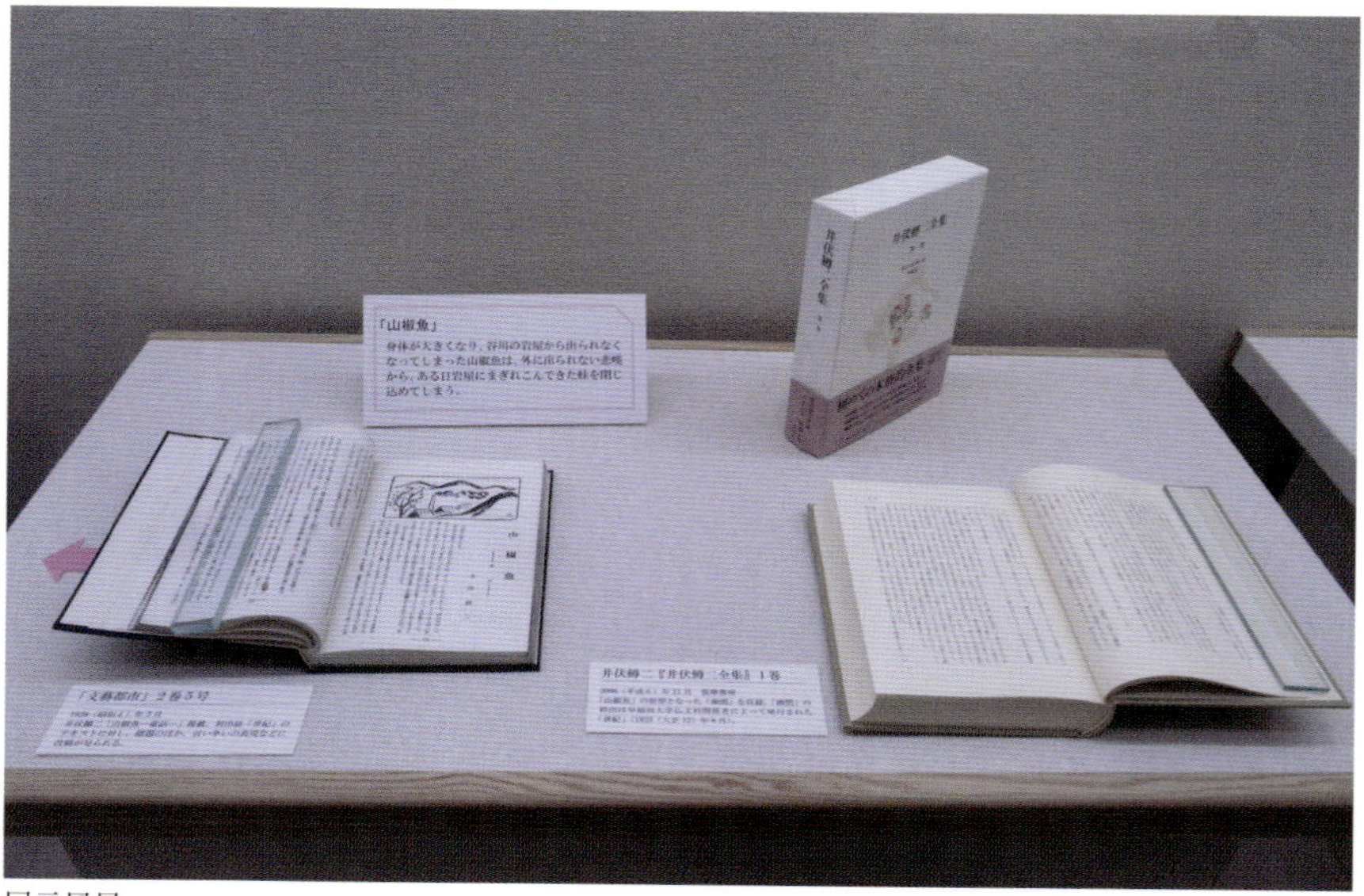

展示風景

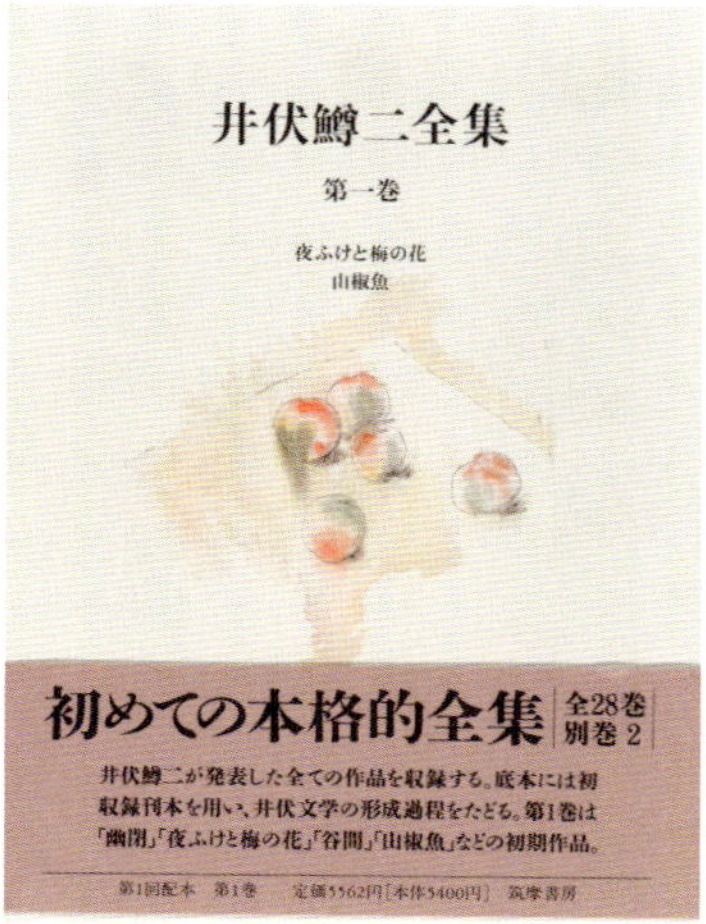

井伏鱒二『井伏鱒二全集』1巻

筑摩書房　1996（平成8）年11月

「山椒魚」の原型となった「幽閉」を収録。「幽閉」の初出は早稲田大学仏文科関係者によって発行された「世紀」創刊号（1923（大正12）年8月）。

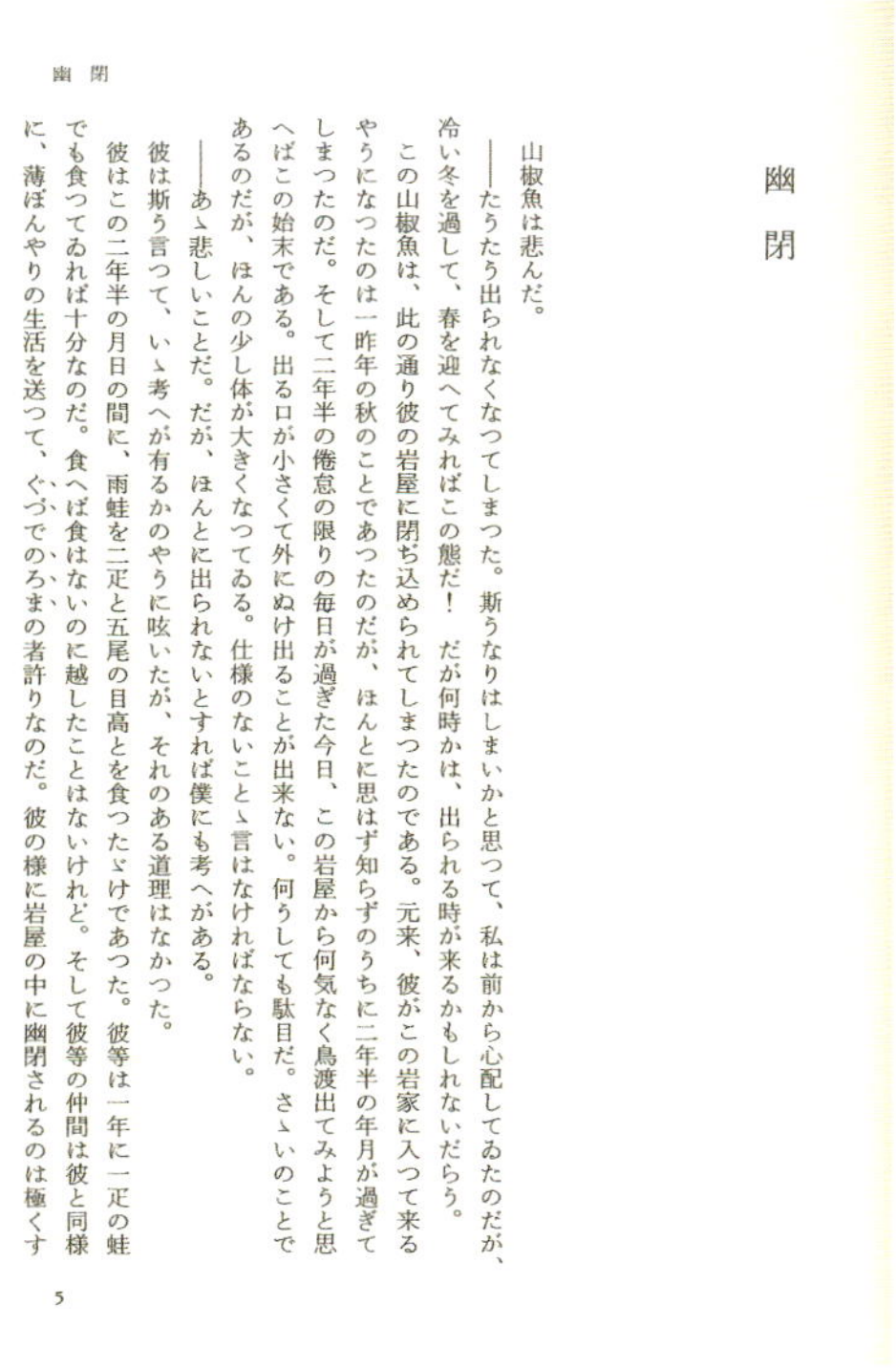

幽閉

山椒魚は悲んだ。

——たうたう出られなくなつてしまつた。斯うなりはしまいかと思つて、私は前から心配してゐたのだが、冷い冬を過して、春を迎へてみればこの態だ！　だが何時かは、出られる時が来るかもしれないだらう。

この山椒魚は、此の通り彼の岩屋に閉ぢ込められてしまつたのである。元来、彼がこの岩家に入つて来るやうになつたのは一昨年の秋のことであつたのだが、ほんとに思はず知らずのうちに二年半の年月が過ぎてしまつたのだ。そして二年半の倦怠の限りの毎日が過ぎた今日、この岩屋から何気なく鳥渡出てみようと思へばこの始末である。出る口が小さくて外にぬけ出ることが出来ない。何うしても駄目だ。さゝいのことであるのだが、ほんの少し体が大きくなつてゐる。仕様のないことゝ言はなければならない。

——あゝ悲しいことだ。だが、ほんとに出られないとすれば僕にも考へがある。

彼は斯う言つて、いゝ考へが有るかのやうに呟いたが、それのある道理はなかつた。

彼はこの二年半の月日の間に、雨蛙を二疋と五尾の目高とを食つたゞけであつた。彼等は一年に一疋の蛙でも食つてゐれば十分なのだ。食へば食はないのに越したことはないけれど。そして彼等の仲間は彼と同様に、薄ぼんやりの生活を送つて、ぐづでのろまの者許りなのだ。彼の様に岩屋の中に幽閉されるのは極くす

「幽閉」（『井伏鱒二全集　第一巻』筑摩書房　平成八年一一月）

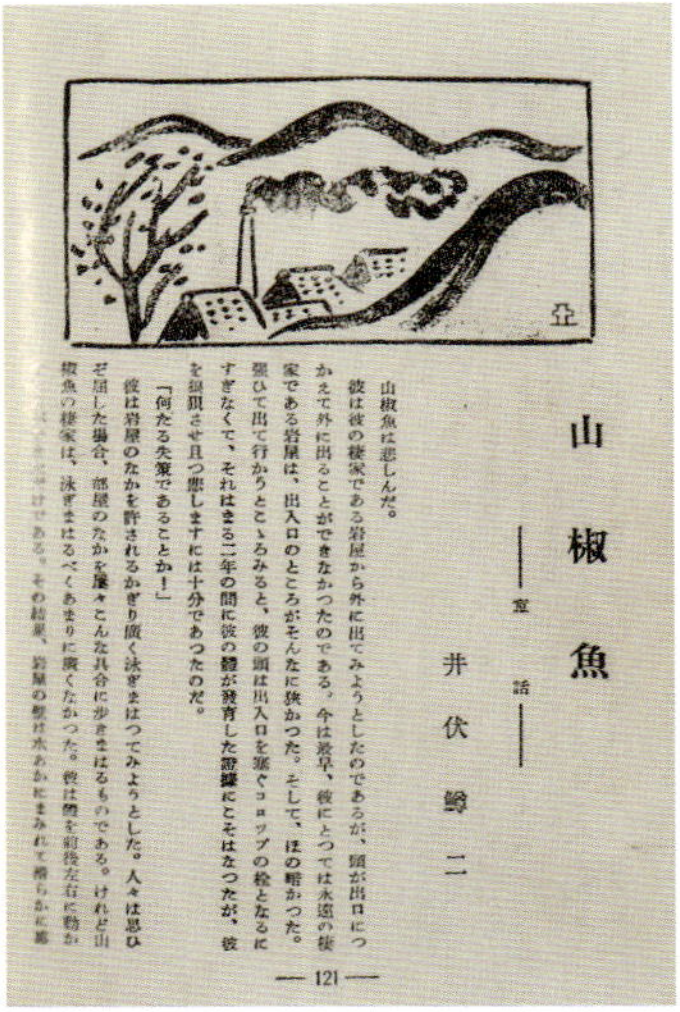

山椒魚

——童話——

井伏鱒二

山椒魚は悲しんだ。

彼は彼の棲家である岩屋から外に出てみようとしたのであるが、頭が出口につかえて外に出ることができなかつたのである。今は最早、彼にとつては永遠の棲家である岩屋は、出入口のところがそんなに狭かつた。そして、ほの暗かつた。強ひて出て行かうとこゝろみると、彼の頭は出入口を塞ぐコロップの栓となるにすぎなくて、それはまる二年の間に彼の體が發育した證據にこそはなつたが、彼を狼狽させ且つ悲しませるには十分であつたのだ。

「何たる失策であることか！」

彼は岩屋のなかを許されるかぎり廣く泳ぎまはつてみようとした。人々は思ひ屈した場合、部屋のなかを屢々こんな具合に歩きまはるものである。けれど山椒魚の棲家は、泳ぎまはるべくあまりに廣くなかつた。彼は體を前後左右に動か

けてある。その結果、岩屋の壁は水あかにまみれて滑らかに黝

— 121 —

「文芸都市」2巻5号　1929（昭和4）年5月

井伏鱒二「山椒魚—童話—」掲載。初出誌「世紀」のテキストに対し、標題のほか、結末部の言い争いの表現などに改稿が見られる。

「山椒魚」は井伏鱒二が31歳の時の作品で、後年に自選全集を出版する際、作品の結末は大幅に削除された。

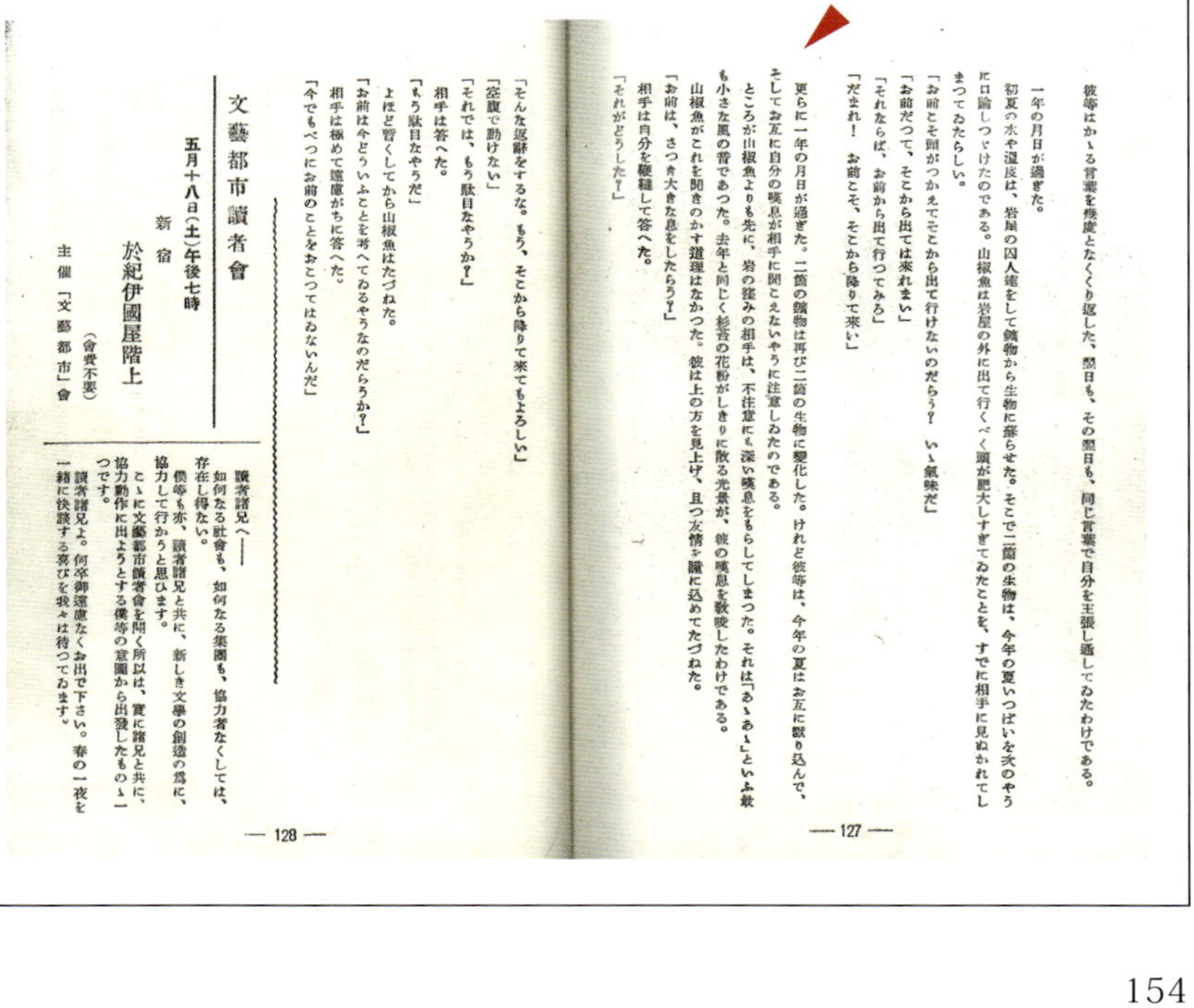

彼等はかゝる言葉を幾度となくくり返した、翌日も、その翌日も、同じ言葉で自分を主張し通してゐたわけである。

一年の月日が過ぎた。

初夏の水や温度は、岩屋の囚人達をして鑛物から生物に蘇らせた。そこで二箇の生物は、今年の夏いつぱいを次のやうに口論しつゞけたのである。山椒魚は岩屋の外に出て行くべく頭が肥大しすぎてゐたことを、すでに相手に見ぬかれてしまつてゐたらしい。

「お前こそ頭がつかえてそこから出て行けないのだらう？　いゝ氣味だ」

「お前だつて、そこから出ては來れまい」

「それならば、お前から出て行つてみろ」

「だまれ！　お前こそ、そこから降りて來い」

更らに一年の月日が過ぎた。二箇の鑛物は再び二箇の生物に變化した。けれど彼等は、今年の夏はお互に默り込んで、そしてお互に自分の嘆息が相手に聞こえないやうに注意してゐたのである。

ところが山椒魚よりも先に、岩の窪みの相手は、不注意にも深い嘆息をもらしてしまつた。それは「あゝあゝ」といふ最も小さな風の音であつた。去年と同じく杉苔の花粉がしきりに散る光景が、彼の嘆息を誘ひ出したわけである。

山椒魚がこれを聞きのがす道理はなかつた。彼は上の方を見上げ、且つ友情を瞳に込めてたづねた。

「お前は、さつき大きな息をしたらう？」

相手は自分を鞭韃して答へた。

「それがどうした？」

— 127 —

「そんな返辭をするな。もう、そこから降りて來てもよろしい」

「空腹で動けない」

「それでは、もう駄目なやうか？」

相手は答へた。

「もう駄目なやうだ」

よほど暫くしてから山椒魚はたづねた。

「お前は今どういふことを考へてゐるやうなのだらうか？」

相手は極めて遠慮がちに答へた。

「今でもべつにお前のことをおこつてはゐないんだ」

文藝都市讀者會

五月十八日（土）午後七時

新宿　於紀伊國屋階上

（會費不要）

主催「文藝都市」會

讀者諸兄へ——

如何なる社會も、如何なる集團も、協力者なくしては、存在し得ない。

僕等も亦、讀者諸兄と共に、新しき文學の創造の爲に、協力して行かうと思ひます。

こゝに文藝都市讀者會を開く所以は、實に諸兄と共に、協力動作に出ようとする僕等の意圖から出發したものゝ一つです。

讀者諸兄よ。何卒御遠慮なくお出で下さい。春の一夜を一緒に快談する喜びを我々は待つてゐます。

— 128 —

「山椒魚」（「文芸都市」二巻五号　昭和四年五月）

井伏鱒二

『井伏鱒二自選全集』1巻

新潮社　1985（昭和60）年10月

「米寿をむかえた著者が、初めて作品を厳選し徹底的な削除・加筆・訂正を行なった決定版」（帯文）として刊行。「山椒魚」においては、改訂の結果、末尾の山椒魚と蛙の会話が全て削除された。井伏は「覚え書」にて「後年になつて考へたが、外に出られない山椒魚はどうしても出られない運命に置かれてしまつたと覚悟した。「絶対」といふことを教へられたのだ。観念したのである。」と、削除の理由を書いている。

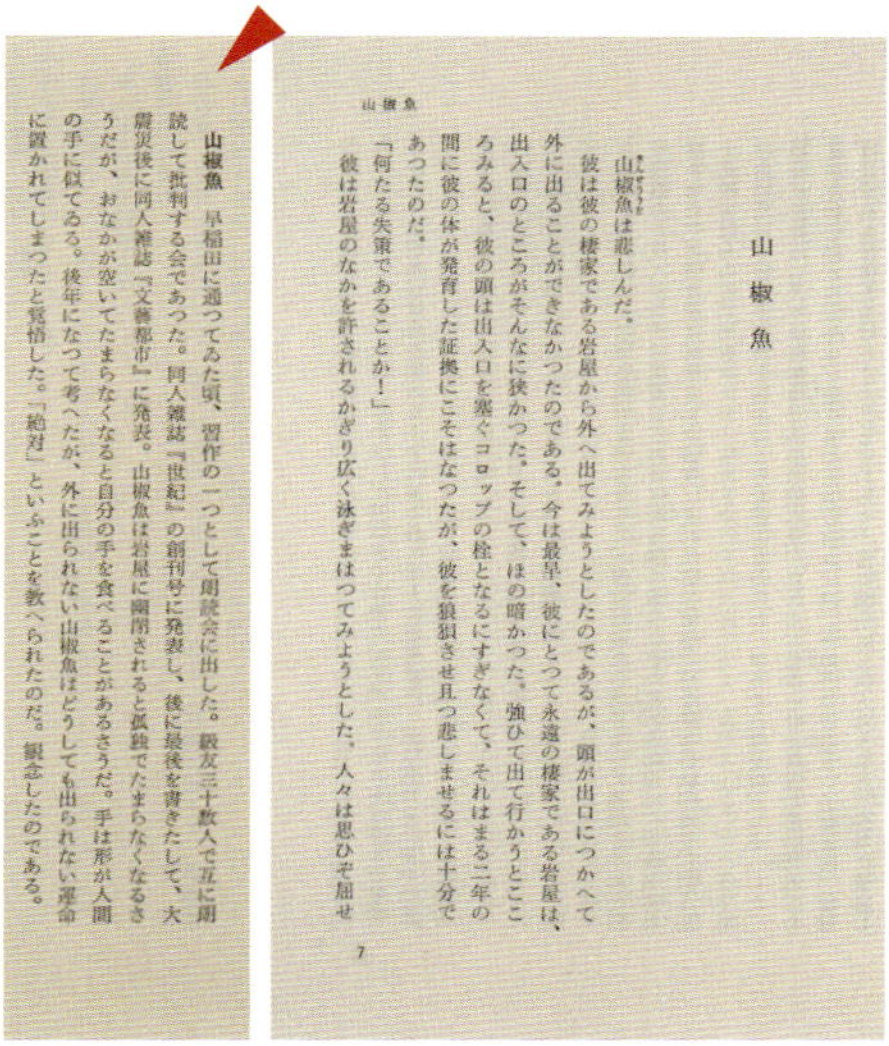

山椒魚　早稲田に通つてゐた頃、習作の一つとして朗読会に出した。級友三十数人で互に朗読して批判する会であつた。同人雑誌『世紀』の創刊号に発表し、後に最後を書きたして、大震災後に同人雑誌『文芸都市』に発表。山椒魚は岩屋に幽閉されると孤独でたまらなくなるさうだが、おなかが空いてたまらなくなると自分の手を食べることがあるさうだ。手は形が人間の手に似てゐる。後年になつて考へたが、外に出られない山椒魚はどうしても出られない運命に置かれてしまつたと覚悟した。「絶対」といふことを教へられたのだ。観念したのである。

山椒魚

山椒魚

山椒魚《さんせううを》は悲しんだ。

彼は彼の棲家である岩屋から外へ出てみようとしたのであるが、頭が出口につかへて外に出ることができなかつたのである。今は最早、彼にとつて永遠の棲家である岩屋は、出入口のところがそんなに狭かつた。そして、ほの暗かつた。強ひて出て行かうとこころみると、彼の頭は出入口を塞ぐコロップの栓となるにすぎなくて、それはまる二年の間に彼の体が発育した証拠にこそはなつたが、彼を狼狽させ且つ悲しませるには十分であつたのだ。

「何たる失策であることか！」

彼は岩屋のなかを許されるかぎり広く泳ぎまはつてみようとした。人々は思ひぞ屈せ

7

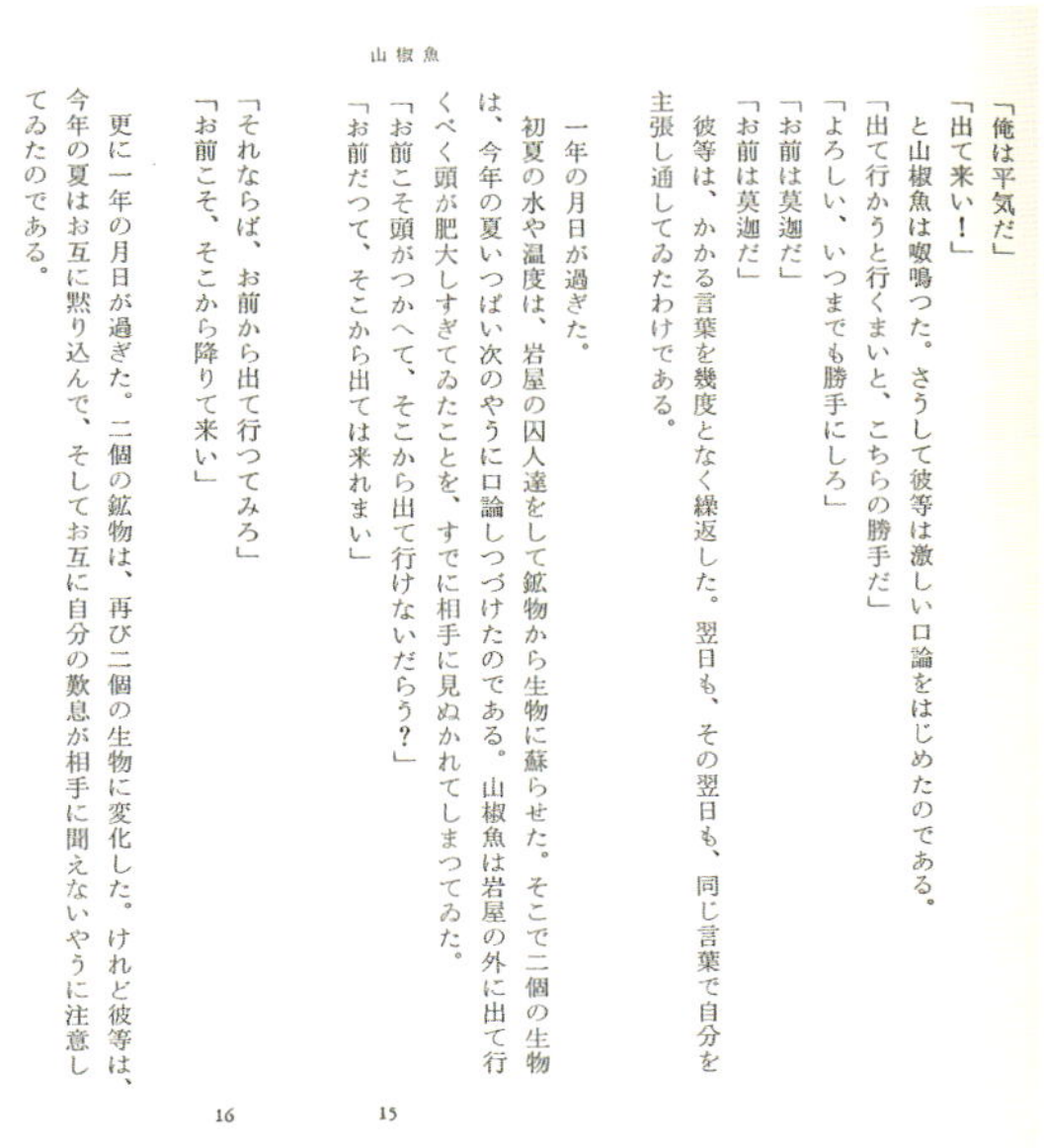

「俺は平気だ」

「出て来い！」

と山椒魚は呶鳴つた。さうして彼等は激しい口論をはじめたのである。

「出て行かうと行くまいと、こちらの勝手だ」

「よろしい、いつまでも勝手にしろ」

「お前は莫迦だ」

「お前は莫迦だ」

彼等は、かかる言葉を幾度となく繰返した。翌日も、その翌日も、同じ言葉で自分を主張し通してゐたわけである。

一年の月日が過ぎた。

初夏の水や温度は、岩屋の囚人達をして鉱物から生物に蘇らせた。そこで二個の生物は、今年の夏いつぱい次のやうに口論しつづけたのである。山椒魚は岩屋の外に出て行くべく頭が肥大しすぎてゐたことを、すでに相手に見ぬかれてしまつてゐた。

「お前こそ頭がつかへて、そこから出て行けないだらう？」

「お前だつて、そこから出ては来れまい」

15

山椒魚

「それならば、お前から出て行つてみろ」

「お前こそ、そこから降りて来い」

更に一年の月日が過ぎた。二個の鉱物は、再び二個の生物に変化した。けれど彼等は、今年の夏はお互に黙り込んで、そしてお互に自分の歎息が相手に聞えないやうに注意してゐたのである。

16

「山椒魚」（『井伏鱒二自選全集』第一巻　新潮社　昭和六〇年一〇月）

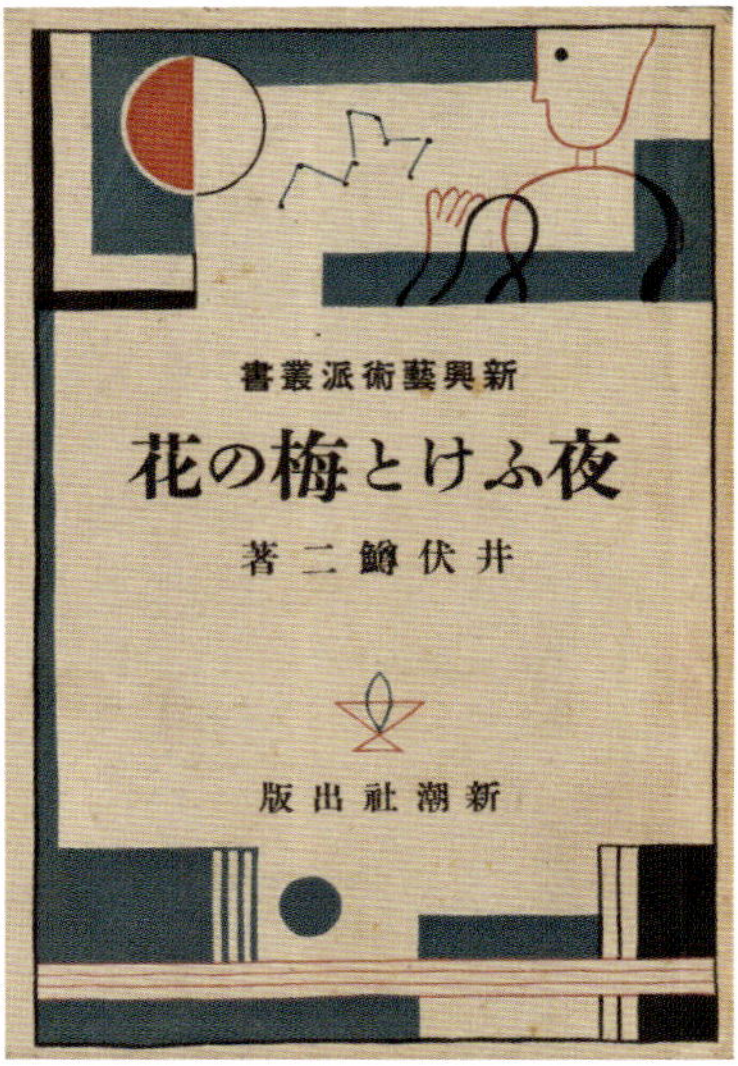

井伏鱒二『夜ふけと梅の花』

新潮社　1930（昭和5）年4月

短編集。「山椒魚」が収録されている。「文芸都市」掲載時のテキストから加筆修正がなされ、ルビもふられている。

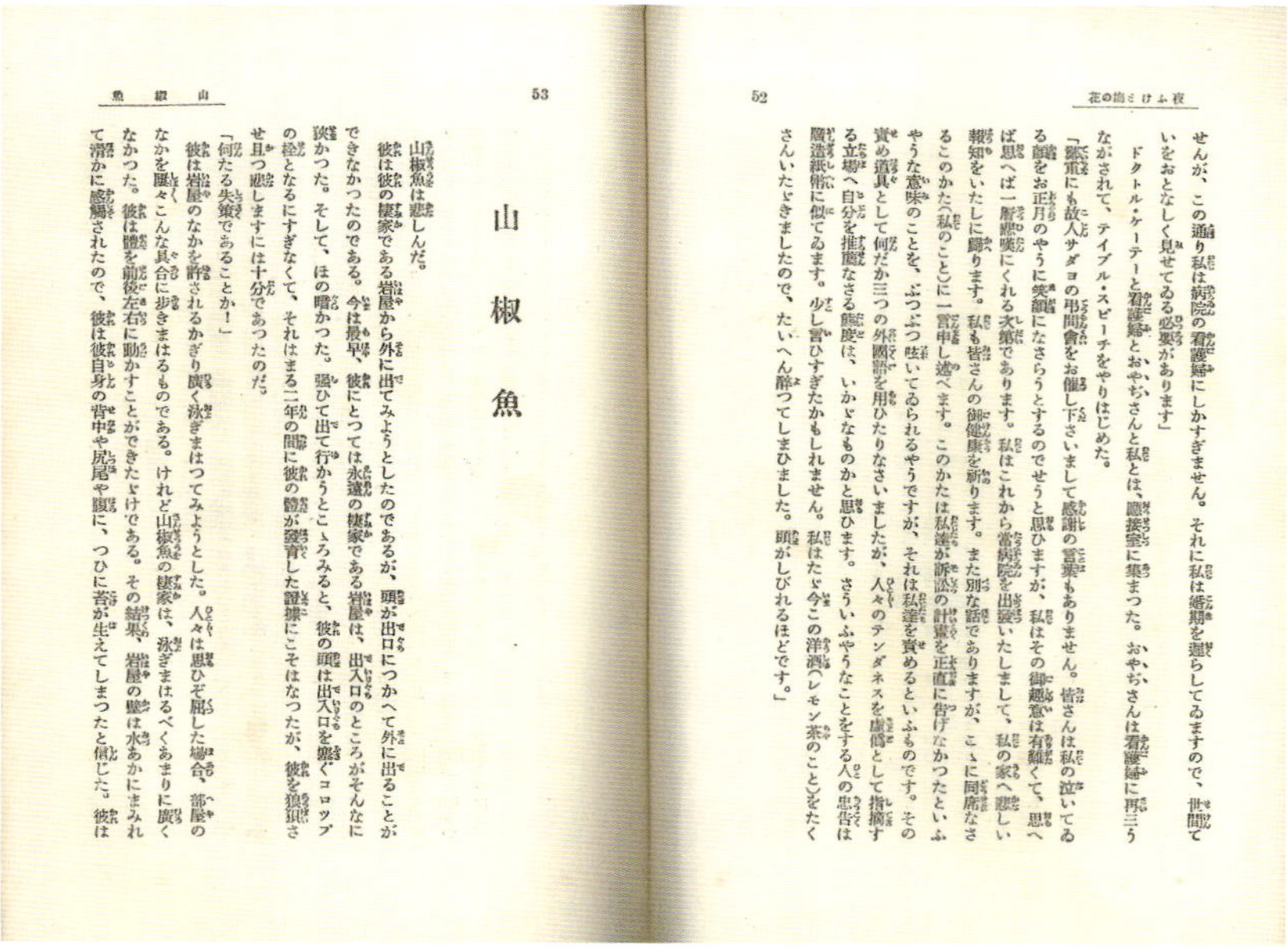

52　夜ふけと梅の花

せんが、この通り私《わたし》は病院の看護婦《かんごふ》にしかすぎません。それに私《わたし》は婚期を遅らしてゐますので、世間《せけん》ていをおとなしく見《み》せてゐる必要があります」

　ドクトル・ケーテーと看護婦と、いゝおやぢさんと私《わたし》とは、應接室に集《あつ》まつた。いゝおやぢさんは看護婦に再三うながされて、テイブル・スピーチをやりはじめた。

「隣室にも故人《こじん》サダヨの弔問會をお催《もよほ》し下《くだ》さいまして感謝《かんしや》の言葉《ことば》もありません。皆《みな》さんは私《わたし》の泣《な》いてゐる顔をお正月のやうに笑顔になさらうとするのでせうと思《おも》ひますが、私《わたし》はその御趣意は有難くて、思《おも》へば思《おも》へば一層悲嘆にくれる次第《しだい》であります。私《わたし》はこれから當病院を出發いたしまして、私《わたし》の家《いへ》へ悲しい報知をいたしに歸《かへ》ります。私《わたし》も皆《みな》さんの御健康を祈《いの》ります。また別な話でありますが、こゝに同席なさるこのかた（私《わたし》のこと）に一言申し述《の》べます。このかたは私達《わたしたち》が訴訟の計畫を正直に告《つ》げなかつたといふやうな意味《いみ》のことを、ぶつぶつ呟いてゐられるやうですが、それは私達《わたしたち》を責《せ》めるといふものです。その責《せ》め道具として何だか三つの外國語を用ひたりなさいましたが、人々《ひとびと》のテンダネスを虚僞として指摘する立場《たちば》へ自分を推薦なさる態度は、いかゞなものかと思《おも》ひます。さういふやうなことをする人《ひと》の忠告は贋造紙幣に似《に》てゐます。少《すこ》し言ひすぎたかもしれません。私《わたし》はたゞ今《いま》この洋酒（レモン茶《ちや》のこと）をたくさんいたゞきましたので、たいへん醉《よ》つてしまひました。頭《あたま》がしびれるほどです。」

山椒魚　53

山椒魚

山椒魚は悲しんだ。

　彼《かれ》は彼《かれ》の棲家《すみか》である岩屋《いはや》から外《そと》に出《で》てみようとしたのであるが、頭《あたま》が出口《でぐち》につかへて外《そと》に出《で》ることができなかつたのである。今《いま》は最早《もはや》、彼《かれ》にとつては永遠の棲家《すみか》である岩屋《いはや》は、出入口《でいりぐち》のところがそんなに狭かつた。そして、ほの暗《くら》かつた。強ひて出《で》て行《ゆ》かうとこゝろみると、彼《かれ》の頭は出入口《でいりぐち》を塞ぐコロップの栓となるにすぎなくて、それはまる二年の間に彼《かれ》の體が發育した證據にこそはなつたが、彼《かれ》を狼狽させ且《か》つ悲しませるには十分であつたのだ。

「何たる失策であることか！」

　彼《かれ》は岩屋《いはや》のなかを許されるかぎり廣く泳ぎまはつてみようとした。人々《ひとびと》は思ひ屈した場合、部屋《へや》のなかを屢々こんな具合に歩きまはるものである。けれど山椒魚の棲家《すみか》は、泳ぎまはるべくあまりに廣くなかつた。彼《かれ》は體を前後左右に動かすことができたゞけである。その結果、岩屋《いはや》の壁は水あかにまみれて滑かに感觸されたので、彼《かれ》は彼《かれ》自身の背中や尻尾や腹に、つひに苔《こけ》が生えてしまつたと信じた。彼《かれ》は

「山椒魚」（『夜ふけと梅の花』）

井伏鱒二『シグレ島叙景』

実業之日本社　1941（昭和16）年3月

『オロシヤ船』から2年後の刊行。句読点や漢字表記など表記に関する点で、『オロシヤ船』収録のテキストから改稿が行われている。

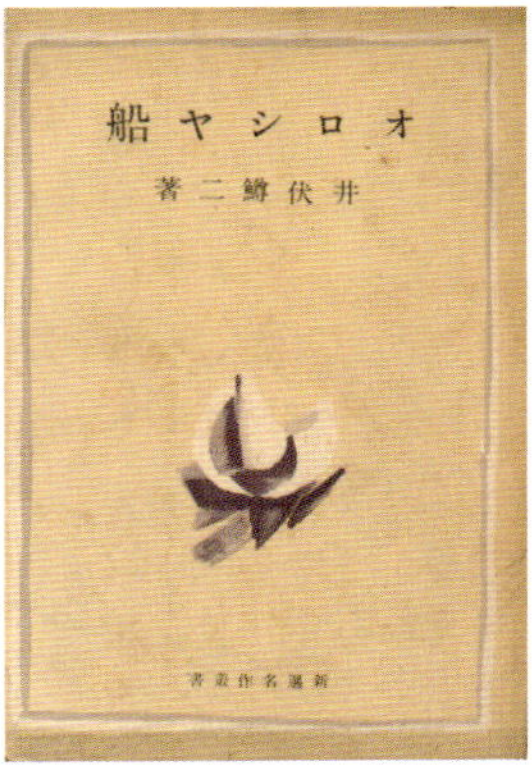

井伏鱒二『オロシヤ船』

金星堂　1939（昭和14）年10月

「山椒魚」再録本。発表以来、複数の単行本に掲載され、加筆修正がなされたが、『井伏鱒二自選全集』の出版までは語句の訂正にとどまっていた。

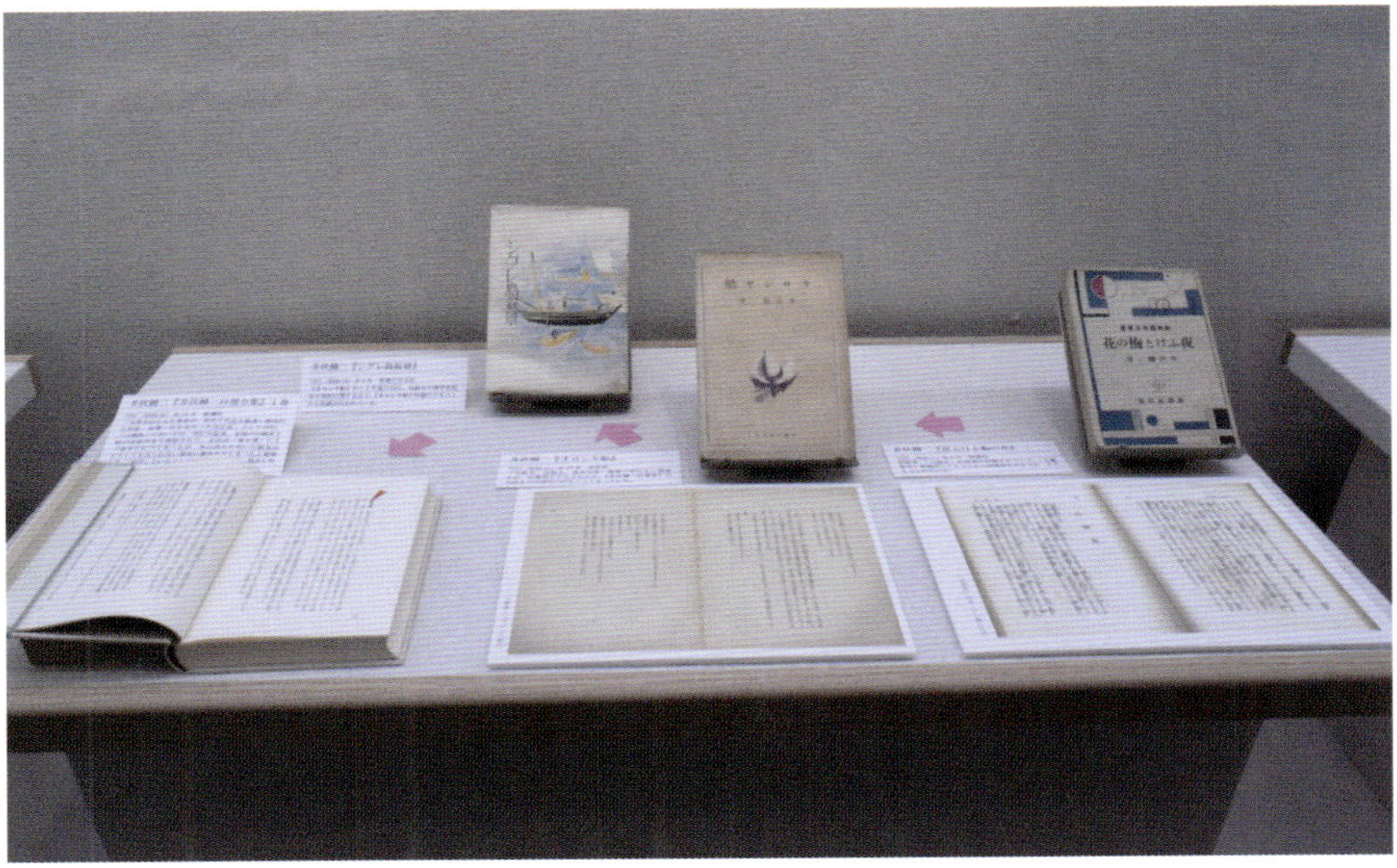

展示風景

発表後の改稿 ②

林 芙 美 子（はやし ふみこ）

1903-1951（明治36-昭和26）

小説家。山口県生まれ。少女時代、行商人の養父と母と各地を渡り歩き、カフェの女給など職業を転々とする。放浪の青春を日記風に詩情豊かに描いた「放浪記」が大ベストセラーとなり、作家生活へ。

1930（昭和5）年頃

展示風景

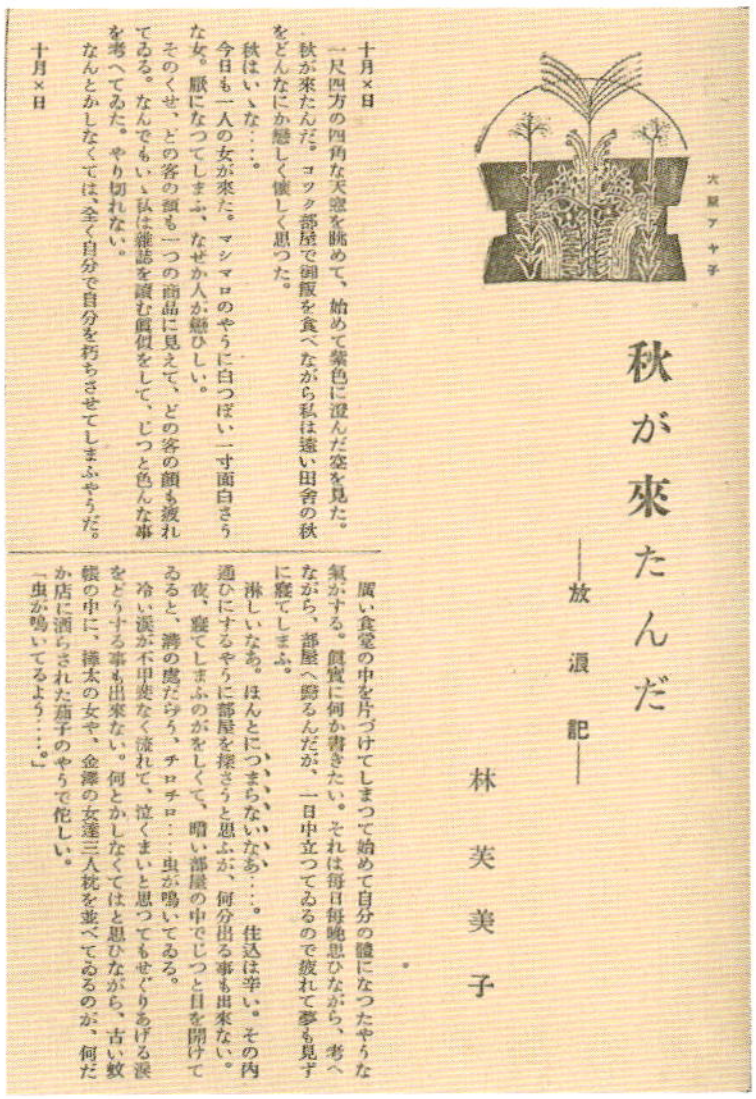

秋が來たんだ

——放浪記——

林芙美子

十月×日

一尺四方の四角な天窓を眺めて、始めて紫色に澄んだ空を見た。

秋が來たんだ。コツク部屋で御飯を食べながら私は遠い田舍の秋をどんなにか戀しく懷しく思つた。

秋はいゝな……。

今日も一人の女が來た。マシマロのやうに白つぽい一寸面白さうな女。厭になつてしまふ。なぜか人が戀ひしい。

そのくせ、どの客の顏も一つの商品に見えて、どの客の顏も疲れてゐる。なんでもいゝ私は雜誌を讀む眞似をして、じつと色んな事を考へてゐた。やり切れない。

なんとかしなくては、全く自分で自分を朽ちさせてしまふやうだ。

十月×日

廣い食堂の中を片づけてしまつて始めて自分の體になつたやうな氣がする。眞實に何か書きたい。それは毎日毎晩思ひながら、考へながら、部屋へ歸るんだが、一日中立つてゐるので疲れて夢も見ずに寢てしまふ。

淋しいなあ。ほんとにつまらないなあ……。住込は辛い。その内通ひにするやうに部屋を探さうと思ふが、何分出る事も出來ない。

夜、寢てしまふのがをしくて、暗い部屋の中でじつと目を開けてゐると、溝の處だらう、チロチロ……虫が鳴いてゐる。

冷い涙が不甲斐なく流れて、泣くまいと思つてもせぐりあげる涙をどうする事も出來ない。何とかしなくてはと思ひながら、古い蚊帳の中に、樺太の女や、金澤の女達三人枕を並べてゐるのが、何だか店に晒らされた茄子のやうで佗しい。

「虫が鳴いてるよう……。」

「女人芸術」1巻4号

1928（昭和3）年10月

「秋が来たんだ—放浪記」掲載。1922（大正11）年、林が東京へ出たころ、失恋の傷心を癒すために「歌日記」と題したノートに綴った日記が原型となっている。以降20回にわたり連載される。

林芙美子『続放浪記』

改造社　新鋭文学叢書　1930（昭和5）年11月

「女人芸術」発表分の6篇に新たに7篇を加えたほか、「放浪記以後の認識」が収録されている。

林芙美子『放浪記』

改造社　新鋭文学叢書　1930（昭和5）年7月

「女人芸術」での連載のうち14章を選択し、テキストをほぼ初出のままに収録。また、「改造」に掲載された「九州炭坑街放浪記」が「放浪記以前」と改題され、プロローグとして挿入された。これがベストセラーとなり、後に改造文庫となったことで、改造社だけで50万部を超える売れ行きとなった。

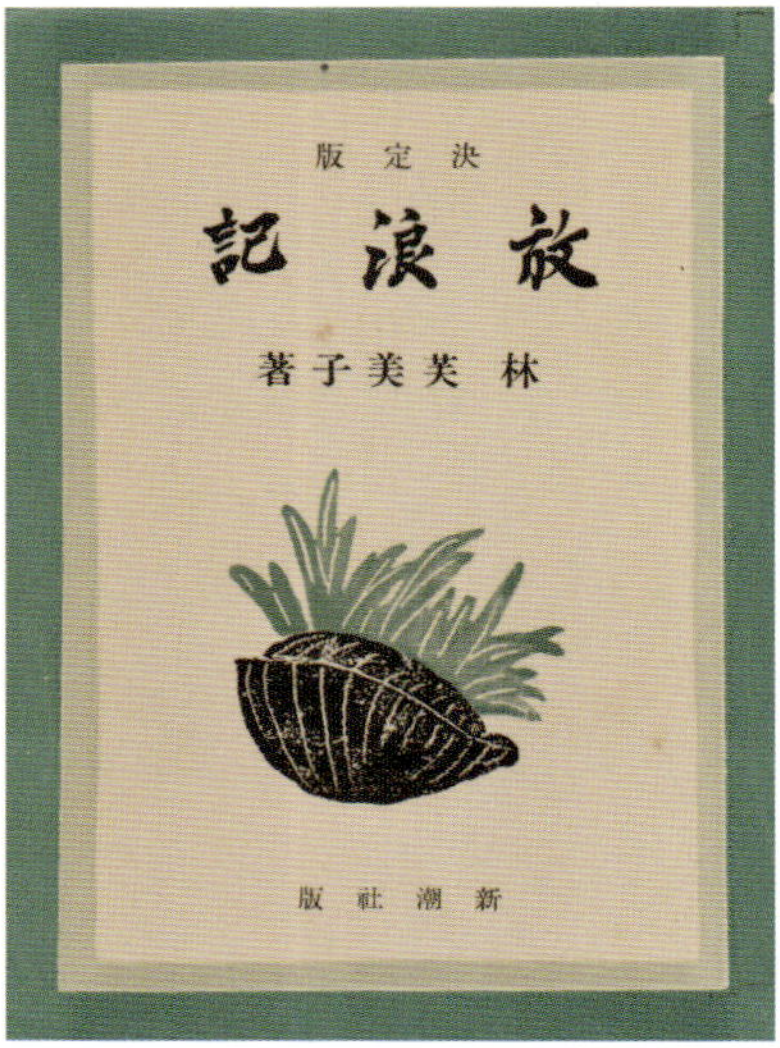

林芙美子『放浪記』決定版

新潮社　1939（昭和14）年11月

1937（昭和12）年、改造社より刊行の『林芙美子選集』5巻に再録した際の改稿を経て、さらに手を加えたもの。新潮社より刊行された決定版は、刊行から1年半の間に10万部以上の売り上げとなり広く読者を獲得した。

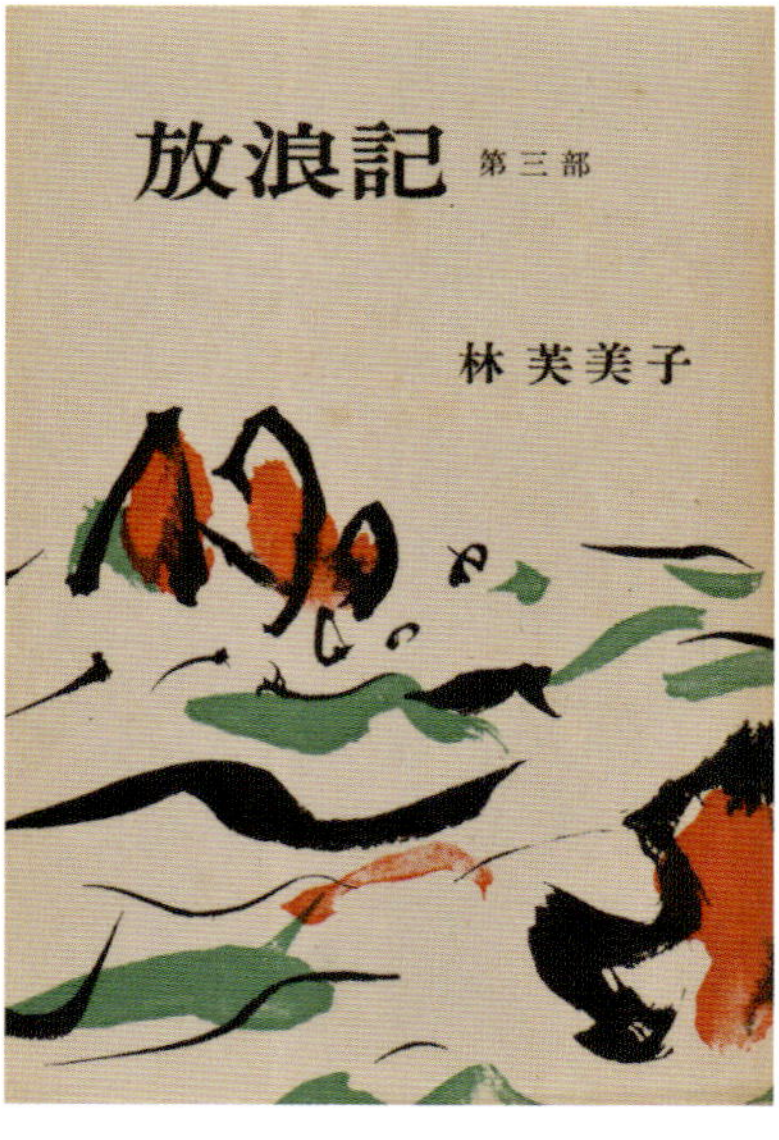

林芙美子『放浪記 第3部』

留女書店　1949（昭和24）年1月

1946（昭和21）年5月「日本小説」より11回にわたり掲載された文章をまとめたもの。正・続の2編を1部、2部として扱い、第3部と題された。同年12月に刊行された林芙美子文庫『放浪記II』のあとがきで林は第3部について「此第三部放浪記は、第一部第二部のなかにあるものなのだが、その当時は検閲が厳しく、発禁の恐れがあつたので」、「発表出来なかつた残りの部分を集めた」と書いている。

「はしがき」（『放浪記』決定版所収）

「放浪記」は、幼い文字で、若い私の生活を物語つてゐる作品だけれども、私はこれを私の作品の代表的なものにされるのは、いまは不服な気持ちである。

（中略）

今度決定版として出版するにあたり、不備だつた所を思ひきり私は書きなほしてみた。この書物が、貧しさと、不安と、窮乏の底に押しながされてゐる今日の若いひとたちに、生きてゆく上の、何等かの暗示を与へる書物ともなるならば、私のよろこびこれにすぎるものはないのであります。

「お芙美さん！今日は工場休みかい！」

叔母さんが障子を叩きながら呶鳴つてゐる。

「やかましいね！沈黙つてろ！」

私は舌打ちすると、妙に重々しく頭の下に両手を入れて、今さら重大な事を考へたけど、涙がふりちぎつて出るばかり。

お母さんのたより一通。

（初出版「放浪記」）

「あんたは、今日は工場は休みなのかい？」

叔母さんが障子を叩きながら呶鳴つてゐる。私は舌打ちをすると、妙に重々しく頭の下に両手を入れて、今さら重大な事を考へたけれど、涙が出るばかりだつた。

母の音信一通。

（『放浪記』決定版）

発表後の改稿 ③

川端康成（かわばた やすなり）

1899-1972（明治32-昭和47）

小説家。大阪市此花町（現・天神橋）出身。東京帝大在学中、菊池寛らに評価され「文芸春秋」の同人となる。代表作に「伊豆の踊子」「禽獣」「雪国」など。1961（昭和36）年に文化勲章、1968（昭和43）年にノーベル文学賞を受賞した。

1938（昭和13）年頃
鎌倉二階堂の自宅書斎

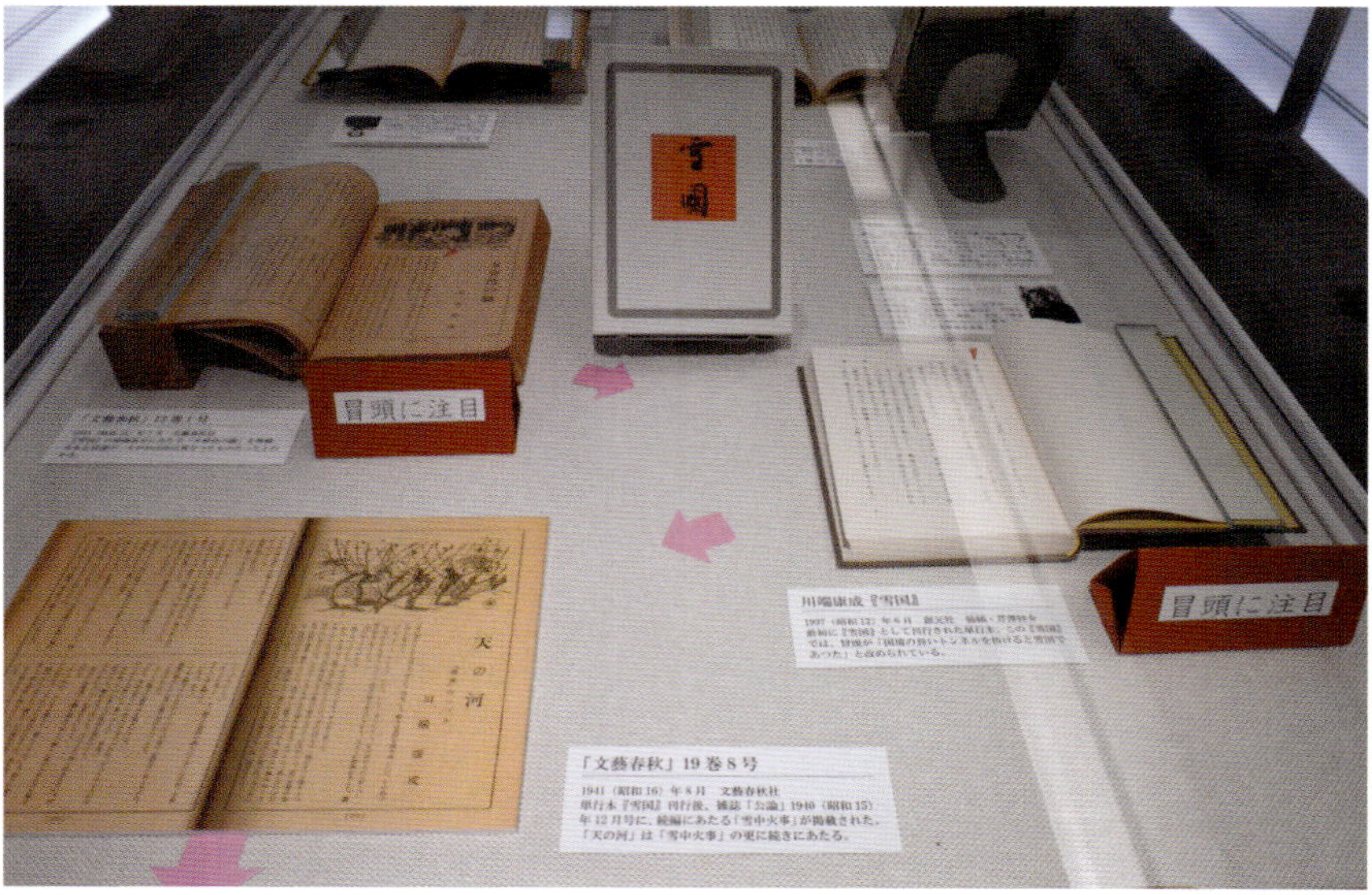

展示風景

「雪国」の改稿

雑誌に断続的に掲載された「夕景色の鏡」「白い朝の鏡」「物語」「徒労」「萱の花」「火の枕」「手毬唄」の6篇がまとめられ、1937（昭和12）年に『雪国』として出版された。この時、単行本化にあたり改稿されている。後に『雪国』の続きとして、「雪中火事」「天の河」の2篇が書き継がれたが、戦後、川端は「雪中火事」と「天の河」をそれぞれ「雪国抄」「続雪国」という形で改稿。『雪国 完全版』には「雪国抄」「続雪国」のテキストが収録されている。

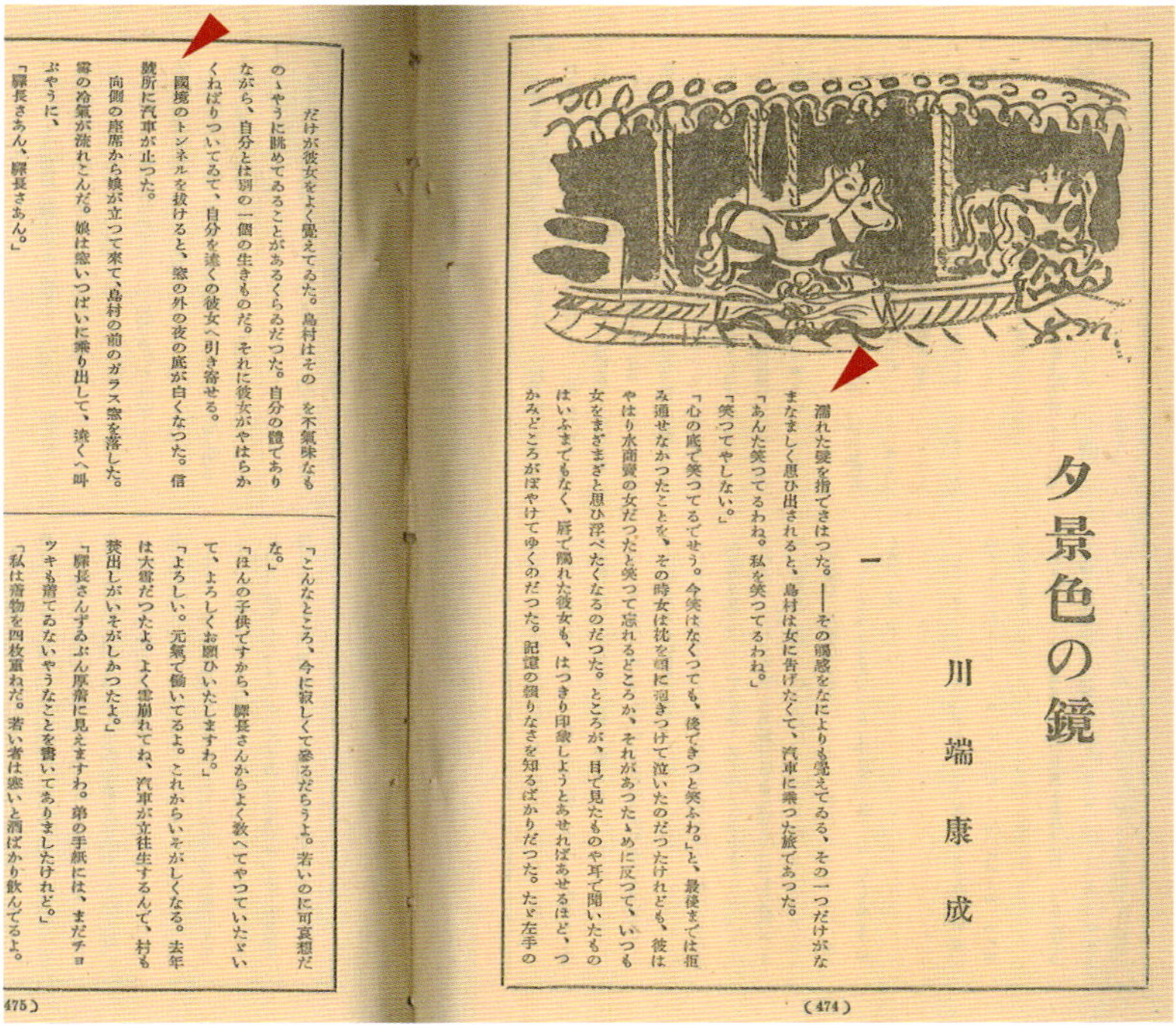

夕景色の鏡

川端康成

一

濡れた髪を指でさはつた。――その觸感をなによりも覺えてゐる、その一つだけがなまなましく思ひ出されると、島村は女に告げたくて、汽車に乗つた旅であつた。

「あんた笑つてるわね。私を笑つてるわね。」

「笑つてやしない。」

「心の底で笑つてるでせう。今笑はなくつても、後できつと笑ふわ。」と、最後までは拒み通せなかつたことを、その時女は枕を顔に抱きつけて泣いたのだつたけれども、彼はやはり水商賣の女だつたと笑つて忘れるどころか、それがあつたゝめに反つて、いつも女をまざまざと思ひ浮べたくなるのだつた。ところが、目で見たものや耳で聞いたものはいふまでもなく、肩で觸れた彼女も、はつきり印象しようとあせればあせるほど、つかみどころがぼやけてゆくのだつた。記憶の頼りなさを知るばかりだつた。たゞ左手の

（474）

だけが彼女をよく覺えてゐた。島村はその　を不氣味なものゝやうに眺めてゐることがあるくらゐだつた。自分の體でありながら、自分とは別の一個の生きものだ。それに彼女がやはらかくねばりついてゐて、自分を遠くの彼女へ引き寄せる。

國境のトンネルを拔けると、窓の外の夜の底が白くなつた。信號所に汽車が止つた。

向側の座席から娘が立つて來て、島村の前のガラス窓を落した。雪の冷氣が流れこんだ。娘は窓いつぱいに乗り出して、遠くへ叫ぶやうに、

「驛長さあん、驛長さあん。」

「こんなところ、今に寂しくて參るだらうよ。若いのに可哀想だな。」

「ほんの子供ですから、驛長さんからよく敎へてやつていたゞいて、よろしくお願ひいたしますわ。」

「よろしい。元氣で働いてるよ。これからいそがしくなる。去年は大雪だつたよ。よく雪崩れてね、汽車が立往生するんで、村も焚出しがいそがしかつたよ。」

「驛長さんずゐぶん厚着に見えますわ。弟の手紙には、まだチョツキも着てゐないやうなことを書いてありましたけれど。」

「私は着物を四枚重ねだ。若い者は寒いと酒ばかり飲んでるよ。」

（475）

「文芸春秋」13巻1号　1935（昭和10）年1月

『雪国』の冒頭部分にあたる「夕景色の鏡」を掲載。有名な冒頭の一文が初出時は異なったものだったとわかる。

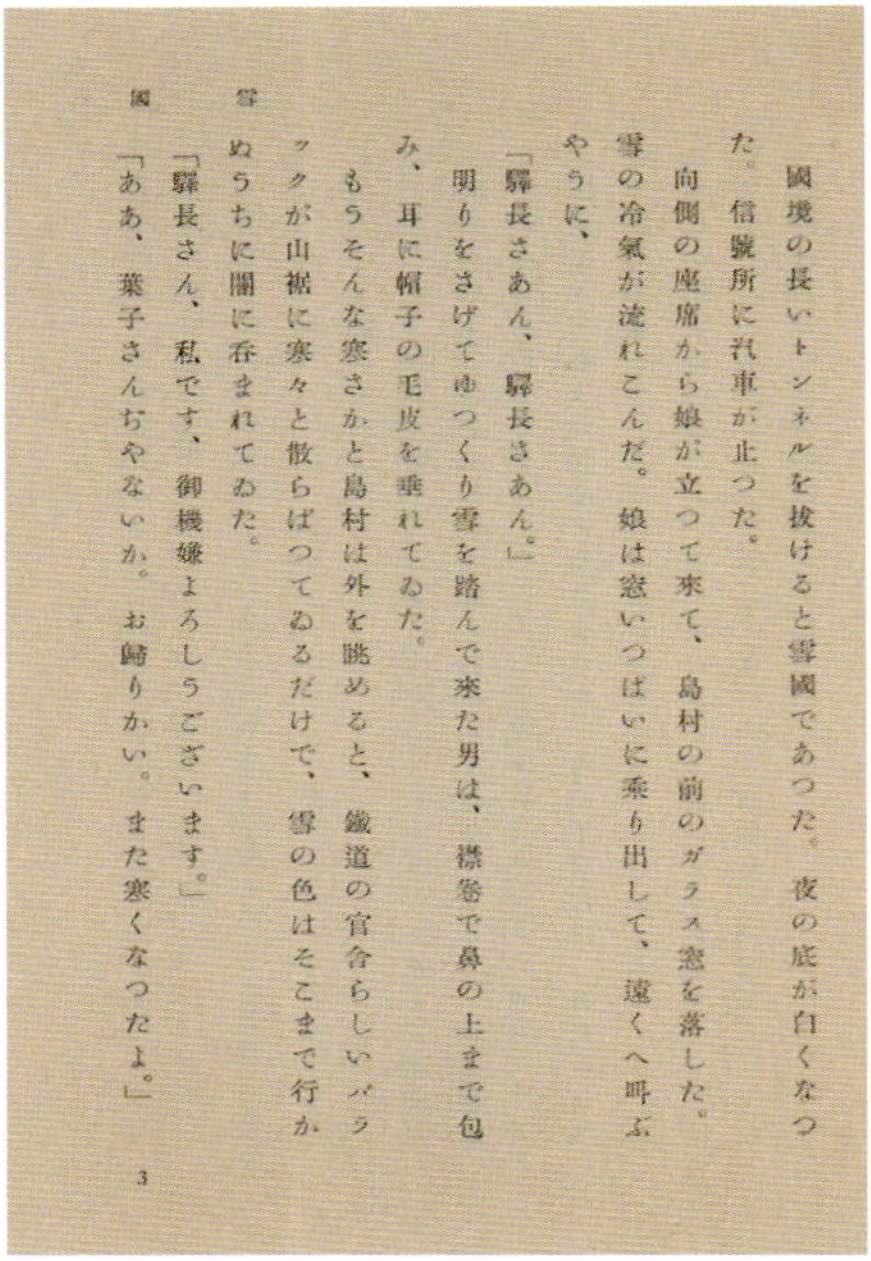

國境の長いトンネルを拔けると雪國であつた。夜の底が白くなつた。信號所に汽車が止つた。

　向側の座席から娘が立つて來て、島村の前のガラス窓を落した。雪の冷氣が流れこんだ。娘は窓いつぱいに乘り出して、遠くへ呼ぶやうに、

「驛長さあん、驛長さあん。」

　明りをさげてゆつくり雪を踏んで來た男は、襟卷で鼻の上まで包み、耳に帽子の毛皮を垂れてゐた。

　もうそんな寒さかと島村は外を眺めると、鐵道の官舍らしいバラツクが山裾に寒々と散らばつてゐるだけで、雪の色はそこまで行かぬうちに闇に呑まれてゐた。

「驛長さん、私です、御機嫌よろしうございます。」

「ああ、葉子さんぢやないか。お歸りかい。また寒くなつたよ。」

雪國　3

川端康成『雪国』

創元社　1937（昭和12）年6月
装幀・芹沢銈介

最初に『雪国』として刊行された単行本。この『雪国』では、冒頭が「国境の長いトンネルを抜けると雪国であつた」と改められている。

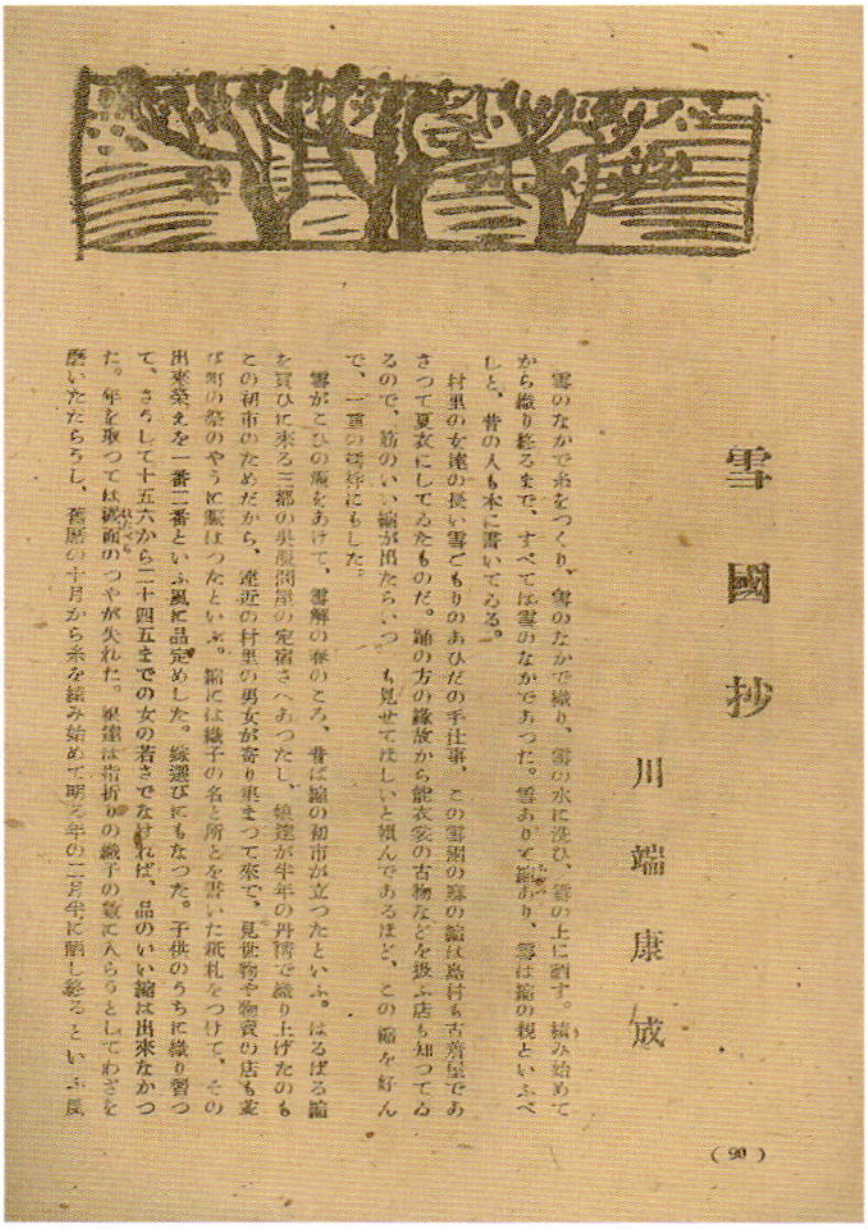

雪國抄

川端康成

　雪のなかで糸をつくり、雪のなかで織り、雪の水に洗ひ、雪の上に晒す。績み始めてから織り終るまで、すべては雪のなかであつた。雪ありて縮あり、雪は縮の親といふべしと、昔の人も本に書いてゐる。

　村里の女達の長い雪ごもりのあひだの手仕事、この雪國の麻の縮は島村も古着屋であさつて夏衣にしてゐたものだ。踊の方の縁故から能衣裳の古物などを扱ふ店も知つてゐるので、筋のいい縮が出たらいつでも見せてほしいと頼んであるほど、この縮を好んで、一重の襦袢にもした。

　雪がこひの簾をあけて、雪解の春のころ、昔は縮の初市が立つたといふ。はるばる縮を買ひに來る三都の呉服問屋の定宿さへあつたし、娘達が半年の丹精で織り上げたのもこの初市のためだから、遠近の村里の男女が寄り集まつて來て、見世物や物賣の店も並び町の祭のやうに賑はつたといふ。縮には織子の名と所とを書いた紙札をつけて、その出來榮えを一番二番といふ風に品定めした。嫁選びにもなつた。子供のうちに織り習つて、さうして十五六から二十四五までの女の若さでなければ、品のいい縮は出來なかつた。年を取つては織面のつやが失れた。娘達は指折りの織子の數に入らうとしてわざを磨いたたらうし、舊暦の十月から糸を績み始めて明る年の二月半ばに晒し終るといふ長

（90）

「暁鐘」1巻1号

1946（昭和21）年5月

川端は単行本『雪国』を刊行、続編にあたる「雪中火事」「天の河」を執筆。しかし、両作とも後に改稿され、題もそれぞれ「雪国抄」「続雪国」と改められた。

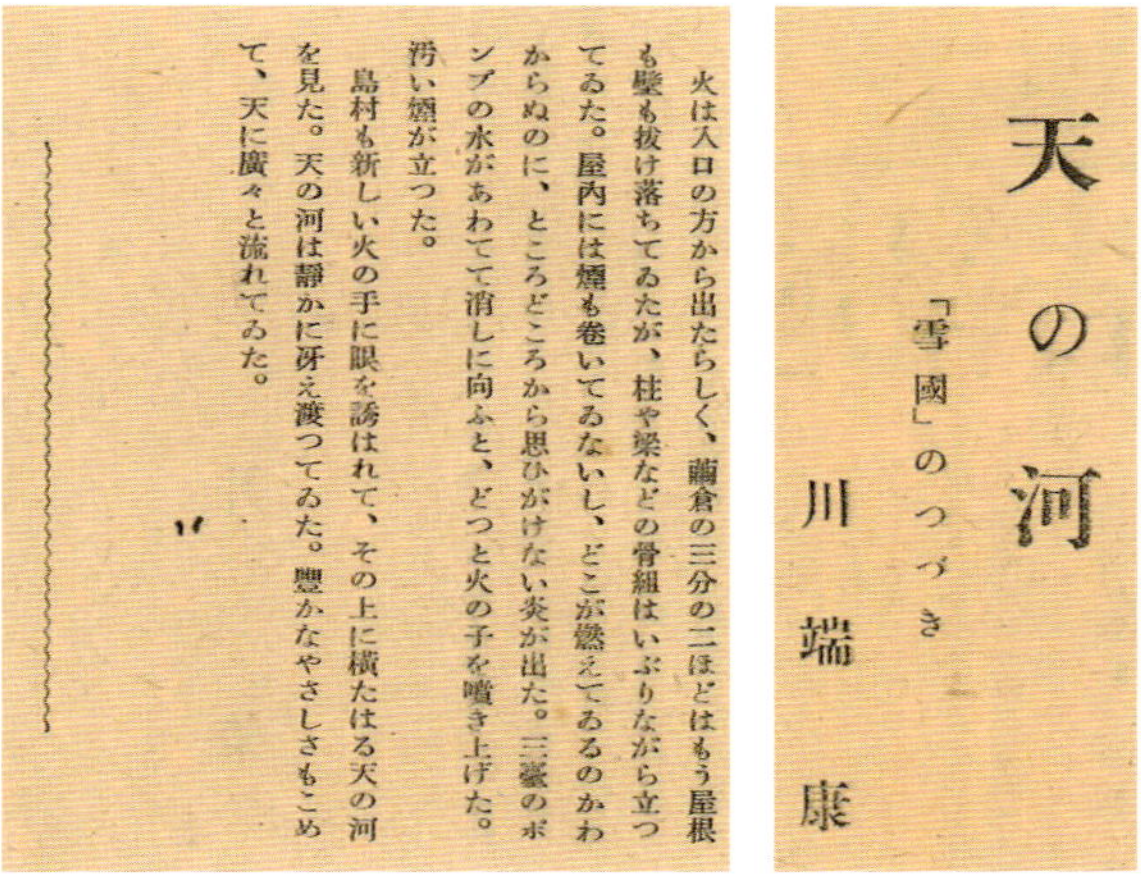

天の河

「雪國」のつゞき

川端康

火は入口の方から出たらしく、繭倉の三分の二ほどはもう屋根も壁も抜け落ちてゐたが、柱や梁などの骨組はいぶりながら立つてゐた。屋内には煙も巻いてゐないし、どこが燃えてゐるのかわからぬのに、ところどころから思ひがけない炎が出た。三臺のポンプの水があわてて消しに向ふと、どつと火の子を噴き上げた。汚い煙が立つた。

島村も新しい火の手に眼を誘はれて、その上に横たはる天の河を見た。天の河は靜かに冴え渡つてゐた。豐かなやさしさもこめて、天に廣々と流れてゐた。

「文芸春秋」19巻8号

1941（昭和16）年8月

「天の河」掲載。「雪中火事」の続きにあたる。

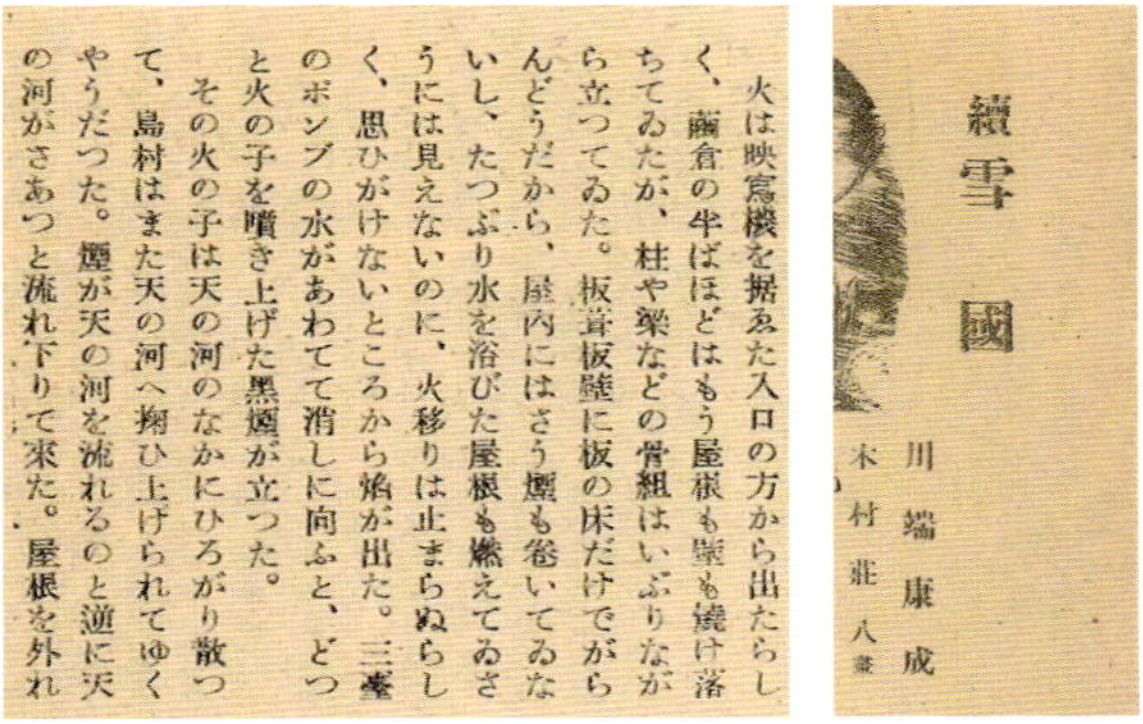

續雪國

川端康成

木村荘八畫

火は映寫機を据ゑた入口の方から出たらしく、繭倉の半ばほどはもう屋根も壁も燒け落ちてゐたが、柱や梁などの骨組はいぶりながら立つてゐた。板葺板壁に板の床だけでがらんどうだから、屋内にはさう煙も卷いてゐないし、たつぷり水を浴びた屋根も燃えてゐさうには見えないのに、火移りは止まらぬらしく、思ひがけないところから焔が出た。三臺のポンプの水があわてて消しに向ふと、どつと火の子を噴き上げた黑煙が立つた。

その火の子は天の河のなかにひろがり散つて、島村はまた天の河へ掬ひ上げられてゆくやうだつた。煙が天の河を流れるのと逆に天の河がさあつと流れ下りて來た。屋根を外れ

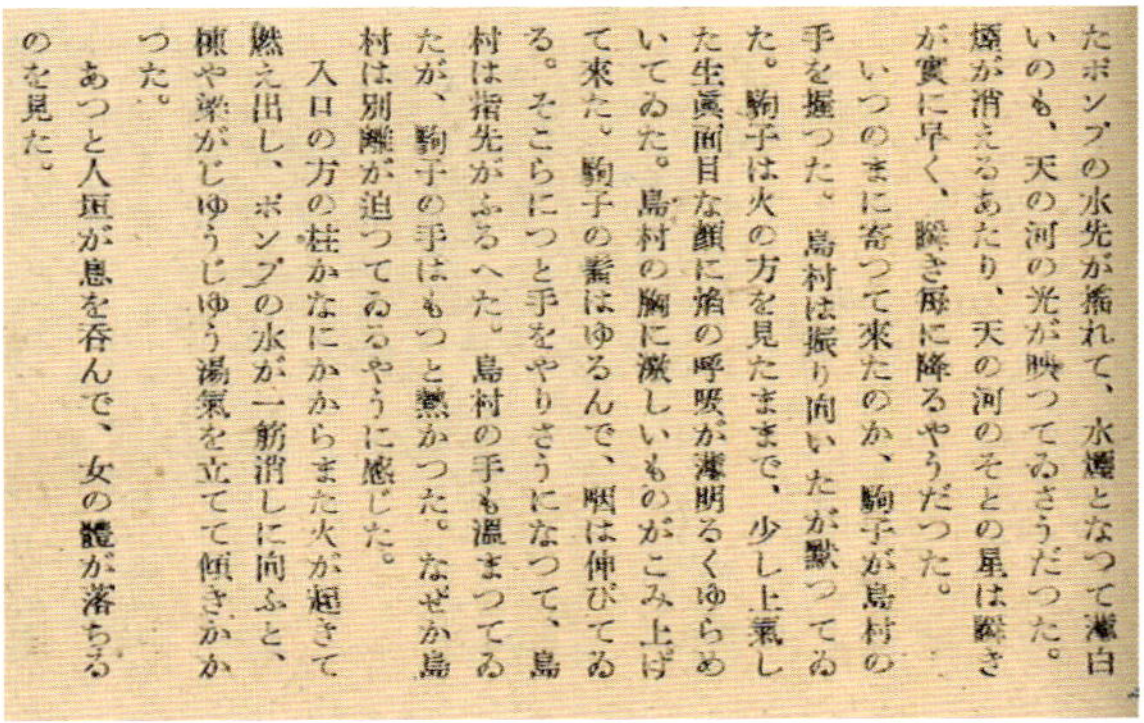

たポンプの水先が揺れて、水煙となつて薄白いのも、天の河の光が映つてゐるさうだつた。煙が消えるあたり、天の河のそとの星は瞬きが實に早く、瞬き屑に降るやうだつた。

いつのまに寄つて來たのか、駒子が島村の手を握つた。島村は振り向いたが默つてゐた。駒子は火の方を見たままで、少し上氣した生眞面目な顏に焔の呼吸が薄明るくゆらめいてゐた。島村の胸に激しいものがこみ上げて來た。駒子の髷はゆるんで、咽は伸びてゐる。そこらにつと手をやりさうになつて、島村は指先がふるへた。島村の手も溫まつてゐたが、駒子の手はもつと熱かつた。なぜか島村は別離が迫つてゐるやうに感じた。

入口の方の柱かなにかからまた火が起きて燃え出し、ポンプの水が一筋消しに向ふと、棟や梁がじゆうじゆう湯氣を立てて傾きかかつた。

あつと人垣が息を吞んで、女の體が落ちるのを見た。

「小説新潮」1巻2号

1947（昭和22）年10月

「天の河」の改作にあたる「続雪国」を掲載。「雪中火事」「天の河」では触れられなかった葉子の死の場面が描かれる。

発表後の改稿 ④

大岡昇平 (おおおか しょうへい)

1946(昭和21)年10月20日
復員後まもなく、飛行服を着用して

1909-1988 (明治42-昭和63)

小説家。東京牛込新小川町生まれ。小林秀雄にフランス語を教わり、小林を通して、河上徹太郎、中原中也らと知り合い、同人誌「白痴群」創刊に参加。戦前は主にスタンダールに関心を持つ。1944 (昭和19) 年、召集されフィリピンに赴き俘虜となり、この経験を「俘虜記」「野火」「レイテ戦記」に書いた。また「武蔵野夫人」がベストセラーになるなど心理分析による知的な作風で活躍。20数年かけて中也の評伝も執筆した。

「野火」の概要

肺病のために部隊から追い出された田村は、フィリピン戦線のレイテ島を彷徨し、現地のフィリピン人や飢餓に倒れた日本兵との遭遇を経て、食料を求めて互いに争う同胞の姿を見、狂気に近づいていく。

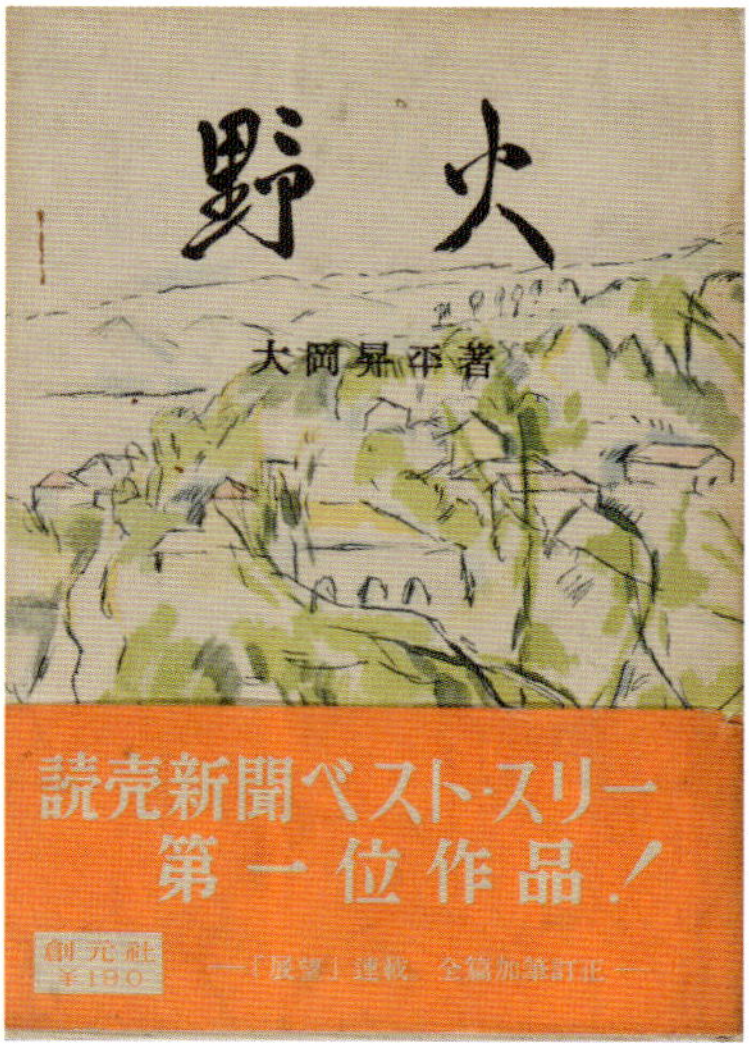

大岡昇平『野火』

創元社　1952 (昭和27) 年2月

最初の「野火」収録単行本。「展望」版のテキストに、さらに手が加えられた。雑誌掲載とは異なった順序の章立てで構成されている。

「野火」は最初に発表されてから完成までの間に時間が経過し、執筆再開時に作品の構造が変更された。

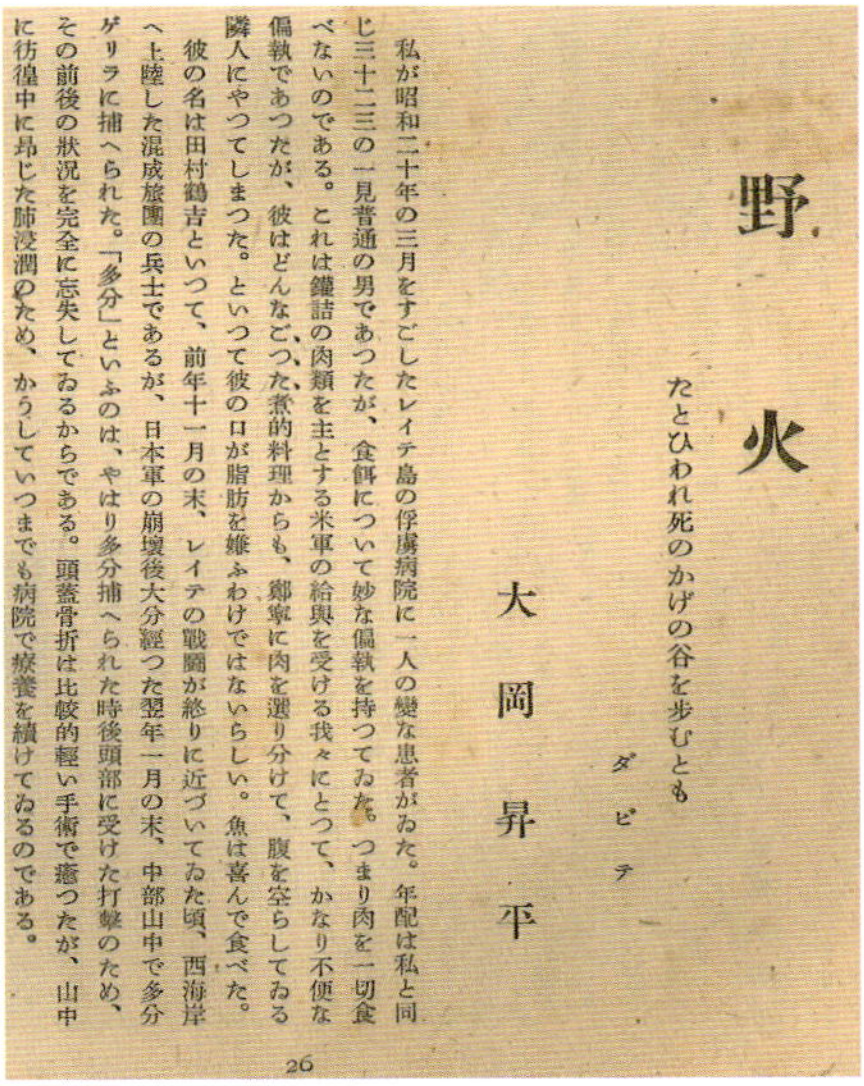

野火

たとひわれ死のかげの谷を歩むとも
ダビデ

大岡昇平

私が昭和二十年の三月をすごしたレイテ島の俘虜病院に一人の變な患者がゐた。年配は私と同じ三十二三の一見普通の男であつたが、食餌について妙な偏執を持つてゐた。つまり肉を一切食べないのである。これは鑵詰の肉類を主とする米軍の給與を受ける我々にとつて、かなり不便な偏執であつたが、彼はどんなごつた煮的料理からも、鄭寧に肉を選り分けて、腹を空らしてゐる隣人にやつてしまつた。といつて彼の口が脂肪を嫌ふわけではないらしい。魚は喜んで食べた。

彼の名は田村鶴吉といつて、前年十一月の末、レイテの戰鬪が終りに近づいてゐた頃、西海岸へ上陸した混成旅團の兵士であるが、日本軍の崩壞後大分經つた翌年一月の末、中部山中で多分ゲリラに捕へられた。「多分」といふのは、やはり多分捕へられた時後頭部に受けた打撃のため、その前後の状況を完全に忘失してゐるからである。頭蓋骨折は比較的輕い手術で癒つたが、山中に彷徨中に昂じた肺浸潤のため、かうしていつまでも病院で療養を續けてゐるのである。

26

「文体」3号

1948（昭和23）年12月

田村鶴吉について「私」が説明している。田村が戦場での彷徨を回想する場面が始まると、田村自身の語りに移行するため、冒頭の「私」が「では以下「私」といふのは田村鶴吉である」と断っている。

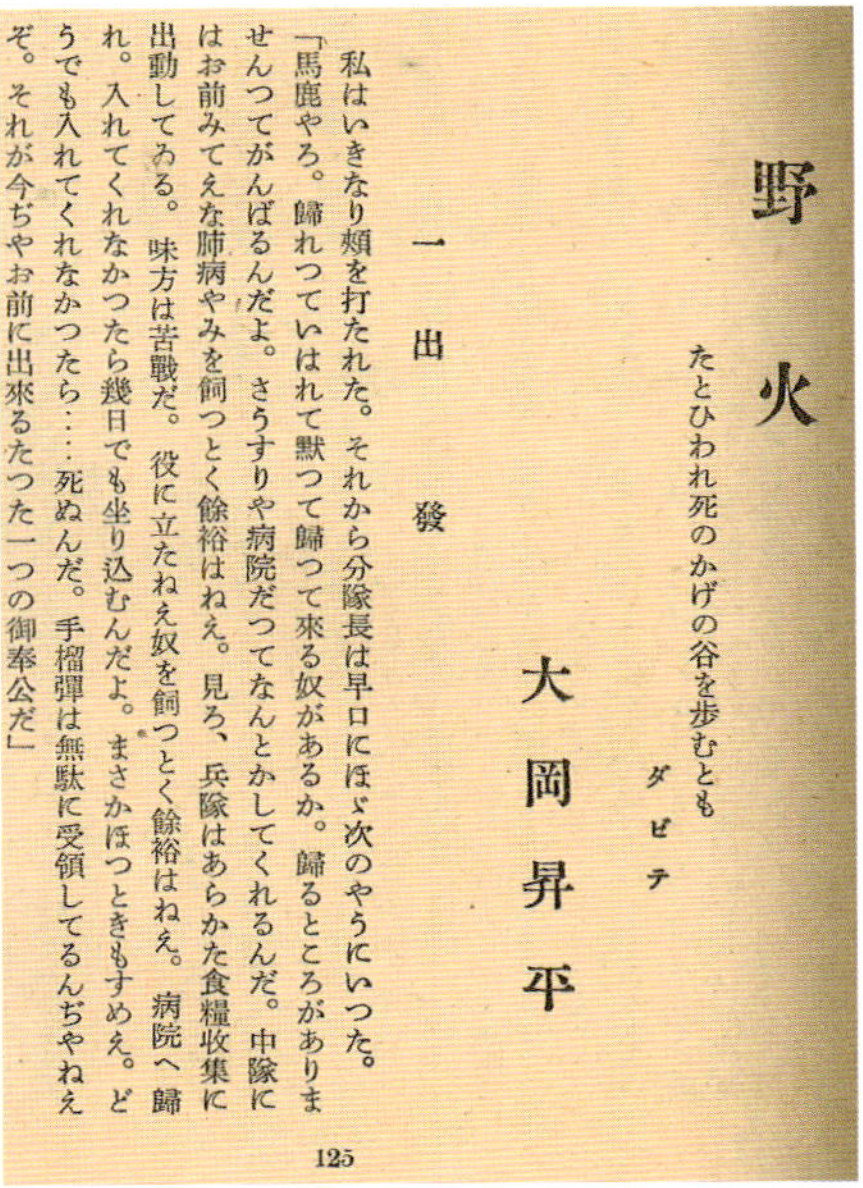

野火

たとひわれ死のかげの谷を歩むとも
ダビデ

大岡昇平

一　出發

私はいきなり頰を打たれた。それから分隊長は早口にほゞ次のやうにいつた。

「馬鹿やろ。歸れつていはれて默つて歸つて來る奴があるか。歸るところがありませんつてがんばるんだよ。さうすりや病院だつてなんとかしてくれるんだ。中隊にはお前みてえな肺病やみを飼つとく餘裕はねえ。見ろ、兵隊はあらかた食糧收集に出動してゐる。味方は苦戰だ。役に立たねえ奴を飼つとく餘裕はねえ。病院へ歸れ。入れてくれなかつたら幾日でも坐り込むんだよ。まさかほつときもすめえ。どうでも入れてくれなかつたら……死ぬんだ。手榴彈は無駄に受領してるんぢやねえぞ。それが今ぢやお前に出來るたつた一つの御奉公だ」

125

「展望」61号

1951（昭和26）年1月

「文体」廃刊による連載中絶のため、「文体」稿を改稿し、再度冒頭から連載が開始する。「展望」稿は「文体」冒頭部分に登場した「私」の描写が削除され、最初から田村鶴吉の語りが始まる。「展望」版において患者としての田村が言及されるのは、「野火」最終章の「狂人日記」部となる。

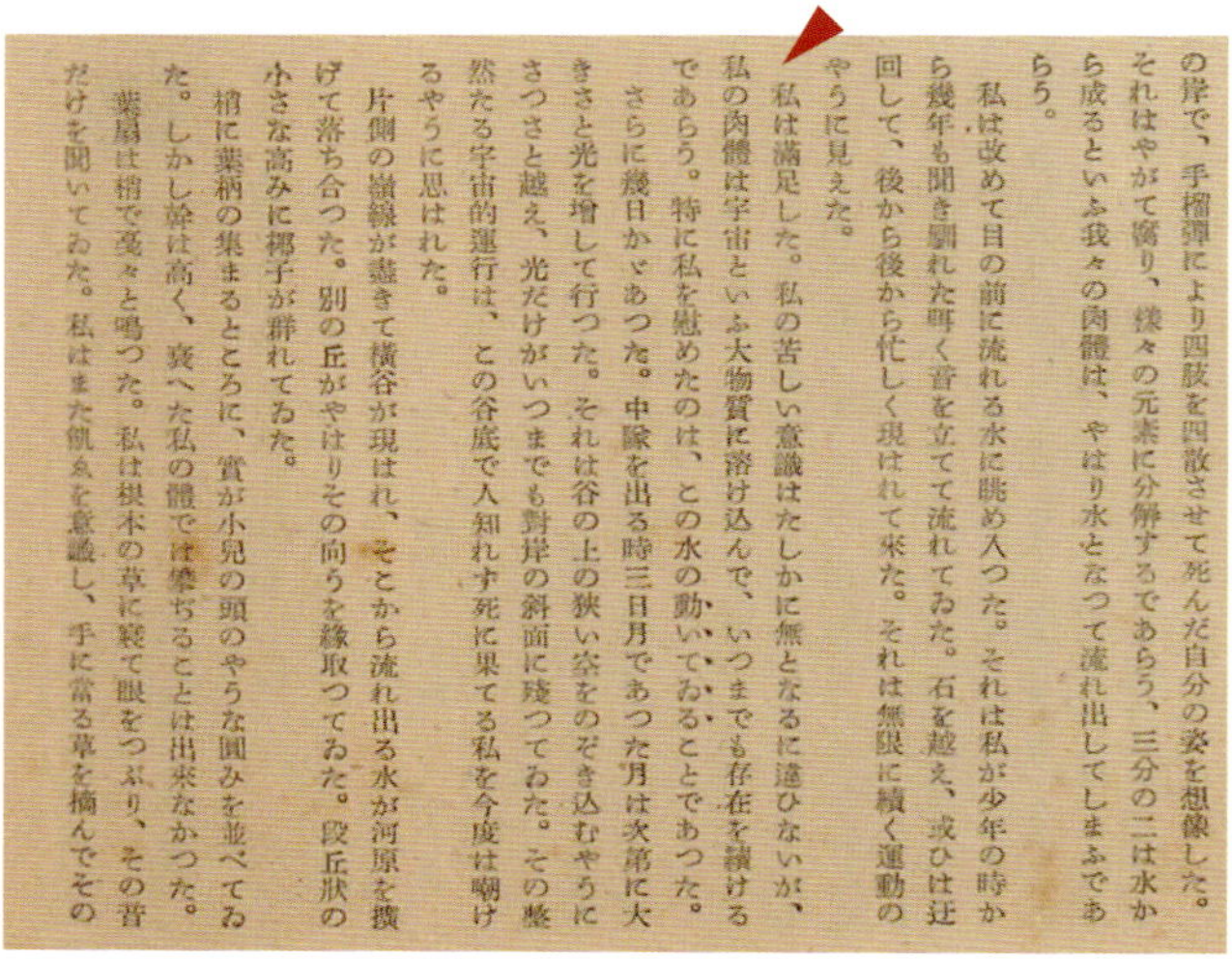

の岸で、手榴弾により四肢を四散させて死んだ自分の姿を想像した。それはやがて腐り、様々の元素に分解するであらう、三分の二は水から成るといふ我々の肉體は、やはり水となつて流れ出してしまふであらう。

私は改めて目の前に流れる水に眺め入つた。それは私が少年の時から幾年も聞き馴れた呟く音を立てて流れてゐた。石を越え、或ひは迂回して、後から後から忙しく現はれて來た。それは無限に續く運動のやうに見えた。

私は滿足した。私の苦しい意識はたしかに無となるに違ひないが、私の肉體は宇宙といふ大物質に溶け込んで、いつまでも存在を續けるであらう。特に私を慰めたのは、この水の動いてゐることであつた。

さらに幾日かゞあつた。中隊を出る時三日月であつた月は次第に大きさと光を増して行つた。それは谷の上の狭い空をのぞき込むやうにさつさと越え、光だけがいつまでも對岸の斜面に殘つてゐた。その整然たる宇宙的運行は、この谷底で人知れず死に果てる私を今度は嘲けるやうに思はれた。

片側の嶺線が盡きて横谷が現はれ、そこから流れ出る水が河原を擴げて落ち合つた。別の丘がやはりその向うを縁取つてゐた。段丘狀の小さな高みに椰子が群れてゐた。

梢に葉柄の集まるところに、實が小兒の頭のやうな圓みを並べてゐた。しかし幹は高く、衰へた私の體では攀ぢることは出來なかつた。

葉扇は梢で戞々と鳴つた。私は根本の草に寢て眼をつぶり、その音だけを聞いてゐた。私はまた飢ゑを意識し、手に當る草を摘んでその

「文体」4号　1949（昭和24）年7月

大岡昇平「鶏と塩と—「野火」の2」掲載。「文体」の廃刊のため、連載は本号で中断し、後に改稿されたテキストが「展望」へと掲載される。

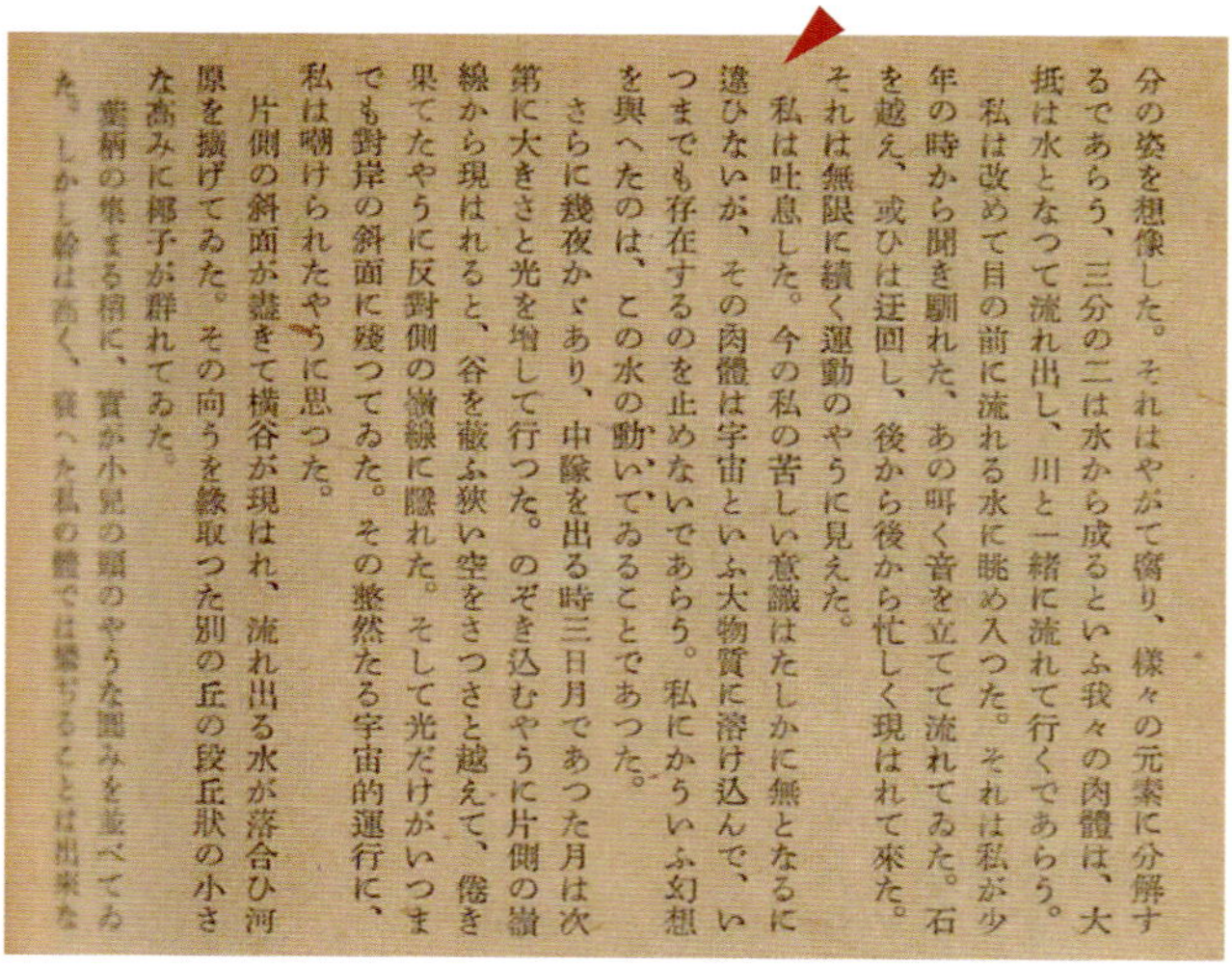

分の姿を想像した。それはやがて腐り、様々の元素に分解するであらう、三分の二は水から成るといふ我々の肉體は、大抵は水となつて流れ出し、川と一緒に流れて行くであらう。

私は改めて目の前に流れる水に眺め入つた。それは私が少年の時から聞き馴れた、あの呟く音を立てて流れてゐた。石を越え、或ひは迂回し、後から後から忙しく現はれて來た。それは無限に續く運動のやうに見えた。

私は吐息した。今の私の苦しい意識はたしかに無となるに違ひないが、その肉體は宇宙といふ大物質に溶け込んで、いつまでも存在するのを止めないであらう。私にかういふ幻想を與へたのは、この水の動いてゐることであつた。

さらに幾夜かゞあり、中隊を出る時三日月であつた月は次第に大きさと光を増して行つた。のぞき込むやうに片側の嶺線から現はれると、谷を蔽ふ狭い空をさつさと越えて、倦き果てたやうに反對側の嶺線に隱れた。そして光だけがいつまでも對岸の斜面に殘つてゐた。その整然たる宇宙的運行に、私は嘲けられたやうに思つた。

片側の斜面が盡きて横谷が現はれ、流れ出る水が落合ひ河原を擴げてゐた。その向うを縁取つた別の丘の段丘狀の小さな高みに椰子が群れてゐた。

葉柄の集まる梢に、實が小兒の頭のやうな圓みを並べてゐた。しかし幹は高く、衰へた私の體では攀ぢることは出來な

「展望」62号　1951（昭和26）年2月

冒頭部分の削除以外にも、死の想念に関わる描写など、「文体」掲載のテキストから複数の改稿が見られる。

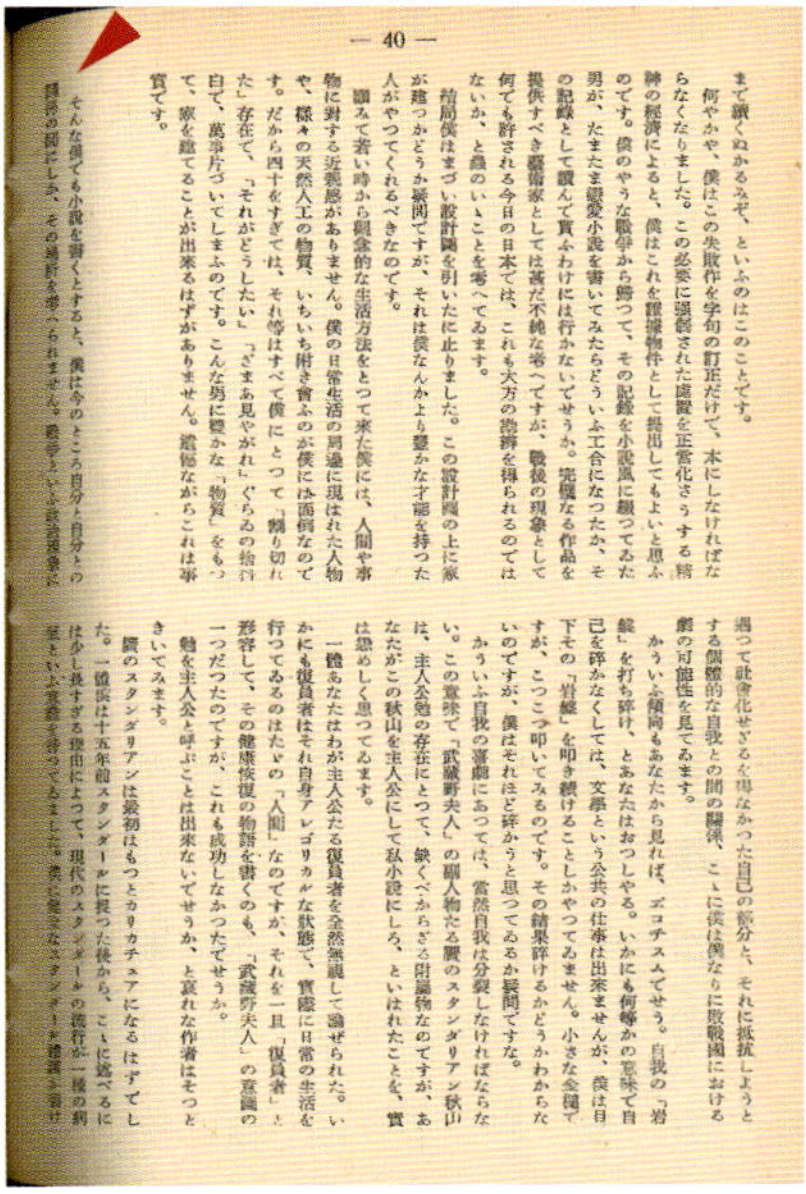

— 40 —

まで續くぬかるみぞ、といふのはこのことです。

何やかや、僕はこの失敗作を字句の訂正だけで、本にしなければならなくなりました。この必要に强制された處置を正當化さうする精神の經濟によると、僕はこれを證據物件として提出してもよいと思ふのです。僕のやうな戰爭から歸つて、その記錄を小說風に綴つてゐた男が、たまたま戀愛小說を書いてみたらどういふ工合になつたか、その記錄として讀んで貰ふわけには行かないでせうか。完璧なる作品を提供すべき藝術家としては甚だ不純な考へですが、戰後の現象として何でも許される今日の日本では、これも大方の諒許を得られるのではないか、と蟲のいゝことを考へてゐます。

結局僕はまづい設計圖を引いたに止りました。この設計圖の上に家が建つかどうか疑問ですが、それは僕なんかより豐かな才能を持つた人がやつてくれるべきなのです。

顧みて若い時から觀念的な生活方法をとつて來た僕には、人間や事物に對する近親感がありません。僕の日常生活の周邊に現はれた人物や、様々の天然人工の物質、いちいち附き會ふのが僕には面倒なのです。だから四十をすぎては、それ等はすべて僕にとつて「割り切れた」存在で、「それがどうしたい」「ざまあ見やがれ」ぐらゐの捨台白で、萬事片づいてしまふのです。こんな男に豐かな「物質」をもつて、家を建てることが出來るはずがありません。遺憾ながらこれは事實です。

そんな僕でも小說を書くとすると、僕は今のところ自分と自分との關係の間にしか、その場所を考へられません。戰爭といふ社會現象に遇つて社會化せざるを得なかつた自己の部分と、それに抵抗しようとする個體的な自我との間の關係、こゝに僕は僕なりに敗戰國における劇の可能性を見てゐます。

かういふ傾向もあなたから見れば、エゴチスムでせう。自我の「岩盤」を打ち碎け、とあなたはおつしやる。いかにも何等かの意味で自己を碎かなくしては、文學といふ公共の仕事は出來ませんが、僕は目下その「岩盤」を叩き續けることしかやつてゐません。小さな金槌ですが、こつこつ叩いてみるものです。その結果碎けるかどうかわからないのですが、僕はそれほど碎かうと思つてゐるか疑問ですな。

かういふ自我の喜劇にあつては、當然自我は分裂しなければならない。この意味で「武藏野夫人」の副人物たる贋のスタンダリアン秋山は、主人公勉の存在にとつて、缺くべからざる附屬物なのですが、あなたがこの秋山を主人公にして私小說にしろ、といはれたことを、實は恐しく思つてゐます。

一體あなたはわが主人公たる復員者を全然無視して論ぜられた。いかにも復員者はそれ自身アレゴリカルな狀態で、實際に日常の生活を行つてゐるのはたゞの「人間」なのですが、それを一旦「復員者」と形容して、その健康恢復の物語を書くのも、「武藏野夫人」の意圖の一つだつたのですが、これも成功しなかつたでせうか。

勉を主人公と呼ぶことは出來ないでせうか、と哀れな作者はそつときいてみます。

贋のスタンダリアンは最初はもつとカリカチュアになるはずでした。一體僕は十五年前スタンダールに捉つた後から、こゝに述べるには少し長すぎる理由によつて、現代のスタンダールの流行が一種の網

「私の処方箋

—「武蔵野夫人」の意図について」

「群像」1950（昭和25）年11月号掲載。福田恆存への書簡という形で執筆されている。大岡は自身の小説作品について「僕は今のところ自分と自分との関係の間にしか、その場所を考へられません」と書き、「敗戦国における劇の可能性」について述べている。

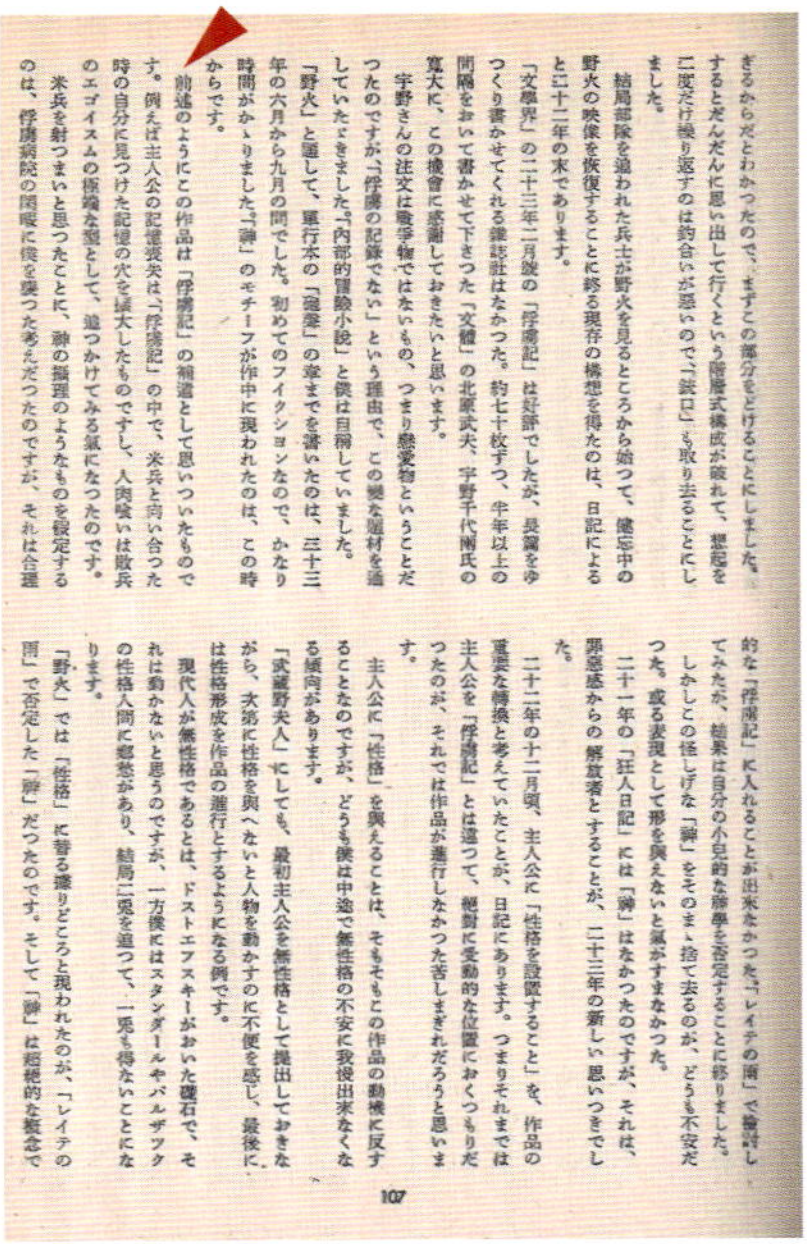

ぎるからだとわかつたので、まずこの部分をとげることにしました。するとだんだんに思い出して行くという階層式構成が破れて、想起を二度だけ繰り返すのは釣合いが悪いので、「銃口」も取り去ることにしました。

結局部隊を追われた兵士が野火を見るところから始つて、健忘中の野火の映像を恢復することに終る現存の構想を得たのは、日記によると二十二年の末であります。

「文學界」の二十三年二月號の「俘虜記」は好評でしたが、長篇をゆつくり書かせてくれる雑誌社はなかつた。約七十枚ずつ、半年以上の間隔をおいて書かせて下さつた「文體」の北原武夫、宇野千代兩氏の寛大に、この機會に感謝しておきたいと思います。

宇野さんの注文は戰爭物ではないもの、つまり戀愛物ということだつたのですが、「俘虜の記錄でない」という理由で、この變な題材を通していたゞきました。「内部的冒險小說」と僕は自稱していました。

「野火」と題して、單行本の「嶺峯」の章までを書いたのは、三十三年の六月から九月の間でした。初めてのフィクションなので、かなり時間がかゝりました。「神」のモチーフが作中に現われたのは、この時からです。

前述のようにこの作品は「俘虜記」の補遺として思いついたものです。例えば主人公の記憶喪失は、「俘虜記」の中で、米兵と向い合つた時の自分に見つけた記憶の穴を擴大したものですし、人肉喰いは敗兵のエゴイスムの極端な型として、追つかけてみる氣になつたのです。

米兵を射つまいと思つたことに、神の攝理のようなものを假定するのは、俘虜病院の閑暇に僕を襲つた考えだつたのですが、それは合理的な「俘虜記」に入れることが出來なかつた。「レイテの雨」で檢討してみたが、結果は自分の小兒的な神學を否定することに移りました。

しかしこの怪しげな「神」をそのまゝ捨て去るのが、どうも不安だつた。或る表現として形を與えないと氣がすまなかつた。

二十一年の「狂人日記」には「神」はなかつたのですが、それは、罪惡感からの解放者とすることが、二十二年の新しい思いつきでした。

二十二年の十二月頃、主人公に「性格を設置すること」を、作品の重要な轉換と考えていたことが、日記にあります。つまりそれまでは主人公を「俘虜記」とは違つて、絕對に受動的な位置におくつもりだつたのが、それでは作品が進行しなかつた苦しまぎれだろうと思います。

主人公に「性格」を與えることとは、そもそもとの作品の動機に反することとなのですが、どうも僕は中途で無性格の不安に我慢出來なくなる傾向があります。

「武藏野夫人」にしても、最初主人公を無性格として提出しておきながら、次第に性格を與へないと人物を動かすのに不便を感じ、最後には性格形成を作品の進行とするようになる例です。

現代人が無性格であるとは、ドストエフスキーがおいた礎石で、それは動かないと思うのですが、一方僕にはスタンダールやバルザックの性格人間に郷愁があり、結局二兎を追つて、一兎も得ないことになります。

「野火」では「性格」に替る據りどころと現われたのが、「レイテの雨」で否定した「神」だつたのです。そして「神」は超絶的な概念で

107

「創作の秘密—「野火」の意図」

「文学界」1953（昭和28）年10月号掲載。作者による自作解説。「この作品は「俘虜記」の補遺として思いついたもの」とある。

『野火』成立まで

年	月	掲載タイトル	掲載誌
昭和23年	2月	「俘虜記」（後の「捉ふるまで」）	「文学界」2巻2号
	4月	「サンホセ野戦病院」	「中央公論」63年4号
	8月	「レイテの雨」（後の「タクロバンの雨」「パロの陽」）	「作品」1号
	12月	「野火」	「文体」3号
		「西矢隊始末記」	「芸術」3巻6号
		『俘虜記』	作品社
昭和24年	3月	「生きてゐる俘虜」	「作品」3号
		「戦友」	「文学界」3巻1号
	7月	「鶏と塩と―「野火」の2」	「文体」4号
		「俘虜の季節」	「改造文芸」1巻1号
	8月	「西矢隊奮戦」	「文学界」3巻6号
	10月	「建設」（後の「労働」）	「別冊文芸春秋」13号
	12月	「海上にて」	「文芸」6巻12号
		「外業」（後の「労働」）	「改造」30巻12号
		「サンホセの聖母」	「文学会議」8号
	1月	「出征」	「新潮」47巻1号
		「武蔵野夫人」1回	「群像」5巻1号
	2月	「武蔵野夫人」2回	「群像」5巻2号
	3月	「武蔵野夫人」3回	「群像」5巻3号
		「八月十日」	「文学界」4巻3号

年	月	作品	掲載誌・出版社
昭和25年	6月	『サンホセの聖母』	作品社
		「武蔵野夫人」6回	「群像」5巻6号
		「敗走紀行」	「改造文芸」2巻6号
	7月	「武蔵野夫人」7回	「群像」5巻7号
	9月	「武蔵野夫人」最終回	「群像」5巻9号
		「新しき俘虜と古き俘虜」	「文芸春秋」28巻12号
		「女中の子」	「別冊小説新潮」4巻10号
	10月	「帰還」	「改造」31巻10号
		「銃を棄てる話」	「読売評論」2巻10号
	11月	「山中露営」	「文学界」4巻11号
昭和26年	1月	「俘虜演芸大会」(後の「演芸大会」)	「人間」6巻1号
		「野火」1回	「展望」61号
	2月	「野火」2回	「展望」62号
	3月	「野火」3回	「展望」63号
		『新しき俘虜と古き俘虜』	創元社
	4月	「野火」4回	「展望」64号
	5月	「野火」5回	「展望」65号
	6月	「野火」6回	「展望」66号
	7月	「野火」7回	「展望」67号
	8月	「野火」8回	「展望」68号
	11月	「再会」	「新潮」48巻12号
昭和27年	2月	『野火』	創元社

「野火」成立まで

長期にわたる中断のあいだに、「俘虜記」をはじめとする戦争体験を題材とした一連の作品、またベストセラーとなった「武蔵野夫人」が執筆されている。大岡は「「野火」の意図」(「創元」32号(昭和27年7月))の中で、「戦争といふ事件を、異常として考へないで、なるべく日常茶飯事と同じ、論理と感情に還算して表現するのを方針としてゐ」たが、「俘虜記」執筆の後、「どうも何か僕の中に残るものがあつた」とし、「熱帯の自然を彷徨する孤独な敗兵の感覚と感情の混乱」を実現するために「野火」を構想したと述べている。

検閲を配慮した伏字

小林多喜二（こばやし たきじ）

1903-1933（明治36-昭和8）

小説家。秋田県下川沿村（現・大館市）生まれ。北海道小樽で育つ。小樽高等商業学校（現・小樽商科大学）卒業。蟹漁の加工船での奴隷的な労働を描いた「蟹工船」にて新しい労働者の文学を生み出し、プロレタリア文学の代表作家となった。

1931（昭和6）年頃

展示風景

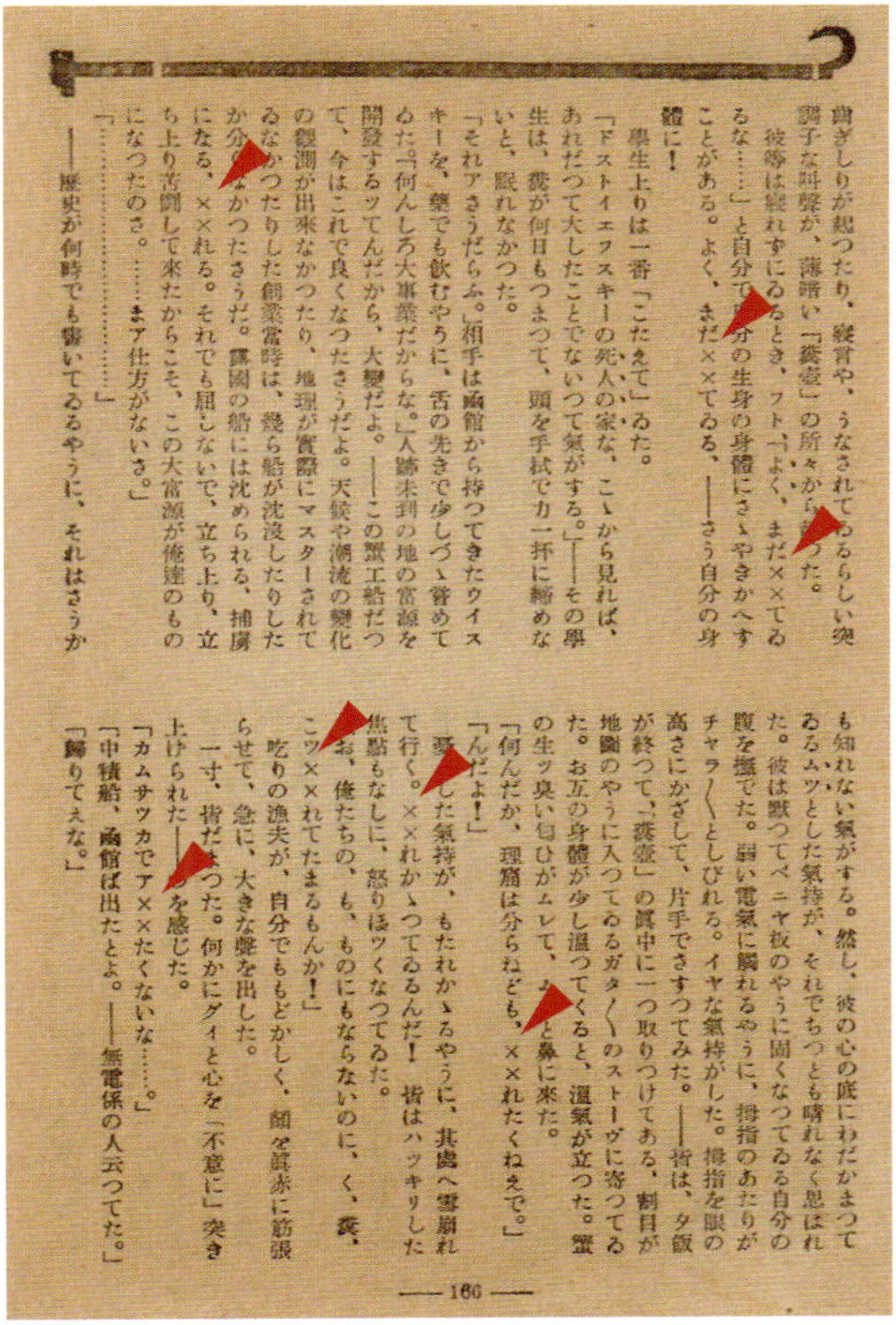

歯ぎしりが起つたり、寝言や、うなされてゐるらしい突調子な叫聲が、薄暗い「糞壺」の所々から起つた。

彼等は寝れずにゐるとき、フト「よく、まだ××てゐるな……」と自分で自分の生身の身體にさゝやきかへすことがある。よく、まだ××てゐる、——さう自分の身體に！

學生上りは一番「こたえて」ゐた。

「ドストイエフスキーの死人の家な、こゝから見れば、あれだつて大したことでないつて氣がする。」——その學生は、糞が何日もつまつて、頭を手拭で力一杯に縛めないと、眠れなかつた。

「それアさうだらふ。」相手は函館から持つてきたウイスキーを、藥でも飲むやうに、舌の先きで少しづゝ嘗めてゐた。「何んしろ大事業だからな。」人跡未到の地の富源を開發するッてんだから、大變だよ。——この蟹工船だつて、今はこれで良くなつたさうだよ。天候や潮流の變化の觀測が出來なかつたり、地理が實際にマスターされてゐなかつたりした創業當時は、幾ら船が沈沒したりしたか分らなかつたさうだ。露國の船には沈められる、捕虜になる、××れる。それでも屈しないで、立ち上り、立ち上り苦闘して來たからこそ、この大富源が俺達のものになつたのさ。……まア仕方がないさ。」

「…………」

——歴史が何時でも書いてゐるやうに、それはさうかも知れない氣がする。然し、彼の心の底にわだかまつてゐるムツとした氣持が、それでちつとも晴れなく思はれた。彼は默つてベニヤ板のやうに固くなつてゐる自分の腹を撫でた。弱い電氣に觸れるやうに、拇指のあたりがチャラ〳〵としびれる。イヤな氣持がした。拇指を眼の高さにかざして、片手でさすつてみた。——皆は、夕飯が終つて、「糞壺」の眞中に一つ取りつけてある、割目が地圖のやうに入つてゐるガタ〳〵のストーヴに寄つてゐた。お互の身體が少し温つてくると、湯氣が立つた。蟹の生ッ臭い匂ひがムレて、ムッと鼻に來た。

「何んだか、理窟は分らねども、××れたくねえで。」

「んだよ！」

鬱した氣持が、もたれかゝるやうに、其處へ雪崩れて行く。××れかゝつてゐるんだ！ 皆はハッキリした焦點もなしに、怒りぽツくなつてゐた。

「お、俺たちの、も、ものにもならないのに、く、糞、こツ××れてたまるもんか！」

吃りの漁夫が、自分でももどかしく、顔を眞赤に筋張らせて、急に、大きな聲を出した。

一寸、皆だまつた。何かにグイと心を「不意に」突き上げられた——のを感じた。

「カムサツカでア××たくないな……。」

「中積船、函館ば出たとよ。——無電係の人云つてた。」

「歸りてえな。」

——166——

「戦旗」2巻5号

1929（昭和4）年5月

小林多喜二「蟹工船」の4章まで掲載。1909（明治42）年公布より続く「新聞紙法」による検閲に対する配慮から、全編にわたって自主的な伏字が施されている。多喜二没の35年後に前編の原稿が発見され、この伏字部分は定本全集収録時にほぼ完全に復元された。

「戦旗」2巻6号

1929（昭和4）年6月

「蟹工船」掲載。5月号と同じく伏字が行われるも、こちらは内務大臣による行政処分として、発売頒布を禁止された。しかし、両号とも1万2千部発行され、直接配布を通じて広く読まれた。単行本も刊行されたが発禁処分となり、多喜二は不敬罪で起訴された。

GHQの検閲のための書き直し ①

横 光 利 一 （よこみつ りいち）

1898-1947（明治31-昭和22）

小説家。福島県東山温泉（現・会津若松市）生まれ。早稲田大学除籍。菊池寛に師事し「文芸春秋」同人となる。川端康成らと「文芸時代」を創刊し新感覚派の旗手となり、やがて心理主義的作風に転じてゆく。芥川龍之介の進言で上海に滞在し、帰国後「上海」を執筆。1935（昭和10）年には純文学と通俗小説の融合をとなえた「純粋小説論」を発表した。

1937（昭和12）年春
世田谷区北沢　自宅

「旅愁」の概要

1936（昭和11）年に歴史研究のために渡欧した矢代耕一郎は、船の中で西洋崇拝者の久慈とイギリスに遊びに行く宇佐美千鶴子に出会う。帰国後も千鶴子との仲を深める矢代だったが、自身の東洋、西洋観からカトリックである千鶴子との関係に葛藤する。

旅《りよ》愁《しう》（四）
昭和拾貳年四月拾七日
横光利一作
藤田嗣治畫

「東京日日新聞」　1937（昭和12）年4月16日

横光利一「旅愁」第4回掲載。挿絵は藤田嗣治によるもの。同年の8月6日まで65回掲載される。「東京日日新聞」「大阪毎日新聞」の特派員であった横光が、ベルリンオリンピックの視察を兼ねて欧州旅行をした際の見聞をもとに創作した長編小説。

第二次世界大戦後、GHQの検閲のため作家が思うように執筆できず、テキストを一部削除された作品が後に改稿されることがあった。『旅愁』はその一例である。

「コロンボまで來たとき、一番日本へ歸りたいと思ひましたが、ここまで來ると、もうただわくわくするだけで、何んだかちつとも分らなくなりましたわ。」
矢代は輕く頷いた。彼は今の自分を考へると、何となく、戰場に出て行く兵士の氣持ちに似てゐるやうに思つた。長い間、日本がさまざまなことを學んだヨーロッパである。そして同時に日本がそのため絶えず屈辱を忍ばせられたヨーロッパであつた。

戦前版『旅愁』第一篇　昭和一五年六月

「コロンボまで來たとき、一番日本へ歸りたいと思ひましたが、ここまで來ると、もうただわくわくするだけで、何んだかちつとも分らなくなりましだわ。」
矢代は輕く頷いた。彼は今の自分を考へると、何となく、戰場に出て行く兵士の氣持ちに似てゐるやうに思つた。長い間、日本がさまざまなことを學んだヨーロッパである。そして同時に日本がその感謝に絶えず自分を捧げて來たヨーロッパであつた。

戦後版『旅愁』第一篇　昭和二一年一月

横光利一『旅愁』第1篇

改造社名作選　1946（昭和21）年1月

戦後に出版された単行本。アメリカ合衆国による占領期のメディア統制下で刊行され、検閲に従った書き換えが行われた。「後記」には「日支事変が始まった。その日、自分から申し出てこの作を中絶した」と書かれているが、「この作に関する記憶について今は書きたくはない」ともある。

後記

横光利一

昭和十二年の四月から東京大阪の毎日新聞に旅愁を連載した。七月七日、日支事變が始まつた。その日、自分から申し出てこの作を中絶した。六十二回目である。後、二年たつて再び文藝春秋へ連載することになつたがその連載中に、ヨーロッパ戰爭が起つて來た。そして、大東亞戰爭に――
私はこの作に關する記憶について今は書きたくはない。隨つて後記も意味はなさぬことである。人の一生のことを書く場合、何年何月何日に生れ、いつ結婚し、子供を産んで幾歲で死んだ、とそれで良い。その他のことは不要な筈だが、それだけでは濟まぬ愁ひが人にはある。
この十年の間ほど、澤山な日本人が遠方までひろく旅をしたことはない。戰爭のためででも不便少く目的を達したのを思ふにつけ、知つてゐる日本語さへ話さぬ西洋人の思惑や工夫もまた感じられて、一層彼は日本人の爭ひに眉がひそんで來るのだつた。むしろそれは通辯同士の爭ひ化した國辱に近い醜ささへ感じたが、しかし、こんなことは、考へれば人の罪ではなく、趨勢の流れに應じ一度は誰でも持つた傷口の誇りであるだけに、矢代もそツと包み匿し、ともども自分の傷もひそかに癒したかつだ。

今も矢代がこつそりと母に苦心を洩したのも何も知らぬ母なればこそだと思ひ苦しい笑ひを泛べたものの、疲れのままふと泛きのぼつて來る今の自分の土産話も、遠い將來の憂ひではなく、やがて誰かが嗅ぎつけるにちがひない、日本人内部の心に貫きとほつてゆく憂愁かと思はれた。

「もう遲いですからお土産は明日にして、今夜はお母さん、休みませうよ。」

スーツの中には買ひ蒐めた品もあり、その後に遲れて船で着く珍らしい土産のあるのも、まだつきぬ旅の名殘りとなつて矢代に明日を待たせるのであつた。

× ×

「文芸春秋」20巻5号

1942（昭和17）年5月

「旅愁」第2回掲載。新聞連載終了後、その続きとして書かれ、1939（昭和14）年から1944（昭和19）年まで「文芸春秋」「文学界」にて断続的に連載が続く。本誌掲載分は改造社名作選の第3篇に収録される。

事實を云へば、異國にゐる日本人の多くの者の爭ふ點は、能ある鷹は別として、その滯在國の言葉が出來るか否かといふことか、出來ても發音とか讀書力とかでまた爭ひ、練達してゐるものはまた、不思議とどちらが出來るかといふことで爭ふのが常だつた。

矢代は初めこれらのことも當然だと思ひ、氣にもかからず尊敬さへしたのだが、それがどこでもここでも、同族のものを輕蔑する主要な原因のごとき觀を呈してゐる醜さを發見してからは、勉强とは云へ、あまりにその修練の人格の無さに腹立たしさを感じ、多少は知つてゐる異國の言葉もそのものの眼の前では、つい彼は使ひたくはなくなつた。そして、以來頑固にひとり日本語を押し通して用を足す反抗をつづけてみたが、まつたく通じない日本語も、行くところどこでも不便少く目的を達したのを思ふにつけ、知つてゐる日本語さへ話さぬ西洋人の思惑や工夫もまた感じられて、一層彼は日本人の爭ひに眉がひそんで來るのだつた。

「もう遲いですからお土産は明日にして、今夜はお母さん、休みませうよ。」

スーツの中には買ひ蒐めた品もあり、その後に遲れて船で着く珍らしい土産のあるのも、まだつきぬ旅の名殘りとなつて矢代に明日を待たせるのであつた。

横光利一『旅愁』第3篇

改造社名作選　1946（昭和21）年6月

戦前版では矢代の内面が詳細に書き込まれていた「むしろそれは通訳同士の～」以下のテキストが削除された。

ものもなく、海からの夜風にガラスの冷えて來た部屋の中で、一枚の白紙に吸ひよせられたやうに、一同は妙に靜になつてしまつた。平尾男爵は手帳を出すと、「千八百七十七年と。カントルだね。」と呟いて記入した。そして「僕も歸り着いた夜、かういふ風向きにならうとは思はなかつたな。しかし、これで多少は僕の研究に方向がついて來たよ。東野君、君の專門の方はどうかね。その千八百七十七年前後のあたりは？」と訊ねた。

「そりや、勿論、立體も平面もこの世から姿をかき消した時代だよ。何しろ十九世紀の末期だからな。日本は西南戰爭で文學なんかかいもく姿が現れてゐないし、西洋ぢやコントの實證主義は墜ちる。科學も哲學もすつかり駄目で、ただ文學だけが世の中から信用を得たといふ珍らしい時代だよ。ボードレールが放電する。マラルメ一派の象徴主義が地上の思想と訣別する。神祕思想が滿ちて來る。電氣が現れる。君の好きなベルグソンなんか、科學を否定した最初の著作にかかつたころだろ。ドストエフスキイは作家の日記の中で、人間を獸にし殘酷にするのは、戰爭ではなくつてむしろ平和だ。長い平和が肥やすものは投機師だけだと、書きつけた年だよ。それから六十年、どこもかしこももう投機師ばかりだ。そろそろ大戰亂が始まりますよ。うつかりすると、本當の平和は戰爭かもしれないからな。まア、そのときになつたら、御幣がどんな働きをするものか、見てゐて御覽なさい。」

東野が怒りに近い語氣を放つてさう云つてゐる途中でも、平尾

「文芸春秋」21巻8号

1943（昭和18）年8月

「旅愁」第6回掲載。目次は「旅愁（完）」とある。後に、改造社名作選の『旅愁』第4篇に収録。

の研究に方向がついて來たよ。東野君、君の專門の方はどうかね。その千八百七十七年前後のあたりは？」と訊ねた。

「そりや、勿論、立體も平面もこの世から姿をかき消した時代だよ。何しろ明治十年といふと、西南戰爭のときだからね。あのころは、隆盛の妻君が香錢七百圓もらつて、突き返して人氣が出るやら、吉原の女郎が洋裝してみな竝んでみたりするやら、さうかと思ふと、さうさう、たしか、湯島に數學會社といふのが出來た年だよ。會員が九十名だ。醫學會社といふのも出たね。何んでもやたらに、資本金七萬圓、五萬圓といふ會社が出始めたりしてゐるよ。柳原愛子皇太子を分娩す、なんて新聞記事があの年に堂堂と出てゐたのを、何んかで見たことがあるね。西鄕隆盛の首がないので、大騷ぎしてゐる記事と一緒だものだから、覺えてゐるんだが、米が君、二錢五厘のときだ。それでも、日本の渥美半島の酒が、フランスから注文を受けたので、びつくりしたりしてゐる。とにかく、三井が創立式を擧げた年で、軍艦が横須賀で初めて出來た年だ。」

東野が聲の調子がとれず、強くさう云つてゐる途中でも、平尾男爵の令孃たちはもう椅子の上で眠りかけてゐた。それまでそわそわと落ちつかなげにゐた眞紀子は機を見て立ち上ると、家がこの近くだから先に失禮したいと云つて一同に挨拶した。すると、「それでは僕も」と云ひ出すも

139

横光利一『旅愁』第4篇

改造社名作選　1946（昭和21）年7月

連載時は文学について言及していた東野の台詞が、社会的事件や経済に関する内容に変わっている。

横光利一『旅愁』第1篇

改造社　1940（昭和15）年6月

「旅愁」最初の単行本。全3巻。第1篇は「東京日日新聞」「大阪毎日新聞」掲載分と、「文芸春秋」1939（昭和14）年5月号から同年7月号までの掲載分を収録。単行本収録分の続きも「文学界」と「文芸春秋」に断続的に連載されたが、戦前に単行本になることはなかった。

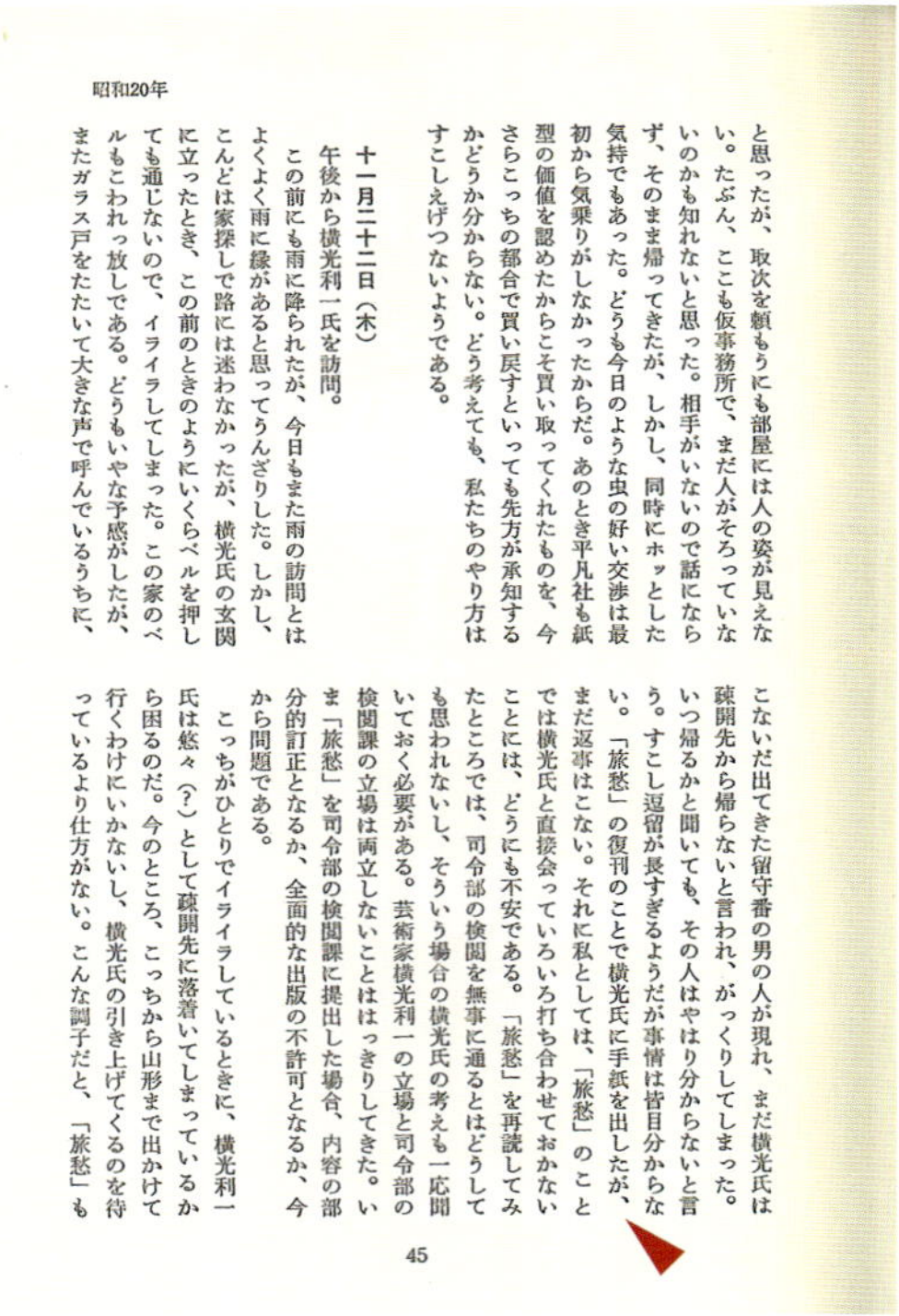

昭和20年

と思ったが、取次を頼もうにも部屋には人の姿が見えない。たぶん、ここも仮事務所で、まだ人がそろっていないのかも知れないと思った。相手がいないので話にならず、そのまま帰ってきたが、しかし、同時にホッとした気持でもあった。どうも今日のような虫の好い交渉は最初から気乗りがしなかったからだ。あのとき平凡社も紙型の価値を認めたからこそ買い取ってくれたものを、今さらこっちの都合で買い戻すといっても先方が承知するかどうか分からない。どう考えても、私たちのやり方はすこしえげつないようである。

十一月二十二日（木）

午後から横光利一氏を訪問。

この前にも雨に降られたが、今日もまた雨の訪問とはよくよく雨に縁があると思ってうんざりした。しかし、こんどは家探しで路には迷わなかったが、横光氏の玄関に立ったとき、この前のときのようにいくらベルを押しても通じないので、イライラしてしまった。この家のベルもこわれっ放しである。どうもいやな予感がしたが、またガラス戸をたたいて大きな声で呼んでいるうちに、こないだ出てきた留守番の男の人が現れ、まだ横光氏は疎開先から帰らないと言われ、がっくりしてしまった。いつ帰るかと聞いても、その人はやはり分からないと言う。すこし逗留が長すぎるようだが事情は皆目分からない。「旅愁」の復刊のことで横光氏に手紙を出したが、まだ返事はこない。それに私としては、「旅愁」のことでは横光氏と直接会っていろいろ打ち合わせておかないことには、どうにも不安である。「旅愁」を再読してみたところでは、司令部の検閲を無事に通るとはどうしても思われないし、そういう場合の横光氏の考えも一応聞いておく必要がある。芸術家横光利一の立場と司令部の検閲課の立場は両立しないことははっきりしてきた。いま「旅愁」を司令部の検閲課に提出した場合、内容の部分的訂正となるか、全面的な出版の不許可となるか、今から問題である。

こっちがひとりでイライラしているときに、横光利一氏は悠々（?）として疎開先に落着いてしまっているから困るのだ。今のところ、こっちから山形まで出かけて行くわけにいかないし、横光氏の引き上げてくるのを待っているより仕方がない。こんな調子だと、「旅愁」も

45

木佐木勝『木佐木日記』4巻　現代史出版会　1975（昭和50）年10月

当時、改造社の編集者であった木佐木勝（1894-1979）による日記。1945（昭和20）年11月22日の記述にて、改造名作選版の『旅愁』を刊行するにあたって、元のテキストのままではGHQの検閲を通らないであろうことを危惧している。

GHQの検閲のための書き直し ②

坂口安吾（さかぐち あんご）

1906-1955（明治39-昭和30）

小説家。新潟市西大畑町生まれ。本名・炳五。東洋大学在学中に通ったアテネ・フランセで江口清、葛巻義敏らと出会う。1930（昭和5）年、江口らと創った雑誌「青い馬」に発表した「風博士」が牧野信一に絶賛され注目される。矢田津世子との恋愛を経て「吹雪物語」を執筆の後、帰郷。取手、小田原などを放浪する。戦時中は「真珠」「日本文化私観」などを執筆した。戦後発表した「堕落論」「白痴」は広く読者に影響を与えた。

国府津つたや旅館
「風報」
1947（昭和22）年5月24日

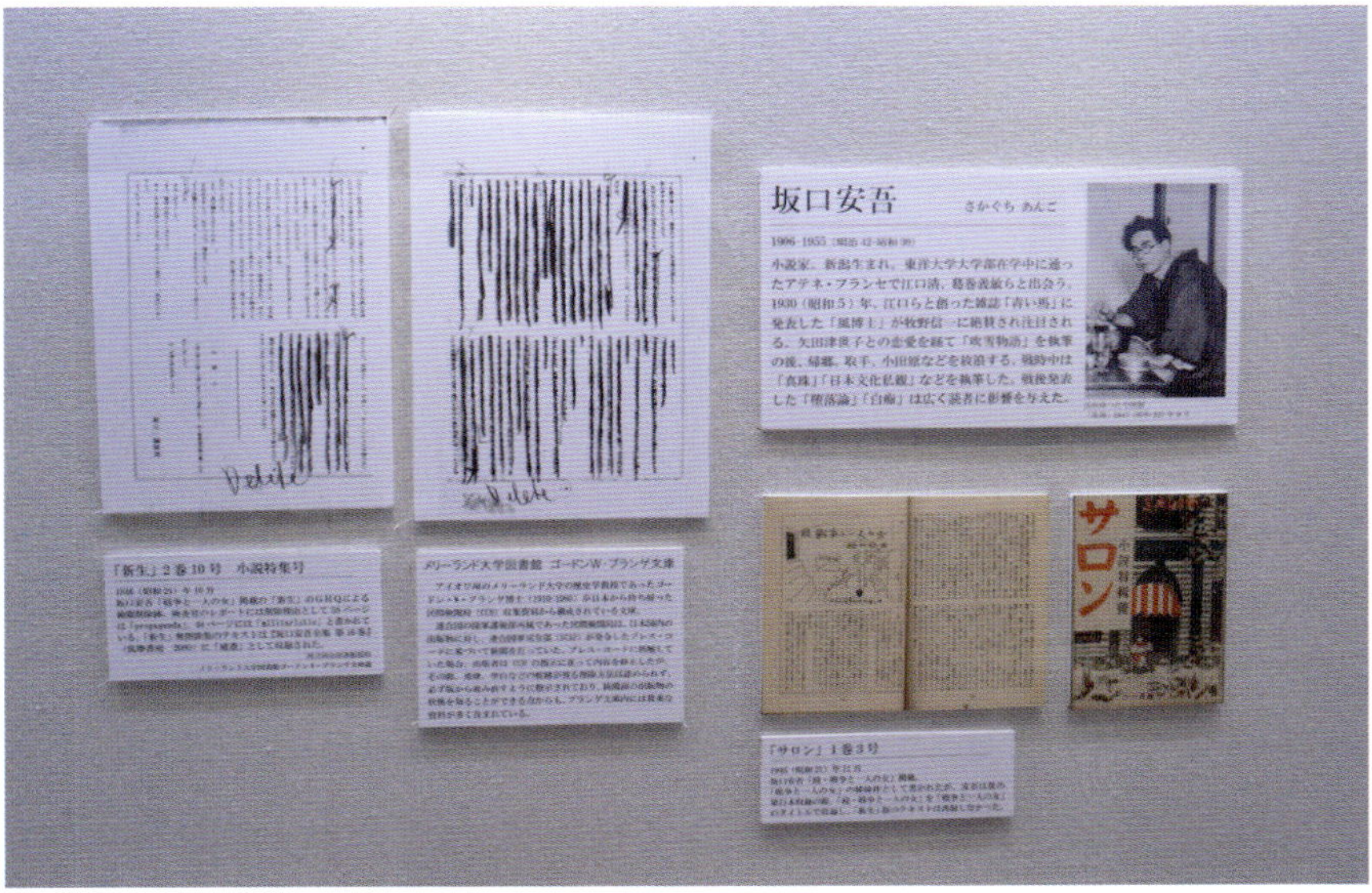

展示風景

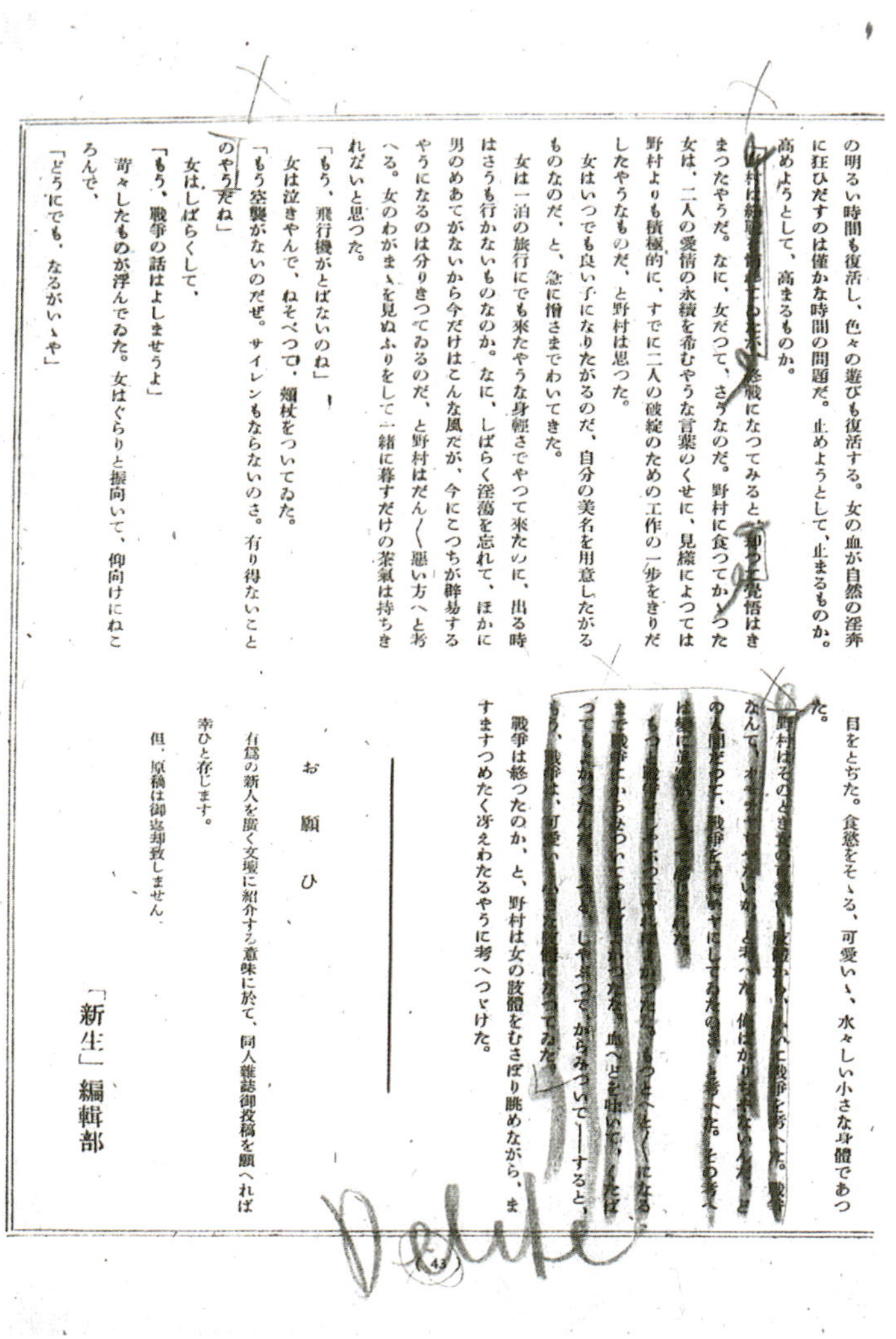

の明るい時間も復活し、色々の遊びも復活する。女の血が自然の淫奔に狂ひだすのは僅かな時間の問題だ。止めようとして、止まるものか。高めようとして、高まるものか。

[redacted]戰になつてみると[redacted]覺悟はきまつたやうだ。なに、女だつて、さうなのだ。野村に食つてかゝつた女は、二人の愛情の永續を希むやうな言葉のくせに、見様によつては野村よりも積極的に、すでに二人の破綻のための工作の一歩をきりだしたやうなものだ、と野村は思つた。

女はいつでも良い子になりたがるのだ、自分の美名を用意したがるものなのだ、と、急に憎さまでわいてきた。

女は一泊の旅行にでも來たやうな身輕さでやつて來たのに、出る時はさうも行かないものなのか。なに、しばらく淫蕩を忘れて、ほかに男のめあてがないから今だけはこんな風だが、今にこつちが辟易するやうになるのは分りきつてゐるのだ、と野村はだん〳〵惡い方へと考へる。女のわがまゝを見ぬふりをして一緒に暮すだけの茶氣は持ちきれないと思つた。

「もう、飛行機がとばないのね」

女は泣きやんで、ねそべつて、頬杖をついてゐた。

「もう空襲がないのだぜ。サイレンもならないのさ。有り得ないことのやうだね」

女はしばらくして、

「もう、戰爭の話はよしませうよ」

苛々したものが浮んでゐた。女はぐらりと振向いて、仰向けにねころんで、

「どうにでも、なるがいゝや」

目をとぢた。食慾をそゝる、可愛いゝ、水々しい小さな身體であつた。

[redacted]

戰爭は終つたのか、と、野村は女の肢體をむさぼり眺めながら、ますますつめたく冴えわたるやうに考へつゞけた。

お願ひ

有爲の新人を廣く文壇に紹介する意味に於て、同人雜誌御投稿を願へれば幸ひと存じます。

但、原稿は御返却致しません。

「新生」編輯部

Delete

(43)

国立国会図書館蔵　原本・メリーランド大学プランゲ文庫蔵

「新生」2巻10号　小説特集号　1946（昭和21）年10月

坂口安吾「戦争と一人の女」掲載の「新生」のGHQによる検閲削除跡。検査官のレポートには削除理由として38ページは「propaganda」、48ページには「militaristic」と書かれている。「新生」無削除版のテキストは『坂口安吾全集』第16巻（筑摩書房2000年4月刊）に「補遺」として収録された。

メリーランド大学図書館　プランゲ文庫

アメリカ・メリーランド州立大学の歴史学教授であったゴードン・W・プランゲ博士（1910-1980）が日本から持ち帰った民間検閲局（CCD）収集資料から構成されている文庫。連合国の陸軍諜報部所属であった民間検閲局は、日本国内の出版物に対し、連合国軍司令部（SCAP）が発令したプレス・コードに基づいて検閲を行っていた。プレス・コードに抵触していた場合、出版者はCCDの指示に従って内容を修正したが、その際、黒塗、空白などの痕跡が残る削除方法は認められず、必ず版から組み直すように指示されており、検閲前の出版物の状態を知ることができる点からも、プランゲ文庫内には貴重な資料が多く含まれている。

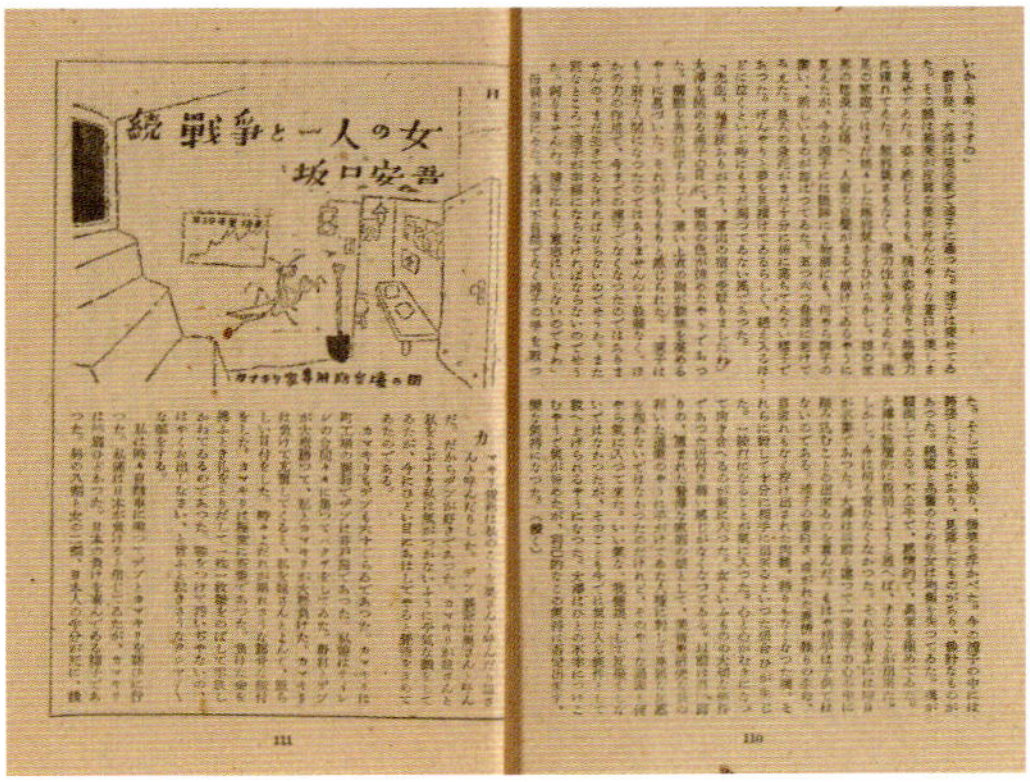
続 戦争と一人の女
坂口安吾

「サロン」1巻3号　1946（昭和21）年11月

坂口安吾「続・戦争と一人の女」掲載。「戦争と一人の女」の姉妹作として書かれたが、安吾は後の単行本収録の際、「続・戦争と一人の女」を「戦争と一人の女」のタイトルで収録し、「新生」版のテキストは再録しなかった。

GHQの検閲のための書き直し ③

原 民 喜（はら たみき）

1905-1951（明治38-昭和26）

詩人、小説家。広島市幟町生まれ。慶応義塾大学卒業後、「三田文学」に短篇を多数発表。船橋中学校の教員を務めた後、郷里に疎開中に原爆投下にあう。この体験を元に「夏の花」を執筆、代表作となる。

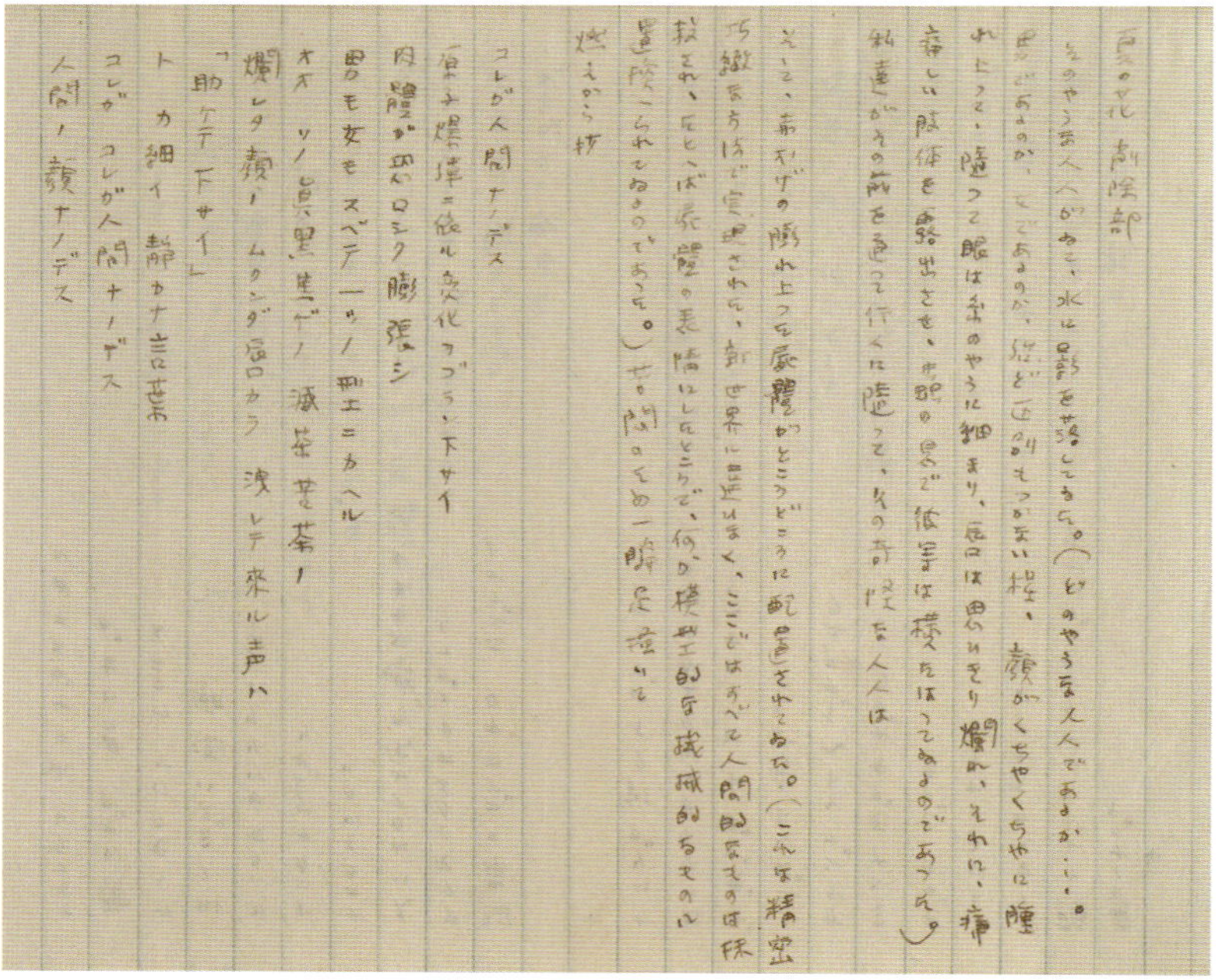

夏の花 削除部

そのやうな人々がゐて、水に影を落してゐた。（どのやうな人人であるか……。男であるのか、女であるのか、殆ど区別もつかない程、顔がくちやくちやに腫れ上つて、随つて眼は糸のやうに細まり、唇は思ひきり爛れ、それに、痛痛しい肢体を露出させ、虫の息で彼等は横たはつてゐるのであつた。）私達がその前を通つて行くに随つて、その奇怪な人々は

そこ、赤むけの膨れ上つた屍体がところどころに配置されてゐた。（これは精密巧緻な方法で実現された新地獄に違ひなく、ここではすべて人間的なものは抹殺され、たとへば屍体の表情にしたところで、何か模型的な機械的なものに置換へられてゐるのであつた。）苦悶の一瞬足掻いて

燃えがら抄

コレガ人間ナノデス
原子爆弾ニ依ル変化ヲゴラン下サイ
肉体ガ恐ロシク膨張シ
男モ女モスベテ一ツノ型ニカヘル
オオ ソノ真黒焦ゲノ滅茶苦茶ノ
爛レタ顔ノムクンダ唇カラ洩レテ来ル声ハ
「助ケテ下サイ」
ト カ細イ 静カナ言葉
コレガ コレガ人間ナノデス
人間ノ顔ナノデス

原民喜「夏の花」の削除部分が書かれたノート

原は「夏の花」発表の際、占領軍の検閲に配慮して、自らテキストを一部削除。その際、ノートに削除した文章を書き残していた。（　）の中が削除部分。

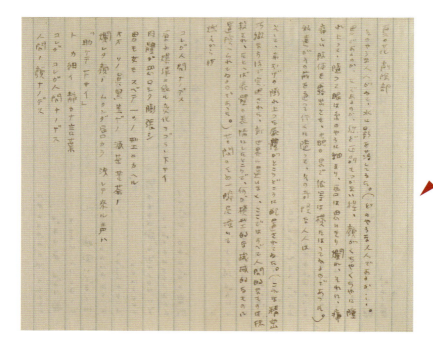

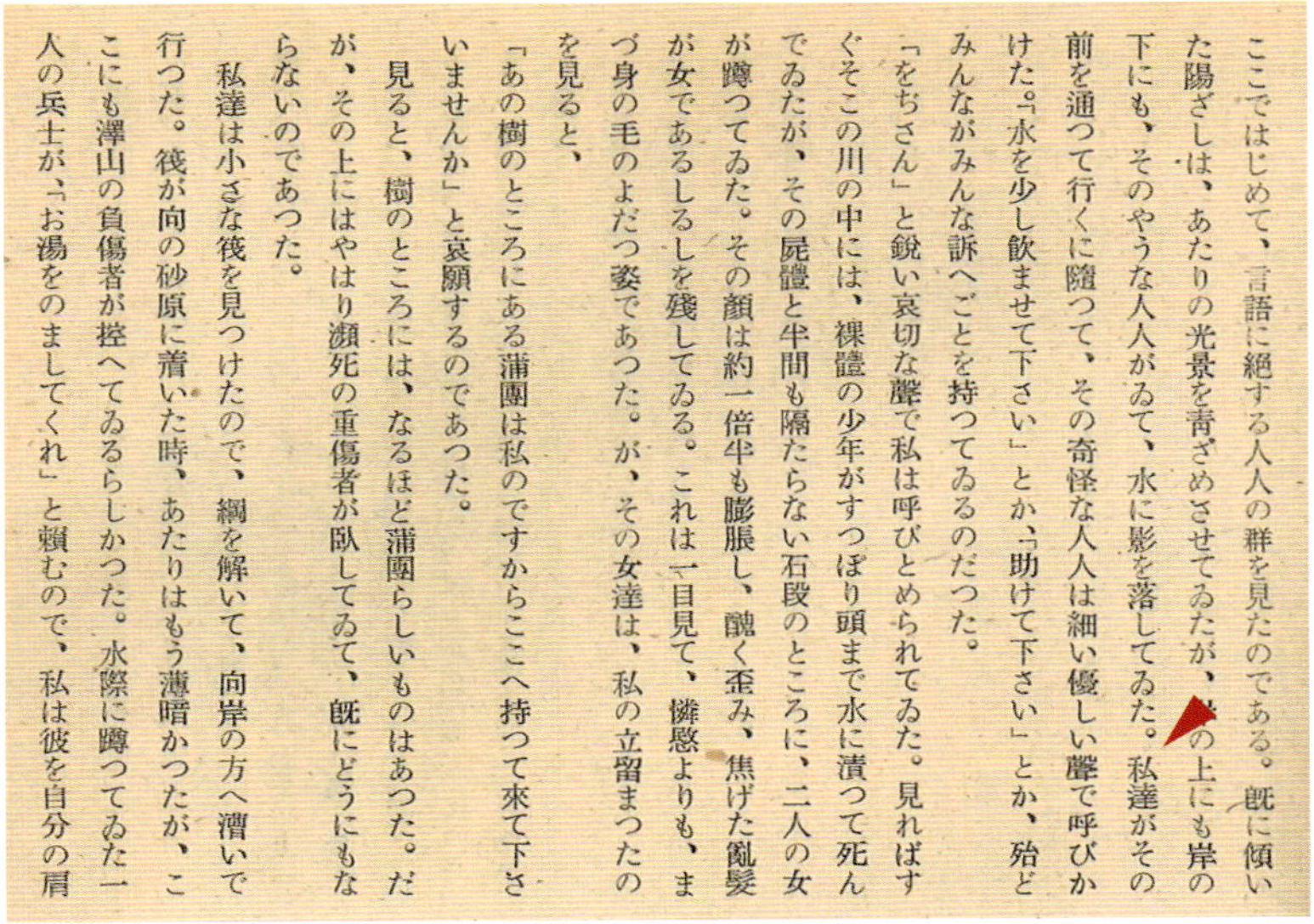

ここではじめて、言語に絶する人人の群を見たのである。既に傾いた陽ざしは、あたりの光景を青ざめさせてゐたが、岸の上にも岸の下にも、そのやうな人人がゐて、水に影を落してゐた。私達がその前を通つて行くに隨つて、その奇怪な人人は細い優しい聲で呼びかけた。「水を少し飲ませて下さい」とか「助けて下さい」とか、殆どみんながみんな訴へごとを持つてゐるのだつた。

「をぢさん」と鋭い哀切な聲で私は呼びとめられてゐた。見ればすぐそこの川の中には、裸體の少年がすつぽり頭まで水に漬つて死んでゐたが、その屍體と半間も隔たらない石段のところに、二人の女が蹲つてゐた。その顔は約一倍半も膨脹し、醜く歪み、焦げた亂髪が女であるしるしを殘してゐる。これは一目見て、憐愍よりも、まづ身の毛のよだつ姿であつた。が、その女達は、私の立留まつたのを見ると、

「あの樹のところにある蒲團は私のですからここへ持つて來て下さいませんか」と哀願するのであつた。

見ると、樹のところには、なるほど蒲團らしいものはあつた。だが、その上にはやはり瀕死の重傷者が臥してゐて、既にどうにもならないのであつた。

私達は小さな筏を見つけたので、綱を解いて、向岸の方へ漕いで行つた。筏が向の砂原に着いた時、あたりはもう薄暗かつたが、ここにも澤山の負傷者が控へてゐるらしかつた。水際に蹲つてゐた一人の兵士が、「お湯をのましてくれ」と頼むので、私は彼を自分の肩

「三田文学」21巻2号　1947（昭和22）年6月

原民喜「夏の花」初出誌。ノートに記述の文章が削除されているのがわかる。

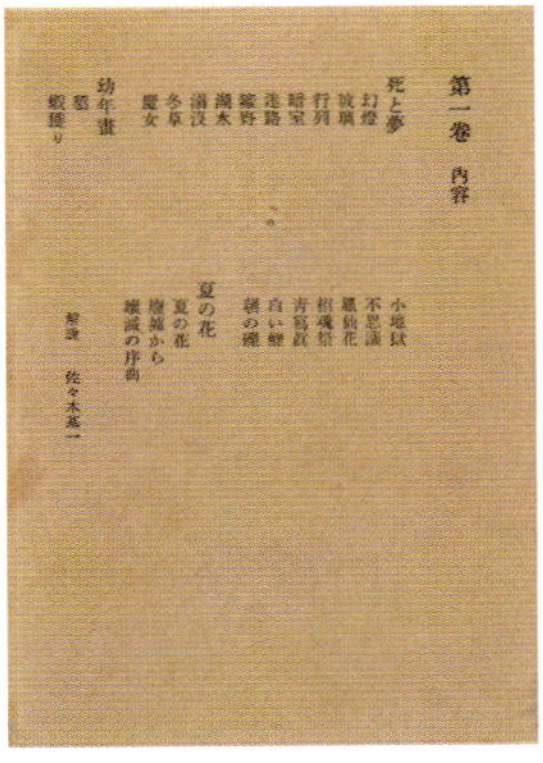

原民喜『原民喜作品集 第1巻』

角川書店　1953（昭和28）年3月

原の没後に刊行。ノートに残された文章が参照され、初出や単行本では削除されていた部分が復元された。

原民喜『夏の花』

能楽書林　ざくろ文庫5　1949（昭和24）年2月

1948（昭和23）年12月、第1回水上滝太郎賞の受賞後に刊行された。削除部分の復元はなされていない。

その他の理由による改稿 ①

太宰治 (だざい おさむ)

1909-1948 (明治42-昭和23)

小説家。青森県金木村 (現・五所川原市) 生まれ。本名・津島修治。1933 (昭和8) 年、「魚服記」にて注目される。戦前の代表作に「道化の華」「ダス・ゲマイネ」など。戦中は古典に関心を抱き、「右大臣実朝」「新釈諸国噺」などを執筆した。

1944(昭和19)年
渡辺好章撮影

展示風景

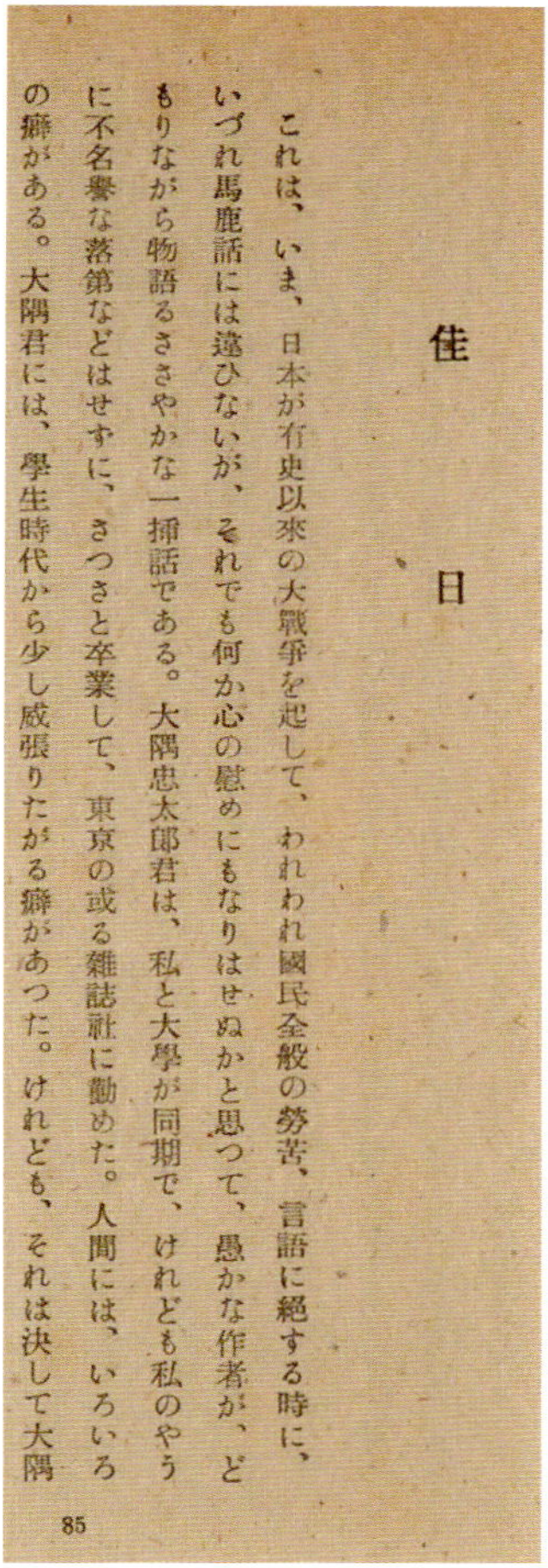

佳　日

これは、いま、日本が有史以來の大戰爭を起して、われわれ國民全般の勞苦、言語に絶する時に、いづれ馬鹿話には違ひないが、それでも何か心の慰めにもなりはせぬかと思つて、愚かな作者が、どもりながら物語るささやかな一挿話である。大隅忠太郎君は、私と大學が同期で、けれども私のやうに不名譽な落第などはせずに、さつさと卒業して、東京の或る雜誌社に勤めた。人間には、いろいろの癖がある。大隅君には、學生時代から少し威張りたがる癖があつた。けれども、それは決して大隅

85

太宰治『黄村先生言行録』

日本出版株式会社　1947（昭和22）年3月

「日本が有史以来の大戦争を起して」以下が書き改められている。肇書房版の紙型が利用され、字数が同一になるよう入念に工夫された跡が見られる。

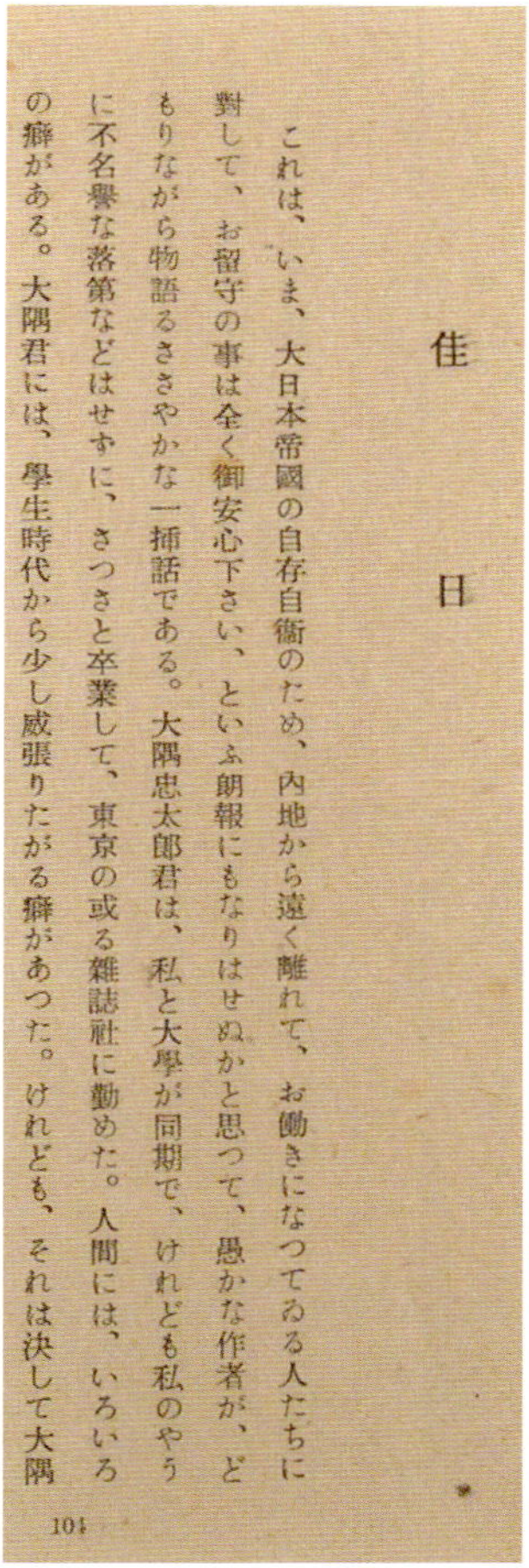

佳　日

これは、いま、大日本帝國の自存自衞のため、内地から遠く離れて、お働きになつてゐる人たちに對して、お留守の事は全く御安心下さい、といふ朗報にもなりはせぬかと思つて、愚かな作者が、どもりながら物語るささやかな一挿話である。大隅忠太郎君は、私と大學が同期で、けれども私のやうに不名譽な落第などはせずに、さつさと卒業して、東京の或る雜誌社に勤めた。人間には、いろいろの癖がある。大隅君には、學生時代から少し威張りたがる癖があつた。けれども、それは決して大隅

104

太宰治『佳日』

肇書房　1944（昭和19）年8月

「佳日」初収刊行本。戦後の日本出版株式会社刊行の『黄村先生言行録』の際に書き改められることとなる。

その他の理由による改稿 ②

松本清張（まつもと せいちょう）

1909-1992（明治42-平成4）

1977（昭和52）年7月14日
日本近代文学館・第14回文学教室の際

小説家。福岡県小倉市生まれ。本名・清張《きよはる》。「週刊朝日」の企画に「西郷札」を投稿、入選したのを機会に40歳を過ぎてから小説を書き始める。1953（昭和28）年「或る「小倉日記」伝」にて第28回芥川賞を受賞。1955（昭和30）年の「張込み」の発表以降、推理小説も手がけ、「点と線」「眼の壁」「黒地の絵」などがベストセラーとなった。

「或る「小倉日記」伝」の概要

生まれつきの神経系の麻痺のために身体が不自由な田上耕作は、森鷗外の「小倉日記」を探し求めて奮闘する。母や友人からの励ましを受けて鷗外の足跡を追う田上だったが、戦争のために志半ばで倒れてしまう。

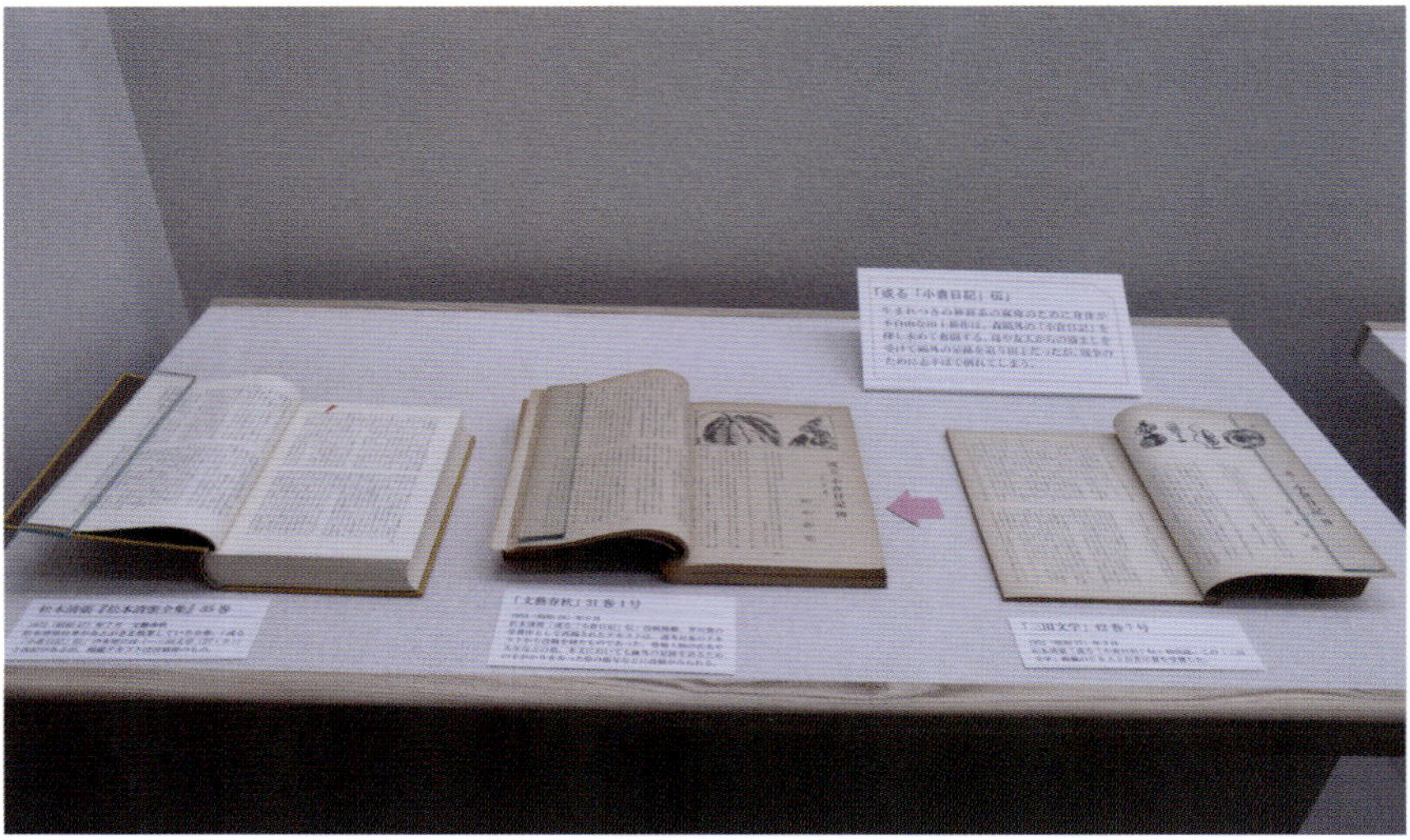

展示風景

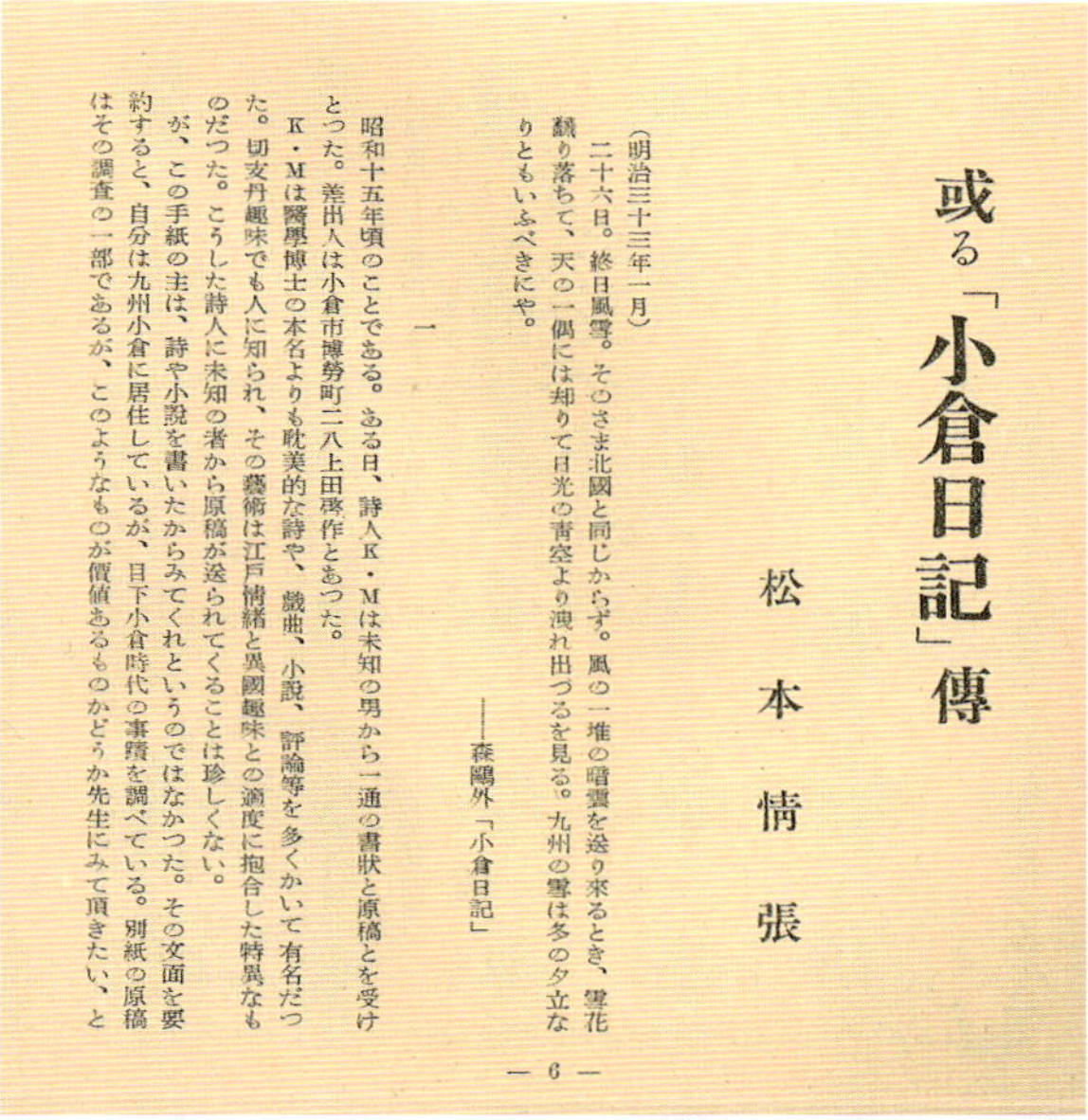

或る「小倉日記」傳

松本情張

(明治三十三年一月)
二十六日。終日風雪。そのさま北國と同じからず。風の一堆の暗雲を送り來るとき、雪花飜り落ちて、天の一偶には却りて日光の青空より洩れ出づるを見る。九州の雪は多の夕立なりともいふべきにや。

——森鷗外「小倉日記」

一

昭和十五年頃のことである。ある日、詩人K・Mは未知の男から一通の書狀と原稿とを受けとつた。差出人は小倉市博勞町二八上田啓作とあつた。

K・Mは醫學博士の本名よりも耽美的な詩や、戯曲、小說、評論等を多くかいて有名だつた。切支丹趣味でも人に知られ、その藝術は江戸情緒と異國趣味との適度に抱合した特異なものだつた。こうした詩人に未知の者から原稿が送られてくることは珍しくない。

が、この手紙の主は、詩や小說を書いたからみてくれというのではなかつた。その文面を要約すると、自分は九州小倉に居住しているが、目下小倉時代の事蹟を調べている。別紙の原稿はその調査の一部であるが、このようなものが價値あるものかどうか先生にみて頂きたい、と

— 6 —

「三田文学」42巻7号

1952(昭和27)年9月

「或る「小倉日記」伝」初出誌。この「三田文学」掲載のテキストが芥川賞を受賞した。

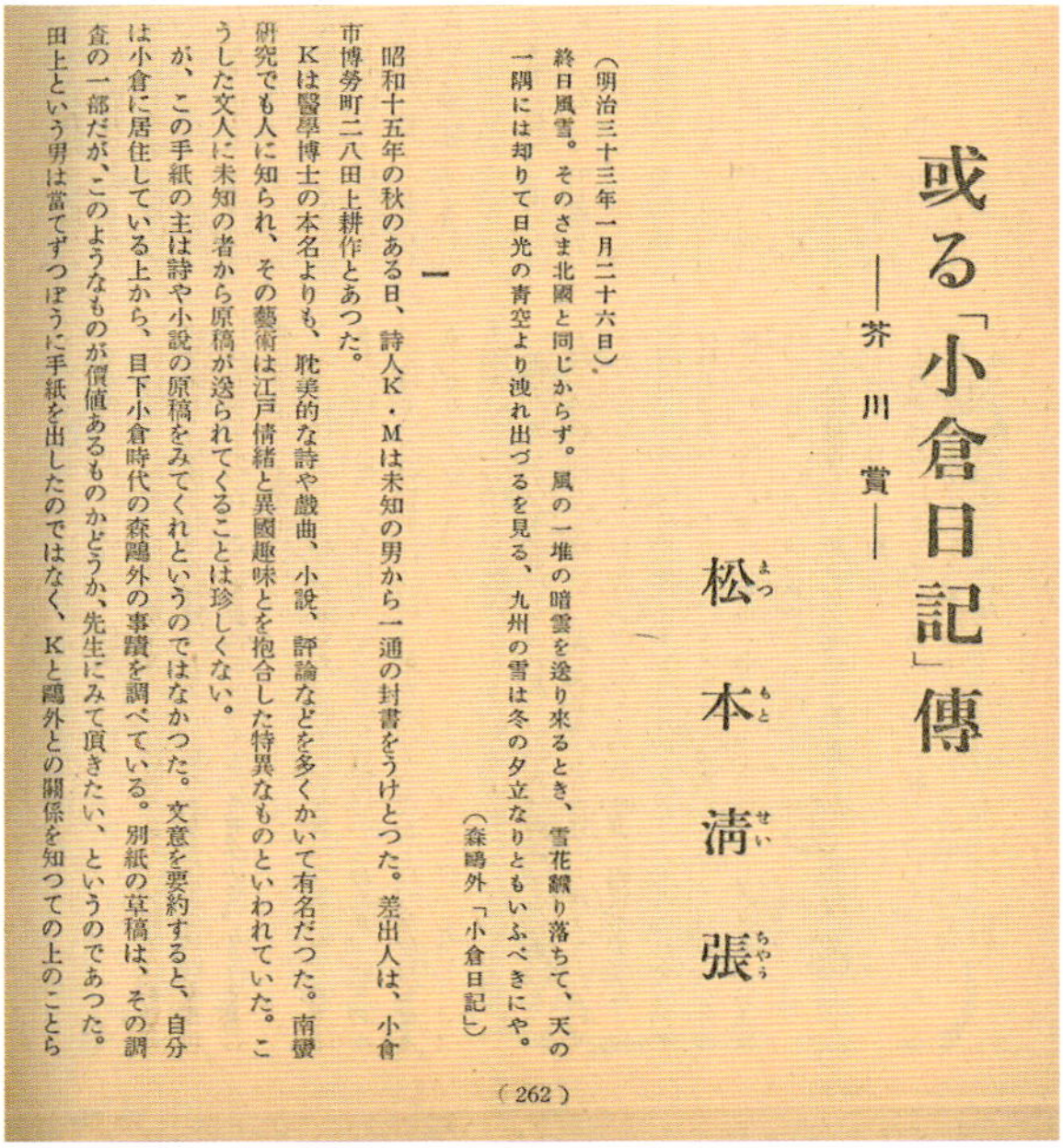

或る「小倉日記」傳

——芥川賞——

松《まつ》本《もと》清《せい》張《ちやう》

(明治三十三年一月二十六日)。
終日風雪。そのさま北國と同じからず。風の一堆の暗雲を送り來るとき、雪花飜り落ちて、天の一隅には却りて日光の青空より洩れ出づるを見る、九州の雪は冬の夕立なりともいふべきにや。

(森鷗外「小倉日記」)

一

昭和十五年の秋のある日、詩人K・Mは未知の男から一通の封書をうけとつた。差出人は、小倉市博勞町二八田上耕作とあつた。

Kは醫學博士の本名よりも、耽美的な詩や戯曲、小說、評論などを多くかいて有名だつた。南蠻研究でも人に知られ、その藝術は江戸情緒と異國趣味とを抱合した特異なものといわれていた。こうした文人に未知の者から原稿が送られてくることは珍しくない。

が、この手紙の主は詩や小說の原稿をみてくれというのではなかつた。文意を要約すると、自分は小倉に居住している上から、目下小倉時代の森鷗外の事蹟を調べている。別紙の草稿は、その調査の一部だが、このようなものが價値あるものかどうか、先生にみて頂きたい、というのであつた。

田上という男は當てずつぽうに手紙を出したのではなく、Kと鷗外との關係を知つての上のことら

(262)

「文芸春秋」31巻4号

1953(昭和28)年3月

「或る「小倉日記」伝」改稿掲載。芥川賞の受賞作として再掲されたテキストは、選考対象のテキストから改稿を経たものであった。登場人物の氏名や生年などの他、本文においても鷗外の足跡を辿るための手がかりを失った際の描写などに改稿が見られる。

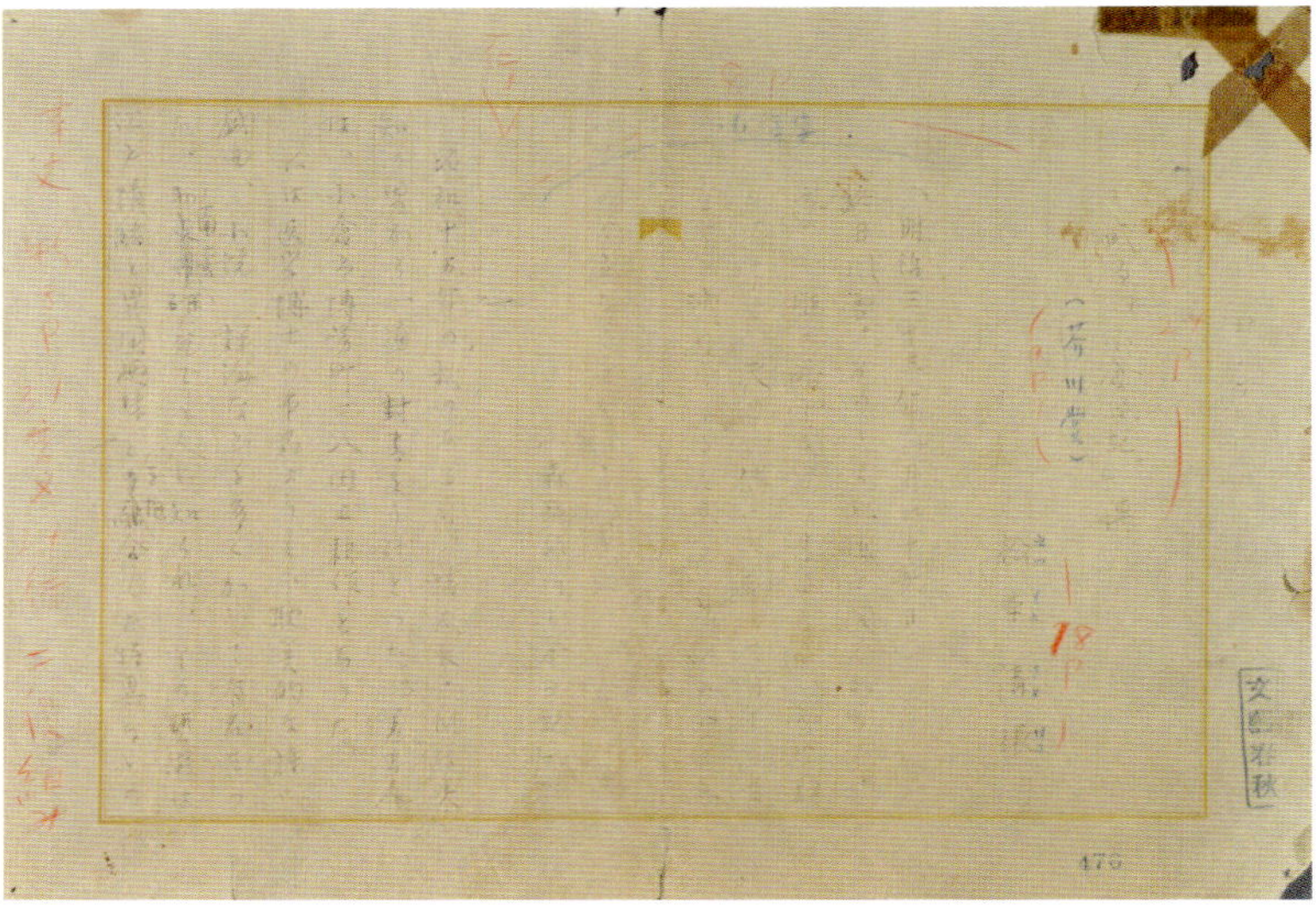

松本清張「或る「小倉日記」伝」原稿

「文芸春秋」の印があり、芥川賞受賞後、「文芸春秋」再掲のために改稿がなされた原稿。

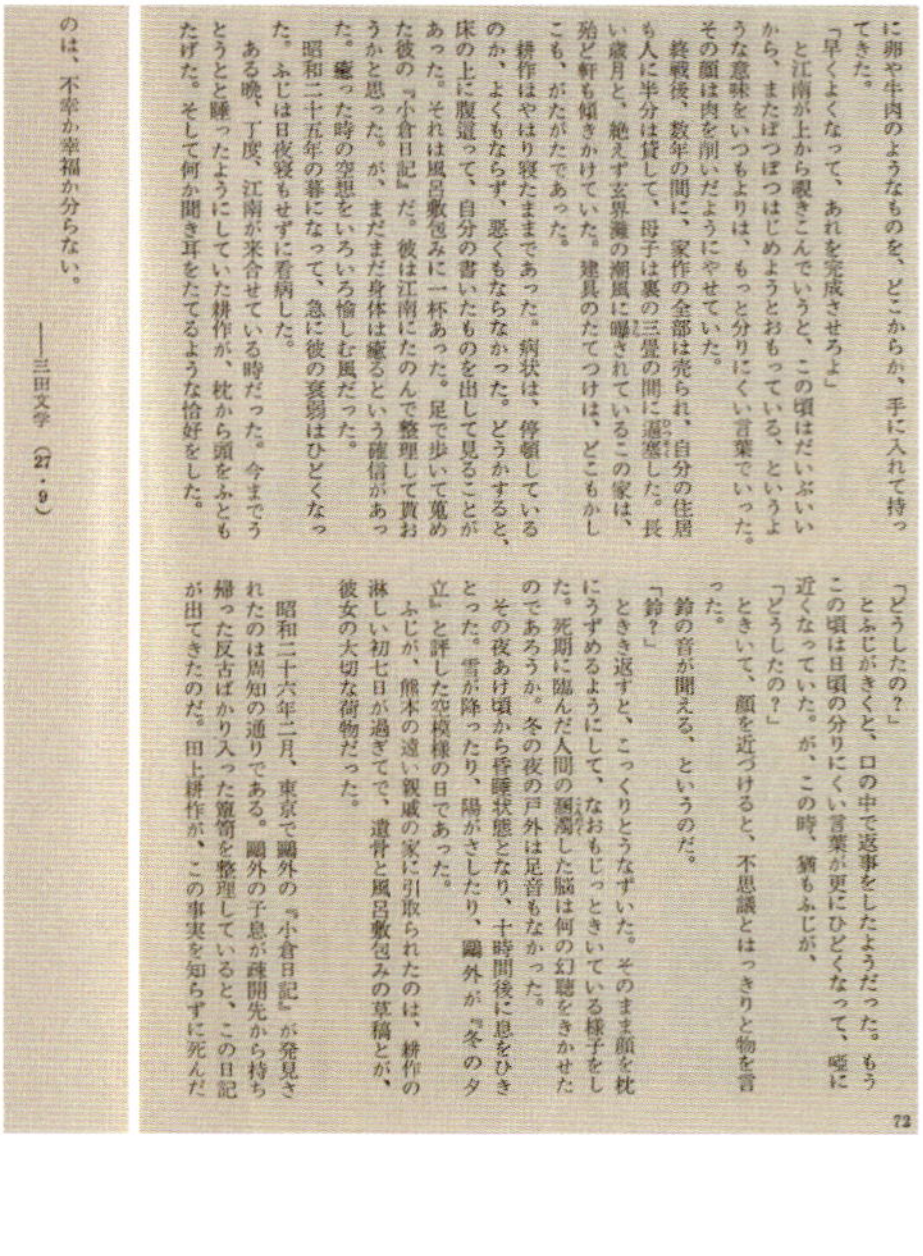

に卵や牛肉のようなものを、どこからか、手に入れて持ってきた。

「早くよくなって、あれを完成させろよ」

と江南が上から覗きこんでいうと、この頃はだいぶいいから、またぼつぼつはじめようとおもっている、というような意味をいつもよりは、もっと分りにくい言葉でいった。その顔は肉を削いだようにやせていた。

終戦後、数年の間に、家作の全部は売られ、自分の住居も人に半分は貸して、母子は裏の三畳の間に逼塞した。長い歳月と、絶えず玄界灘の潮風に曝されているこの家は、殆ど軒も傾きかけていた。建具のたてつけは、どこもかしこも、がたがたであった。

耕作はやはり寝たままであった。病状は、停頓しているのか、よくもならず、悪くもならなかった。どうかすると、床の上に腹這って、自分の書いたものを出して見ることがあった。それは風呂敷包みに一杯あった。足で歩いて蒐めた彼の『小倉日記』だ。彼は江南にたのんで整理して貰おうかと思った。が、まだまだ身体は癒るという確信があった。癒った時の空想をいろいろ愉しむ風だった。

昭和二十五年の暮になって、急に彼の衰弱はひどくなった。ふじは日夜寝もせずに看病した。

ある晩、丁度、江南が来合せている時だった。今までうとうとと睡ったようにしていた耕作が、枕から頭をふともたげた。そして何か聞き耳をたてるような恰好をした。

「どうしたの？」

とふじがきくと、口の中で返事をしたようだった。もうこの頃は日頃の分りにくい言葉が更にひどくなって、唖に近くなっていた。が、この時、猶もふじが、

「どうしたの？」

ときいて、顔を近づけると、不思議とはっきりと物を言った。

鈴の音が聞える、というのだ。

「鈴？」

とき返すと、こっくりとうなずいた。そのまま顔を枕にうずめるようにして、なおもじっときいている様子をした。死期に臨んだ人間の溷濁した脳は何の幻聴をきかせたのであろうか。冬の夜の戸外は足音もなかった。

その夜あけ頃から昏睡状態となり、十時間後に息をひきとった。雪が降ったり、陽がさしたり、鷗外が『冬の夕立』と評した空模様の日であった。

ふじが、熊本の遠い親戚の家に引取られたのは、耕作の淋しい初七日が過ぎてで、遺骨と風呂敷包みの草稿とが、彼女の大切な荷物だった。

昭和二十六年二月、東京で鷗外の『小倉日記』が発見されたのは周知の通りである。鷗外の子息が疎開先から持ち帰った反古ばかり入った箪笥を整理していると、この日記が出てきたのだ。田上耕作が、この事実を知らずに死んだのは、不幸か幸福か分らない。

——三田文学（27・9）

72

松本清張『松本清張全集』35巻

文芸春秋　1972（昭和47）年7月

「或る「小倉日記」伝」の末尾には「—三田文学（27・9）」と表記があるが、掲載テキストは改稿後のもの。

第四章　読み継がれていく中で

第四章　読み継がれていく中で

作品は発表後もさまざまな形で変貌し続けるが、中には川端康成や志賀直哉のように、生前にすでに自身の全集を編んでいる小説家もいる。一方では、前章で扱った井伏鱒二の「山椒魚」のように、すでに長年親しまれてきた本文に、突然、大きな変更が施されるケースもある。このような時、われわれは果たしてどのバージョンを定本として後に残していけばよいのであろうか。作者の意向はもちろん尊重されなければならないが、本文をどのように評価し、次代に伝えていくかは、実はわれわれ読者にゆだねられた重要な責務なのである。

例えば、夏目漱石没後、岩波書店が刊行した一九二〇（大正九）年版の『漱石全集』では、編集者の森田草平の方針から作品中の漢字遣い、仮名遣い、送り仮名が改められた。これに対して小宮豊隆は一九二四（大正一三）年、さらに一九三五（昭和一〇）年版の全集編集の際、漱石自筆の原稿や校正刷を参照し、森田版全集に徹底して朱を入れ、漱石が世に送り出そうとしたテキストを復元することに力を注いだ。小説は作者の没後も絶えず成長し、変貌していく文化資産として、われわれの目の前にあるのである。

作家自身が編集した個人全集

第3章で紹介した井伏鱒二のほか、作家の生前に全集が刊行されている例。

日本のふるさとの時雨に濡れ、日本のふるさとの落葉に埋もれながら、古人のあわれに息づき、敗戰の凄寥に心沈めた著者は、十年の後に「千羽鶴」「山の音」と不朽の名品を書き落して、戰後の文壇に珠玉の如き光彩を放つている。日本風な作家であろうとし、日本の美の傳統を繼ごうと希う巨匠の、數々の名編を選んで、川端文學愛好の士に贈る。

全十巻内容

第一回配本一月
第九巻
山の音

第一巻 伊豆の踊子
第二巻 抒情歌
第三巻 雪國
第四巻 母の初戀
第五巻 花のワルツ
第六巻 舞姫
第七巻 名人
第八巻 千羽鶴
第九巻 山の音
第十巻 みづうみ

小型美装本
各巻三五〇頁
豫價二四〇圓

川端康成『川端康成選集』内容見本 新潮社 1956（昭和31）年

全10巻。川端が56〜57歳の時の選集。

川端康成『川端康成全集』内容見本

新潮社　1969（昭和44）-1974（昭和49）年

ノーベル賞受賞記念出版。川端の自選全集として全14巻が予定されていたが、増刊し、全19巻となる。

川端康成『川端康成全集』内容見本

新潮社　1959（昭和34）-1961（昭和36）年

全12巻。高見順、河上徹太郎、中村光夫による作品解説。新潮社版第2次全集。

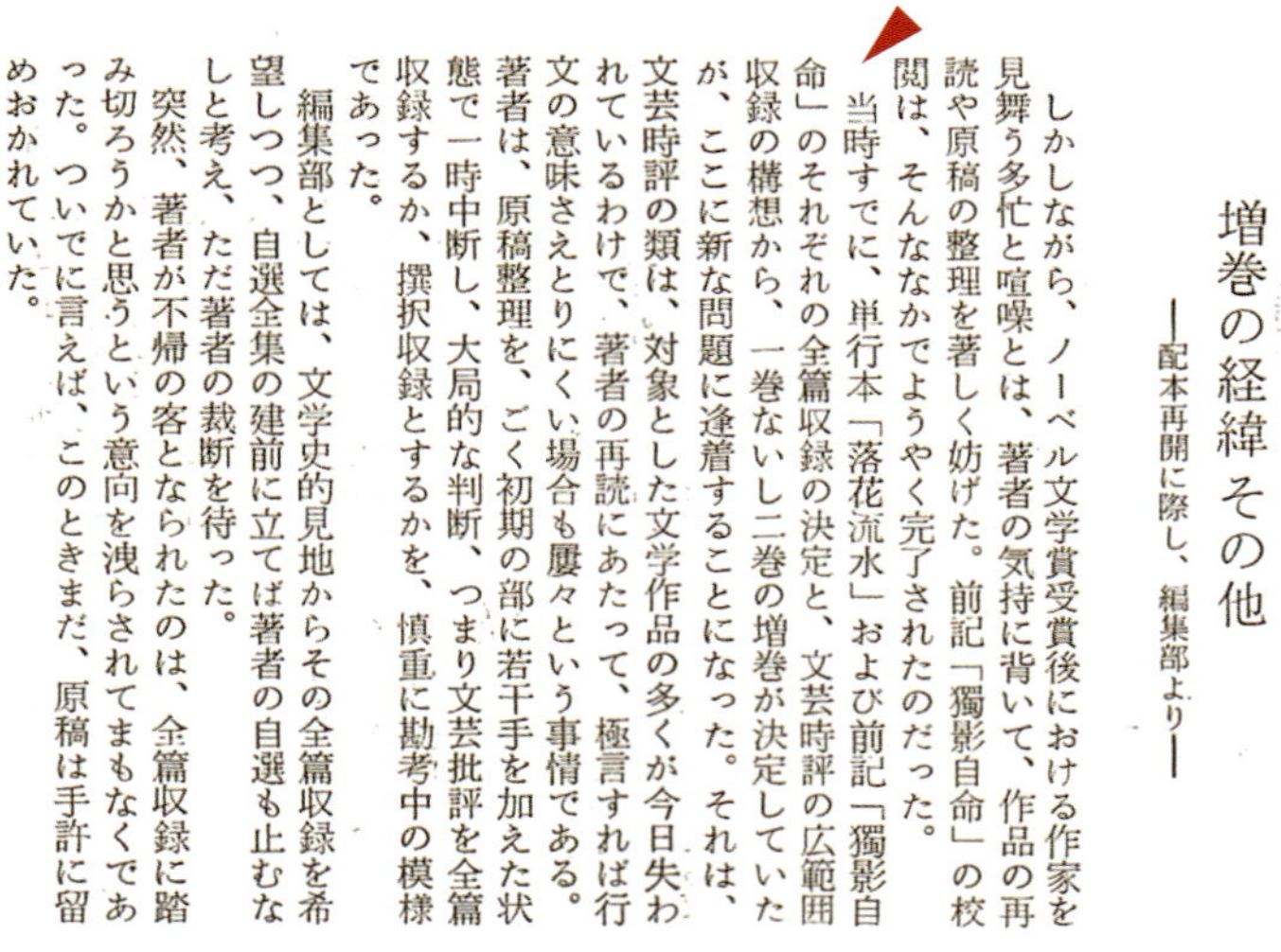

増巻の経緯その他
—配本再開に際し、編集部より—

しかしながら、ノーベル文学賞受賞後における作家を見舞う多忙と喧噪とは、著者の気持に背いて、作品の再読や原稿の整理を著しく妨げた。前記「獨影自命」の校閲は、そんななかでようやく完了されたのだった。

当時すでに、単行本「落花流水」および前記「獨影自命」のそれぞれの全篇収録の決定と、文芸時評の広範囲収録の構想から、一巻ないし二巻の増巻が決定していたが、ここに新な問題に逢着することになった。それは、文芸時評の類は、対象とした文学作品の多くが今日失われているわけで、著者の再読にあたって、極言すれば行文の意味さえとりにくい場合も屢々という事情である。著者は、原稿整理を、ごく初期の部に若干手を加えた状態で一時中断し、大局的な判断、つまり文芸批評を全篇収録するか、撰択収録とするかを、慎重に勘考中の模様であった。

編集部としては、文学史的見地からその全篇収録を希望しつつ、自選全集の建前に立てば著者の自選も止むなしと考え、ただ著者の裁断を待った。

突然、著者が不帰の客となられたのは、全篇収録に踏み切ろうかと思うという意向を洩らされてまもなくであった。ついでに言えば、このときまだ、原稿は手許に留めおかれていた。

川端康成『川端康成全集』内容見本　新潮社　1969（昭和44）年

ノーベル賞受賞記念の全14巻予定が全19巻に変更になった後の内容見本。「独影自命・続落花流水」の巻と「たんぽぽ・竹の声桃の花」の巻が追加された。また「文芸時評」の巻について全篇収録か選択収録か、川端による判断が待たれていたが、刊行前に川端がガス自殺を遂げ、編集の方針の再検討が行われ、当初1巻とされていたところが4巻に増加した。

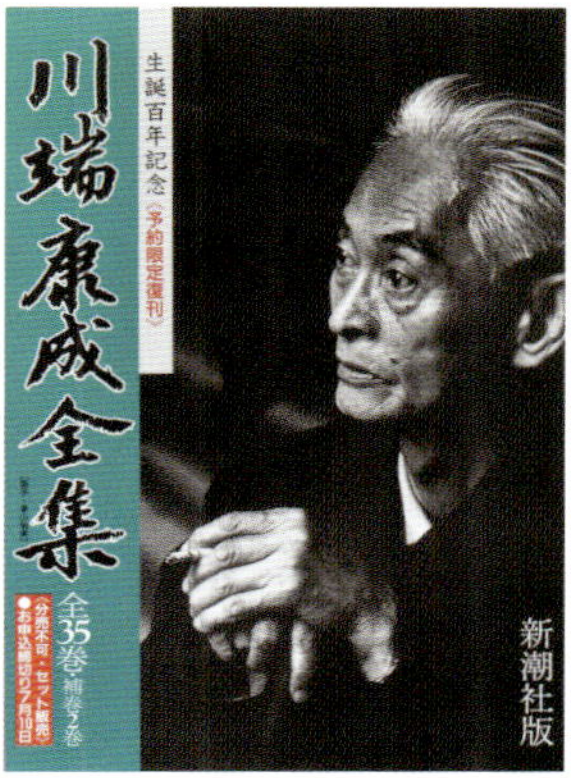

川端康成『川端康成全集』内容見本

新潮社　1980（昭和55）-1984（昭和59）年

全35巻別巻2。川端生誕100年の年に、新潮社の創立80周年を記念して刊行された第4次全集。川端の代表作である「雪国」と「名人」については定本に加え、雑誌発表本文が「プレオリジナル」として収録された。

展示風景

志賀直哉（しが なおや）

1883-1971（明治16-昭和46）

小説家。宮城県石巻町（現・石巻市）生まれ。東京帝国大学在学中の1910（明治43）年、有島武郎、武者小路実篤、里見弴、柳宗悦らと雑誌「白樺」を創刊する。代表作に「城の崎にて」「小僧の神様」などがある。

1966（昭和41）年11月
日本近代文学館で開催中の
トルストイ展を観る

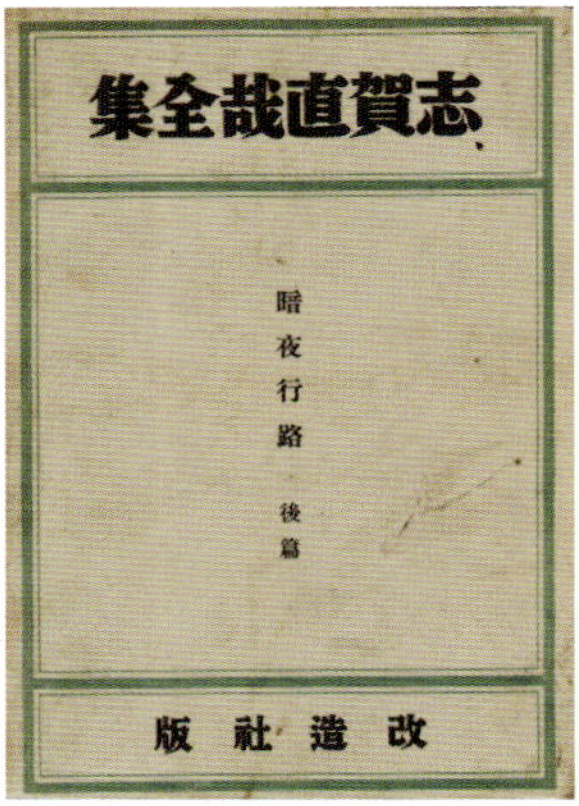

志賀直哉『志賀直哉全集』8巻

改造社　1937（昭和12）年10月

「暗夜行路」後編収録。「暗夜行路」は断続的に書き継がれていたが、全集の刊行に間に合わせるため執筆が進められ、1937（昭和12）年4月、後編の最終部分が一挙に「改造」へ発表された。

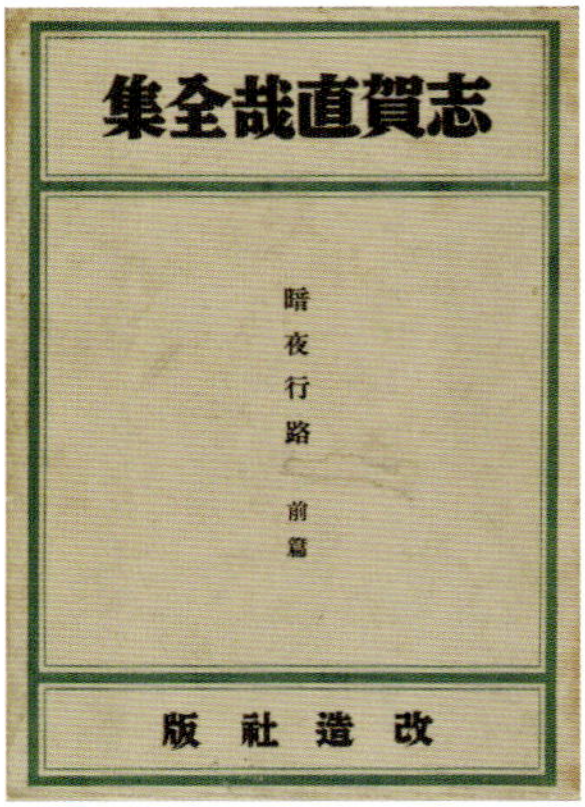

志賀直哉『志賀直哉全集』7巻

改造社　1937（昭和12）年9月

「暗夜行路」前編収録。「暗夜行路」の題での連載は1921（大正10）年より「改造」が最初であったが、それ以前から「憐れな男」（「中央公論」1919年4月）「謙作の追憶」（「新潮」1920年1月）など、後に「暗夜行路」の一部となる作品が執筆されていた。

『漱石全集』本文の変遷

森田草平（もりた そうへい）

1881-1949（明治14-昭和24）

小説家。岐阜県生まれ。東京帝国大学在学中はロシア文学に傾倒した。1905（明治38）年に漱石門下となる。1909（明治42）年、自伝的長編小説『煤煙』を発表。漱石没後、1942（昭和17）年に評伝『夏目漱石』を、その翌年に『続夏目漱石』を出版。戦時中は長野県に疎開。晩年は歴史小説に関心を持ち、「細川ガラシャ夫人」などを執筆した。

漱石門下の頃

全集の校正を引請けた時、私は二三の同人と共に一わたり先生の作品に目を通して、先づ「漱石文法」制定の必要を切に感じた。それは次のやうな理由による。

第一は邦語の文章が漢字と仮名とを併用する結果、どれ位迄送り仮名を附けるかが極めて曖昧である。（中略）

第二は漢字に於ける正字俗字の弁だが、これは余りやかましく云ふと、私どものやうな其方面に無学な者は閉口して投げ出す外ない。が、それは出来るだけ字典をたよりに正字を使ふやうにして行けば、校正の方針だけは立つといふものである。たゞ一つ困るのは先生自身が、あれだけ漢学の素養の深い人であつたにも拘らず、当字を平気で滅多矢鱈に使つてゐられることである。（中略）

第三の理由は、生粋の江戸つ子だけに、先生の作には随分江戸つ子の訛《スラング》りが出て来るが、此訛りを看過すると、全体の文章其者がかなり間の抜けたものになり得る。

森田草平「漱石文法」（『夏目漱石』甲鳥書林 一九四二年九月）

小宮豊隆（こみや とよたか）

1884-1966（明治17-昭和41）

ドイツ文学者、評論家。福岡県生まれ。東京帝国大学在学中に漱石と出会い、門下となる。1922（大正11）年、東北大学法文学部にてドイツ文学講座を引き受ける。翌年の渡欧を経て、帰国後は仙台に移住する。東北大学附属図書館長も務め、戦時下に漱石の蔵書を移管するなど、その業績を後世に伝えるため生涯尽力した。

1954(昭和29)年

漱石の『子規の画』の中に、子規の「東菊活けて置きけり火の国に住みける君が帰り来るかな」といふ歌が出てゐる。嘗てこの「かな」が「がね」であるべきだと注意してくれたのは、神代種亮君である。その時神代君は、この歌が、既に「子規全集」にも「がね」の形で出てゐるし、夏目家にある子規の軸にも、ちやんとさうなつてゐると教へてくれた。

（中略）

然し私は、すぐこの誤を、訂正する気になれなかつた。私は、出来る事なら漱石の原稿が出て来るのを待つて、その上で直すとも直さないとも、はつきり私の態度をきめる事にしたいと思つた。然し漱石の原稿は、なかなか出て来る気色がなかつた。

（中略）

私は思ひ切つて、がをのに、かなをがねに訂正する事にした。さうしてその顛末を、この「月報」に、具に書き記す事にした。ただ「下手いのは病気の所為だ」と「肘を突いて」とを元に返さなかつたのは、病友の文章に体裁を与へようとしたらしい漱石の意志を、せめて此所でだけでも、尊重して置きたいと思つたからである。

小宮豊隆「「かな」と「がね」と」（「漱石全集月報」三号（一九三六年一月））

荒 正 人（あら まさひと）

1913-1979（大正2-昭和54）

評論家。福島県生まれ。東京帝国大学英文科卒。1946（昭和21）年「近代文学」を創刊。「第二の青春」などの論文を発表する。プロレタリア文学運動を批判し、「政治と文学」論争などの議論を巻き起こした。近代文学の作家作品研究の面でも旺盛な活動を続け、特に漱石研究に関して『評伝夏目漱石』『「夏目漱石」入門』などの著書がある。

1973（昭和48）年6月
日本近代文学館
創立10周年パーティーで

本文校訂（textual criticism）の目的は、最も正しいと思われる底本（standard text）を作製することである。

底本、つまり、拠り所になるものは、著者の自筆原稿（autograph）である。これが第一次資料である。（中略）自筆原稿を底本にすることができたからといって、それだけに基づいて機械的に決定版を作製することはできない。著者の書き誤りということもある。書き誤りといっても、単純な誤記に留まるものではない。漢字まじり平仮名という日本語の複雑な性質のために、誤りの種類は複雑をきわめる。本文校訂では、一つ一つにあたり、あらゆる事情を考慮に入れて、それを正しく訂正しなければならぬ。

荒正人「本文校訂について」（『漱石文学全集』第一巻）

「坊っちゃん」のテキスト

原稿に見られる「途切れ」の繰り返し記号の後の「れ」表記が全集においては削除されている。また、漱石が「足踏」としている所を、森田版、小宮版、荒版いずれの全集も「雪踏《せった》」の誤字として判断しているが、原稿を踏まえて、米つき装置や鳴子を指す「ばったり」とする説もある。その他、ルビの有無や、「様」「顔」といった旧字体の活字から受ける印象の違いにも注目したい。

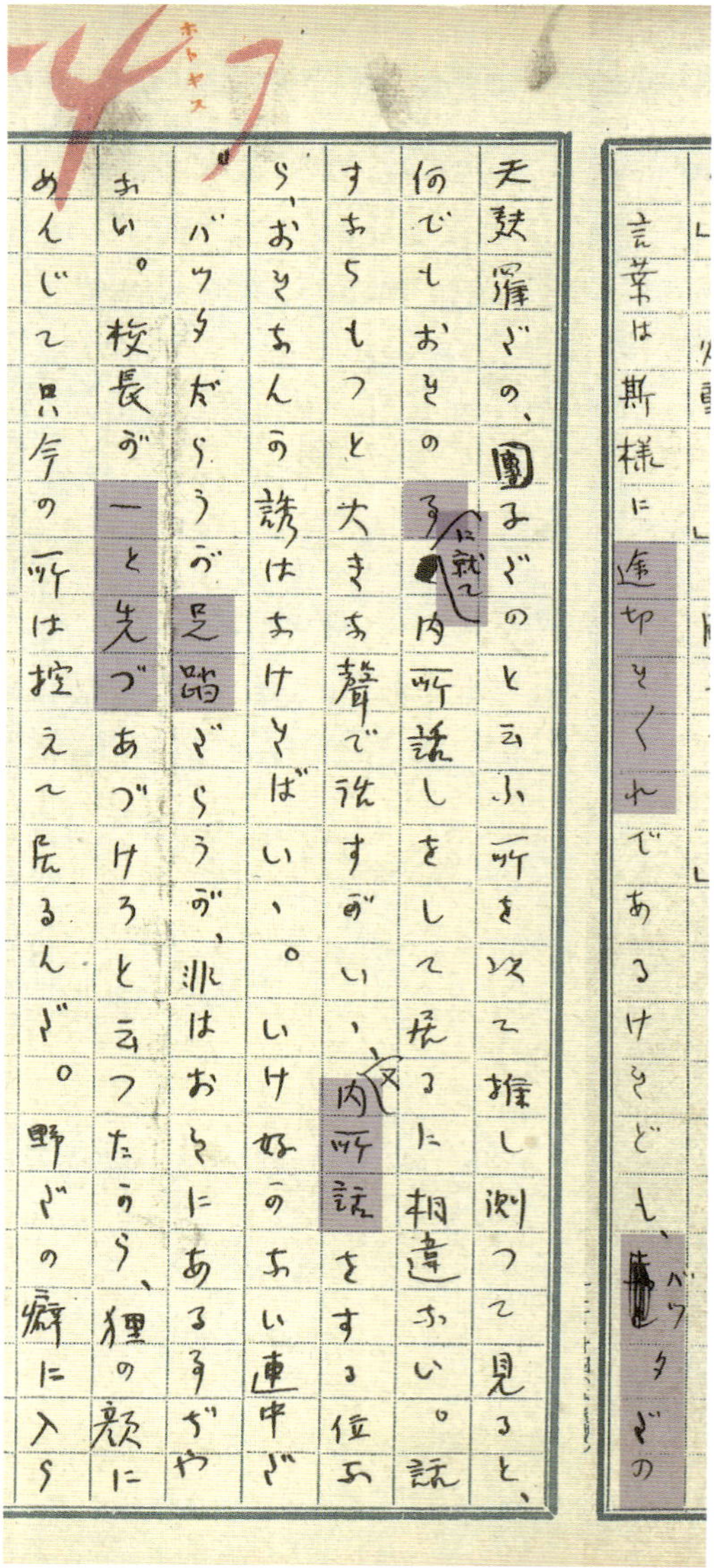

言葉は斯様に途切れ〳〵であるけれども、バツタだの
天麩羅だの、團子だのと云ふ所を以て推し測つて見ると、
何でもおれの事に就て内所話しをして居るに相違ない。話
すならもつと大きな聲で話すがいゝ、内所話をする位な
ら、おれなんか誘はなければいゝ。いけ好かない連中だ。
バツタだらうが足踏だらうが、非はおれにある事ぢや
ない。校長が一と先づあづけろと云つたから、狸の顔に
めんじて只今の所は控えて居るんだ。野だの癖に入ら

（夏目漱石自筆原稿）　※複製　番町書房　昭和四五年四月

■「ホトトギス」掲載時

言葉は斯様に途切れ〳〵であるけれども、バッタだの天麩羅だの、團子だのと云ふ所を以て推し測つて見ると、何でもおれのことに就て内所話しをして居るに相違ない。話すならもつと大きな聲で話すがいゝ、又内所話をする位なら、おれなんか誘はなければいゝ。いけ好かない連中だ。バッタだらうが雪踏だらうが、非はおれにある事ぢやない。校長が一と先づあづけろと云つたから、狸の顔にめんじて只今の所は控へて居るんだ。野だの癖に入らぬ批評をしやがる。毛筆でもしやぶつて引つ込んでるがいゝ。おれの事は、遲かれ早か

(「ホトトギス」九巻七号)

「ホトトギス」9巻7号

1906（明治39）年4月

「坊っちゃん」初出誌。「附録」として掲載された。

■ 森田草平が選んだテキスト

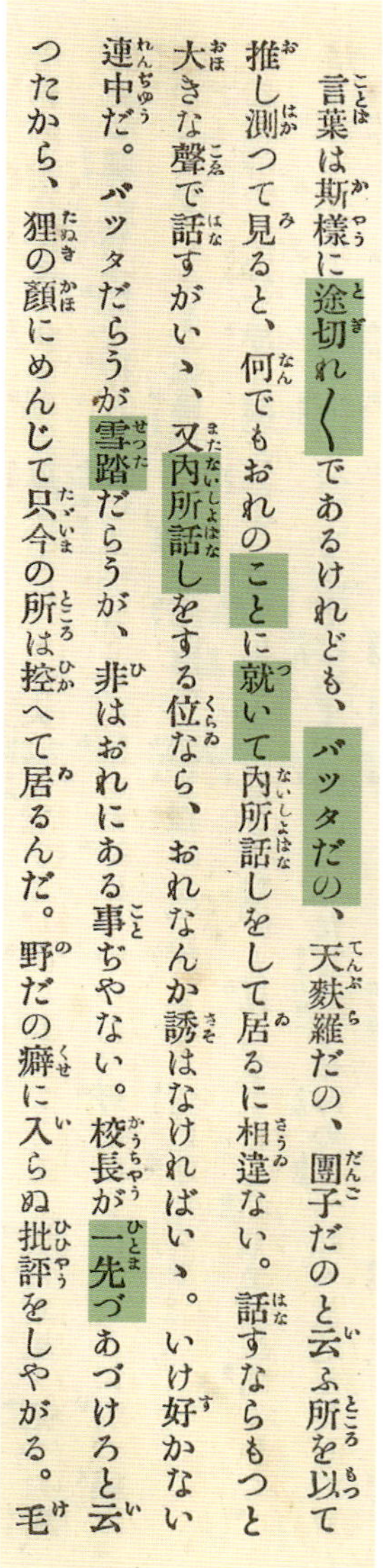

言葉《ことは》は斯様《かやう》に途切《とぎ》れ〳〵であるけれども、バッタだの、天麩羅《てんぷら》だの、團子《だんご》だのと云《い》ふ所《ところ》を以《もつ》て推《お》し測《はか》つて見《み》ると、何《なん》でもおれのことに就《つ》いて内所話《ないしよはな》しをして居《ゐ》るに相違《さうゐ》ない。話《はな》すならもつと大《おほ》きな聲《こゑ》で話《はな》すがいゝ、又内所話《またないしよはな》しをする位《くらゐ》なら、おれなんか誘《さそ》はなければいゝ。いけ好《す》かない連中《れんぢゆう》だ。バッタだらうが雪踏《せつた》だらうが、非《ひ》はおれにある事《こと》ぢやない。校長《かうちやう》が一先《ひとま》づあづけろと云《い》つたから、狸《たぬき》の顔《かほ》にめんじて只今《たゞいま》の所《ところ》は控《ひか》へて居《ゐ》るんだ。野《の》だの癖《くせ》に入《い》らぬ批評《ひひやう》をしやがる。毛《け》

（森田草平編『漱石全集』第二巻）

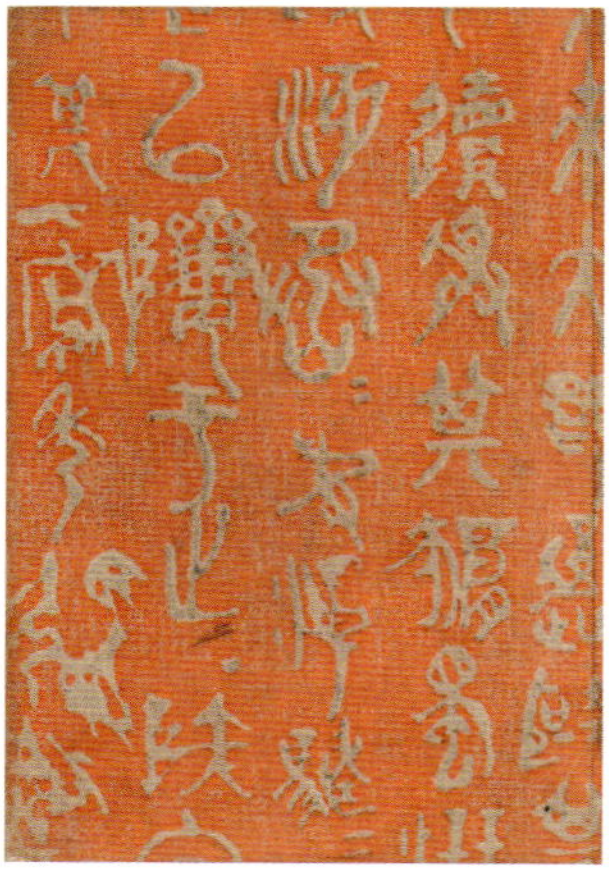

漱石全集刊行会編

『漱石全集』第２巻　短篇小説集

岩波書店　1917（大正６）年12月

寺田寅彦・松根豊次郎・阿部次郎・鈴木三重吉・野上豊一郎・安倍能成・森田草平・小宮豊隆の８名が編集にあたった、最初の漱石全集。漱石の弟子である林原耕三が作製した漱石著作校正用の覚え書きを「全集校正文法」と題し、この文法に基づいて校正が行われた。

■ 小宮豊隆が選んだテキスト

言葉《ことば》は斯様《かやう》に途切《とぎ》れ〱であるけれども、バッタだの天麩羅《てんぷら》だの、團子《だんご》だのと云《い》ふ所《ところ》を以《もつ》て推《お》し測《はか》つて見《み》ると、何《なん》でもおれのことに就《つい》て内所話《ないしよばな》しをして居《ゐ》るに相違《さうゐ》ない。話《はな》すならもつと大《おほ》きな聲《こゑ》で話《はな》すがいゝ、又内所話《またないしよばなし》をする位《くらゐ》なら、おれなんか誘《さそ》はなければいゝ。いけ好かない連中《れんちゆう》だ。バッタだらうが雪踏《せつた》だらうが、非《ひ》はおれにある事《こと》ぢやない。校長《かうちやう》が一《ひ》と先《ま》づあづけろと云《い》つたから、狸《たぬき》の顔《かほ》にめんじて只今《たゞいま》の所《ところ》は控《ひか》へて居《ゐ》るんだ。野《の》だの癖《くせ》に入《い》らぬ批評《ひひやう》をしやがる。毛筆《けふで》でも

（小宮豊隆編『漱石全集』第二巻）

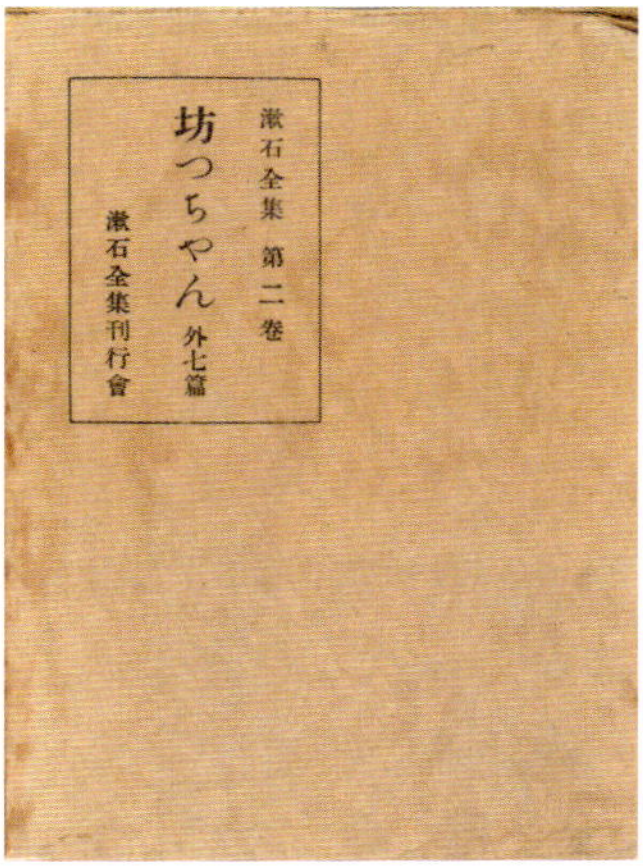

小宮豊隆編

『漱石全集』第2巻　短篇小説集

岩波書店　1936（昭和11）年4月

編者である小宮による校訂が行われている。原稿が残存しているものは原稿を、残存がない場合は漱石の訂正書き込みがある初出雑誌の切抜・校正刷・初版本をもとに校正が行われている。

■ 荒正人が選んだテキスト

言葉《ことば》は斯様《かやう》に途切《とぎ》れ〱であるけれども、バッタだの天麩羅《てんぷら》だの、團子《だんご》だのと云《い》ふ所《ところ》を以《もつ》て推《お》し測《はか》つて見《み》ると、何《なん》でもおれのことに就《つい》て内所話《ないしよばな》しをして居《ゐ》るに相違《さうゐ》ない。話《はな》すならもつと大《おほ》きな聲《こゑ》で話《はな》すがいゝ、又内所話《またないしよばなし》をする位《くらゐ》なら、おれなんか誘《さそ》はなければいゝ。いけ好《す》かない連中《れんちゆう》だ。バッタだらうが*雪踏《せつた》だらうが、非《ひ》はおれにある事《こと》ぢやない。校長《かうちやう》が一《ひ》と先《ま》づ*あづけろと云《い》つたから、狸《たぬき》の顔《かほ》にめんじて只今《たゞいま》の所《ところ》は控《ひか》へて居《ゐ》るんだ。野《の》だの癖《くせ》に入《い》らぬ批評《ひひやう》をしやがる。毛《け》筆《ふで》でもしやぶつて引《ひ》つ込《こ》ん

（荒正人編『漱石文学全集』第二巻）

荒正人編

『漱石文学全集』第２巻

集英社　1970（昭和45）年8月

「最も正しいと思われる定本」を作るという方針のもとに本文校訂が行われているが、初期の漱石の用字法が確定していないことを考慮し、前期・中期・後期と作品の執筆時期に応じて漱石の用語・用例をそれぞれ追っている。

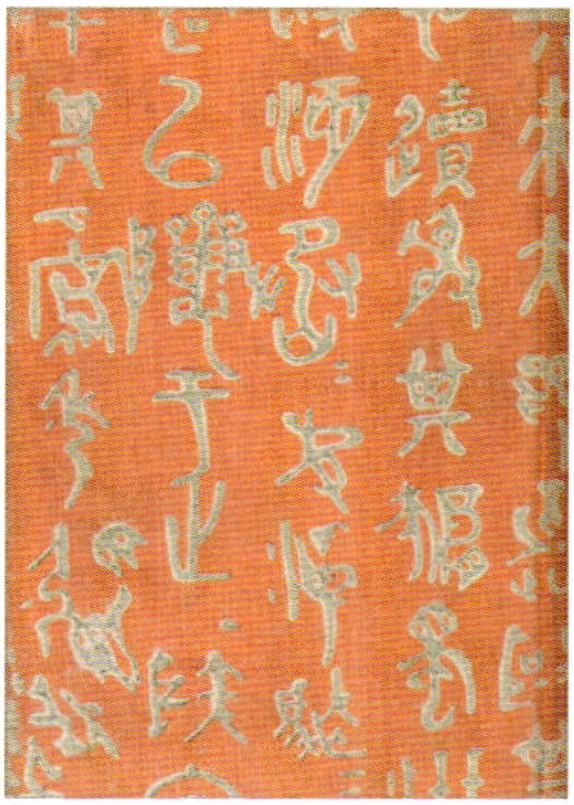

漱石全集刊行会編

『漱石全集』第2巻　短篇小説集

岩波書店　1924（大正13）年10月

小宮豊隆による改訂が行われている。小宮の改訂は、この次の全集の編集時により徹底したものとなる。

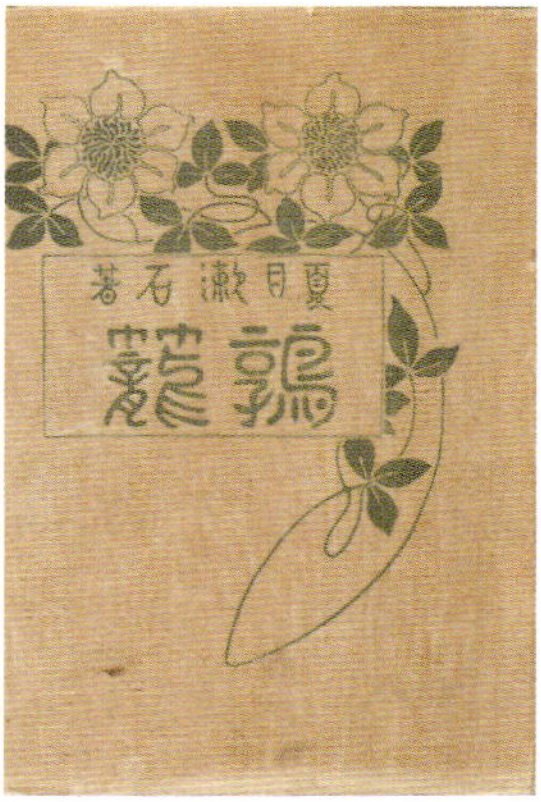

夏目漱石『鶉籠』

春陽堂　1907（明治40）年1月

「坊っちやん」のほか、「二百十日」「草枕」を収録。橋口五葉による装幀。

『夏目漱石全集』第1巻

春陽堂書店　1965（昭和40）年1月

1冊に多量の著作を収録するフランスのガリマール社のプレイヤード叢書の日本版を目指して企画・出版された。ハンディな造りにするためルビなし、当用漢字、新かな遣いに改められ、読みやすさが重視されている。

《「坊っちゃん」翻訳作品》

この他にも英語、フランス語、スペイン語、イタリア語、韓国語などのさまざまな言語で翻訳され、広く世界で読まれている。一方、漱石自身は翻訳について「日本と西洋とは人情風俗が違つて居るから、どうしても翻訳のできない事がある」と語っていたという。

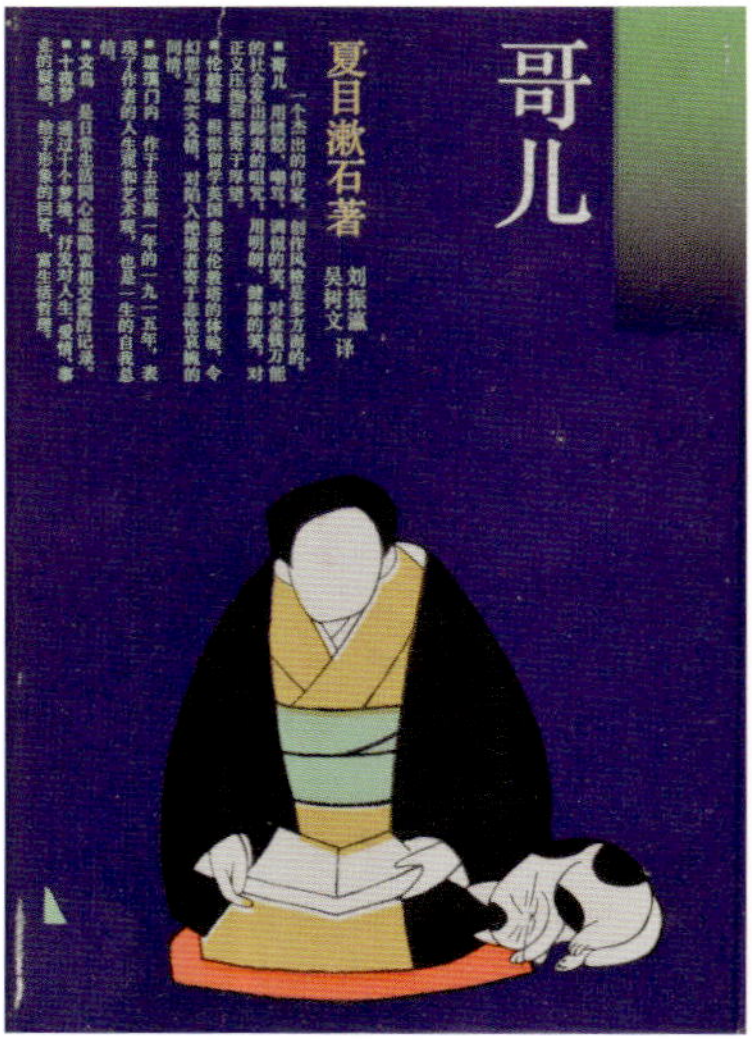

呉樹文訳『哥儿』

上海訳文出版社　1987（昭和62）年10月

「坊っちゃん」「倫敦塔」「硝子戸の中」「文鳥」「夢十夜」中国語訳。

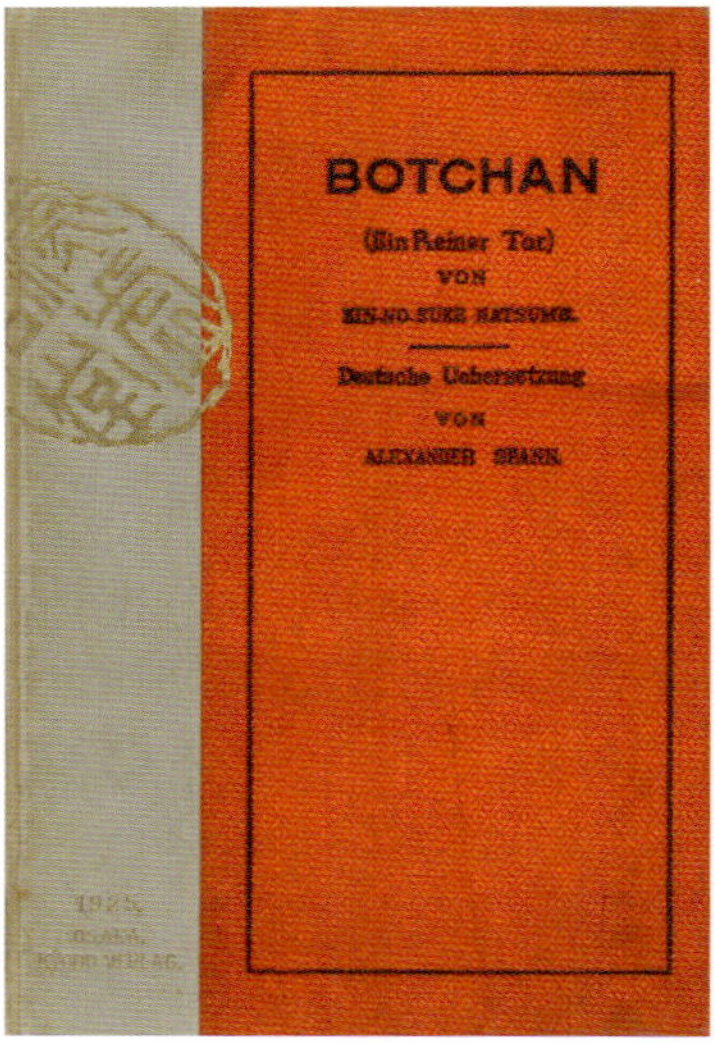

アレキサンデル・スパン訳
『独訳 坊っちゃん』

共同出版社　1925（大正14）年3月

「坊っちゃん」ドイツ語訳。

《「坊っちゃん」漫画化作品》

漱石の手を離れ、小説のほかにも、漫画、アニメなどさまざまな形態で表現されている。

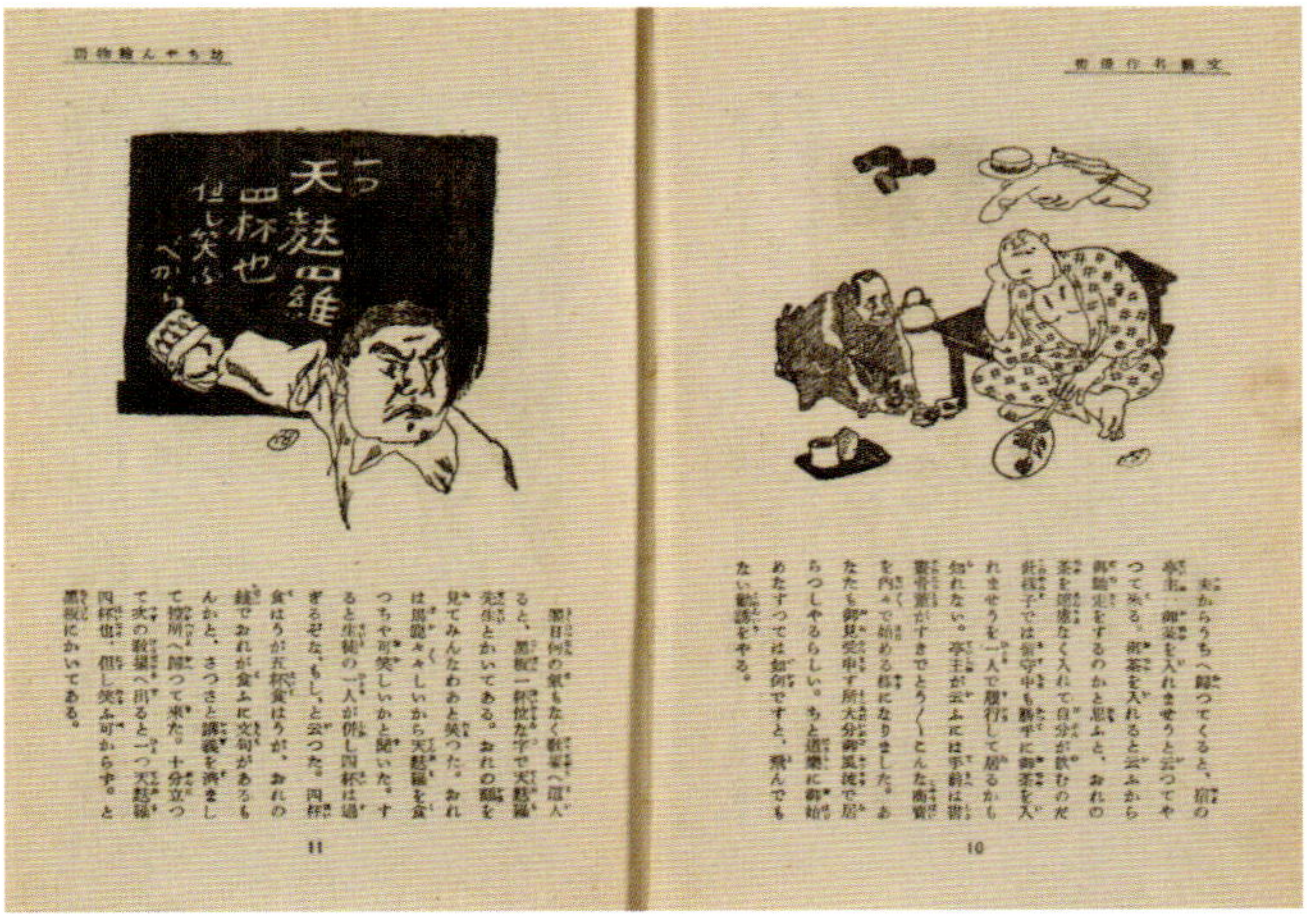

坊ちやん絵物語

夫からうちへ帰つてくると、宿の亭主が御茶を入れませうと云つてやつて来る。御茶を入れると云ふから御馳走をするのかと思ふと、おれの茶を遠慮なく入れて自分が飲むのだ。此様子では留守中も勝手に御茶を入れませうを一人で履行して居るかも知れない。亭主が云ふには手前は書画骨董がすきでとう／＼こんな商買を内々で始める様になりました。あなたも御見受申す所大分御風流で居らつしやるらしい。ちと道楽に御始めなすつては如何ですと、飛んでもない勧誘をやる。

翌日何の気もなく教場へ這入ると、黒板一杯位な字で天麩羅先生とかいてある。おれの顔を見てみんなわあと笑つた。おれは馬鹿々々しいから天麩羅を食つちや可笑しいかと聞いた。すると生徒の一人が然し四杯は過ぎるぞな、もし、と云つた。四杯食はうが五杯食はうが、おれの銭でおれが食ふに文句があるもんかと、さつさと講義を済まして控所へ帰つて来た。十分立つて次の教場へ出ると一つ天麩羅四杯也。但し笑ふ可からず。と黒板にかいてある。

岡本一平画「坊ちやん絵物語」

中央美術社　『現代漫画大観』第２編　1928（昭和3）年4月

八一　喧嘩（其四）　ヒュウと飛んで来た石は忽ち、坊ちゃんの横面に命中した。やられたッと思う間もなく又後からは棒のようなものでどやされる。師範生は尚、教師の癖に出ている、やっちまえやっちまえと騒ぎ立つ。坊ちゃんはもう、癪にさわってたまらなくなり、田舎者の癖に生意気な事をぬかすなとばかりに、傍にいた師範生の頭を張り飛ばした。

近藤浩一路『画譜　坊ちゃん』　龍星閣　1954（昭和29）年7月

水墨画家であり、後の日本画家である近藤浩一路による漫画。テキストは書き換えられている。1925（大正14）年新潮社刊行の『漫画 坊っちゃん』を復刻した愛蔵版。

公益財団法人《こうえきざいだんほうじん》　日本近代文学館《にほんきんだいぶんがくかん》

日本初の近代文学の総合資料館。1963年に財団法人として発足、1967年に東京都目黒区駒場に現在の建物が開館した。専門図書館として資料の収集・保存に努めるとともに、展覧会・講演会等を開催し資料の公開と文芸・文化の普及のために活動する。2011年より公益財団法人。2018年現在の所蔵資料は図書・雑誌・肉筆資料など117万点。

小説は書き直される —創作のバックヤード

平成30年12月10日　初版第1刷印刷
平成30年12月20日　初版第1刷発行

編　者　公益財団法人　日本近代文学館
発行人　町田　太郎
発行所　秀明大学出版会
発売元　株式会社SHI
〒101-0062
東京都千代田区神田駿河台 1-5-5
電　話　03-5259-2120
FAX　03-5259-2122
http://shuppankai.s-h-i.jp
印刷・製本　有限会社ダイキ

ISBN978-4-915855-34-4